雌　鶏

榆　周平

JN253334

集英社文庫

目次

雌鶏

第一章

1

「貴美子《きみこ》さん、ちょっと……」

開店前のミーティングに向かおうと更衣室を出た貴美子は、支配人の松山《まつやま》の声を聞いて立ち止まった。

『ニュー・サボイ』は、赤坂にある東京最大級のナイトクラブだ。

ホステス数二百余名。客層は政財界の重鎮たち、戦後の復興需要で財を成した新興成金、裏社会の実力者と幅広く、豪華なソファーが置かれたボックス席は連日満席となる。

しばしば酔客が、「日本を潰すのは簡単だ。ここに爆弾一発落としゃいい」と口にするのだが、それもあながち冗談とは言えない。これだけの面子《メンツ》が一堂に会する場は、日本のどこを探してもここを置いて他にないからだ。

それゆえに、ホステスの採用基準は厳しく、特に容姿が重要視される。

採用面接も独特で、まず入念に化粧を施してからドレスに着替える。それからカーテンを閉じた部屋に案内され、照明の光度が変わる中で面接官の質問に答えるのだ。入店後、同僚となったホステスが、「普段は薄暗くしてるけど、ショータイムの間は、ステージを照らすスポットライトで客席が明るくなるでしょ？　美人がついたと思って喜んでいたのに、それほどでもないってことになったら興醒《きょうざ》めしちゃうじゃない」と理《わ》由《け》を話してくれたのだったが、確かに女性の目から見ても飛び抜けた美貌の持ち主ばかりだ。

松山は貴美子の元に歩み寄ってくると、

「何度も言わせないでくれよ。いい加減その指輪外してくれないかな」

苛《いら》立《だ》ちの籠った声で言う。「亭主になるはずだった男に義理だててしてんのか知らねえけどさ、戦死しちまったんだろ？　そんな立派な指輪をこれ見よがしに嵌《は》めてりゃ、客は人妻だと思うに決まってるじゃないか。ここがどんな場所なのか分かって入ってきたんだろ」

松山が言う指輪とは、貴美子が常に左手の薬指に嵌めている銀の指輪のことである。細工も施されていないただの指輪だが、特徴的なのは幅が一般的な結婚指輪の二倍ほどあることだ。これ見よがしとは、その点を指してのことである。

「申し訳ありませんが、それだけはご容赦ください……。亡くなったとはいえ、私には将来を誓い合った人がいたのです。この指輪は、その証《あかし》で──」

「それはこの前も聞いたよ！　だったらさあ、中指とか右手ってわけにはいかないのかな。とにかく左手の薬指は止《や》めてくれよ。大体、面接の時に、指輪は外すようにって言ったのを、貴美子さん了承したじゃないか」

確かにその通りである。

だから松山も、すっかり安心していたのだろう。初日に「怪我《けが》をしてしまって……」と言って指に包帯を巻いて現れた貴美子の嘘《うそ》を見抜けなかったのだ。

ホステス志願の女性には事欠かない。本来ならば、早々に首になるところなのだが、そうならないのには理由がある。

その時、遅れて更衣室から現れた女性が松山の背後から、

「キミちゃんの指輪が何だって？」

棘《とげ》のある口調で割って入ってきた。

小森寧子《こもりやすこ》、二十七歳。濃い藍色のロングドレスを纏《まと》った彼女は、ニュー・サボイのナンバーワンホステスだ。

「指輪なんてどうでもいいじゃない。入店して日が浅いのに、キミちゃんを席に呼んでくれって客は引きも切らずなのよ。なぜだか分かるでしょ？」

「そりゃあ、貴美子さんが美人だからでしょう。それに頭は切れるし、接客にもソツがないようだし――」

「違うわよぉ」

寧子は鼻で笑いながら松山の言葉を遮る。「考えてもごらんなさいよ。この店は見栄えのする女性しか採用しないんでしょ？　なのになぜキミちゃんに、客が興味を覚えるのか分からないの？」

言葉に詰まったらしく、松山はもごりと口を動かし沈黙する。

「分かんないなら、教えてあげる」

寧子は、自慢げについと顎を突き上げる。「理由ありの女性に興味を持つ殿方って結構いるのよ。この店には左手の薬指に指輪をしてるホステスは、キミちゃんただ一人なんだもの。そりゃ目を惹《ひ》くじゃない」

不満気に、フウッと小さくため息を吐《つ》く松山に寧子は言う。

「つまり、商売道具になってるってわけ。そう言えば、支配人も分かるでしょ？　キミちゃんのような飛び切りの美人がホステスやってて、後生大事に指輪を外さずにいたら、理由を知りたくなるじゃない。指名してくださる殿方が増えれば、キミちゃんだって同じ席に居続けることはできませんからね。外せば他のホステスにお声がかかる。お店だって儲《もう》かるんだもの、いいことずくめじゃない」

「いや……、指輪外した方が、もっと客がつくんじゃないかと思って……」

松山は苦しげに答えるのだったが、

「この世界に入って何年になるんだっけ？」

目元を緩ませてはいるが、訊《たず》ねる寧子の声は冷ややかだ。

「前の店からだと、かれこれ六年になります……」

「じゃあ、新しい店になってからは――」

「三年ちょっと……」

「それだけ長くホステスを見続けてたら、売れる売れないの勘が働きそうなものだと思うけど？」

「だから――」

「指輪を外せばもっと売れる。もったいないって言いたいんでしょ？」

寧子は松山の言葉を先回りする。

支配人は店の運営全般の総責任者で、従業員やホステスの採否を決定するニュー・サボイの絶対権力者だ。

当たり前に考えれば松山と寧子、どちらが優位な立場にあるのかは明らかだが、ナンバーワンホステスは店の顔である。まして、ニュー・サボイは表、裏の世界で日本を動かしている権力者、実力者が日々集う夜の社交場だ。支配人とはいえども、寧子に強く出られるはずがない。

「つまんないこと、気にしなさんなって」

そこで寧子は貴美子に向き直ると、優しい口調で語りかけてきた。「キミちゃんは、もっと、もっと売れっ子になるわよ。私もこの道に入って五年になるからね。女の子をたくさん見てきたから分かるの。この娘《こ》は、他の女の子とはちょっと違う。見る人が見れば分かる。席に着いたらもっと分かるって……」

「まあ、寧子さんがそこまで言うんでしたら、よしとしましょうか……」

恨めしげな目でちらりと貴美子を見た松山は、踵《きびす》を返してミーティングが行われる客席に向かって歩いて行く。

そんな松山の後ろ姿を一瞥《いちべつ》すると、

「『バンマス』上がりが、ガタガタ言うんじゃないわよ」

寧子は短く吐き捨てる。

ニュー・サボイの店名は、かつてこの地にあった進駐軍の慰安用ナイトクラブ、『サボイ』に由来する。

終戦と同時に進駐してきた米軍は、日本各地に駐屯地《キャンプ》を置くと同時に、ゴルフ場やナイトクラブといった、兵士向けの慰安施設の設置に取り掛かった。彼《か》の地の事情に通じた人間が語るには、「世界のどこであれ、兵士には祖国と同等の生活環境を提供するのが米軍」だそうで、サボイには酒を飲みながらショーを楽しむ兵士が、連日大挙して押しかけたという。

もっとも、さすがの米軍もショーの出演者を本国から連れて来るのは難しかったらしい。そこで、ショーを担うことになったのが日本人で結成されたバンドや歌手である。

寧子が言ったバンマスとは、バンドマスターのことで、その当時松山は定期出演するジャズバンドのリーダーをしており、経営が日本人実業家に替わり、ニュー・サボイと店名を改めたのを機に、支配人として働くようになったのだった。

「すみません……。いつも目をかけていただいて……。なんとお礼を申し上げていいものやら……」

「礼なんていいのよ」

寧子は優しい声で言い、一転しみじみとした口調になる。「ここで働いている娘の大半は二十代前半。戦争がなかったら嫁に行き、子供を産んで、普通の暮らしをしていたはずなのに、生きていくために夜の世界に身を投じたの。許婚《いいなずけ》を亡くした娘もいるだろうに、仲間内でさえ絶対に口にしないからね。それもこれも客の気を引くため、お金を稼ぐためなんだもの、キミちゃん、偉いよ……」

昭和二十九（一九五四）年。

永遠に続くのではないかと思われた終戦直後からの混乱も、朝鮮戦争勃発と同時に発生した特需によって一転し、日本は急速に復興への道を歩み始めていた。

しかし、それも振り返ってみれば幾分マシになったという程度のことで、今に至ってもなお、鉄道のガード下や繁華街の路上にはハーモニカを吹き、アコーディオンを奏で、物乞いをする傷痍《しょうい》軍人の姿がある。駅の構内では家族、住処《すみか》を失った子供たちが屯《たむろ》していたものだが、『戦災孤児』が『浮浪児』と呼称が変わっただけで、数多く存在している。

戦争末期から終戦直後に比べれば、改善されたとはいえ食糧事情もまだまだ厳しい。

物々交換で食糧を調達するために、東京発の列車は着物や書画、骨董《こっとう》をリュックに入れ、農家を回る人々で常に立錐《りっすい》の余地もないという状態が、つい最近まで続いていたのだ。

しかし、それも食糧や現金に換えられる物を持っていればの話である。

売る物がなければ、残る選択肢はただ一つ。

体を張るしかない。

男性ならば肉体労働も様々あるが、女性はそうはいかない。

家族の生活を支えるために、娼婦《しょうふ》になる女性はたくさんいた。それも貧困に喘《あえ》ぐ日本人相手では大した稼ぎにはならないから米兵を相手にする者も多かったのだ。こうした女性たちは『パンパン』と蔑称され、世間から厳しい視線が注がれたのだったが、それに比べればニュー・サボイのホステスたちは、まだマシだと言えるだろう。それでも水商売に身を投じた女性を、世間がどういう目で見るか、ここにいるホステスたちは重々承知の上で身を投じたのだ。自身が生きていくため、そして家族の暮らしを支えるために……。

「好き好んでホステスになった娘なんて、まずいやしないんだけどさ、それでも、馴《な》れっていうのは恐ろしいものでね。遅かれ早かれ、殿方の関心をいかに惹くかってことに、知恵を働かせるようになるんだよ。その点もキミちゃんは違うんだよねえ」

寧子は優しい眼差《まなざ》しを向けてくると、どこか羨ましげに、「よっぽど好きだったんだねえ、その人のこと……」

しみじみと言った。

貴美子は、どう応えたものか言葉に詰まってしまった。

確かに将来を誓い合った男がいたことは事実だが、指輪を外さずにいる本当の理由は別にあるからだ。

たとえ好意的に接してくれている寧子にでさえ明かせぬ理由が……。

貴美子は、無言のまま目を伏せた。

どうやら、沈黙を肯定と解釈したらしい。

「ここに来る殿方は、みんな金持ちばっかりだからね。札束見せて口説きにかかる性質《たち》が悪いのも結構いるし、キミちゃん器量よしだから、その指輪はいいお守りになるわよ」

寧子は紅を塗った唇の間から、白い歯を覗《のぞ》かせ、「さっ、行こうか。ぐずぐずしてると、バンマス上がりに、また文句言われちゃう」

先に立って、客席へと歩き出した。

2

寧子の見立ては間違ってはいなかった。

入店からひと月もすると来店早々、貴美子を指名する客が目に見えて増え始めた。

もっとも、これも寧子の心配りによるところが大きい。

ナンバーワンの寧子はただでさえも指名が多く、長時間一つの席に留《とど》まることができない。多くの客が馴染《なじ》みだから、離席した後を任せるホステスは誰でもいいというわけにはいかない。古株は接客にそつはないが、大半に馴染み客がいる。その点、入店間もない貴美子は、後を任せるのに最適だと寧子は思ったに違いない。

加えて、指名の増加が収入に直結しない給与体系のせいもあったと思われた。

というのも、ニュー・サボイで働くホステスの基本給は決して高額といえるものではなく、売上の一定割合、つまり歩合給が収入に占める割合が圧倒的に大きいのだ。それも、客の初回来店時に同席したホステスが以降その客の担当となり、二回目からは同席しようがしまいが歩合を総取り、別のホステスが指名を受けても給与に反映されるのは『指名料』のみなのだ。

これはホステス同士の客の奪い合いを防ぐという意味では効果的ではあるのだが、新人にとっては著しく不利に働く。

そう考えると、寧子が殊更《ことさら》好意的な態度で接するのも、貴美子目当てに来店する客が増えれば増えるほど、労せずして高額な歩合を手にできると考えたからなのではないかと思えてくるのだった。

午後八時を過ぎると、客の入りはピークに達する。

席数五百を優に超える広いホールは客とホステスで満席となり、ボーイたちが忙しく動き回るようになる。湧き上がる嬌声《きょうせい》、笑い声、話し声が渦を巻き、異様なまでの熱気が広い空間で渦を巻く。

「貴美子さん、一番テーブルへお願いします……」

ボーイが耳元で囁《ささや》いたのは、入店からふた月ほど経《た》ったある夜のことだった。

一番テーブル？

聞いた瞬間、貴美子は怪訝《けげん》に思った。

なぜなら、一番テーブルはステージ前の最前列中央にあり、店の最重要客に限って案内される席だからだ。席代が高額な上に、コの字に配置されたソファーには十人は座れる。当然、料金はべらぼうな金額になるので、担当ホステスも滅多に席を外すことはない。

客との話が、佳境に入っていたこともあって一瞬戸惑った貴美子に、

「すぐに行って下さい……。お願いします……」

ボーイは明らかに緊張した声で、今度は早口で囁く。

「ごめんなさい。ちょっと行って参ります」

貴美子は客に断りを入れると、一番テーブルに向かった。

ステージを前にしてソファーに座る一人の男の後ろ姿、そして左右に五人のホステスがいるのが見えた。ホステスが何人席につくかは、その時々の状況次第だが、一番端の席に座るのは寧子である。

大きな席では、担当ホステスが全員を見渡せる端の席に座ることが多いのだが、驚いたのは、反対側の端の席に、ナンバーツーの日向子《ひなこ》がいることだ。

二人が同じ席につくのは滅多にない。ボーイの緊張した声からしても、客は余程の大物なのだろうと察しがついた。

「来た来た。キミちゃん、こちらよ」

貴美子の姿を見た寧子が、華やかな声で言いながら手招きする。

「先生、左手の薬指に指輪しているのは、この娘しかいませんけど？」

席の傍《そば》で足を止めた貴美子を、ちらりと見ながら寧子は確認を求めた。

「貴美子でございます……」

貴美子は名乗り、丁重に頭を下げた。

「ああ、そうだ、この娘だよ」

何者かは分からぬが、歳《とし》の頃は六十を超えていると思われた。五分刈と言ったところか、短く丸めた髪は豊かだが、白髪が入り混じった胡麻塩《ごましお》頭。がっしりとした顎、小鼻が張った大きな鼻は、まるで獅子《しし》のようだ。そして何よりも特徴的なのは目力である。射るような鋭さとは違う。まるで、鈍器で殴りつけるかのような圧倒的な質量と圧力。そして、底知れぬ深さを感ずるのだ。

こんな目をした男に会うのは初めてだ。

思わずその場に立ち尽くしてしまった貴美子に、

「キミちゃん、こちら鬼頭《きとう》さんとおっしゃってね。私たちは『先生』とお呼びしているの。せっかくお声がけいただいたんだから、隣にお座りなさい」

鬼頭の隣に座っていたホステスが、すかさず席を空けようとしたのを、

「いや、いい……」

鬼頭は押し止《とど》める。

「えっ？」

驚いた様子で、短く漏らした寧子に向かって、

「ちょいと、二人で話したくてね。寧子、別に席を用意してくれんか」

鬼頭は表情一つ変えずに言う。

低い嗄《しわが》れ声《ごえ》に、有無を言わさぬ迫力がある。

「この時間にお席がご用意できるかしら……」

さすがの寧子もこれには慌てて、「ちょっと、聞いてみますね」

と言い、テーブルの上に置かれてあったキャンドルを手にし、高く翳《かざ》した。

地位なのか、あるいは財力なのかは分からぬが、ニュー・サボイにとって、鬼頭は相当に重要な客なのは間違いないようだ。

どうやら、ボーイも席の動きに細心の注意を払っているらしく、間髪を容《い》れず駆け寄ってくる。

「席を用意できるかしら。先生が、キミちゃんと二人でお話ししたいんですって」

「四人掛けならば、僅かですが予約のお客さまがいらっしゃるまで時間がある席がありますが……」

「そう、あまり時間がないならご案内できないわね……」

一人呟《つぶや》いた寧子が鬼頭に問う。「私たちが席を外しましょうか？」

「こんな大きな席で二人きりとなると落ち着かんのでね」

鬼頭は答えると、ボーイに向かって、その席を用意するよう一方的に命じた。

「先生、貴美子さんを初めてお呼びになるのに、いきなり内緒話って何のことかしら？」

すかさず日向子が羨ましげに訊ねる。

その眼差しに、どこか淫靡《いんび》な光が宿っているように感ずるのは、気のせいではあるまい。

実際、入店間もないうちに、馴染みの客とホステスが懇ろになった話は何度か耳にしたし、若い女性と会話しながら酒を飲むのがただ楽しいだけで、大金を使う男がいるわけがない。

実現するかどうかは別として、下心を抱いているからこそ、足繁《あししげ》く店にやってくるのだが、もし鬼頭がその類の話を持ちかけるつもりなら、あまりにも唐突にすぎる。

そう考えると、貴美子はますます鬼頭の話とは何なのか、皆目見当がつかなくなるのと同時に、寧子や日向子が『先生』と呼ぶ、この男が何者なのか、知りたくなった。

「お前が考えているような話じゃないよ」

鬼頭は苦笑する。「女は若けりゃいいってもんじゃない。この歳になると、床の中で求めるものはいろいろあってな。第一、孫のような年齢の女を抱けると思うか？」

「あら、先生。私は大丈夫でございますわよ。先生とならば、ひと晩でも、ふた晩でも同衾《どうきん》できましてよ」

戯《おど》けた口調で言う日向子だったが、もちろん本心ではない。

それは鬼頭も、先刻承知と見えて、

「まあ、わしの相手をしたいなら、もっと女を磨いてからだな。日向子は、まだまだ修業が足らんようだし」

茶化すように言い、呵々《かか》と笑い声を上げた。

小走りにボーイが駆け寄ってきたのは、その時だった。

「先生、お席がご用意できました……」

またしても、先生である。

これまでのところ、ニュー・サボイで先生と呼ばれる人間といえば代議士、国会議員か医者ぐらいのものだ。

しかし、鬼頭はその類の人間とは違うようだ。

それほど多くの政治家や医者と接したわけではないが、地位と名誉が伴う職業だけに、職歴が長くなればなるほど、どこか傲慢で表裏を巧妙に使い分ける傾向がある。

ところが、この鬼頭にはそれがない。少なくとも表はない。感じるのは計り知れない余裕、そして胆力である。裏社会で生きる男の中にも似た雰囲気を醸し出す者もいるのだが、どうもそれとも違う。

「じゃあ、案内してくれ」

立ち上がった鬼頭は、寧子に目をやると、「話が終わったら帰るが、見送りはしなくていいからね」

命ずるような口調で言い、案内に立つボーイの後に続いた。

用意されたのは、フロアーの隅、四人がけのボックス席だった。

「申し訳ございません。このような席しかご用意できませんで……」

「無理を言ったんだ。構わんさ……」

詫《わ》びるボーイに向かって言い、酒の用意を命じると、ボーイが立ち去ったところで、おもむろに問うてきた。

「突然で驚いたか？」

「正直申し上げて、少しばかり……」

「まあ、そうだよな。こんな場所じゃなかったら、若い娘が初対面の男に、いきなりサシで話があると言われりゃ、尻に帆をかけて逃げ出すよな」

苦笑する鬼頭だったが、すぐに真顔になると、貴美子の顔を正面から見据えてきた。

「言葉を交わすのは初めてだが、私は前に二度ほどお前さんを見かけていてね。ちょいとばかり、興味を持ったんだ」

「興味とおっしゃいますと？」

鬼頭は、すぐに言葉を発しなかった。

興味を覚えた理由をどう説明すればいいのか、貴美子の瞳の中に答えを探すかのように視線を固定すると、やがて短く漏らした。

「影……かな……」

「かげ……ですか？」

「まるで敗戦直後の日本人を見たような気がしたのさ。家を失い、親兄弟や大切な人を失った挙句の負け戦《まいくさ》だ。家は建て直すことができるが、亡くなった命は戻らんからね。悲嘆に暮れるのが当たり前さ。だがね、戦死だろうが病死だろうが、そもそも納得のいく死なんてものはありはしないんだ。死因が何であれ、受け入れなければならんものだし、時が解決するものなんだ。実際、今の日本人、日本社会はそうなっているからね」

こんな指摘をされたのは、初めてだ。

そして鬼頭の観察眼、直感の鋭さに驚愕《きょうがく》した。

確かに、貴美子は他人には決して知られてはならない過去がある。それを今に至っても、引《ひ》き摺《ず》っているのもまた事実だからだ。

しかし、そんな内心をおくびにも出さず、

「私が陰気な女に見えたとおっしゃるのですか？」

貴美子は返した。

「陰気と言うより、深く、重い事情を抱えているように見えた、と言った方が当たっているかな」

鬼頭の指摘に加えて、目力の強さに圧倒されながらも、

「それは先生、お考えすぎですわ。だって私、店に入って間もない上に、この手の仕事は初めてなんですもの。この仕事を続けていけるのか、首になりやしないかと、今でも不安でしかたがないのです……」

貴美子は困惑した表情を浮かべて見せた。

「そうかな？」

視線の鋭さは相変わらずだが、そこで鬼頭はふっと笑い、「まあいいさ。お前に興味を覚えた理由は、他にもいくつかあってな。たとえばその指輪だ」

貴美子の左手に目を向けると、続けて言う。

「いかにして客の目を惹くか、贔屓《ひいき》を多く抱えるかで収入が大きく変わる仕事なのに、まるで男払いをしているかのようじゃないか」

「それには私なりの考えがございまして……。ただ、その理由はお話しできません。どうか、ご容赦を……」

「言いたくなければ、言わんでいい」

意外なことに、これにも鬼頭はあっさり引き下がると、さらに話を続ける。

「寧子にも訊ねたんだが、彼女も事情は知らんと言うからね。ただ、その時に話の流れで、君が占いをやると聞いてね」

「いいえ、やってはおりません。本を読んだ程度のことで、とても人様を見立てるほどのものではございませんので……」

「どんな占いを勉強したんだ？」

「ですから、本を読んだ程度のもので……」

貴美子はそこで、言葉を呑《の》んだ。

鬼頭の瞳の表情が貴美子の人物像を見極めようとしているかのように変わっていることに気がついたからだ。

その迫力に押され、

「四柱推命と易を……」

貴美子は、小さな声で返した。

面倒なことになりそうな予感がした。

寧子に占いの本を見られたのは、入店直後の更衣室でのことだった。ロッカーに着替えた服を戻そうとした時にハンドバッグを落としてしまい、中に入れておいた教本が飛び出てしまったのだ。

占い好きは世にごまんといるが、ホステスは特にそうだ。

水商売の世界に従事する女性を見る世間の目は厳しい。なにしろ「水商売に身を窶《やつ》し」という表現が、当たり前に通ってしまうご時勢である。それゆえに、将来に不安を抱くホステスは数知れないのだ。

だから、占いの本と分かった途端、

「キミちゃん、占いやるの？」

と、寧子が興味を剝《む》き出しにして訊ねてきたのだ。

「なぜ、占いに興味を持った？」

「なぜと言われましても……」

「占いで、身を立てようとでも思っているのか？」

これもまた、本当の理由を話すわけにはいかない。

こうなれば、鬼頭の推測に沿って話を作るしかない。

「ええ……。できることならと考えたのは事実です……」

貴美子は腹を括《くく》って、思いつくままを話すことにした。

「私、空襲で両親、親戚縁者を亡くしまして、天涯孤独の身になったのです。それで、女学校も辞めてしまって……。許婚がいたのですが、特攻に出て戦死。一人で生きていくためには、何か手に職をつけねばと考えまして……」

鬼頭は、黙って話に聞き入っている。

貴美子は続けた。

「世間が水商売で働く女性をどんな目で見るかは重々承知しております。結婚はできても、良縁はまず望めませんし、私自身もするつもりはございません。女一人で生きていくと決めたからには、生涯続けていける職を手につけなければなりませんので……」

「それで占いを職業にしようと考えたのか？」

「でも、それだって、きちんと学ばなければ、人様の運命を占うことはできません。どなたかの弟子になるとしても、修業期間中はほとんど収入が得られません。それに、独立する際には元手が要りますし、ならば、てっとり早く稼ぐには、どんな仕事がいいのかと……」

「それで、この店に入ったと？」

「ええ……」

「本気で占いで身を立てたいと思っている気持ちに変わりはないのだな」

だったら何だと言うのだ。

そう返したくなるのを堪《こら》え、貴美子は答えた。

「はい……」

まさか、だったら店を持たせてやる、その代わり、俺の女になれとでも言うのだろうか。

寧子と日向子が同席するくらいだ。金か権力かは分からぬが、鬼頭が相当な実力者なのは間違いない。まして、朝鮮特需に沸いているとはいえ、日本の復興はとば口についたばかり。圧倒的多数の国民の暮らしは、まだまだ厳しい。

しかし今の日本の状況が、ほんの僅かであるにせよ、権力者や富裕層にとって、財産を膨らませる絶好の機会なのは紛れもない事実なのだ。

鬼頭が時代の恩恵を享受している人間なのは間違いない。そして自分は、そうした人間たちのおこぼれに与《あずか》って生きている。

間違いなく鬼頭は、ここで働くホステスたちの大半が後者の部類であることを知っている。つまり、金次第でどうとでもできる女たちだと考えているに違いないと貴美子は思った。

「もう一つ、訊《き》きたいことがある」

鬼頭は、そう前置きすると続けて問うてきた。

「どうして、占いで生計を立てようと思ったのだ?」

貴美子は即座に答えた。「貧しい暮らしをしているからです」

「人は例外なく自分の将来に不安を抱いていれば、貧困から抜け出す日はくるのか。くるとしたらいつなのか。占いに答えを求めるものです。成功者もまた同じです。どこまで上り詰めることができるのか。不運に見舞われ、奈落の底に落ちる日がくるのではあるまいか。先を知りたい気持ちを払拭できなくて占いに縋《すが》る人も多々いるはずです」

鬼頭が「ほう」と言わんばかりに眉を上げる。

そして、圧倒するような眼力で貴美子を見つめると、

「家を構えてやる。お前はそこで占いを始めろ」

低い嗄れ声で唐突に命じてきた。

やはりと思う一方で、鬼頭の狙いは別にあると、その時貴美子は直感した。

囲い者にするつもりなら、金で釣ろうとするはずで、占いをやれとは言わないだろう。

何よりも鬼頭の瞳がギラリと光るのを見てしまったからだ。

それは淫靡な思惑を抱いているのとは程遠いもので、もっと大きな何か、たとえば己の野望が叶《かな》うと確信したかのような、凄《すさ》まじい熱量を持った光のように貴美子には思えた。

しかし、あまりにも唐突にすぎて、

「えっ？」

貴美子は短く声を上げた。

「家を構えるって、どちらに？」

「京都だ」

「京都？　私、京都には地縁もありませんし、知人もおりませんが？　それに、京都は他所者《よそもの》には厳しい土地柄と聞きます。そんなところで、客が集まるとは――」

「客のことは心配いらん。わしが集めてやる」

鬼頭は自信満々に言うが、相当な実力者には違いないとしても、正体不明の人間の言葉に易々《やすやす》と乗るわけにはいかない。

「でも先生、私、まだ占いを生業《なりわい》としたことなんかございませんのよ。第一、先生が客を集めて下さっても、占いが当たらなければ——」

「顔に泥を塗ることになる」と続けようとした貴美子を遮って、

「当たればいいんだろ？」

鬼頭は、あっさりと言ってのけるのだから驚いた。

「当たればって……どうやって？」

「昔から言うだろ？『当たるも八卦《はっけ》、当たらぬも八卦』って」

そこで、鬼頭は含み笑いを浮かべると、「そもそも、占いに来るやつなんて、どんな卦が立とうと、半信半疑で聞くもんさ。外れりゃ八卦なんてそんなもん、当たりゃあいつは凄《すご》いとなるわけだ」

心配無用とばかりに、軽く言ってのける。

貴美子は鬼頭が言わんとしていることが、ますます分からなくなって、「どうやって、当てるのか」その質問への答えを再び訊ねようとした。

しかし、それより早く、鬼頭が問うてきた。

「百発百中、お前が立てた卦が、ことごとく現実となったらどうなる？」

「そりゃあ、千客万来、大繁盛するでしょうけど——」

「ああ、日本中から客が押し寄せるだろうな。見立て料が、お前の言い値でもな」

再び鬼頭は貴美子の言葉を遮ると、止《と》めとばかりに言う。「あっと言う間に家が建つ。

いや蔵が建つぞ」

　こうも自信満々なところを見ると、鬼頭の頭の中には、確たる筋書きが出来上がっているのだろう。

　心が揺れなかったと言えば嘘になる。

　水商売の道に入ったのも、それ相応の理由があったからで、開業までの資金が貯《た》まったところで、早々に辞めるつもりだったのは事実である。

　それに、こうも思った。

　東京を離れるには、いい機会かもしれない、と……。

「大変、お待たせいたしました……」

　ボーイが酒を持って現れたのは、その時だった。

　鬼頭はウイスキーをロックで飲むのが定番らしい。

　次いで貴美子の前に、ジン・フィーズが置かれた刹那、

「大変お待たせいたしました。今宵《こよい》、第一回目のショーが始まります」

　司会者の声と共に、眩《まばゆ》い光の中にステージが浮かび上がった。

　ニュー・サボイでは、連日三回、バンド演奏が行われる。

　演奏者は日本人が主で、数人規模のジャズバンドや二十人ほどのビッグバンド、時には歌手も登場したりする。

「ここから先のことは、場所を改めて話そう。明日の昼は空いているか？」

鬼頭が、有無を言わさぬ口調で問うてきた。受けなくはない。

受ける、受けないの返事は詳しい話を聞いてからでも遅くはない。

「はい……」

「だったら、明日の午後一時に訪ねてきなさい」

鬼頭は、懐を探ると財布を取り出し、中から名刺を差し出してきた。

肩書は記されてはいない。

中央に、『鬼頭清次郎《せいじろう》』、そしてその左脇に、住所と電話番号があるだけだ。

それに見入る貴美子に向かって、

「今夜はこれで帰るが、お前の運命は大きく変わる。もちろん、いい方向にな。約束するよ……」

鬼頭はそう告げると、席を立った。

3

それは、眼《め》を見張るような大邸宅だった。

都内には、各地の大名が屋敷を構えた当時の面影を窺《うかが》わせる地域がある。

品川区の池田山《いけだやま》もその一つなのだが、それにしても並外れた大きさだ。

名刺にあった住所を頼りに目黒駅から山手へと歩いて行くと、まず最初に大木が密生する一角が見えてきた。そこに向かって歩を進めると道路の片側に延々と続く石塀が現れた。大谷石《おおやいし》で組み上げられたそれは、百メートルはあろうか。見えていた大木は塀で囲まれた中にある。

まさか、ここに鬼頭が？

信じ難い思いを抱きながらさらに歩を進めると、今度は巨大な門扉が現れた。

高さは三メートルは優にある。

閉ざされた門扉を支える柱には表札が取りつけてあり、そこには、墨痕鮮やかに『鬼頭清次郎』とある。

昨夜、鬼頭が店を去る際には、貴美子が一人で見送りに出たのだったが、車寄せには松山の姿があった。

おそらく、鬼頭が席を立ったのと同時に外に飛び出し、車の手配をしたのだろう。

既に黒塗りのベンツが横づけされており、若い男性が後部座席のドアを開けて待ち構えていた。

鬼頭は一言も発することなく、後部座席に乗り込んだ。

「先生、またのお越しをお待ち申し上げております！」

深く上体を折る松山を鬼頭が一瞥した瞬間、後部ドアが閉じられた。

貴美子もまた、松山に続き深く頭を下げ、テールランプが闇に溶けていくのを見守ったのだったが、鬼頭が何者なのかが気になってしかたがない。

松山ならば知っているはずだ。

　そこで貴美子は問うた。

「鬼頭さんって、何をやっておられる方なんですか？　みんな先生ってお呼びしますけど政治家？　それともお医者さま？」

　松山から返ってきた答えは意外なものだった。

「それがねえ、よく分からないんだよ」

　松山は少し困惑した表情になって言う。「先生の姿を目にすると国会議員、それも大臣クラスの代議士たちまで一目散に駆け寄って丁重に挨拶するんだ。財界人もそうだし、こっち関係の人たちまでもがね」

　松山は、指先で頰を縦になぞる。

　それが何を意味するかは訊ねるまでもない。

　裏社会の人間だ。

「支配人も知らないのですか……」

「いやね、何度かそれとなく訊ねてみたことはあるんだけどね。もちろん、本人にじゃないよ。先生の席にご挨拶に伺った方々に……。でもね、みんな黙して語らないんだよ。しまいには、客の氏素性を詮索するなって叱られてね。以来、先生のことは、一切触れないようにしてるんだ」

「係の寧子さんもご存じないんですか？」

「知らないだろうな。先生が自ら正体を明かすとは思えないし、叱られて以来、僕の方から寧子さんや他のホステスたちにも、訊くなと釘《くぎ》を刺しておいたしね」

「じゃあ、先生と呼ぶのは？」

「席に挨拶に来た人たちがそう呼ぶからだよ。代議士、医者、弁護士、どんな仕事をやっているにせよ、地位と金を持つ人は、先生と呼んどきゃ間違いないからね。ただ、『社長』と呼ぶ人はいないから、実業家じゃないのは確かだろうね」

そうは言っても、終戦から僅か九年である。

戦後の混乱期は法も秩序もあったものではなかったから、商才というより鼻が利き、度胸のある人間にとっては財を築く絶好の機会であったのだ。実際、あのドサクサの中で財を成し、今では一端《いっぱし》の実業家に成り上がった者も数多くいる。

もし鬼頭がその類の人間であるならば、『先生』とは称されないはずである。ならばどうやってこれほどの大邸宅を構えられるだけの財を手にしたのか。謎は深まるばかりだ。

表札の下に、呼び鈴と思《おぼ》しきボタンが取りつけてあった。

貴美子は押していいものかどうか躊躇《ちゅうちょ》した。

門の扉が開き、中に足を踏み入れた瞬間、今後の人生が決してしまう予感を覚えたのだ。それも、幸運となるのか不運となるのか、どちらにしても二度と引き返すことのできない道を歩むことになると……。

しかし、決断するまでには長くはかからなかった。

実のところ、貴美子には他人には知られてはならない過去があった。

五年も続いた暗黒の日々以上の不幸が我が身に降りかかるとは思えなかったのだ。

それでも、指先が震えるのを抑えきれぬまま、貴美子はボタンを押した。

ベルの鳴る音が遠くで聞こえた。

程なくしてかんぬきが外されると門扉が開き、中から若い男が姿を現した。

昨夜クラブの車寄せで、鬼頭を迎えた男である。

「あの……私――」

名乗ろうとした貴美子を遮って、

「お待ちしておりました。ご案内いたします……」

男は半身をずらし、貴美子を中に誘《いざな》う。

鬱蒼《うっそう》と大木が生い茂る中に車が通れる幅の道がある。

両側の植栽は満天星《どうだんつつじ》だろうか。道の先に、二階建ての屋敷が見えた。

玄関前は車寄せになっており、重厚な扉が開くと、三十畳はある広い空間が現れた。

板張りの床は黒光りし、正面に大陸由来と思しき漢文の書が掲げられている。見る者が見れば一眼で価値が分かり、鬼頭の凄さを再認識することになるのだろう。装飾品はその一点のみだ。

「どうぞ、こちらへ……」

言われるがまま、後に続き廊下を歩いて行くと、一つのドアの前で男の足が止まった。

ドアを開けた男は、

「こちらでお待ちください。先生は、すぐ参ります……」

と言い残して立ち去っていく。

見たこともない豪華な家具、装飾品の数々に貴美子は息を呑んだ。

表面に繊細な刺繡《ししゅう》が施された布張りのソファー。天井から吊《つ》り下げられたシャンデリア。棚の数箇所に置かれた壺《つぼ》は、青磁、白磁である。陶器の知識に乏しい貴美子でも、一眼で名品と分かるものばかりだ。

貴美子はいよいよ怖くなってきた。

運命を決する瞬間が、刻一刻と近づいてくるのを実感したからだ。

ドアが開き、鬼頭が現れたのはその時だった。

体が強張《こわば》ってしまって、その場に立ち尽くした貴美子を見た鬼頭は、微《かす》かに頷《うなず》き、

「緊張せんでいい。まあ、そこに座りなさい」

ソファーを目で指した。

勧められるまま貴美子が腰を下ろすと、

「さて、どこから話そうか……」

相変わらずの嗄れ声で言い、テーブルの上のシガレットケースの中から煙草《タバコ》を取り出した。

「君は？」

鬼頭が、ふと気がついたように問うてきた。

「煙草は吸いませんので……」

鬼頭は黙って頷き、煙草に火を点《とも》す。

「先生、一つお訊きしたいことがございますの」

貴美子は先に切り出した。

鬼頭は何なりととでも言うように、目で先を促してきた。

「先生は、どんなお仕事をなさっていらっしゃるのですか？　なぜ、皆さんが先生とお呼びになるのですか？」

「そうだな、これから一緒に仕事をせんかと持ちかけたんだ。わしのことを知らなければ、返事もできんよな」

鬼頭は苦笑すると、「この国を動かしているのはどんな人間だと思う？」

いきなり謎をかけてきた。

「当たり前に考えれば、総理大臣を頂点とした国会議員だと思いますが？」

「そう、民主主義社会において国の舵取《かじと》りを担うのは、国民の信を得た議員であり国議の場である国会だ。そして、実業界も国会で決議された法、政策には従わざるを得ない。つまり、議員の頂点にある総理大臣が、国のあらゆる分野の絶対的権力者なわけだ。ただし今、君が言ったように、当たり前に考えれば……だがね」

「違うとおっしゃるのですか？」

「万事において、表があれば裏があるのが人間社会というものでね。権力構造というものは、そんな単純なものではないのだよ」

「と、おっしゃいますと？」

「人間は必ず弱みを持っている。最高権力者である総理大臣だって、国会議員であることに変わりはない。さて、そうなると、国会議員の弱みとはなんだと思う？」

「さあ……。私には、分かりかねますが？」

貴美子は正直に答えた。

「票だよ」

「ひょう？」

「民主主義社会において、力とは数だ。有権者の支持、つまりより多くの票を得ないことには議員にはなれない。議員で居続けることもできない。ここまでは分かるな？」

「はい……」

「つまり、総理総裁になるためには、与党議員の票をいかにして一番多く集められるか。それ以前に、長く国会議員の座に留まることが必要条件となるわけだ」

「おっしゃる通りだと思います」

「さて、そこでだ。議員と言っても様々だ。高い志を抱いて議員になっても、やがて損得勘定が働くようになるのが人間というものでな。表向きは公共の利益のために活動しているように見えても、実は票に結びつくかどうか、つまり議員で居続けるために動くんだ」

「有権者の歓心を買わないことには、議員を続けられませんものね」

「その通りだ」

鬼頭は断言すると続ける。「地方選出の議員はなおさらでね。票を投ずるのも、地元のために働いてくれると思えばこそだ。天下国家のことなど二の次、三の次、自分たちの暮らしを一日でも早く楽にして欲しいと切望しているのだからね」

鬼頭の話には、まだ先がありそうだ。

貴美子は黙って次の言葉を待つことにした。

「だがね、同じ票でも総理総裁を決める与党内選挙となると全く違ってきてな……」

果たして鬼頭は、ここからが本題だとばかりに煙草を吸うと、立ち昇る紫煙越しに目を細める。「党内選挙は最高権力者を決める文字通り天下分け目の決戦だ。勝利した者が絶対的権力を握り、組閣を行い、この国を率いていくことになるのだ。その時、何が勝敗を決することになると思う？」

模範解答は『政策』ということになるのだろうが、敢《あ》えて訊ねてくるところからして、そんな常識的なものではないはずだ。

となれば、思いつく答えは一つしかない。

「資金力……お金ですね」

「その通りだ」

鬼頭は美味《うま》そうにまた煙草を吸う。「権力には魔力がある。一度この魔力に魅せられると、是が非でも手に入れようと皆必死になるのさ。その座に近づけば近づくほどね……」

「大半の票は、その座に届くかどうか分からない議員たちが握っているわけですから、今度は有権者の側に損得勘定が働く。そこで物を言うのが、お金だとおっしゃるのですね」

鬼頭は、少し驚いた様子で目を見開くと、

「なかなか察しがいいな。ますます気に入ったよ」

確信した様子で満足気に頷く。

「とおっしゃるからには、先生は政治家にお金を融通なさっていらっしゃるのですか？」

貴美子の言葉に、鬼頭は目元を緩ませ、こくりと頷く。

「私は店に入って間もなくて、実際に目にしたことはないのですが、大臣や財界のご重鎮までもが、先生のお姿を見かけるとご挨拶に伺うそうですね。ということは、相当な額を融通なさっておられるのですね」

「正確な金額は、わしにも分からんが、まあそういうことだ」

くれてやったのか、貸したものかは分からないが、金額が定かではないとは、なんとも鷹揚《おうよう》な答えである。

貴美子は、ますます鬼頭の正体が知りたくなって、

「先生は、どうやってその莫大《ばくだい》な資産を手になさったのですか？」

直截《ちょくせつ》に問うた。

「わしは戦中、軍の物資調達を任されていてな。武器、弾薬、食糧、車両、衣類その他諸々《もろもろ》、主に大陸で戦っていた日本軍に供給する仕事をしていたんだ」

なるほど、それで大陸、半島由来の品々が……。

戦争の本質は、殺し合いと破壊行為だ。そして十分な武器、弾薬、食糧無くして戦には勝てない。戦争において兵站《へいたん》の確保は最重要事項、文字通りの生命線だ。しかも戦は消耗戦でもあるのだから需要は天井知らずなら費用もまた同じである。なるほど、それなら途方もない財産を手にすることができただろう。

「まあ、それだけではないのだが、詳しいことは追々話すとして、なぜお前に占いをやってくれと言ったのか、その理由を話すとしよう」

貴美子は、ソファーの上で姿勢を正し、鬼頭の言葉を待った。

「わしはな、権力が欲しいのだ」

鬼頭は、ニヤリと笑う。

「権力？　権力なら、既に十分お持ちなのでは？」

「ただの権力じゃない。わしが欲しているのは、絶対的な権力なのだ」

貴美子には、鬼頭が言う『絶対的な権力』が何を意味するのか、理解できなかった。

松山の話を聞く限り、大臣、経済界の重鎮、果ては裏社会の人間までもが平伏するだけの力を鬼頭は既に持っている。それが金の力であるにせよ、力は力、立派な権力者であるはずだ。

「昨夜わしが、なぜ占いで身を立てようと思ったのかと問うたのに、お前はこう答えたな。人は、例外なく自分の将来に不安を覚えるからだと……」

「はい、そうお答えいたしました」

「政治家、実業家、財界人も例外じゃないのだよ。皆一様に、己の将来に不安を抱きながら生きているんだ」

「政界や財界のご重鎮の方々がですか？」

「それも庶民の比ではない。より大きな不安を抱いているのさ」

「功なり名を遂げた方々ばかりなのに？」

「だから、なおさらなのだ」

短くなった煙草を灰皿に擦《こす》り付け、鬼頭は続ける。

「お前、言ったじゃないか。将来に不安を覚えているのは、成功者もまた同じだ。どこまで上り詰めることができるのか。まさか、不運に見舞われ、奈落の底に落ちる日がくるのではないかと不安でしかたがない。先を知りたい気持ちを払拭できないから占いに縋るのだと」

言った……。確かにそう言った。

言葉に詰まった貴美子に鬼頭が続ける。

「お前の言う通りなのだ。国会議員なら、国政選挙。総理総裁を狙う議員は党内選挙。内閣改造となれば重職につけるか否か。総理総裁に指名されれば、今度はこいつを閣僚に任命しても大丈夫か。寝首を掻《か》かれはしまいかと、不安の種は尽きることがない。それは、財界人にしても同じでな。社長になれるかから始まって、誰を重役に任命するか、新たに手がける事業は成功するか。約束された将来なんてものは、どこにも存在しない。まさに一寸先は闇。だから占いに縋るんだよ」

「では、実際に占いに縋る方がいらっしゃるわけですね」

「いるようだねえ……」

嘲笑《あざわら》うかのような口ぶりで鬼頭は言う。「もちろん八卦だ。当たるかどうかは分からんがね」

「それは、私が見立てても、同じことが言えるわけで……」

「だから、当たるようにしてやると言っているんだ」

「どうやって？」

「政治家は金が目当てでここを訪ねてくるのだが、わしだって、二つ返事で用立てるわけではない。何のために使うのか必ず訊くし、そいつの国家観や政治に対する取り組み方を吟味した上で金を出すのだ。もちろん、金が必要な時にだけ来るようなやつとは会わんから、ご機嫌伺いにしばしば訪ねてきた際に、茶を飲み、酒を酌み交わしながらそいつの為人《ひととなり》を見極めもするがね」

鬼頭の考えが、朧《おぼろ》げに見えてきた。

「ひょっとして、そうした会話の中で、相手が悩みを打ち明けることがあると？」

「その通りだ」

鬼頭は、口が裂けそうな笑いを浮かべる。「人事、政策、事業と悩みは様々だが、同僚は皆ライバル、つまり敵でもあるわけだ。地位が高くなればなるほど、たとえ秘書であろうとも周りの人間に迂闊《うかつ》に漏らすことはできない。その点わしは別なのだ。なにしろ、あれこれ指図せんで、話に納得すれば金を出してやるからな」

「そこで、京都に良く当たる占い師がいる。一度卦を立ててもらったらどうだと、私を紹介するわけですね」

「ここを訪ねてくる政治家や財界人は引きも切らず。そいつらが何を考え、何を望み、どんな悩みを抱いているのか先刻承知だ。お前は、わしの指示通りに答えてやればいい。それに……」

そこで、一旦言葉を区切る鬼頭に、

「それに何でしょう？」

貴美子は先を促した。

「占い師の前では、誰しも正直になる。わしには話せんことでも、お前には話すだろうからね。それすなわち、わしがまたそいつの弱みを握ることになるわけだ」

「でも、占いの結果は、その場で告げなければなりません。事前に相談の内容が分からないことには、先生だって――」

鬼頭は貴美子の疑問を予想していたかのように、顔の前に人差し指を突き立てる。

「相談内容は、事前に電話で受けることにすればいい」

かなりの愛煙家でもあるのか、あるいは野望が叶うと確信して気分が高揚しているのか、鬼頭は早くも二本目の煙草に火を点す。

「政治の世界にしても、入閣を渇望している議員はごまんといてな。総理にしたって、大臣なんか名誉職みたいなものなのは重々承知。重要省庁は実力者で固めるとしても、初入閣組となると日頃は皆忠実な下僕を装っているやつらばかりだからね。他の重鎮方の意見を聞きながら、誰に貸しを作れば得かで任命することになるんだから、そりゃあ悩むさ」

「つまり、先生の意向を私が伝えるだけでいいとおっしゃるのですね」

「万事においてな……」

「でも、こと人事に関して言えば、私の見立てた卦が正しかったかどうか、相手が判断できるものでしょうか。なんら問題が発生しなかったとしても、卦の通りにしたからだという証明にはならないと思いますが？」

「そうだな。お前の八卦は、恐ろしいほど的中すると信じ込ませなければならんよな」

鬼頭は言うと、「功なり名を遂げた人間が願って止まないもの。そして最も恐れるものは何だと思う？」

いきなり訊ねてきた。

「最も願うものは長寿。恐れるものは病、そして死でしょうか……」

「その通りだ」

鬼頭は、また煙草を燻《くゆ》らすと、話を続ける。

「成功を収めれば収めるほど、一日でも長く生きたい、その座に留まりたいと切望するようになるのが人というものだ。当たり前さ。それだけいい人生を送っているのだからな。だから、成功者が最も恐れるのは病。その先に待ち受けている死なんだ」

話には、まだ先があるはずだ。

貴美子は黙って聴き入ることにした。

「政治の世界には、他人に知られてはならないものが山ほどあるが、その最たるものは健康状態だ。重篤な病を抱えていることが発覚しようものなら、そんな人間についていく者は一人としていない。たちまち政治生命の危機に直面することになるからね」

「おっしゃる通りでしょうね……」

「その分だけ、密《ひそ》かに健康上の悩みを抱えている代議士は大勢いるのだ。もちろん、主治医も、絶対に口外したりはせんのだが、その情報が手に入るとなればどうなる？」

「そんなことができるのですか？」

「できる」

鬼頭は断言すると、「既に策は打ってある」

自信満々の体で胸を張る。

「どんなことをなさるのですか?」

「お前は知らなくていい。わしに任せろ」

ところが鬼頭は理由を話すどころか、ピシャリと撥《は》ねつけてきた。

その語気の強さに、一瞬たじろいだ貴美子だったが、

「では、事前に入手した占って欲しい内容を元に、卦の結果として健康状態の行方を告げろとおっしゃるのですね」

「だからお前は、ただわしの指示通りに答えればいい。まずは、そこからだ。お前の卦は、恐ろしいほどよく当たる。そう信じ込ませることから始めるのだ……」

鬼頭は有無を言わさぬとばかりに、貴美子の瞳を正面から見据えてくると、止めとばかりに続けて言う。

「ここまで聞いたからには、やってもらうしかないが、まさか嫌だとは言うまいな」

やはり予感は正しかった。

屋敷に足を踏み入れたら最後、後戻りはできないと覚悟はしていたが、その通りになってしまった。

しかし、貴美子は後悔の念は覚えなかった。

それどころか、拭えぬ過去を持つ身ゆえ、二度と日の当たる道は歩めないと諦めてい

た貴美子には、むしろ将来が開けてきたようにさえ思えた。

「お受けいたします……」

快諾の言葉を聞いた鬼頭は、満足そうに二度、三度と頷くと、

「さて、そうなると、今度はお前の番だ。これまでどんな人生を送ってきたのか聞かせてくれないか。もちろん、言いたくなければそれでも構わんが……」

紫煙の向こうから、探るような眼差しで貴美子の目を見据えてきた。

もちろん、話すつもりだ。いや、話すべきだと思った。

この出会いが、自分の人生を一変させることに疑いの余地はなかったし、鬼頭とは長い付き合いになる予感を覚えたからだ。

「お話しいたしますが、きっと驚かれますわよ」

貴美子は艶然と微笑《ほほえ》むと、我が身に起きた過去の出来事を話し始めた。

4

「私には、前がありまして……」

貴美子は言った。

「前?」

「前歴です」

「前歴?　はて、何のことだ?」

鬼頭は皆目見当がつかないとばかりに小首を傾《かし》げる。

「成人ならば前科になりますが、未成年の場合は前歴になるのです」

「前科？……何をやった」

全く想像もしていなかった答えであったのは間違いないが、驚きというよりも興味を抱いた様子で、鬼頭は身を乗り出す。

「殺人です」

「殺人？」

さすがの鬼頭もこれには驚愕し、目を丸くして絶句する。

自分の過去を第三者に語るのは、これが初めてのことだが、鬼頭の驚きぶりを見るにつけ、戦争の記憶も遠くなってしまったのだな、と貴美子は思った。

戦争とは、とどのつまりは殺し合いだ。

昭和十九年の後半になると、米軍の空襲が激化し、日本各地の大都市は甚大な被害を被った。東京、横浜では、爆弾で吹き飛ばされ肉片と化した、あるいは焼夷弾《しょういだん》に焼かれて炭化した人体が山積みにされ、そこここに転がっていたと聞く。まして鬼頭は大陸で最前線の戦闘、つまり直接人間同士が殺し合う現場を幾度となく目の当たりにしたはずなのだ。

なのに、この驚きようである。

「ほら、驚かれたでしょう？」

貴美子は、含み笑いを浮かべた。

「いや……さすがに殺人とはな……」

鬼頭は低い声で唸《うな》るように言い、「いつのことだ。誰を殺した」

矢継ぎ早に問うてきた。

「昭和二十四年の一月……。米兵を二人殺《あや》めたことになっております」

「ことになっている？」

「理由《わけ》あって、罪を被《かぶ》りましたの。ちょうどGHQの指導で改正された少年法が施行された直後のことです。それで刑務所に……」

「じゃあ、誰かの身代わりになったってわけか？　殺人の罪を被ってまで、庇《かば》った相手とは……」

鬼頭は、そこではたと気がついたように、貴美子の左手の薬指に嵌められた銀の指輪に目を向ける。

「当時、私には婚約者がおりましてね。彼は私を護《まも》ろうと二人の米兵を殺めてしまった。だから、私が罪を被ることにしたのです」

どうやら鬼頭は、ますます貴美子に興味を覚えたらしく、

「聞かせてくれるかな。何があったのか。そして二人の間がそれからどうなったのかを……」

手にしていた煙草を灰皿に擦り付け、ソファーの上で姿勢を正した。

戦争が終結して一週間。

日本は死の恐怖から解放された安堵《あんど》と、破壊され尽くした国がどうなっていくのか、不安と絶望感が入り混じった奇妙な雰囲気に包まれていた。

貴美子も主要都市の大半が、空襲で甚大な被害を被ったとは聞いていた。広島と長崎には新型爆弾が投下され壊滅的な被害を受けたのも知っている。度重なる空襲で同等、いやそれ以上に破壊された都市が数多《あまた》あることもだ。

貴美子の家があった横浜もその一つだ。

昭和十九年十一月二十四日から昭和二十年八月十五日、つまり終戦の当日まで約九ヶ月に亘《わた》って繰り返された米軍の空襲は、東京だけでも実に百二十二回。中でも二十年三月十日の空襲は最大規模で、被災者は百万人を超え、死者は十万人近くに達した。

当時貴美子は十五歳。良家の子女が集うことで名高い、横浜にある私立高等女学校の三年生だった。

もっとも開戦から二年もすると戦況は悪化。兵力を確保するために徴兵の対象年齢を広げたために、生産現場は深刻な労働力不足に直面するようになった。

その代替労働力として動員されたのが女学生である。

動員先は主に兵器や関連産業の工場で、連日早朝から深夜まで過酷な労働に従事することになったのだ。

貴美子は航空兵が使用するパラシュートの製造工場で働くことになったのだったが、軍事関連施設は真っ先に攻撃目標になる。空襲を受ける度に、死傷する女学生が続出する中で、貴美子は幸運にも難を逃れた。

軍事関連施設が破壊し尽くされると、民間人が暮らす都市部への攻撃が始まった。

帝都東京の夜空が赤く染まるのは、ほとんど毎夜の光景で、すっかり慣れてしまった感があったのだが、あの三月十日の夜だけは違った。

無数の炎となって落ちて行く焼夷弾。大気を震わせながらひっきりなしに聞こえてくる爆弾の炸裂音《さくれつおん》。帝都の夜空が赤く染まる様からは、火勢の凄まじさが窺えた。

しかし、厳重な情報統制が敷かれた中では、動員中の女学生が被害状況を詳しく知る術《すべ》はない。

だから終戦から四日後、動員先から横浜の自宅に帰る列車の中から東京の惨状を目の当たりにした時の衝撃は尋常なものではなかった。

一面の焼け野原とはよく使われる言葉だが、まさにそれである。瓦礫《がれき》が積もった平野が果てしもなく広がっているだけで、建物の形を残しているものは全くない。そして、破壊の痕跡の凄まじさに、貴美子は心底怖くなった。

今日にしている光景が、実家がある横浜まで続いているのではないかと思えたからだ。

果たして帰り着いてみると、保土ヶ谷《ほどがや》の自宅周辺は、文字通りの焼け野原、瓦礫の山と化していた。

母は……。

真っ先に案じたのは、母の安否である。

父親は横浜の元町で貴金属店を営んでいたのだったが、昭和十八年に徴兵年齢の上限が四十五歳にまで引き上げられたのと同時に召集令状が届き、戦地に送られていたからだ。

人の姿がなかったわけではなかったが、数は少ない上に見知った者は誰一人としていない。

それでも、母の安否が気になって、

「あの……私、ここに住んでいた者なのですが……」

と通りすがりの女性に声をかけた。

母と同年代と思しき婦人は、

「妹がこの近くに住んでおりましてね。空襲があって以来、音信不通になってしまったもので、無事だったなら、家があった場所に戻っているんじゃないかと思って、時々訪ねているのですが……」

悲痛な表情を浮かべ口籠る。

「私、勤労学徒動員でずっと立川にいたもので、この辺りが空襲に遭ったことを知らなかったんです。空襲はいつあったんですか？　この辺は住宅地なのに、米軍はなぜこんな酷《ひど》いことを？」

貴美子は急《せ》き込んで訊いた。

「空襲があったのは、五月二十九日の午前中のことで、焼夷弾が落とされたそうでしてね。近くに被服廠《ひふくしょう》があったから、そこを狙ったんじゃないかって……」

被服廠とは陸軍の軍服を作る工場のことだが、周囲は木材と紙が多用された日本家屋の密集地である。そんな地域に焼夷弾を落とされたらひとたまりもない。

「それで、母上の消息は分かったのかね？」

鬼頭の問いかけに、貴美子は黙って首を横に振り、

「空襲から三ヶ月も経っておりましたのでね……。横浜の空襲では一万人も亡くなったと言いますし、中でも保土ヶ谷周辺は最も被害が大きかったところです。たった一日でそれだけの人が亡くなってしまえば、身元の確認どころではなかったでしょうし、焼夷弾の火力は、それは凄まじいものだそうですので……」

「米軍の焼夷弾は半固形化したガソリンを使っているし、点火剤はマグネシウムだ。火力は強いし、落下してくる間に複数に分解するんだ。それが頭上から滝のように降り注いでくるんだからね……」

軍需物資の調達を生業にしていただけあって、焼夷弾の仕組みを解説しながらも、鬼頭は気の毒そうに言い、

「それで、お父さんは？」

と話の続きを促した。

「父の消息が分かったのは、それから暫《しばら》く経ってのことです。沖縄で戦死したと……」

「そうか沖縄でなあ……」

「父は横浜、母は東京の下町で生まれ育ちまして、両親は見合いで結婚いたしましてね。どちらも激しい空襲があった地域でしたので親戚縁者も誰一人として生き残っていなくて、以来天涯孤独の身になってしまったのです」

「兄弟は？」

「弟がおりましたが、三歳の時に病死してしまいまして……」

「なるほど……。で、それからどうしたのだ」

「まず焼けた家の片づけを始めました。家族の思い出となるものが残ってはいないかと思いまして……。並行して焼け跡から使えそうな木材を見つけて、そこに莚《むしろ》をかけて、掘建て小屋を作りました……」

話すうちに、当時の記憶が蘇《よみがえ》ってくる。

真っ先に浮かんだのは、焼け跡から漂ってくる特有の臭いだった。

木材、紙、そして腐敗臭というか、とにかく焼け跡はなんとも形容し難い不快な臭いを放つのだ。臭いは雨が降ると強くなり、湿気と相まって、莚で覆われた狭い空間の中に充満するのだから堪《たま》ったものではない。

それでもなんとか耐えられたのは、当時の日本国民の大半が、同じような境遇にあったからだろう。

　家を失った国民は数知れず。夜になると主要駅の構内は、床に新聞紙を敷いて横になる者や戦災孤児たちで足の踏み場もない。彼らの着衣の汚れぶりは酷いものだし、足や腕には、幾層にも積み重なった垢《あか》がこびりつき、まるで全身が瘡蓋《かさぶた》に覆われてしまっているかのような悲惨さだ。

「食糧はどうやって手に入れたのだ？　金は？　勤労動員じゃ賃金はもらえなかったろうし、金目のものは家と一緒に全部焼けてしまったんだろ？」

「近所の顔見知りのご婦人に、空襲を逃れた方がいたのです。三月の大空襲で東京が焼け野原になったと聞いて、横浜も危ないかもしれないと、千葉の親戚の家に疎開していて助かったのだそうです。ただ、家を守るために残ったご主人は……」

「なるほど……」

　結末は聞かずとも分かるとばかりに、鬼頭は沈鬱な声で短く言った。

「生死については諦めているけど、せめて遺品か思い出の品になるものをとおっしゃって、度々焼け跡に足を運ばれていたのだそうです。でも、年齢は五十歳を超えておられましたので、瓦礫を取り除くのも大変そうでしたので、私が手伝うようになりまして……」

「すると、そのご婦人が疎開先から手に入れた食料で飢えを凌《しの》いだというわけか」

「はい……」

貴美子は頷いた。「ただ、誰しもが飢えに苦しんでいた時代です。ご婦人の千葉の親戚は農家をしておりましたが、食料を入手するために、金目の物を持参して連日都会から人がやってくるようになりまして。こちらは分けていただくのですから、頻繁にとは参りませんし、量だって僅かなもので……」

「それで、遺品は見つかったのか？」

「何一つ……」

貴美子は首を振った。「当たり前だと、笑われましたもの」

「笑われた？　誰に？」

貴美子は黙って、顔の前に左手の薬指に嵌めた指輪を翳した。

「男が現れたのだな」

「はい……」

貴美子は頷いた。

終戦からひと月余。日本は復興に向かうどころか、ますます混迷の度合いを濃くしていくばかりだ。

電力一つ取っても、東京や横浜のような大都市の中心部にこそ供給されてはいたものの、電柱すら跡形もなく焼失してしまった保土ケ谷周辺は手付かずのままだった。

焼失面積が広すぎることもあったが、それ以前に人手もなければ、復興に必要な物資が圧倒的に不足していたこともある。

だから日が落ちてしまうと、保土ヶ谷一帯は漆黒の闇となってしまう。

「貴美子ちゃん？　貴美子ちゃんだろ」

ちょうど、夕食の芋を茹《ゆ》でていた最中である。

焚《た》き火の明かりが届く範囲こそ目が利くが、声は闇の中から聞こえてくる。

しかし、名前を正確に口にするところからして、知人に違いない。

貴美子は立ち上がり、

「そうですが……」

と答えながら、声が聞こえた方に目を凝らした。

「俺だよ、俺……。井出《いで》清彦《きよひこ》だよ」

もちろん、清彦のことはよく知っている。

幼少期から頭脳明晰《めいせき》。小学校時代の成績は常に全甲。一貫して級長を務め、旧制中学から一高、そして帝大法学部に進んだ大秀才。しかも、貴美子が女学校受験を控えた直前の夏休みには、家庭教師を引き受けてくれたのだ。

「先生？　先生なの？」

年齢差もさることながら、その頃の名残もあって、貴美子は闇に向かって問いかけた。

「いい加減、その先生は止めなよ」

闇の中から苦笑する気配と共に足音が聞こえ、焚き火の明かりの中に清彦の姿が浮かび上がった。

その瞬間、涙が溢《あふ》れ出し、貴美子は号泣しながらその場にしゃがみ込んでしまった。

考えてみれば、両親も親戚縁者も全て亡くなってしまった今、かつて親交を結んだ人間と出会ったのは清彦が初めてだ。見知った人と再会できて、気が緩んだせいもある。安堵したせいもある。それに清彦は貴美子が憧れを抱いた、ただ一人の男性であったのだ。

もちろん、恋心ではない。年齢に差があるし、将来を嘱望された身でもあったから、高嶺《たかね》の花そのものであったのだ。それに帝大法学部に進んだ清彦は繰り上げ卒業で、兵役に就いたと母親から聞かされていたので、無事でいられるはずがないと思い込んでいたせいもある。

「だって……、だって、生きているとは思っていなかったんだもの……。出征されたと聞いたから、もしかして――」

「戦死したんじゃないかって？」

清彦は貴美子の言葉を先回りすると、「よく見なよ。ちゃんと足がついてんだろ？幽霊じゃないよ。生きて帰ってきたんだ」

大口を開けて呵々と笑った。

貴美子は、しゃがみ込んだまま清彦の姿を改めて見た。

清彦が言う通り、足もあれば、顔にも体にも傷ひとつ見当たらない。

着用している国民服にしても、生地は緩んではいるが上等な代物だ。

「命拾いしたんだよ。間一髪のところでね」

清彦は目元に笑いの余韻を残しながらも、感慨深げに言う。「俺、海軍に配属されて主計士官になったんだ。まあ、戦況が戦況だったからさ。大した教育も施されないうちに、早々に任官することになったんだけどね。乗艦することになっていた軍艦が、内地に帰還する航海中で次々に撃沈されちゃってさ。ずっと陸上勤務が続いていたんだよ。それでもいよいよ乗艦、俺もこれまでかって覚悟したんだけど、横須賀を出て一日経ったところで、まさかの終戦ってことになったのさ」

「ご家族は？」

貴美子がそう訊ねた瞬間、清彦の顔から一切の表情が消え去った。

そして、絶望的な眼差しを浮かべて首を振る。

「軍の中にいれば、横浜が大空襲に遭ったって話は耳に入る。特に保土ヶ谷は被害が大きかったたってこともね……。それも焼夷弾が使われた。保土ヶ谷一帯は焼け野原だって聞いて覚悟はしてたけど、まさかここまで酷いとはね……」

「お母様は信州のご出身でしたよね。疎開はなさらなかったのですか？」

「お袋は、保土ヶ谷愛国婦人会で会長をやってたんだぜ？　疎開どころか、被服廠へ奉公に出ていたし、親父《おやじ》は体調が悪くて、床に就くことが多くなっていたからね……」

「明彦《あきひこ》さんは？」

貴美子は、都内の私立大学の学生で、清彦の二歳違いの弟の名前を口にした。

「あいつ、学徒出陣で配属された陸軍で爆撃機の操縦員になって、岩手にある後藤野《ごとうの》飛行場に配属されたんだ」

「岩手なら、激しい空襲はほとんどなかったのでは？」

岩手は大変な田舎のはずで、そんなところに陸軍の飛行場があるのが貴美子には意外だった。

ところが清彦は言う。

「そんなことはないよ。岩手の釜石《かまいし》には大きな製鉄所があるからね。報道統制が敷かれていたから世間の人は知らないだろうけど、七月十四日に米軍艦の艦砲射撃で製鉄所は壊滅的な被害を受けたんだぜ」

「七月十四日って、終戦間際のことじゃないですか」

「だから兵役を解除されたその足で、真っ先に岩手に行ってみたんだよ。両親が無事でいるのなら、ここに来れば会えるだろうけど、明彦のことが気になって仕方がなくてね。陸軍だって終戦直前まで特攻をやっていたから、釜石が攻撃されたら、直近の部隊に特攻命令が出たんじゃないかと思ったんだ」

「まさか、明彦さんは……」

その先を口にするのが恐ろしくなって、貴美子は言葉を飲んだ。

「やっぱり特攻出撃の命令が下ったそうでね」

果たして清彦は言う。「もっとも、まともな飛行機はほとんど残ってなかったそうだから、部品だってまたしかりだ。整備兵だって、まともに教育も訓練も受けちゃいない素人同然の人間ばかり。基地を飛び立ったものの、敵艦を探しているうちに明彦が乗った機体のエンジンに不具合が生じて、引き返すって無線が入ったそうなんだ」

無事に帰還したならば、明彦の生死を最初に告げるはずである。

「まさか……」

『墜落』と言いかけたのを貴美子はまた、すんでのところで呑み込んだ。

「三機が同時に特攻に出たそうなんだけど、残る二機も敵艦を見つけられないでいるうちに日没が迫ってきてね。今日は無理だから、改めて出撃することにして、帰投したそうなんだけど……」

清彦はそう語ると、言葉が続かなくなった様子で、無念とばかりに目を伏せた。

その先は、聞かずとも分かる。

未帰還。明彦の搭乗機は行方不明となったのだ。

「そういうわけで、家族四人の中で死に損なったのは俺一人。親戚がいないわけじゃないけれど、俺自身は頼るほど親しくはしてなかったしね。同年代のやつもいたけれど、田舎の少年は大学よりも海兵だ、幼年学校だ、予科練だって、進んで軍人になってみんな戦死しちまったからね。いまさら親戚の年寄りを頼ったところで、後々面倒になるだけだ。この際、天涯孤独の身になって、再出発を図ろうかと思ってさ」

清彦は、ほっと息を吐きながら言い、吹っ切れたとばかりに笑みを浮かべると、

「で、貴美子ちゃんは？」

貴美子は問われるがまま、両親が亡くなったこと、野上《のがみ》ツルという親しくなった婦人と一緒に、遺品になるものを探していることを話すと、

「そんなの、絶対見つからないよ」

清彦は当然だとばかりに言い、苦笑する。

「どうしてですか？　酷く燃えてしまったと言っても、何かの拍子で瓦礫の下に――」

「米軍の焼夷弾は、ゲル化したガソリンを使ってるんだぜ。それが雨霰《あめあられ》と落ちてきて、木と紙でできた日本家屋を焼き尽くすんだ。ガソリンは燃焼温度も頭抜けて高いし、大気中では爆発的に燃え上がるからね。写真や手紙の類なんかは残っているわけないし、金目の物ならなおさらだよ」

「なおさらって、どうしてですか？」

意味が分からず、思わず貴美子が問うと、

「持っていくやつがいるからさ」

清彦は当然のように答える。

「持っていく？」

「貴美子ちゃん……」

清彦は、改めて名を呼ぶと続けて問うてきた。

「戦場《いくさば》荒らしって聞いたことがあるか？」

「戦場荒らし……ですか？」

「戦国時代の戦場で、置き去りにされた死体から、刀や槍《やり》、鎧《よろい》とか、金目になりそうなものを剝ぎ取る輩《やから》がいてさ、そいつらのことを戦場荒らしと呼ぶんだよ」

そう聞けば、続く話は想像できるが、自らそれを口にするのは忌わしすぎる。

黙るしかない貴美子に向かって、清彦は続ける。

「戦って言うのはね、今も昔も何も変わっちゃいないんだ。兵は殺《や》るか殺られるか、己の命を懸けて殺し合う。もちろん戦場となった地域の住民も巻き添えを食う。家、畑、家財道具を失うのはまだマシさ。逃げ遅れれば命を失うことにもなりかねない。そして、戦には混乱がつきものだ。混乱……つまり、カオス、どさくさは財を得る絶好の機会と捉える輩が必ずいるんだよ」

「空襲に遭った地域では、そうした輩が跋扈《ばっこ》するってわけですね」

「そんなやつらからすりゃ、焼け跡や空襲の跡は宝の山さ。体が木っ端《こっぱ》微塵《みじん》になってても指輪、宝石は残るからね。黒焦げになってても、金歯や銀歯があるかもしれないだろ？　溶かしゃいい値で売れるんだもの」

清彦は冷え冷えとした声で言い、短い間を置き話を続ける。

「そんな輩が真っ先にやってきて、金目のものを漁《あさ》りまくるんだぜ？　焼け残った遺品が見つかると思うかい？　連中にとって、悲劇、カオスは絶好の稼ぎ時以外の何物でもないんだぜ?」

清彦の言うことに反論の余地はない。

人間の奥底に必ずや潜んでいる、あらゆる負の感情が爆発的に噴き出すのが戦争だ。

そして正気ではいられない、狂気に走らなければ、耐えられないのが戦争なのだ。

しかし、貴美子は清彦の言葉を肯定する気にはなれなかった。

ただでさえ日本社会は、未曽有のカオスの真っ直中《ま ただなか》にある。今、貴美子が心から欲していたのは絶望ではない。ささやかでもいい。根拠がなくともいい。前途への希望だったからだ。

行動を共にしているツルは、三日前に千葉に行ったきり。ただでさえ乏しい食料は、根っこのように細いサツマイモを二本残すだけである。

節約を重ねていてもこれだから、常に空腹感を覚えているのだが、こんな話を聞いてしまうと、食欲も萎えてしまう。

そこで、貴美子は清彦に問うた。

「先生、夕食は?」

「いや、まだだけど」

「だったら、お芋召し上がります?」

「芋? 芋があるの?」

目を軽く見開く清彦に向かって、貴美子は微笑みながら、黒く焼け焦げた鍋の蓋を開けた。

　小さな、そして痩せたサツマイモが一本、煮えたぎる湯の中で泳いでいる。

「これ、貴美子ちゃんの夕食だろ？　しかもこんな小さいのに……」

　そう言いながらも、清彦の喉仏が、上下するのを貴美子は見逃さなかった。

　それも道理というものだ。

　万事において軍優先の時代が続いてきたとはいえ、食糧事情が厳しいことに変わりはない。一般国民よりもマシといった程度のことでしかないのだ。

　とはいえ、一旦港を離れれば補給が利かない軍艦は別である。航海中の食料を、それも全艦船分だけ確保しておかなければならない海軍は豊富に備蓄しているのを知っていたからだ。

　空腹が日常となっていた人間と、常に満たされていた生活を送っていた人間とでは、切実さの度合いが違うはずだ。

「私、昼にもっと大きなお芋を食べたから、それほどお腹空《なかす》いていないんです。それに、空腹には慣れているので……」

　貴美子は真偽を綯《な》い交ぜにして答えた。

「ほ、本当にいいの？」

　貴美子は、ニコリと笑って頷いた。

「じゃあ、遠慮なく……。俺、昨日から何も食べてなくて……」

貴美子が箸で摘《つま》んだサツマイモを差し出すと、清彦は「あチチ」と言いながら、左右の手を交互に使って粗熱を取る。

そして、その動作を何度か繰り返したところで、

「いただきます！」

と言い、大口を開けながら貴美子に視線を向け、かぶりつこうとしたのだったが、そこで動きを止めた。

食欲が失《う》せたのは本当だが、次はいつ食べ物にありつけるのかという内心が、貴美子の表情に現れてしまったらしい。

清彦は情けない表情になると芋を見つめ、ため息を吐いた。

「これじゃ、無謀な戦争に走った軍のお偉方と同じだよな……。確かに、兵隊は命がけで戦った。飢えに苦しんだ挙句、餓死した兵隊も大勢いたよ……。だけど、命を失ったのは兵隊だけじゃない。老若男女、もっと多くの国民が命を失ったし、飢えに苦しんだんだ……。だけどさ、戦争を始めた連中の大半は、前線に立つこともなくのうのうと生き延びた。戦中も飢えに苦しむ国民を尻目に、たらふく食っていやがったんだ……」

そこで、清彦は貴美子に視線を向けてくると、「貴美子ちゃん……。俺、この芋は食えないよ。君が苦労して手に入れた大切な食料をもらうわけにはいかないよ。これじゃあ、戦争始めたあいつらと同じになってしまう」

サツマイモを差し出してきた。

清彦の考えは十分理解できるが、昨日から何も食べていないと聞いてしまったからには、素直に従えるわけがない。

「もう、軍人も民間人もないんですよ。これからは、皆一様に苦労を強いられることになるんですから……」

貴美子は言い、さらに続けた。

「だったら、半分こにしませんか？　昨日から何も食べていない人の前で、私だけお芋を口にするなんてできませんもの。それならいいでしょう？」

「いや、しかし……」

「大丈夫です」

貴美子は断言した。「近所のご婦人と一緒にいる、って言いましたけど、その人今、千葉に疎開していた時にお世話になった親戚の家に行っているんです。そこは農家なので、度々訪ねては、食料を分けてもらって来るんですけど、そろそろ戻ってこられる頃ですので」

「そうか……。疎開先だった親戚の家から、食料を分けてもらっているのか」

「だから、私のことは気にしなくていいんです。虫押さえにもならない量ですけど、先生、一緒に食べましょう」

清彦は、ようやく納得して、サツマイモを二つに折った。そして、その一方を貴美子に手渡すと、

「いただきます……」

目を合わせたまま言い、口に入れた。

ツルが縁《えにし》に縋ってタダで手に入れた代物である。

親戚といえども稼ぎ時と見れば、善意よりも欲が先に立つ。まして、文字通りの物々交換である。持ち込む品の価値に応じて品質が変わるのは当然というものだ。

それゆえに、ツルが持ち帰る品々は酷い代物ばかりなのだが、それでも口に入れればサツマイモの味がする。

「ああ、美味いなあ……」

清彦の目に涙が浮かび、焚き火の光がそこに反射する。「でも……俺、今、凄く惨めだ……」

「惨め？」

「だってさ、こんな根っこのような芋を食って、しみじみ美味いと感じるんだぜ？　こんな暮らしがいつまで続くのか、この先、この国はどうなっていくのかと思うと……」

「先生は、帝大を出ているんだもの、いずれ世の中が落ち着けば……」

「そんな先のことより、明日をどう生きるかだよ」

清彦は芋を咀嚼《そしやく》しながら言った。「アメリカが日本をどうするつもりなのか、はっきりしないうちは官庁も企業も動きが取れないからね。それに帝大出だって言うけどさ、繰り上げ卒業だし、使ってくれる先がないいんじゃ生きていけやしないよ」

清彦の言う通りである。

貴美子にしても、近所の顔見知りだったツルが運んでくる農産物のお裾分けに与れるからこそ、なんとか生き抜いてこられたのだ。もし、彼女と出会えなかったら、粗末とはいえ彼女に食料を調達できる伝手《つて》がなかったら、とうの昔に餓死していたか、あるいは身を売って金を稼ぐことになっていたかもしれないのだ。

そこに改めて気がつくと、貴美子は恐怖を覚えた。

「国がどうなるかはいずれ分かることだけど、それまで生き残るためには、まず日銭を稼ぐしかないな」

清彦は、何かを思いついたらしく、小さくなった指先のサツマイモを見つめる。

「日銭と言っても、雇ってくれる先がなければ――」

「雇ってくれる先がなくたって、日銭を稼ぐ方法はいくらでもあるさ」

清彦は、貴美子の言葉が終わらぬうちに言った。

「えっ？」

「商売だよ。貴美子ちゃんのお父さんは、元町で貴金属店を経営していたよね。それだって立派な日銭稼ぎじゃないか」

「でも、物を売るためには、仕入れが必要で、仕入れにはお金が――」

「人間が生きていくために、必要不可欠なものって何だと思う？」

「絶対に欠かせないのは衣食住、中でも食じゃないでしょうか」

「そう、食だ……」

清彦はニヤリと笑うと続ける。

「実際、横須賀、横浜、この近辺でもそこそこ大きな街じゃ、駅前に早くも市が立ち始めているもんな。ちょっと覗いてみたんだけどさ、得体の知れない肉や臓物、雑炊、スイトン、サンダルや靴に至っては、片方しかないのも売られているんだ」

「片方しかない履物を?」

「別に、揃《そろ》ってなくてもいいんだよ。履物として機能すりゃあいいんだ。贅沢《ぜいたく》言ってる場合じゃないんだもの」

つまり、それだけ貧困に喘ぐ日本人が多いことの証左なのだから、思いは複雑だ。

思わず貴美子は黙ってしまったのだったが、清彦はそのままの勢いで続ける。

「中でも、繁盛しているのは、やっぱり食べ物屋でね。粗末なスイトンや雑炊が飛ぶように売れているんだ。そりゃそうだよな。何をするにせよ、食わなきゃ動けないし、餓死しちまうからね」

「でも、食べ物屋をやるにしたって、食材を調達しなければお料理を作れないし、仕入れにはお金が必要じゃありませんか」

「そこで相談なんだけど、貴美子ちゃん、この芋、そのご婦人が親戚から分けてもらってるって言ってたよね」

「ええ……」

「そこから仕入れられないかな。代金は後払いで……」

「でも、それは……」

「農家にとっても、悪い話じゃないと思うんだ」

「なぜです？　食料を調達するために、連日都会から、高価な着物や帯、書画骨董を持参した人たちが押し寄せているんですよ」

「知ってるさ。でもね、貴美子ちゃん、高価な物でも、お金に換えられればの話だろ。持ってるだけじゃ、お金にはならないんだよ」

なるほど、確かに清彦の言う通りだ。

あっと声を上げそうになった一瞬の間を突き、清彦は続けた。

「大体、今の日本で豪華な着物や帯を必要としている人がいると思うかい？　値がつくのも、買ってくれる人がいればこそ。買ったところで、使い道がない代物なんて、どこに持ち込んだって売れやしないよ。書画骨董に至っては、偽物が当然のように出回ってんだ。お百姓さんに、真贋《しんがん》を見分けられる目を持つ人が、どれだけいると思う？　だったら、後払いでも、確実に金になる方がいいに決まってるじゃないか。それに後払いは、最初のうちだけなんだからさ」

「なるほど、それは井出という男の言う通りだな」

黙って貴美子の話に聞き入っていた鬼頭は、ようやく口を開いた。「それで、お前と井出は闇市に店を出すことになったのだな」

「はい、新橋に……」

「新橋？　横浜ではなかったのか？」

「私が、横浜は嫌だと言ったのです。母親が亡くなった場所から、離れたかったもので……」

「なるほど。それで？」

「食材の調達は清彦が担当し、私とツルさん……あっ、これはそのご婦人のお名前なんですが、二人で料理を作り、店を切り盛りするようになったのです。店は大層繁盛しましてね。確実に代金が支払われると分かるにつれて、食材の質も良くなって参りましたし、時には鶏《とり》が入ることもあったのです。売るのは雑炊だけで、売値を抑えるために他の店同様、箸も立たないような薄い代物でしたが、たまに鶏肉が入っていたり、鶏ガラで出汁《だし》を取ったりしたもので、大層な人気になったのです」

「そのツルさんとやらがいたとしても、幼馴染みと二人三脚で店を切り盛りしていれば、恋仲になるのも自然な流れだったというわけか」

「いつしか清彦とは、運命共同体と思うようになっておりましたので……」

貴美子は頷いた。「手元のお金に余裕ができれば、今度は住まい。そこで、長屋でしたが品川の近くに部屋を借りて、二人で生活を共にするようになったのです」

「それはいつ頃の話だ？」

「昭和二十一年の夏のことでした。三畳一間。台所もなくて、玄関の前に七輪を出して、煮炊きするような粗末な長屋でしたが、とにかくそこで二人の生活が始まったのです」

「なぜ、それを機に籍を入れなかったのだ？　何か理由があるのかね？」

「清彦が事業欲に目覚めまして……」

「事業欲？」

「今までとは違って象徴として、天皇制が維持されることになり、新憲法も制定されたことで、日本は独立国家として存続することになりました。ただ、清彦は日本は敗戦国だ、アメリカの影響下で生きていくことになる、つまり、アメリカが持ち込んだ民主主義、資本主義の時代がやってくる、ならば、自分は資本家になると言い出したのです」

「籍を入れることと、資本家を目指すのは別の話じゃないか」

「ちょうど、新橋の闇市の大半が取り壊されたこともあったのです。確固たる生活基盤を築いた上で、私を妻として迎えたいと言いまして……」

今にして思えば、困難な時期を夫婦として二人で乗り切ることができれば、絆《きずな》がより一層深まったようにも思えなくもない。しかし、当時は天涯孤独の身になって日が浅いこともあったし、憧れが恋心に変わった清彦と一緒に暮らせるだけでも嬉《うれ》しかった。なによりも、一日でも早く、確固たる生活基盤を築きたいと切望していたのは貴美子も同じであったのだ。

貴美子は続けた。

「実際、終戦から一年も経つと、銀座も往時の賑《にぎ》わいを取り戻しつつありましたし、日本が復興に向けて動き出しているのを肌で感ずるようになりました。そんなこともあって、彼は焦っていたのではないかと思うのです」

「焦っていた？」

「カオスには大きなチャンスが眠っている。なぜならカオスには法も秩序もない。なんでもありだ。才覚一つでのし上がることができるからだ、と清彦は常々口にしておりましたので……」

「なるほど」

まさに鬼頭がそうなのだ。

果たして鬼頭はニヤリと笑うと、

「それで？」

話の先を促してきた。

「私とツルさんは闇市が取り壊される直前に、手持ちのお金の大半を使って、田町《たまち》で小さな食堂を始めたのです。清彦は、食材の調達に出向く傍らで、何か事業を始めようと、伝手を頼って朝から晩まで出かけるようになりまして……。そんなところに事件が起きたのです」

5

昭和二十四年一月三日。

ツルと一緒に田町で始めた食堂は、開店直後から大繁盛した。

都市部での配給制度はまだ続いていて、食糧事情はまだまだ厳しい。そこで清彦が産地に赴き、直接仕入れた食材を使う食堂を開店したのだ。

粗末な代物には違いないが、他の店に比べれば格段マシだ。しかも、原価の安さを売値に反映させた。運び屋の摘発は頻繁ではあったが、続けているうちに勘が働くようになったらしい。摘発に遭遇する回数もめっきり減ったおかげで食材の仕入れは順調で、その結果、「美味くて安い」とたちまち評判になったのだ。

食堂と言っても間口二間しかない小さなもので、供する料理も雑炊とスイトンの二品だけなのだが、それでも商売が繁盛すれば励みになる。

その日貴美子は年明け初日の営業を翌日に控え、午後から店の掃除と料理の仕込みに取り掛かっていた。

掃除は三人で、年末に入念に行ってはいたが、やはり年明け初日は新たな気持ちで迎えたいと思ったたし、雑炊に用いる米は、この時期ならば前日に炊いておいても日持ちする。スイトンの生地だって、練り上げてからすぐには使わない。もっちり感を出すために寝かせるのである。粗末であっても、こうした一手間を惜しまぬことが、繁盛の秘訣《ひけつ》だと学んだのだ。

入念に竈《へっつい》を掃除し、炊事場の床やテーブルを磨き上げる。掃除が済んだところで、年末に包丁を研ぐのを忘れていたことを思い出し、貴美子は流しの下から砥石《といし》を取り出した。そして器に水を張り、砥石を浸したところで米を研ぎ、竈に火を入れた。

焚き付けは赤錆色《あかさびいろ》になった杉の落ち葉である。

竈の中にまず杉の落ち葉を敷き、その上に薪《まき》を置く。そしてマッチで杉の落ち葉に火を点すと、白煙と共に炎が上がる。

薪に火が移り、火勢が安定したところで火力の調節に入る。最初は弱火で、そして強火で一気に炊き上げるのだ。

雑炊にするのだから、ここまで手間をかけずともいいのだが、清彦は明日からの食材の仕入れで、早朝千葉に向かった。正月でもあることだし、店に食材を持ち帰ったついでに、炊き立ての飯で夕食を共に摂《と》ることになっていたのだ。

そうしている間に、砥石が十分水を吸う。

貴美子は包丁を手にすると、研ぎにかかった。

包丁は二種類。野菜を刻む菜切りと、主に鶏肉を処理する際に用いる、出刃を薄く、細くした形状の舟行包丁《ふなゆきぼうちょう》である。

最初のうちは難渋したが、うまくできるようになると、包丁研ぎは面白い。

研いでいる間は無心になれるし、刃と砥石の擦れ合う音がなんとも心地よいのだ。それに、研ぎたての包丁の切れ味には快感を覚える。

どれくらい時間が経っただろう。

二つの包丁を研ぎ上げ、出来栄えを確かめようと、刃先に指を当てたその時、店の引き戸が音を立てて開いた。

そろそろ清彦が帰ってくる時刻である。

てっきり清彦だと思い、

「おかえりな――」

入口に目をやったところで、貴美子はその先の言葉を呑み込んだ。

そこに、二人のアメリカ兵が立っていたからだ。

年齢は二十代半ばといったところか。カーキ色の軍服を着用しているところからすると陸軍である。

終戦後程なくして日本に進駐してきた連合国軍は、日本全国の主要都市にキャンプを置いた。そして駐留兵の数が増すにつれ、日本国民はアメリカとの圧倒的な物量差をまざまざと見せつけられることになった。

闇市に並ぶ進駐軍から流出した缶詰は、日本人の感覚からすれば豪華この上ない代物ばかりであったが、なんと戦闘糧食だというのだ。

他にもチョコレートやビスケットといった菓子類、石鹼《せっけん》や薬等、闇市では進駐軍流れの物資が売られていたのだが、食糧難の最中にいる日本人からすれば、どれもこれも夢のような贅沢品ばかりだ。

しかも駐留兵は子供たちを目にすると、自ら群れの中に歩み寄り、あるいは走行中のジープの上から菓子類をばら撒《ま》くのである。

しかし、これも子供に限ってのことで、大人となるとそうはいかない。女性の中には駐留兵相手の街娼になる者も多く、夜の繁華街では駐留兵と腕を組み、嬌声を上げながら一緒に歩く若い日本人女性の姿が日常的な光景となっていた。

しかし、ここは田町である。しかも、こんな小さな食堂を訪れる米兵がいるとは思えない。

いったい、何用なのだろう……。

訊ねたいのは山々だが、戦中を通して敵性語とされ、一切教育を禁じられていたこともあって英語はさっぱりだ。

どう対応したものか皆目見当がつかず、貴美子はその場に立ち尽くしてしまったのだったが、二人の感情は表情に現れる。そして、二人のいずれの目にも同じ表情が浮かんでいるのに気がついた時、貴美子は途轍《とてつ》もない恐怖を覚えた。

敵意ではない。殺意でもない。捉えた獲物をこれから屠《ほふ》る。淫靡、かつ残虐な光に満ちているように思えたからだ。

そう言えば……。

開店後間もない頃から前の路上を掃除している最中に、ジープに乗った米兵が声をかけてきたり、口笛を吹いてきたりすることがあった。ツルからは、「さっき米兵が、貴美子ちゃんを気味が悪い目で見ていたよ」と心配そうに言われたこともあったのだ。

現に一部の米兵の狼藉《ろうぜき》ぶりは目に余るものがあって、終戦直後の闇市では若い日本人女性が強姦《ごうかん》の被害に遭うのは珍しい話ではなかったし、発覚しないだけで、同様の被害を受けた女性は数知れないとも言われていたのだ。

果たして二人は、薄ら笑いを浮かべながら、じりじりと距離を詰めて来る。

叫び、助けを求めようとしたのだが、恐怖のせいで声が出ない。

突然、一人の男が歩調を早め、猛然と距離を詰めて来た。

貴美子は踵を返し、調理場の奥にある食料を保管している小部屋に逃げ込もうとした。ところが、焦っていたこともあって、引き戸がうまく開けられない。二度三度と引いているうちに、背後から襟首を摑《つか》まれ、そのまま床の上に引き倒されてしまった。

二人の米兵の狼藉から、女性が逃れるのは至難を極める。

だが、最後の瞬間まで我が身を護ろうと、貴美子は必死にもがいた。

激しく抵抗したのに加えて防寒の目的で、重ね着した和服にモンペを着用していたのが幸いだった。和装の扱いには不慣れなようで、二人は着衣を剝ごうとするのだが、なかなかうまくいかない。

そのうち焦《じ》れた米兵が貴美子に馬乗りになると、顔面を拳で殴りつけ、首に手をかける。

口の中に生温かい液体が溢れる感覚があった。同時に首に強い圧を感じた。もう一人の米兵の手がモンペにかかり、紐《ひも》を解《ほど》こうとしているのが分かった。

涙が零《こぼ》れた。ここで殺されてしまうのか、と思った。いや、こんな辱めを受けるのなら、殺して欲しいとさえ思った。

顔面が熱い……。息ができない……。体に力が入らない……。

薄れゆく意識の中で、最期の時を迎えるのなら、仇《かたき》の顔をしっかと脳裏に焼きつけてからと、貴美子は力を振り絞って目を見開いた。

細面の顔いっぱいにソバカスが浮かんでいる。最初の印象よりも若く、二十代前半のように思われた。赤毛、碧眼《へきがん》、薄い唇の間から食い縛った歯が覗いている。石鹼かコロンなのか、甘い香りが男の体から匂ってくる――。

と、その時だった。

その顔が激しく仰《の》け反り、首から男の手が離れた。

次いで吹き飛んだ男の体が何かに激突する音が聞こえ、同時に悲鳴と罵声が狭い店内に交錯した。

「てめえら、何やってやがんだ！」

清彦の声だった。

貴美子は息を大きく吸った。そして激しく咳《せ》き込みながら、上半身を起こすと、清彦の声が聞こえた方に目をやった。

状況はすぐに把握できた。

どうやら清彦は、最初に貴美子のモンペを脱がしにかかっていた男を蹴り上げ、ついで首を絞めていた男の襟首を摑んで上体を引き起こし、拳で殴りつけたらしい。

蹴り上げられた男は腹部を抱え、もう一人は鼻っ柱を殴られたらしく、早くも鼻血が流れ出している。

清彦は腹部を抱えて苦悶《くもん》の表情を浮かべる男に飛びかかり、馬乗りになると、二度、三度と顔面を殴りつける。しかし相手は兵士である。それも栄養満点の米陸軍兵だ。太い腕で防御するものだから、清彦の拳は中々顔面に命中しない。そうこうしているうちに、鼻血を出していた男が立ち上がり、もう一人の男を殴り続ける清彦に背後から飛びかかった。

狭い調理場でのことである。三人の男が取っ組み合えば、調理場が無傷でいられるわけがない。その破壊力は凄まじく、飛んだ鍋が床にぶち当たるわ、丼が砕け散るわで、狭い調理場は、あっと言う間に空襲に遭ったかのような惨状となった。そして米兵二人と海軍上がりとはいえ主計士官一人の戦いの結末が傍目《はため》にも明らかになってきた。

清彦は一人の米兵に背後から羽交いじめにされ、もう一人の男に顔面を一方的に殴られるだけとなったのだ。

そして兵士の拳が顔面を捉える度に、湿った音がし、清彦の口や鼻から血飛沫《ちしぶき》が飛んだ。

それでも清彦は貴美子に目を向けると、

「早く逃げろ！　貴美子、逃げるんだ！」

と叫ぶ。

しかし、体が反応しない。

逃げなければ、助けを呼ばなければと思う一方で、清彦を置いて一人逃げるわけにはいかない。この場を離れてしまったら、清彦は殺されてしまうのではないかと思ったのだ。

「何やってんだ！　逃げろってば！」

再度促されても、貴美子は動けなかった。

清彦が最後の抵抗を試みたのはその時だ。

羽交いじめにしている男の顔面に、自分の後頭部で頭突きを喰《く》らわしたのだ。

グシャ……。

頭突きは見事に命中し、鼻が潰れる鈍い音がした。

男が悲鳴を上げて顔面を両手で覆ったおかげで、自由になった清彦は、勢いをつけて、顔面を殴りつけていた男に飛びかかる。二人の男が床の上でもつれ合う。

しかし、またしても米兵が優勢になるまでに、然程《さほど》の時間はかからなかった。

拳を喰らい続けた清彦のダメージは甚大で、格闘を続けるだけの体力が残っていなかったのだ。

米兵が仰向《あおむ》けになった清彦に馬乗りになって、顔面に二発、三発とパンチを見舞う。

その度に清彦の顔面が激しく揺れる。それでも清彦は反撃に出ようとするのだが、もはや防御すらままならぬと見えて、その腕が床に落ちた。

その時貴美子は、清彦の指先が包丁に触れるのを見た。

調理場が破壊される間に、床に転げ落ちてしまっていたのだ。ついさっき、研ぎ上げたばかりの包丁、それも清彦の指に触れているのは、先端が尖《とが》った舟行包丁である。

触れた物が包丁という認識が清彦にあったのかどうかは分からない。とにかく何でもいいから武器にしようと無我夢中であったのだろう。

次の瞬間、包丁を引っ摑んだ清彦が、馬乗りになっていた男の喉元を突いた。

男の動きが一瞬にして止まった。

かっと見開いた目の中で、焦点が定まらぬ瞳が見えた。それはたちまち、上瞼《うわまぶた》の中に隠れていくと、半分ほどになったところで、ゆっくりと背中から倒れ始めた。

清彦は包丁を離さなかった。上体が仰け反り始めたところで、男の喉から包丁が抜けた。瞬間、気管から空気が漏れる音と共に、大量の鮮血が驚くほどの勢いで噴き出した。

凄まじい悲鳴を上げたのは、鼻を折られたもう一人の兵士である。

次いで命乞いをするかのように、床に上体を起こした姿勢のまま「止めてくれ」と言うように、差し出した両の掌《てのひら》を左右に振る。

清彦が、ふらつきながらも、緩慢な動作で立ち上がる。

吹き出した血液をもろに浴びた清彦の顔は真っ赤に染まっていた。

清彦が激しい怒りに燃えているのは明らかだった。その形相は、まさに鬼そのものだ。しかも腫れ上がった瞼から覗く瞳に浮かんでいるのは、間違いなく殺意である。

必死に命乞いを始める米兵は、涙を流し、啜《すす》り泣きしながら、床に座り込んだ姿勢で、じりじりと後退《あとずさ》り清彦と距離を置こうと試みる。

しかし、清彦に言葉を発する気配はない。

腫れ上がった瞼を見開き、米兵の顔を睨《にら》み付けると、小首を傾げ「はあっ……」と息を吐いた。

清彦の殺意の確かさを悟ったものか、米兵は体を捻《ひね》って立ち上がると、中腰の姿勢で逃げ出そうとした。

清彦は逃さなかった。

おそらくは、残る力の全てを一撃に込めると決心したのだろう。

素早く動き、米兵の背中に向かって己の体をぶつけた。

その手に、舟行包丁が握られているのが、貴美子にははっきりと見て取れた。

二人の体がぶつかった瞬間、米兵が凄まじい悲鳴を上げた。

腰よりも少し高い位置だから、おそらく、包丁は肝臓を貫いたのだろう。

再び、悲鳴が上がったが、もはやその声に力はない。

米兵は、その場に膝から崩れ落ちると、うつ伏せの状態で倒れた。

包丁は突き刺さったままで、出血は驚くほど少ない。

小さな痙攣《けいれん》を繰り返す、兵士の顔から、瞬く間に血の気が失せていく。

清彦は仁王立ちになって兵士を睥睨《へいげい》するかのように見下ろすと、

「ふざけやがって……」

唾棄するように言い、持てる力の全てを使い果たした様子で、その場にへたり込んだ。

6

アジアの戦場を股にかけて暗躍した鬼頭である。

少々のことでは驚くはずがないのだが、その鬼頭にして米兵殺害の経緯を聞かされ目を剝いた。

「お前は殺してはいないのだな」

貴美子は黙って頷いた。

「なぜ罪を被った？　犯されそうになったからとはいえ、殺人、それも米兵を二人も殺せば——」

「清彦は帝大法学部出身ですよ」

貴美子は鬼頭の言葉を遮った。「戦後の混乱は長くは続かない。平穏を取り戻した後の社会は法治社会になる。事業家も法に精通しているに越したことはない、と言いましてね。法曹界に進むつもりはありませんでしたが、法律の勉強は怠ってはいなかったのです」

「だから、何だと言うのだ？」

鬼頭は貴美子が何を言わんとしているのか理解できない様子で、問い返してきた。

「あの状況下でなら、私が刺したと言えば、正当防衛は無理でも過剰防衛と判断されるのではないかと思ったのです……」

「すると、お前が身代わりの話を持ち出して、清彦を説得したのか？」

「未成年には少年法が適用されますのでね。同じ殺人でも、成人より遥《はる》かに短い刑期で済みますから……。だから私、言ったのです。内縁の妻を救うためとはいえ、あなたが米兵を二人も刺し殺したとなれば過剰防衛も認められないじゃないか、死刑判決が出る可能性も十分ある。その点、未成年の私ならと……」

鬼頭は、「う〜ん……」と唸って、腕組みをして考え込む。

貴美子は続けた。

「護ろうとした清彦が死刑になれば、私は生きていられない。だから私が殺したことにしようと……」

「彼は、すんなり聞き入れたのか？」

「まさか……」

貴美子は、その時の清彦の表情、言葉を脳裏に浮かべながら話を続けた。

「清彦は法に通じてます。判例にも……。だからこの事件は少年法ではなく検察送りになる。そこで過剰防衛と判断されたとしても懲役刑は免れないし、成人と一緒の女子刑務所に服役することになる。お前に何年も獄中生活を送らせるのはあまりにも忍びないと、涙を浮かべながら頑として応じませんでした」

「しかし、最後はお前の説得に応じたわけだろう？」

「最終的には……」

貴美子は頷いた。「だって、清彦のいない人生なんて考えられませんでしたもの。ですから死刑の判決が下されたなら、刑が執行されたその日に、私も後を追うと必死に訴えたのです」

鬼頭は釈然としない様子で、胡乱《うろん》な眼差しで貴美子を見つめ沈黙する。

「あの時は、本気でそう思っていたのです……」

貴美子は言った。「それでも清彦は、今度はお前を前科者にするわけにはいかない、前科は刺青《いれずみ》と同じで、生涯消すことはできない、それもただの前科じゃない、殺人だぞと、断固として応じません。それで私、言ったんです。私が刑期を終えて出てくるまでに身を立てて、妻に迎えてくれればいい。殺人罪であろうと未成年だから、名前は一切表に出ない。前科を知るのは、あなたと私の二人だけではないかと」

「なるほど……」

その約束が果たされなかったのは、貴美子がニュー・サボイのホステスに職を求めたことから明らかだ。

しかし、鬼頭はそこには触れず、先を話せと目で促してきた。

「それで、誓いを交わした証として、自首する前に刺青を入れることにしたのです」

「刺青？」

さすがの鬼頭も、これにはギョッとした様子で目を見開く。

貴美子は左手の薬指に嵌めていた銀の指輪を外し、薬指を顔の前に翳して見せた。すらりと伸びた薬指の第二関節と指の付け根との中間に、青黒い一本の線が浮かんでいる。

「誓いの証と言うからには、清彦も同じものを入れたのか？」

貴美子は口元に笑みを浮かべ、静かに首を横に振った。

「お前だけなのか？　それじゃ誓いの証にならんだろう」

「前科は、戸籍謄本にさえ記載されません。名前が表に出なければ、よほど念入りに身辺を調べられでもしない限り、私が前科持ちだなんて簡単には分かりません。でも、刺青は違います。堅気の女はこんなものを入れたりはしませんから……」

「お前は自ら傷物になることで、清彦に生涯を共にする責任……、いや義務を負わせようと考えたのだな」

堅気の女は刺青を入れたりはしないと言ったところから、貴美子の意図を見抜くとは、さすがだが、それでも鬼頭は呆気《あっけ》に取られたような表情になる。

「背中や腕なら衣服で隠せますが、指はそういきませんでしょう？　身代わりだけでも十分負い目になるとは思ったのですが、何年も離れて暮らすことになるのですから、証文がないと不安になりまして」

「なるほど。刺青は証文か……」

「だって、証文にはハンコが要りますでしょう?」

鬼頭はすぐに言葉を返さなかった。

貴美子は続けた。

「闇市時代に馴染みだった客の彫り師が、泉岳寺《せんがくじ》の近くに住んでいまして、お願いに伺ったのです。もちろん私一人で……。清彦は返り血を浴びておりましたので、店で血を洗い、着替えを済ませて自宅に戻りました……」

「着替え?」

「雑炊が売り切れるか、客が途絶えるまでは開けておく店でしたので、遅くなった時には、帰る途中で銭湯に寄っていたのです。正月も三日目ですからまだ客は来ませんし、人通りもほとんどありません。明かりを消してしまえば、死体を放置しておいても、気づかれることはないと思いまして……」

ますます興味をそそられた、いや感心したかのような眼差しで貴美子を見つめ、

「それで、墨を入れ終わったところで、自首したのだな」

先を促すように問うてきた。

「はい……最寄りの警察署に……」

貴美子は淡々と答えた。「それからは蜂の巣を突ついたような大騒ぎになりました。

警察が現場検証を始める頃にはＭＰやＧＨＱの関係者までがやってきましてね。取り調べも警察、ＧＨＱ、米軍までもが入れ替わり立ち替わりの大騒動……。無理もありませんよね。強姦しようとした日本人女性、しかも未成年に兵士が二人も返り討ちにされたなんて、米軍にしたら前代未聞の不祥事にして恥辱以外の何物でもありませんもの」

そこで鬼頭は小首を傾げ、暫《しば》し黙考すると、やがて口を開いた。

「確かに前代未聞の不祥事、恥以外の何物でもないが、それほどの大事件なら、新聞が派手に報じたはずだ。しかし、そんな記事を読んだ記憶はないが？」

「報道規制が敷かれたのではないでしょうか」

貴美子は言った。「米兵の強姦事件は日常茶飯事。大半は日本人女性の泣き寝入りで終わったとはいえ、警察に捕まった兵士もいました。実際、闇市で店をやっていた頃は、何度かそうした現場を目撃しましたしね。でもＭＰに引き渡されて、それでお終《しま》い。軍法会議でどんな沙汰が下されたのかすら、一切漏れてきませんし、新聞でその手の記事を読んだことは一度たりともありませんもの」

「なるほど。事件はＧＨＱが報道機関の記事の事前検閲、情報統制を行っていた時期に起きたのか……」

「それに終戦から四年も経つと、米兵の傍若無人な行動に怒りを唱える日本人が大勢出てきていましたのでね。こんな事件が報じられたら、どんなことになるか分かったものではありませんもの。ＧＨＱだって、報道を規制しますでしょう」

「まさか、それも織り込み済みで、罪を被ったのか？」

「いや、さすがに、そこまでは……」

貴美子は軽く目を閉じ、頭を左右に振った。

鬼頭はそこで、ふうっと長い息をつくと、貴美子を正面から見据え口を開く。

「一部とはいえ、進駐軍の狼藉ぶりには目に余るものがあったのは事実だ。やつらの行為に怒りを感じていた国民は数多いたし、日本の法で裁けぬことに忸怩《じくじ》たる思いを抱いていたのもまた事実。こんな事件が報じられようものなら、殺人を誘発したのは米兵であって、お前は身を護ろうとしただけだと、世間は騒然となっていただろうな」

「GHQ、あるいは米軍の意向が働いたのかどうかは分かりませんが、警察、検察の取り調べも、それほど厳しいものではありませんでした。むしろ、同情的であったようにも感じたのですが、それでも逆送されて起訴は避けられませんでした」

「もちろん、弁護士はついたのだろう？」

「ええ……。清彦が帝大の先輩に依頼してくれまして」

「量刑は？」

「懲役五年です」

「二人も殺して、その程度で済んだのか？」

「少年法でも殺人は別扱いとはいえ、改正法が適用される初の事件ですし、弁護士が正当防衛を主張したこともあったのではと思います」

貴美子は言った。「検察は無期懲役を求刑しましたが、判決では正当防衛は認められなかったものの、過剰防衛とされまして、殺人罪に適用される最も軽い量刑が下されたのです」

「検察は控訴しなかったのか?」

「不思議なことにしませんでした」

鬼頭が疑問に思うのも無理はない。無期懲役の求刑に対して、殺人罪に適用される最も軽い量刑が下されたとなれば、検察の面目は丸潰れ。即日控訴となるはずなのだ。

貴美子は続けた。

「弁護士の先生も驚いていらっしゃいました。改正少年法下で裁かれる初の事件とはいえ、二人も殺してこの量刑は軽すぎる。GHQか米軍かは分からないが、アメリカ側から何らかの意向が働いたとしか思えない。そうでなければ、検察が控訴をせずに引き下がるはずがないと……」

「様々な事情、思惑が絡み合って、アメリカ側も早急に幕引きを図ろうとしたのかもしれないが、それにしたって不可解だね。第一、よくお前の単独犯行で押し通せたものだ。女一人で米兵を二人も刺し殺せるものなのか、疑問を覚えるだろうし、お前は清彦と一緒に暮らしていたのだろう?」

「あの日、清彦は千葉に食材の買い出しに出かけていて、まだ帰ってはいなかったと言ったのです。千葉へ行ったのは事実ですし、何時の列車で戻ってきたかなんて、調べようがありませんので」

「千葉へ行ったのは事実でも、買い出し先を出た時刻を調べれば――」

「予定していた列車に乗り遅れたと言えば、それまでではありませんか」

貴美子は鬼頭の言葉が終わらぬうちに返した。「三が日でいつもより本数が少ないこともあってひと列車後になると、東京に戻るまでには二時間近くの違いが出てきます。それに、あの日、店で夕食を一緒に摂ることになっていたことは、私と清彦しか知りません。だから三が日最後の日の夕食なので、自宅で摂ることにしていたと言ったのです。清彦は千葉から真《ま》っ直《す》ぐ自宅に戻り、私の帰りを待つことになっていたと……」

「自宅は長屋だろ？　事件が起きた時刻に清彦が在宅していたかどうかを、警察は調べなかったのか？」

「調べたと思いますよ」

貴美子は即座に答えた。「でもね、先生。正月三が日の最後の夕食時ですよ。そんな時刻に外に出ている人は稀《まれ》じゃないですか」

「それはそうだが……」

それでも納得しない様子の鬼頭に向かって、貴美子は言った。

「それに私が刺青を入れに行く途中で、清彦は自宅に向かいましたの。千葉を発《た》つのが遅れたら、帰宅はちょうどその頃になったはず。隣の音が筒抜けなほど、壁が薄い長屋です。その辺りの時刻に人の気配があった、明かりがついているのを見たと証言する人がいたとしても不思議ではありませんでしょう?」

「つまり、アリバイをでっち上げることができたわけか」

納得した様子の鬼頭だったが、「で、その筋書きを考えたのは?」

すかさず問うてきた。

「私です」

貴美子が当然のごとく答えると、

「お前が? 人が二人も刺し殺される現場を間近で見た直後に、身代わり、刺青、アリバイと、よくも冷静でいられたもんだな」

目を丸くして驚きを露《あらわ》にする鬼頭だったが、その瞳が炯々《けいけい》と輝き出すのを、貴美子は見逃さなかった。

それでも貴美子は気づかぬふりを装って、話を続けた。

「それに、弁護士の先生がおっしゃるように、やはりアメリカ側から、何らかの力が働いたのかもしれません。警察も検察も、私の供述内容に疑問を持つ様子もありませんでしたし、清彦のアリバイについては、実のところ調べたのかどうかもはっきりとは分かりません。とにかく、警察も検察も早く幕引きを図りたい様子が見え見えで……」

「アメリカ側か……」

鬼頭が何かを思いついたように、そう呟くと、続けて問うてきた。

「お前の処遇を巡って彼らの意向が働いた証拠、あるいは根拠になるものがあるのか？」

「先生、判決は懲役五年でしたが、実際には、私、四年半で出所いたしましたのよ」

「えっ……？」

意表をつかれたように、鬼頭が短く漏らす。

「昭和二十四年一月に殺人罪で逮捕、拘置所に四ヶ月、刑が確定して四年二ヶ月。もちろん模範囚でしたから刑期が短縮されたのかもしれませんが、五年だって短すぎるのに、刑期が短縮されるなんて、普通あり得ませんでしょ？」

「それが、アメリカ側の意向が働いた証拠だと言うのか？」

「それに釈放の際に所長に呼び出されまして、こう言われたんです。模範囚と認められるので、半年早く仮釈放とするが、事件のことは決して他人に、特に報道機関には漏らしてはならないと……」

どうやら、鬼頭にはピンとくるものがあったらしい。

合点がいったとばかりに、ふんと鼻を鳴らすと、

「なるほど、プレスコードの廃止の時期と重なるのか……」

低い声で漏らした。

その言葉を初めて聞いた貴美子は、すかさず訊ねた。

「何です、そのプレスコードというのは？」

「さっき、事件が起きたのは、ＧＨＱが報道機関が報ずる記事の検閲、情報統制を行っ

ていた時期だと言ったな」

「はい……」

「日本の報道に対する検閲、情報統制に該当する基準をプレスコードと呼ぶのだが、実のところ基準なんてあってないようなものでな。時々の世界情勢、国内情勢を鑑みながら報道の可否を、都度GHQが決めていたんだ。それも、二十七年にサンフランシスコ講和条約が発効されたのを機に撤廃されて、新憲法に謳《うた》われているように、報道の自由が保証されるようになったんだ」

そう言われても、プレスコードと我が身に起きたこととが、どう関係するのか、貴美子にはさっぱり分からない。

そんな内心が表情に出たのか、

「お前が娑婆《しゃば》に戻ってきたのは、昭和二十八年。報道統制も廃止されていたし、過去の話とはいえ、事件を知れば食いついてくる新聞社はいくつもあっただろう。わざわざ口封じをするところを見ると、今となっても、表沙汰になると余程まずい事件だったのだろうな」

鬼頭は鋭い眼差しで貴美子を見据えると続けた。

「でも先生、当時の時点で、五年近くも前の事件ですよ。そんな古い話を新聞が報じたところで――」

「いや、そんなことはない」

鬼頭は、何か思い当たる節でもあるのか、貴美子の考えを否定すると、「やはり大きな理由が裏にあるな……」

再び胸の前で腕組みをし、口を噤《つぐ》んだ。

「大きな理由……ですか？」

「まあ、今ここであれこれ詮索しても仕方がない。それより、清彦との約束はどうなった？　ニュー・サボイで働くようになったところを見ると捨てられたのか？」

鬼頭は話題を転じてきた。

「捨てられたと申しますか、拘置所にいる間に消息が途絶えてしまいまして……」

やはりと言うように、鬼頭は少し苦々しい表情を浮かべ沈黙する。

貴美子は続けた。

「面会が許されるとすぐに、拘置所を訪ねてきてくれましてね。私の身を案じてくれたのはもちろんですが、将来に希望を持たせなければという思いもあったのでしょう。『出所後は、自分たちのことを知る人がいない、遠く離れた土地で再出発を図ろう。その時に備えて、確固たる生活基盤づくりに取り掛かるから、即刻動き始める』と言い残したきり、ぱったりと音沙汰がなくなりまして……」

「すると面会に来たのは、その時だけか？　たった一度しか来なかったのか？」

「手紙も沢山書いたのですが、三ヶ月も経った頃でしたでしょうか。弁護士の先生が、出した手紙を束にして持って参りまして、大家さんが家賃を滞納されて困っていると……」

「弁護士は先輩だと言ったが、彼にも行き先を告げずに行方をくらましたと？」

「ええ……」

その時覚えた不安は、決して忘れられはしないが、清彦は縁もゆかりもない遠くの街で、自分を迎える日に備えて、必死に動き回っているのだろうと自らに言い聞かせることで、貴美子は心の安定を保とうとした。

しかしである。

「弁護士の先生も、内縁とはいえ、清彦の妻だから弁護を引き受けてくれたのです。清彦が消息を絶った、しかも、その頃の私は殺人罪に問われる可能性もあったのですから、誰がどう考えたって、清彦が逃げたとしか思えませんよね。実際、弁護士も判決が出てからは、刑務所を訪ねてくることもなく、それっきり……。それでも、もしやと思って、刑期を終えたその日に、弁護士の先生を訪ねてみたのですが、帝大の同期、同窓に訊ねても、誰も消息を知らないとおっしゃいまして……」

人間の本性、心の奥底に必ずや潜んでいる醜悪さが剝き出しになる戦場を散々目にしてきた鬼頭にしてみれば、さもありなんといったところなのだろう。それが証拠に内縁とはいえ、将来を共にすると誓い合った妻に殺人の罪を背負わせ、服役中に捨てた清彦を非難する言葉一つ口にしない。

「他も当たってみたのか？」

鬼頭は表情一つ変えることなく訊ねてきた。

「店を手伝ってもらっていたツルさんも訪ねてみましたし、当時清彦は事業を模索しておりましたので、付き合いがあった方々も……」

「それでも手がかり一つ摑めなかったか」

「ツルさんとは事件後、音信不通になっておりましたので、千葉の親戚の家を訪ねたのです。事件のことは清彦から聞かされていて、大層同情して下さったのですが、殺人現場で商売を続けるのは無理だと清彦が閉店を決めてからは、一度も会ってはいないと言われまして……」

ツルがいたく同情してくれたのは事実だが、何分田舎のことである。人目も気になれば、清彦の消息不明を口実に世話になれないかと懇願されるとでも思ったのだろう。外で立ち話をした程度で終わってしまったのだったが、他の心当たりも似たようなものだった。

「とにかく、訪ねた人が口々に、ある日を境に、ぷっつりと清彦の消息が途絶えたと言うばかりで……」

鬼頭は腕組みを解くと、煙草を口に咥《くわ》え火を点《つ》ける。

「それでニュー・サボイか……」

「手元にお金は僅かしかありませんでしたので、清彦の行方を追ってばかりもいられません。職を得ようにも、前科が発覚した時を思うと、堅い仕事にはつけません。誰にも頼らず、過去を明かすことなく、自分一人の力でやっていける仕事は何かと考えまして、占いで身を立てようと決心したのですが、それにしたって元手がいりますので」

「お前ほど頭の回る女が、本で勉強した程度の占いで食っていけると思ったのか？」

鬼頭でなくとも、誰しもがそう思うだろう。

想定された質問だけに、貴美子は微笑んで見せると、

「本で勉強しただけではありません。実は、女子刑務所の同房に、長く占いで生計を立てていたご婦人がおりまして……」

鬼頭の視線をしっかと捉えながら答え、さらに続けた。

「刑務所は社会の縮図のような所で、様々な職を経験した人間がおりましてね。夕食後、消灯までは自由時間。そのご婦人とは二年ほど生活を共にしましたので、すっかり親しくなりまして……。それで四柱推命と易を教わるようになったのです」

二人の間に暫しの沈黙が流れた。

立ち昇る紫煙越しに、鬼頭は貴美子を見つめ満足そうに頷くと、

「京都へ移る支度をしろ」

突然重い声で命じてきた。「住まいはこちらで用意する。家財道具も含めてな。準備が整うまでに、ひと月もかからんだろう」

「そんなに早くに……ですか？」

「まだ何か東京でやることがあるのか？」

鬼頭が何を言わんとしているかは聞くまでもない。

清彦を探すつもりなのか、と言いたいのだ。

「いえ……。そういうわけではないのですが……」

それでも、語尾を濁してしまった貴美子に、

「お前、出所した後の暮らしに、どんな夢を描いていた？」

鬼頭が唐突に訊ねてきた。

「えっ？」

「二人で世帯を持ち、子供を設け、平凡な人生を歩もうとでも？　清彦の夢が叶えば事業家夫人として豊かな生活が送れるとでも思ったか？」

否定すれば嘘になる。

東京を離れ、二人を知るものがいない土地で、再出発を図る……。

清彦が最後に言った、あの言葉は、今もはっきりと覚えている。いや、今に至ってもなお、実現する時が来るのではないか、そのために懸命に道を模索しているのではないかと信じたい気持ちは今も残っている。

状況からして、その可能性は皆無に等しいのは明白なのだが、そうでも思わなければ、自分があまりにも惨めだ。それに清彦には、獄に繋《つな》がれている間に我が身に起きた出来事で、絶対に伝えておかなければならないことがある。

「それは……まあ……」

貴美子は曖昧に答えた。

「人の口に戸は立てられぬとはよく言ったものでな。秘密は必ずバレる時がくるものだ。子供が物心ついた後で、母親に殺人の前科がある、あるいは、事業家夫人に暗い過去があったと知れてみろ。止むなき事情があろうとも、世間は忖度《そんたく》なんかしやしないぞ。かといって、私は身代わりになったのだ、殺したのは清彦だと言えるか？」

鬼頭の言う通りである。

沈黙した貴美子に向かって鬼頭は続ける。

「清彦との暮らしが安定し、上向けば上向くほど、過去がバレた時の反動は大きい。いつバレるか、いつこの生活が崩壊するのか、その恐怖に怯《おび》えながら人生を送っていかなければならなくなるのだぞ」

ぐうの音も出ないというのはこのことだ。

黙るしかない貴美子に、鬼頭は止めの言葉を口にした。

「ならば、誰もお前を知らない、過去が発覚する恐れがない地で、一人、新たな道を歩んだ方がいいではないか。大丈夫、わしが護ってやる。途方もなく豊かな人生が開けることを約束してやる」

7

貴美子が去った応接室で、鬼頭は探し求めていた女性に出会った幸運を嚙《か》み締めていた。

占いの結果は鬼頭に指示されたままを告げればいいのだから、心得がなくとも構わない。重要なのは占い師自身が醸し出す雰囲気だ。

貴美子は大変な美貌の持ち主で華もある。こうした女性は、得てして近寄りがたい雰囲気を漂わせるものだが、貴美子の場合は少し違う。

華に潜む陰。それも得体の知れない陰を見る者に感じさせるのだ。

修羅場を経験した過去を知った今だから、それが何に起因するか理解できたが、貴美子の下を訪れる者は、彼女が醸し出す雰囲気に神秘めいたものを感ずるはずだ。

それに、米兵を二人も殺害しながらも、判決は僅か懲役五年。しかも半年も早く釈放されたというのだから、強運の持ち主と見て間違いあるまい。

そう、運……。これが大切なのだ。

人の一生には運、不運がつきものだ。しかし、ここぞという時に運、それも強運に恵まれる人間はそう多くはない。

戦争に乗じ、莫大な財を築いた己の運に貴美子の運が加われば、野望は必ず叶う。権力を一手に握り、裏で政財界を思うがままに操ることができる。

鬼頭は確信し、久々に胸が高鳴るような興奮を覚えた。

「いかがでしたか」

貴美子を見送った秘書の鴨上耕作《かもうえこうさく》が現れた。

「あれはいい。まさに探し求めていた女だよ。鴨上、これから面白くなるぞ！」

鬼頭は自然と相好が崩れるのを覚えながら答えた。

「では、これで決まりでよろしいですね」

鴨上が念を押すように訊ねてきたのには理由がある。

人心掌握とは、尊敬や信頼によって人の心を摑むことを意味するが、それだけではない。人を自在に操る最も効果的な手段は、目に見えぬ存在を信じ込ませ、その力に畏怖の念を抱かせること、と鬼頭は考えていた。

たとえば宗教である。

願いが叶えば信心した甲斐《かい》があった、神仏の御助力にあやかったと感謝する。叶わなければ信心が足りなかったと思いこそすれ、神仏の存在を否定することはない。それどころか、今まで以上に信心に励み、金や物品を寄進する。

その点、占いは遥かに明確だ。

願いは叶うのか。決断は間違っていないのか。この先どんな運命が待ち受けているのか。近い未来、遠い未来を見立てるのが占いである。

外れに終われば見向きもしなくなるのだが、的中すれば信頼するようになる。それも、占った人間、占い師をだ。そして的中を繰り返す度に、占い師に対して抱く信頼は信仰へと変わっていくのだ。その時、占い師は神となり、「信者」を意のままに操ることが可能になると鬼頭は考えたのだ。

だから鴨上には片腕となる占い師を探すよう命じていたのだが、これがなかなか難しい。

そんな所に現れたのが貴美子だったのだ。

「ただ一つだけ、気になることがあってな……」

鬼頭はそう前置きすると、鴨上に貴美子がニュー・サボイで職を得るまでの経緯を話して聞かせ、「米兵を殺害した事件が表に出なかった理由は察しがつくのだが、過剰防衛で懲役五年とは、あまりにも刑が軽すぎる。不自然だとは思わんか？」

見解を求めた。

「同感です」

果たして鴨上は頷く。「いくら身を護るため、事件当時は未成年だったとはいえ、米兵を二人も刺殺して五年はないでしょう。ただ表に出なかったのは、先生の推察通りだと思いますね。暴行、強姦はおろか、殺人でさえ進駐軍関連の不祥事はプレスコードを理由に一切報道できなかった時期ですからね」

「彼女の話では、事件現場にMPやGHQが来ていたそうだから、事件を知っていることは間違いないし、現場検証を行ったのは日本の警察だ。となると警視庁詰めの記者が知らないわけがないから、やはり報道を止めたのはGHQということになる。確か、検閲を行っていたのは――」

記憶を辿《たど》り始めた鬼頭に、

「参謀第二部所管下の民間検閲支隊です」

鴨上が即座に返してきた。

「あそこで働いていた人間に伝手はあるか？」

「直接ではありませんが、調べることはできると思います。聞けそうな人間を何人か知っておりますので……」

「そうか。じゃあ当たってみてくれ」

鬼頭は命じると、「それと、もう一つ」

話を転じにかかった。

「何でございましょう」

「京都に一軒、家を用意してくれ。場所は京都市内。頻繁に人が出入りしても、人目を引かない場所がいい。各界のお歴々が出入りするようになるのでな」

「承知いたしました……」

鴨上は、戦中から鬼頭の右腕として仕えてきた男である。

鬼頭が莫大な財産を築き上げるに至った過程を間近に見、各界を網羅する人脈も熟知している。だから、彼に何を命ずるにしても細かい指示を出す必要はない。「打てば響く」「阿吽《あうん》の呼吸」とは、まさに二人の関係を示すのに相応《ふさわ》しい言葉で、鬼頭は鴨上に絶対的な信頼を置いていた。

「民間検閲支隊の件は急がずともよい。まずは家探しを優先してくれ。早ければ早いに越したことはないのでな……」

「心得ました……」

一礼した鴨上が応接室を出ていく後ろ姿に目をやりながら、鬼頭は貴美子と出会った幸運を改めて嚙み締めた。

第二章

1

話には聞いていたが、秋の京都は想像を遥《はる》かに超える美しさだ。

空襲に一度も遭わなかった京都には、神社仏閣も、街並みまでも戦前のまま残っている。自然もまた同じで、原色に色づいた豊かな木々の中にそれらがたたずむ姿は巨匠が描いた錦絵そのものだ。しかも朝昼夕と、光の角度や光量によって、刻一刻と表情が変化していく。

鬼頭《きとう》が鴨上《かもうえ》に命じて用意させた家は、左京区の下鴨《しもがも》神社に程近い一軒家だった。

板塀に囲まれた敷地は六十坪ほど。庭に小さな池と、手入れの行き届いた庭木が植えられ、苔《こけ》に覆われた庭石が散在している。瓦葺《かわらぶ》きの住居は、昭和初期に建てられた三十坪ほどの二階建ての日本家屋で、その一階の一室が貴美子《きみこ》の仕事場となった。

京都に居を移して二週間。貴美子は自分の内心の変化に驚いていた。

獄中では、前科者に向ける世間の目がいかに厳しいものか、人間がどれほど簡単に心変わりするものか、同房者から散々聞かされた。だから出所後、清彦《きよひこ》が消息不明となった現実を突きつけられても、「やはり」と思いこそすれ、それほど大きな衝撃は覚えなかった。

それでも清彦が、なぜ自分を捨てたのか、その理由は何であるのか、今、どこで何をしているのかを知りたい気持ちはどうしても捨て去ることができなかった。なぜなら、刑に服している間に、彼には絶対に告げなければならない大きな出来事が起きていたからだ。

ところが、心機一転とはよく言ったものである。

京都に移ってからは、吹っ切れたというか、そんな気持ちが日々薄れていくのを実感するのだ。

「御免ください」

玄関から男の声が聞こえたのは、昼食の片付けを終えた時のことだった。

声の主は分かっていた。

鬼頭の秘書を務める鴨上である。

応接間にいた貴美子は玄関に向かい引き戸を開けた。

「お元気そうですね。いかがですか、新居の住み心地は」

鴨上は、笑みを浮かべながら問うてきた。

「とてもいいお家です。東京で暮らしていた四畳半一間のボロアパートとは雲泥の差ですわ。これまで暮らしたどの家よりも、住み心地が良くて」

貴美子は正直に答えた。

「必要なものがあったら、遠慮なく申しつけてください。先生からは、ご要望には全てお応えするよう仰せつかっておりますので……」

鴨上は、「上がってもいいか」とばかりに、奥に目をやる。

「どうぞお入りになって。お茶の支度をいたしますので……」

応接室に鴨上を誘《いざな》った貴美子は、茶の支度を調えると、すぐに取って返した。

「電話でお伝えしましたが、今日は貴美子さんにこれからやっていただく仕事内容をご説明に参りました」

鴨上は早々に切り出す。

貴美子はテーブルを挟んだ正面のソファーに腰を下ろしながら頷《うなず》いた。

「貴美子さんがお立てになる卦《け》がなぜ当たるのか。絡繰《からくり》は至って単純でしてね」

「先生の下には、各界の有力者が訪れては、いろいろとご相談をなさいますから、誰が何を考え、何を望んでいるかを掌握なさっていらっしゃる。そして、先生は叶《かな》えてやれる力をお持ちでおられる。先生に願いを叶えてもらうためには、応分の謝礼が必要になるでしょうし、大きな借りを作ることにもなりますから、気軽にお願いに上がることはできない……」

「さすがですね」

目元を緩めた鴨上が続けて言う。

「要は、各界のご重鎮方が何を考え、望んでいるのか、先生はもっと詳細にお知りになりたいのです。実のところ、政界も財界も、本当に狭い世界でしてね。占い師の前では誰もが胸の内を曝《さら》け出《だ》しますから、頼みごとを叶えてやるにしても、誰と誰を結びつけるか。誰を動かせばいいのか。先生の影響力がより強くなる形で、願いを叶えてやろうとお考えなのです」

「そして見立てが的中し続ければ、やがて私個人を崇拝するようになる。つまり先生は、私を介して各界のご重鎮方を意のままに操ろうと考えていらっしゃるのですね」

「その通りです」

鴨上は、我が意を得たりとばかりに大きく頷く。「先生は前《さき》の大戦で莫大《ばくだい》な富を手にいたしましたので、お金にはあまり関心がないのです。権力というのは面白いものでしてね。一旦手にしてしまえば金は入ってくるばかりで、ほとんど出ていかなくなるんです。ですから、先生の関心は、この国を意のままに操ること。絶対的権力者として日本に君臨することにしかないのです」

なるほど、権力は一旦手にしてしまうと、金は入ってくるだけで、ほとんど出ていかなくなるものなのか……。

確かに、言われてみればその通りかもしれない。

願いを叶えてもらうための対価が金であるのなら、叶えてやる力を持つ側には入る一方となる。もちろん権力を維持するためには金が必要だろうが、入ってくる金がそれを上回るのなら、金に執着しなくなるのも当然と言えるだろう。

つまり、鬼頭は金よりも政財界の重鎮たちが、何を望み、何を考えているのか、個々の願望や悩みを把握することが、権力掌握に繋《つな》がると考えているのだ。

「私の占いが評判になって、それまで先生にご相談に上がっていた重鎮方が、直接ここを訪ねてこられるようになったら――」

鴨上は貴美子の疑問をみなまで聞かずに答える。

「その点はご心配なく。相談は完全予約制、内容は事前に書面で提出するよう決めておけばいいだけですので」

「事前に書面で？　では郵送させるのですか？」

「基本的には、そうしようと考えています」

客がどれほど集まるのかは今後の展開次第だが、目論見《もくろみ》通りにことが運べば、早晩一人では手に余ることになりそうな気がする。

そんな貴美子の内心が表情に出てしまったのか、鴨上は続けて言う。

「もちろん、貴美子さんお一人では大変でしょう。ですから、秘書と言いますか、炊事、洗濯、雑用もこなせる女性をこちらでご用意いたします」

「そんな、滅相もない――」

あまりにも分不相応にすぎる、と続けようとした貴美子を遮って、鴨上は当然のように返してきた。

「貴美子さんには、神になっていただかなければならないのですから、身の回りの世話をする人間が必要ですよ」

「か・み……ですか？」

「そう、神です。あなたには相手の願い事を叶え、迷いを解消していい方向に導く、つまり将来を見通す力を持っていただくことになるんです。そんな不思議な力を持っているのは神様だけじゃないでしょ？」

唖然《あぜん》とする貴美子に向かって、鴨上は続ける。

「占いは宗教に似たところがありますのでね」

「それは私も思っていました」

鴨上は、「ほう」というように、目を微《かす》かに見開くと、

「似ているといえばもう一つ、医学もそうです」

今度は俄《にわか》には理解し難いことを言い出した。

「医学ですか？」

そう言われてもピンとこない。

貴美子は小首を傾《かし》げながら、すぐに続けた。

「医学は学問ではありませんか。それも古来からの知見や経験の蓄積や統計の上に成り

立つ――」

「人が病や死を恐れる限り、医学との関わりを断つことはできません。地位、名声、権力を手にした者ならなおさらです。当たり前じゃないですか。成功者ほど、この人生が一日でも長く続くことを願って止《や》まないのです」

「なるほど……。凄《すご》くよく分かります。この人生が早く終わればいいと思う人は、大きな問題を抱えているか、絶望的な境遇に置かれていればこそでしょうからね。我が世の春を謳歌《おうか》している人なら、早く死にたいなんて思いませんものね」

「それでも老いは避けられません。歳《とし》を重ねるにつれ、誰しも病気の一つや二つは抱えるようになるものです。長生きを望めば、医者の指示に従うしかありません。その時点からは、医者の言葉は神のお告げ同然となってしまうんです」

貴美子は鬼頭の邸宅を訪ねた際に、彼が語った言葉を思い出した。

「そう言えば、先生が政財界の重鎮たちには他人に知られてはならないことが山ほどあるが、その最たるものは健康状態だとおっしゃいました。でも、先生はそれすらも知る術《すべ》をお持ちだと……」

鴨上は口の端を歪《ゆが》め、

「貴美子さん、医者の世界がどんなものか、ご存じないでしょう？」

と訊《たず》ねてきた。

「あまり病気をしたことがないもので、とんと……」

「医者、医学の世界は完全な階層社会でしてね。簡単に言いますと、旧帝大医学部の教授を頂点に、助教授、講師、医局員と身分が完全に序列化されているんです。こう言うと、軍隊、会社も同じじゃないかと思われるでしょうが、独特なのは、階層社会の頂点にいる教授が絶対的権力を握っていることでしてね」

「絶対的権力？」

「何もかも……全てにおいてです」

鴨上は断言する。「旧帝大医学部の系列下にある病院は、日本全国にあります。医局に所属する医者をどこの病院に派遣するか、人事権は教授が一手に握っていますから、不興を買えば即地方。それも地の果て同然の田舎に飛ばされることもありますのでね。助教授、講師もまた同じで、誰を後任に据えるか、昇格させるかも教授が決めるんです。助教授といえども教授の機嫌を損ねれば、学者人生は終わったも同然。だから教授は、神そのものなんですよ」

「そんな構造になっているんですか。知りませんでした」

「だから患者にも、教授には神に接するように強要するんですよ」

鴨上は、あからさまに嘲笑を浮かべる。「大学病院に入院すると週一度、教授回診があるのですが、これが実に滑稽でしてね」

「何か、儀式めいたことでもあるのですか？」

「まさに大名行列のごとく、教授を先頭に助教授、講師、医局員が列を成して病室を回るんですが、その際には各病室の前に看護婦が直立不動の姿勢で立ち、病室内では各患者の担当医が、カルテを広げて教授をお迎えするんです」

鴨上の話には、まだ先がありそうだ。

果たして鴨上は続ける。

「傑作なのはその時、患者に目隠しをさせることでしてね」

「目隠し？」

その目的が俄には理解できず、思わず問い返した貴美子に、

「医学界の頂点に立つ最高権威の姿を、患者風情が見るなんて恐れ多い。教授は御神体ってわけですよ」

鴨上は呆《あき》れたように首を振り、小さく鼻を鳴らした。「馬鹿馬鹿しいと思うでしょうが、医学界って、そういうところなんです」

鴨上の見解はその通りだと思うが、今語った大学病院の在りようと、鬼頭が言う「知る術」とが結びつかず、

「それが先生のおっしゃる知る術と、どう関係するのでしょう？」

貴美子は訊ねた。

「教授を意のままにできれば、患者の健康状態を把握することができるってことですよ」

鴨上は一転、真顔になった。「それも、旧帝大の大学病院に限ったことではなくて、

地方の国公立、私立大学の医学部にも旧帝大出身の教授はたくさんいますのでね。彼らはさしずめ外様大名。旧帝大教授は譜代大名なんです。譜代大名を籠絡すれば、日本全国どこの病院に通院していようと、患者の健康状態なんて簡単に知ることができるんです」

「それは分かりますが、ですからいったいどうやって。だって患者の健康状態を第三者に漏らすのは禁じられているのでしょう？」

「先生も人の悪いところがありましてね」

鴨上はその時のことを思い出したのだろう、含み笑いを浮かべる。「教授の仕事には医者の教育、養成、臨床の他に、研究費や施設等の予算確保、その配分があるのです。ところが、旧帝大といえども台所事情はかなり厳しくて、そこで増額に力添えをと、先生を訪ねて来るんです」

「ではその際に、増額を叶えてやる条件とするのですか？」

「そうじゃありません。先生は占いを使って政財界を操るという考えを、終戦後間もない頃から抱いていました。同時に、占いに依存させるためには、各界の有力者の健康状態が把握できればより確実なものになると、兼ねてからおっしゃっていたのです。ところが、肝心の占い師を見つけられないでいるうちに、先生が体調を崩されて、大学病院に入院することになったのです」

「では、その時に教授と親しくなったと？」

「それも違います」

鴨上は貴美子の推測を言下に否定してきた。「元々先生には別に主治医がいるのですが、入院が必要と告げられた途端、旧帝大の大学病院で再度診断させると言い出したんです。そこで主治医だった医師に紹介状を書いてもらったのですが、その時、自分がどんな人物なのか明かしてはならない。ただの患者扱いにしろとおっしゃいまして、大部屋に入院したのです」

「大部屋に？」

鬼頭の考えが読めず、貴美子は驚きのあまり声を吊《つ》り上げた。

「私だって驚きましたよ。その時は、先生のお考えが全く読めませんでしたからね」

鴨上は真顔で言う。「先生のお考えが分かったのは、入院していた大学病院の内科の教授が、研究費の増額と研究棟増設予算の確保に力を貸して欲しいと言ってきた時でした。目の前で直立不動、『お初にお目にかかります』と挨拶を始めた教授に、先生は何とおっしゃったと思います？」

「さあ……」

小首を傾げた貴美子に向かって、鴨上は言う。

「『私は初めてお目にかかるが、あなたは二度目、いや三度目だよ。なんせ、私は目隠しをさせられていたのでね』と……」

「お願いに上がった教授も、さぞや驚かれたでしょうね」

「そりゃあ驚いたなんてもんじゃありませんよ。腰を抜かさんばかりに驚愕《きょうがく》して、見る見る顔から血の気が引いていくのがはっきりと見て取れましたもの」

　鴨上は、その時の教授の姿を思い出したのだろう。ついに大声を上げてひとしきり笑うと、目元に余韻を残しながらも、真剣な眼差《まなざ》しになって続けた。

「知らぬこととはいえ、先生に無礼を働いてしまったとなれば、そりゃあ機嫌を取ろうと必死になりますよ。実際、先生は私にこうおっしゃいました。願いを叶えてやれば、誰しもがわしに感謝する。力のほども思い知るだろう。しかし、知らぬとはいえ働いてしまった無礼を見逃し、願いを叶えてやれば、感謝の念は何倍にもなるし、大きな借りを作ってしまったと思うだろうさ。そうなればしめたもの。その後は忠実な僕《しもべ》として働くようになると……」

　貴美子は鬼頭の狡猾《こうかつ》さ、用意周到さ、計算高さ、そして権力を手に入れんとする執念の深さを改めて思い知った気がした。

「なるほど、そういうことでしたか……。先生に紹介されてここを訪れる人たちの健康状態を事前に入手して、会話の中で言い当ててみせれば、私の占いの信憑性《しんぴょうせい》は増す。しかも、占いの結果は的中ばかり。かくして私の占いへの信用度は増すばかり。万事が先生の思うがままになるということですね」

「その通りです……」

　鴨上は不敵な笑いを口元に浮かべ、「どうです？　面白いでしょう？」

貴美子の視線を捉え、有無を言わさぬ口調で問うてきた。

「ええ……とても……」

その言葉に嘘《うそ》はない。

日本の権力構造を支配せんと目論む鬼頭の野望で重要な役割を担う。しかも、身代わりになったとはいえ、殺人の前科を持つ身がだ。

これからの展開を想像しただけでも胸が躍るし、何よりもこれほど痛快なことはないと貴美子は本心から思った。

「そうそう、大事なことをお伝えするのを忘れていました」

鴨上がふと思い出したように言う。「先生が容貌、身なりにも演出が必要だとおっしゃいましてね。取《と》り敢《あ》えず、これをお渡しするようお預かりしてきたのです」

鴨上はそう言うなり、鞄《かばん》の中から小さな箱を取り出した。

眼鏡ケースである。

「色眼鏡です」

鴨上はそう言いながら蓋を開く。

「これをかけろと?」

一目見て、貴美子は驚愕した。

薄いとはいえ、紫色のガラスが入っているのだ。しかも蔓《つる》は金ときている。

どこで買ったものかは知らないが、紫の色眼鏡なんて見るのも初めてだし、第一、悪趣味にすぎる。

　だから貴美子は間髪を容《い》れず返した。

「こんな色眼鏡をかけたら、精神状態を疑われますよ。いくらなんでも、紫はちょっと……」

「だからいいんですよ」

　ところが鴨上は平然と言う。

「いいって……どうしてですか？」

「貴美子さんは神になるんですよ。この人は特別な能力を持っていると思わせるには、見た目で演出するに限るのです。普段着のままステージに立つ歌手はいないでしょう？　スターになればなるほど、煌《きら》びやかな衣装を身に纏《まと》って現れるじゃないですか」

「それは、ステージという非日常的な空間だから通用するんですよ」

「ここは、貴美子さんのステージなんですよ」

「えっ？」

「神を祀《まつ》る場と言えば教会、神社。仏なら寺ですが、神仏に仕える者は、一目でそうと分かる装束を着用するでしょ？　それも地位が高くなればなるほど華美になる。あれは単に地位の高さを知らしめるためだけではないんです。教会、神社、寺はステージ、信者は客なんです。非日常的空間を最大に演出するための道具なんですよ」

　なるほど、確かにそう聞くと鴨上の言葉にも一理ある。

乗りかかった船とは言うが、やると決めたからには、とことんやるしかないか……。

貴美子は改めて腹を括《くく》ると、

「分かりました。おっしゃるようにいたします」

鴨上に向かって頷いた。

「持参したのは、色眼鏡だけですが、先生から衣装も誂《あつら》えるよう指示を受けております。これからご案内しようと思うのですが、貴美子さん、ご予定は？」

京都に来てまだ二週間。予定などありはしないのは鴨上も先刻承知のはずである。

「いいえ。何も……」

貴美子は答えた。

「では、お支度を……」

茶碗《ちゃわん》を手に持った鴨上を残し、身支度を調えるべく貴美子は席を立った。

2

占いを行う部屋は一階にある八畳の和室である。

中央に机を置き、床の間を背に貴美子が座る高い背もたれの椅子が一脚。机を挟んで正面に二脚の椅子を置いた。

材質はいずれも黒檀《こくたん》で、机には萌黄色《もえぎいろ》の地に錦糸の刺繍《ししゅう》を施した厚手のテーブルクロスを掛けた。床の間には鬼頭から贈られた青磁の壺《つぼ》に折々の花が一輪生けてあり、それがまた白い漆喰《しっくい》の壁や黒光りする柱と相まって、実によく映える。そこに、香炉から立ち昇る白檀《びゃくだん》の香りが混じると、貴美子にして、この場が占いの場の域を超え、神のお告げを聞く聖域と思えてくるのだった。

もちろん部屋の設《しつらえ》も、全て鴨上の指示によるものだ。

「あなたは、これから預言者になるのです。身なりだけでなく、部屋の雰囲気も、それに相応《ふさわ》しいものにしなければなりません。とにかく、ただの占い師では駄目なんです。この国の権力者たちが、神と崇《あが》める存在にならなければならないのですから……」

和服の生地も鴨上が見立てた。経綿《たてにしき》と呼ばれ、灰味を帯びた柳鼠色《やなぎねずいろ》の地に笹格子《ささごうし》紋様が織り成してある、西陣の名工が手仕事で仕上げた逸品だ。

髪形もまた、鴨上の指示でアップに変えた。

揃《そろ》った衣類を身につけて、鏡に映る我が身を見た瞬間、「これが、私？」と貴美子は目を疑った。

さすがは西陣の名工が織っただけのことはある。白緑色の着物全体に浮かび上がる笹格子の紋様は控えめでありながらも奥行きの表現が絶妙だ。艶消し無地の銀色の帯を締めると、笹格子の柄がより一層鮮やかになる。

「さすがに、これはない……」と思いながらも、薄紫色の色眼鏡をかけてみると、驚くことにアップにした髪形と相まって、明らかに常人とは違う特別な能力を持った人間のように見える。

「貴美子さんの美貌のせいもありますが、想像していた以上の見栄えです。やはり、先生の見る目は確かですね。これは、千客万来間違いなしですよ」

感心することしきりといった態《てい》で、鴨上は破顔するのだったが、果たしてひと月もすると、彼の見立ては現実となった。

なにしろ客は、願い事や相談事があって鬼頭の下を訪ねた者たちばかりである。その鬼頭が「京都に不思議な力を持っている凄い占い師がいてな。わしも度々卦を立ててもらいに行くのだが、これが恐ろしいほど当たるのだ。紹介してやるから、一度観《み》てもらったらどうだ」と勧めるのだ。

貴美子は鬼頭に指示されたままを告げるだけ。願いが叶う、叶わぬも鬼頭次第だ。かくして見立ては百発百中、的中ばかり。三月《みつき》もすると、政財界の重鎮たちが、連日貴美子の下に押しかけるようになった。

「おはようございます」

早朝の玄関口から鴨上の声が聞こえてきたのは、そんなある日のことだった。

「長旅でお疲れでしょう。どうぞお上がりになって」

鴨上が京都に足を運んでくるのは衣装を誂えてもらった時以来だ。

「明日の客については相談内容も含めて直接会ってお話しします」と電話で告げてきて、夜行列車で駆けつけて来たところを見ると、よほど重要な案件であるに違いない。

蒸気機関車の煙は、車窓を閉め切っていても客車の中に入り込む。鴨上の白いワイシヤツの襟回りは、付着した煤《すす》で薄黒い輪ができていた。

「鴨上さん、お顔も服も煤だらけじゃ気持ち悪いんじゃありませんか？　お風呂を沸かしてありますので、お話の前にお入りになったら？　その間に朝食を用意しておきますから……。お客様との約束は午後二時ですから、十分時間もありますし」

長旅の疲れを癒すには、風呂と温かい食事に限る。

貴美子は早朝から風呂を沸かし、食事の下準備を済ましていた。

「いやあ、それはありがたい。じゃあ、お言葉に甘えて……」

破顔して勧めに応ずる鴨上を風呂場に案内した貴美子は、朝食の支度に取り掛かった。

ガスコンロにかけた土鍋で米を炊く。味噌汁《みそしる》の具は大根と油揚げ。主菜は甘鯛《グジ》の塩焼き。付け合わせは茹《ゆ》でたホウレン草と千枚漬けである。

ちょうど飯が炊き上がる頃合いを見計らったかのように、鴨上が食堂に現れた。

食卓を見た瞬間、濡《ぬ》れそぼる髪をタオルで拭く手を止めて、

「こりゃあ凄い……。これ、貴美子さんが全部？」

鴨上は目を丸くして驚愕する。

鴨上が自分の経歴を知ってるかどうか定かではない。貴美子もまた、鬼頭の右腕として働いてきたといった程度で、鴨上の詳しい経歴は聞かされてはいない。正確な年齢どころか既婚者なのかどうかも分からない。

だが、風呂を勧めた時の反応といい、料理を見ての驚きようといい、鴨上は独身なの

かもしれないと貴美子は思った。

「私じゃなかったら、他に誰がいますの？」

なんだか急に距離が近くなったような気がして、貴美子はクスリと笑い、思わず軽口を叩《たた》いた。

「いや、こんな手の込んだ料理を短時間のうちに作ってしまうとは、大したもんだと思いましてね。盛り付けも見事だし、器だって実に趣味がいい」

「私、終戦直後に飲食店をやっておりましたの。もっとも、雑炊やスイトンしか出さない粗末な食堂ですけどね。それに、手が込んだっておっしゃいますけど、お魚は切り身をただ焼いただけですし、味噌汁なんて誰が作ったって味も見栄えも大差ないじゃないですか」

謙遜したのではない。正直に言ったつもりだが、どうやら鴨上は本心から言っているようだ。

そこで、貴美子は思いつくままに訊ねた。

「鴨上さん、奥様いらっしゃるんでしょう？」

鴨上の顔が、一瞬にして険しくなった。

「かつてはね……。一人暮らしが長く続いているもので……」

「かつて？」

「空襲で殺《や》られましてね……。子供も一緒に……」

重い声で答えた鴨上は、味噌汁をズッと音を立てて啜《すす》り、

「ああ……。美味《おい》しいなあ……」

短く漏らし、瞑目《めいもく》する。

同じ経験をしていることもあって、貴美子はどう返したものか言葉に詰まった。

重苦しい沈黙があった。

口を開いたのは鴨上だった。

「私は山口県の出身でしてね。貧しい農家の三男坊で、本来ならば大学はおろか、中学にも行けない環境で育ったんです。自分で言うのも何ですが、勉強が良くできたもので、地元の篤志家が養子にと言って下さいましてね。それで、中学、高校に進むことができたんです」

照れたような笑いを浮かべ、上目遣いに貴美子を見ると、久々の手料理に気持ちが緩んだのか、鴨上は自ら昔語りを始める。

「大学に合格して上京という段になった時に、養父が鬼頭先生に手紙を出しましてね。書生としてお世話になることになったんです」

「では、先生も山口の出なんですね？」

「ええ……。養父とは幼馴染《おさなな じ》みだったんです。もっとも羽振りがいいというだけで、養父も先生が何をやっているのかはほとんど知らなかったんですよ。私にしても、中学、高校へと進めたのは養父のおかげです。世話になれと言われれば、嫌だとは言えません。

以来、先生のお側《そば》に仕えるようになったわけです」

鴨上は薄く笑うと、炊き立ての飯が盛られた茶碗に手を伸ばす。

「先生は、その頃から今のようなお力を？」

「それなりに力を持ってはいましたが、今ほどではありません」

鴨上は首を小さく振った。「先生は若い頃に政治結社を立ち上げて、政界に太い人脈を築き上げるのに成功したんです」

「政治結社？」

「まあ、そう言うと聞こえはいいんですが、明治以来日本は戦争に連戦連勝。政治家よりも軍部が力を持っていた時代が長く続きましたのでね。軍部の意向を肯定し、街頭に立って世間に訴える活動をしていたんですよ。要は、右翼活動家ですよ。それで軍、特に陸軍と深い関係を持つようになったんです」

鬼頭の詳しい過去を聞くのは初めてだ。

ひょっとすると、これが最初で最後の機会になるかもしれない。

そんな予感を覚えた貴美子は、黙って話に聞き入ることにした。

「この飯……美味《うま》いなあ……。甘鯛も絶品だ」

鴨上は咀嚼《そしやく》しながらしみじみと呟《つぶや》く。

やはり、美味い飯は人の心も口も軽くする働きをするものらしい。

果たして、鴨上は続ける。

「明治維新以来長州は、有力な政治家を輩出してきましたし、政治家も軍部の意向は無視できない時代が続きましたのでね。軍部との関わりが深くなるにつれて、先生は政界にも太い人脈を築くようになったんです。そんなところに太平洋戦争が起きた……」

そこから先のことは、鬼頭から直接聞かされている。

「軍需物資の調達で、莫大な財産を手にしたと先生からお聞きしましたが？」

「軍需物資だけではありませんけどね」

鴨上は意味ありげに言い、含み笑いを浮かべる。

「と言いますと？」

「まあ、それはいろいろと……」

鴨上は言葉を濁すと、話題を転じる。「私が徴兵から逃れられたのは、そのお陰でしてね。先生に指示されるまま、軍需物資の調達に奔走したんですよ。物資が確保できなければ、戦《いくさ》になりませんからね」

「では、戦争中も先生とご一緒に？」

「ずっと一緒でした。もちろん、大陸へも……。東京に妻子を残して……」

やはり妻子のことを思い出すのが辛《つら》いらしく、鴨上は声を落とす。

だから貴美子もそこには触れず、

「鴨上さんが徴兵を逃れられるほど、当時から先生は大きな力をお持ちだったんですか？」

と質問し、話題を変えにかかった。

「戦争で、勝敗を決するのは何だと思います？」

ところが、鴨上が逆に問い返してきた。

「勝敗を決するものですか？　それはいろいろあると思いますが……。ちょっと私には……」

「兵站《へいたん》ですよ」

言葉を濁した貴美子に、鴨上は断言すると続けた。

「いくら武器があっても、前線に届かなければ戦には勝てません。原材料や資材がなければ、武器を作ることはできません。武器だけじゃありませんよ。燃料、食糧、医薬品、衣服と、あらゆる物資を調達し、確実に前線に送り届ける機能を確立しなければ、戦に勝つことはできないのです」

ごもっとも……。

黙って頷いた貴美子に向かって、鴨上はさらに続ける。

「先生が担っていた役割はまさにそれだったんです。そして、その右腕として奔走したのが私……。先生と軍部が密な関係にあったこともありますが、徴兵したところで兵隊が一人増えるだけです。軍にとって、どちらの役割が重要だったかは言うまでもないでしょう」

これもまた、ごもっともとしか言いようがないのだが、その兵隊を一人増やすために父は徴兵され戦死したのだから皮肉の一つも返したくなる。

「でも、兵站が確保できなくなったから、日本は負けたんじゃありませんの？」

「軍、特に陸軍がバカ揃いだったんですよ」

鴨上は、唾棄せんばかりの勢いで吐き捨てる。「兵士は命を賭してお国のために戦うものだと、幼年学校、陸士（陸軍士官学校）を通じて、徹底的に頭に叩き込まれたんです。そこで、優秀と見做《みな》されたやつらが士官として最前線に送られ、功績を上げ、生き抜いた者たちが高い位に就いて軍を率いるようになるんです。そんなやつらからしたら、輸送部隊の人間たちは劣等生の集まりに見えたでしょうからね。つべこべ言わずに、命懸けで戦っている部隊に、黙って物資を届けりゃいいんだとばかりに、兵站線の確保を端《はな》から無視して、闇雲に戦線を拡大したんですから、負けるに決まってますよ」

「そんな身も蓋もないことを……。それじゃあ、戦死した人たちが報われないじゃありませんか」

思わず声を荒らげた貴美子だったが、

「その点、米軍は兵站線の確保が勝敗を分けることを熟知していましたね」

鴨上は、意に介する様子もなく持論を展開する。「ミッドウェーまで日本軍は連戦連勝。アメリカは早晩降伏すると軍部は見立てていましたけど、大間違いですよ。米軍は兵站線が整うまでじっと耐えていた。そして、兵站線が完全に整ったところで反撃を開始したんです」

「それは、戦後になって分かったことなんじゃありません？　まさか――」

貴美子はそこで言葉を呑《の》んでしまった。

鴨上が意味ありげな、不敵とも思える笑いを口元に宿すのを見たからだ。

少なくとも鬼頭と鴨上は、戦争終結よりも遥か以前に、日本の敗北を察知していたのは間違いないように思えたのだ。

「米すらも満足に食えない日本兵。片や米兵は携帯食ですら肉がふんだんに入ったCレーションですよ。人と人の殺し合いは、結局のところ体力が勝敗を決するんですよ。気力や根性で勝てるものではないのです」

確かに鴨上の言う通りだ。

闇市では米軍から流出したCレーションが売られていたが、缶詰の中身はシチューや肉入り麺と豪華なもので、しかもそれが携帯食だと言うのだから、飯盒《はんごう》で炊いた握り飯の日本軍とのあまりの違いに驚いたものだった。

黙った貴美子に向かって、

「そろそろ本題に入りましょうか」

そうこうしている間に、あらかた朝食を平らげた鴨上が切り出した。

箸を置き、姿勢を正した貴美子に鴨上が問うてきた。

「羽村英光《はむらひでみつ》という名前を聞いたことがありますね」

「羽村英光？　民自党《みんじ》重鎮の羽村代議士のことですか？」

貴美子は問い返すと、

「その羽村先生です」

鴨上はニヤリと笑うと、すぐ真顔になって羽村の相談内容を話し始める。「実は今、民自党と民憲《みんけん》党が一緒になって、新党を結成する動きがありましてね」

民自党は衆議院、民憲党は参議院の第一党、政界の二大勢力として覇権を争う関係にある。

「互角の力を持つ二つの政党が一緒になって、うまくいくものなのですか？　昔から言うではありませんか、『両雄並び立たず』と……」

貴美子は当然の疑問を口にした。

「いよいよ覇権争いが本格化するってことですよ」

鴨上は苦笑を浮かべる。「『両雄並び立たず』というのは、どちらも倒れるって意味じゃありません。一方が倒れるってことですからね。政治は数です。国会で言う数とは、政党に所属する議員数なんです。対峙《たいじ》していた二つの政党が、一つになれば、数の力で全ての政策、法律も通すことができますし、総理を始めとする大臣も党内人事となりますからね」

そう説明されると納得がいくが、それでも疑問は残る。

「でも、なぜ今なんです？　羽村先生は、民自党きっての実力者でいらっしゃいますよね？　新党を結成なさったはいいけれど、主導権を民憲党に握られることもあり得るわけで――」

「だから、先生を訪ねてきたんです」

鴨上は貴美子を遮って言い、「政界で権力を握るために必要不可欠なものは何だと思います？」

唐突に訊ねてきた。

そう問われれば、答えは一つしか思いつかない。

「お金……でしょうか」

「そう、お金です」

鴨上は茶を一口啜ると話を進める。「議員も所詮は人間です。それも権力欲、名誉欲が並外れて高い俗物の集まりなんですよ。選挙ともなれば持ち出しの金もかなりの額になりますし、事務所や秘書の人件費、その他諸々《もろもろ》、とにかく金がかかるんです。だから、陣笠《じんがさ》議員は盆ならば氷代、正月ならば餅代と、折に触れ気前よく金を出してくれる親分につくんです」

「では、羽村先生は、その資金を用立てて欲しいと、先生の所にお願いに上がったのですね」

「羽村先生だけじゃありません。民憲党の今川《いまがわ》先生も……」

鴨上は苦笑すると、また一口茶を啜り、ここからが本番だとばかりに、貴美子の目を正面から見据えてきた。

「ここを訪ねるように勧めたからには、先生はどちらを新党の党首に据えるか、お決めになっていらっしゃるのですね」

「もちろんです」

思った通りだが、そうなると問題は、卦の結果を二人にどう伝えるかだ。

二人とも党首になれるか否か、あるいは政治家としての将来を見立てて欲しくてやってくるのだろうが、鬼頭の勧めでここを訪ねたとなると、端から結論ありの似非《えせ》占い。貴美子の占いの能力が疑われてしまうことになるだろう。

「でも鴨上さん。単に、党首になれるなれないを見立てるだけでは──」

貴美子が発しかけた疑問は、想定済みだとばかりに、

「もちろん、お二人への答えは、用意してあります」

鴨上はみなまで聞かずに、驚くべき筋書きを話し始めた。

3

羽村は約束の時刻より五分早く現れた。

仕事部屋に案内したのは、手伝いに雇った鵜飼友子《うかいともこ》である。

彼女は幼少期に罹《かか》った熱病が原因で、聴覚に問題を抱えていた。その一点を除けば、読み書きには全く問題はなく、達筆だし行儀作法も心得ている。

友子の仕事は掃除と洗濯、来訪者を部屋に通し、茶を出す程度なのだが、独特の喋《しゃべ》り

方《かた》になってしまう。それが気になるのか、鴨上と貴美子以外との会話を一切拒む。二十三歳とまだ若く、切れ長の目に鼻筋が通った美女が、巫女《みこ》のような衣装を纏って迎えに現れ、仕草だけで家の中に誘うのだ。

来訪者は神秘性を感じるだろうし、客との間で交わされる会話は、決して外に漏れてはならないものばかりである。おそらく鴨上には演出効果以上に、秘密保持の観点からも好都合であったのだろう。

羽村は同行していた秘書を控室に残し、仕事場には一人で入った。

数分後、入室した貴美子を一目見た瞬間、羽村がハッと息を呑むのが見てとれた。

こうした反応を見せるのは、羽村に限ったことではない。

占い師と聞けば、髭《ひげ》を蓄えた老人男性、でっぷり太った中年女性を想像しがちだからだ。

ところが現れたのは、髪をアップに整え、紫色の薄い色眼鏡をかけた妙齢の美女である。それに障子越しに差し込む透過光の中では、経錦は殊《こと》の外《ほか》よく映えて、神々しさを醸し出す効果がある。

「お初にお目にかかります。貴美子と申します……」

床の間を背に、上座に座った貴美子は、羽村に向かって丁重に頭を下げた。

「羽村と言います……」

名乗る羽村は、見開いた目で貴美子を凝視しながら、背広の懐に手を差し入れようとする。

「名刺は結構でございます。先生のことは、鬼頭先生から伺っておりますし、卦は依頼があった本人がお知りなりたいことに対して立てるもの。地位や肩書きで結果が変わるものではありませんので……」

羽村の動きを制した貴美子に、

「そうですか……。では……」

懐に入れかけた手を戻した羽村は、再度貴美子に目を向けると、

「いや、驚きました。鬼頭先生からは、京都に当たると評判の占い師がいる。一度見立ててもらったらどうだと勧められたのですが、まさかこれほどお若い方だとは……」

案の定、思った通りの感想を口にする。

「当たるかどうかは、お客様が判断なさることです。私は卦の結果をお伝えするだけですので……」

これもまた、占いの精度に年齢は関係ない。つまり天から授かった特別な能力の賜物《たまもの》であることを暗に印象づける常套句《じょうとうく》である。

その時、背後の襖《ふすま》が音もなく開き、茶碗を盆に載せた友子が現れた。

楚々《そそ》と進み出た友子は、無言のまま二人の前に茶を置くと、一礼して退室する。

「粗茶ですが、どうぞ……」

勧められるまま、茶を口に含む羽村に向かって貴美子は言った。

「占う内容は鬼頭先生から伺っておりますが、卦を立てる前に、ご本人の口から詳しくお聞かせいただけますか？」

茶碗を置いた羽村は、姿勢を正すと、

「実は私が所属する民自党は、近々民憲党と合流して、新党を結成することで合意しまして――」

そう前置きするとそれまでの経緯とその狙い、そして占って欲しい内容を話し始めた。鴨上から事前に聞かされていたのと寸分違《たが》わぬものであったが、やはり天下取りの大勝負に挑もうという本人が語ると熱量や切実さが違う。

羽村の話を聞きながら、「なるほど、占いに目をつけるとは、さすがだわ」と、貴美子は鬼頭の頭抜けた狡猾さに改めて感心し、同時に恐ろしさを覚えた。

占って欲しい内容を正直、かつ正確に話さなければ、正しい結果が得られないという心理が働くのだろう。貴美子の前では、誰しもが本心、本音を明かすのだ。それは願望であり、不安であり、恐怖でありと人それぞれなのだが、普段は絶対に見せない、話さない、素の自分を晒《さら》け出すのである。

無言のまま、羽村の話を聞き終えた貴美子は、おもむろに机の上に置いてある漆塗りの文箱《ふばこ》を開け、筮竹《ぜいちく》と算木《さんぎ》を取り出した。

「分かりました。では、卦を立ててみましょう」

静かながらも緊張感を込めた声で言い、まず一本を机の上に置き、筮竹を顔の前に翳《かざ》すと、暫《しば》し瞑目し掌《てのひら》で揉《も》むように混ぜ合わせた。

筮竹は五十本あるが、一本は「太極《たいきょく》」として筮筒《ぜいとう》に立てるので、実際に使用されるのは四十九本。卦を記録する算木は六本である。

所作に従って筮竹を操り、算木を並べ終えたところで、貴美子はそれを凝視した。

暫しの沈黙が流れた。

さすがに結果が気になるらしく、羽村が息を呑んで貴美子の言葉を待つ気配が伝わってくる。

「先生……」

貴美子は顔を上げると、薄紫の色眼鏡の下から、羽村の顔を上目遣いに見た。

悪い卦が出たと思ったのか、羽村はたちまち不安げな表情を浮かべ、

「は、はい……」

と身を固くする。

「申し上げにくいのですが、願いは叶わない。それも、勝ち負けとは関係なく、先生ご自身の原因で願い叶わず……と出ていますね」

「私が原因で?」

「先生、ご病気を抱えていらっしゃいませんか?」

「病気……」

羽村はギョッとした顔になって、椅子の上で固まった。

「健康上の理由で諦めざるを得ないとなると、重い病のようですね」

羽村はすぐに答えなかった。

そして、貴美子を見る目に変化が現れた。

怪訝《けげん》な眼差しで暫し見つめ、

「生まれてこの方、病気らしい病気をしたことがありませんがね。身体《からだ》は至って健康で、健診も定期的に受けていますし、その度に医者からは頑健な身体に生んでくれた母親に感謝しろと言われるほどですが？」

わざとらしく力の籠った声で言いながらも、強張《こわば》った笑いを浮かべる。

「そうですか……」

貴美子は落ち着いた声で答え、首を僅かに傾げて見せた。

「私が病を患っている卦が出ているのですか？　それとも、これから先、大病を患うとでも？」

貴美子はすぐに答えなかった。

机に並べた算木を見つめ、暫しの間を置くと、

「この卦は、本来ならば、人が崇め奉るような大山なのに、地に埋もれて人の目には触れない、要は力はあるのに、正しい評価が得られないことを示しているのです」

「私は民自党の幹事長ですよ。評価を受けているからこそ――」

心外とばかりに、疑念を呈しかけた羽村を、

「評価を受けている大山であるにもかかわらず、地に埋もれる」

貴美子は口調こそ柔らかだが、ピシャリと言い放った。「つまり、人の目に触れない、あるいは評価を得られない存在になってしまう。政治家として十分な実績をお持ちで、かつ新党の党首にならんとしているお方が、そうなってしまうとしたら、病以外に考えられませんね」

羽村の表情が再び変化する。

伏せた目の中で、瞳が左右に動くのが見てとれた。

「病……ですか……」

羽村は、呻《うめ》くように、貴美子の言葉を繰り返し考え込むと、やがて顔を上げ、観念した様子になって口を開いた。

「実は、家族と筆頭秘書しか知らないのですが、ふた月前に胃潰瘍の手術を受けまして……」

貴美子は無表情のまま、目で先を話すよう促した。

羽村は続ける。

「政治家が一番恐れるのは病です。健康状態に不安があると知られれば、議員どころか支持者だって離れていきますのでね……。ここ一年ばかり、胃が時々痛むことがありまして、地元に戻った時に大学病院で検査をしてもらったんです。そうしたら軽度の胃潰瘍で手術するよう勧められまして……」

「地元とおっしゃいますと？」

「私の選挙区は岩手の県南部なのですが、手術は仙台の大学病院で受けました。術後の回復は個人差がありますし、手術どころか入院したことも絶対に知られてはなりません。それで、国会の会期が終了するのを待って、極秘で手術を受けたのです。執刀医は消化器外科の権威、予後も殊の外順調で、術後十日で退院することができまして……」

「十日で退院とは、よほど腕の立つお医者様だったのですね」

「症状が軽かったこともありましたし、抜糸したその日に無理やり退院したんです」

羽村は薄く笑う。「実は、検査を終えた時点では、それほど深刻な状態ではないとの見立てだったので、ならば暫《しばら》く様子を見ようかと思ったんです。でもねえ、医者も家族も、癌《がん》になったら大変だ。今のうちに切ったほうがいいと手術を勧めるものですから、政界再編の機運は日増しに高まるばかりでしたので、潰瘍が悪化することはあっても、良くなることはあり得ないと思いましてね。地元に止むなき仕事ができたことにして、極秘で手術をしてもらったのです」

鴨上によれば、羽村の本当の病名は胃の噴門部に発生した癌だと言う。

当初はごく初期のもので、直ちに切除すれば完治が見込めると診断されたのだが、癌は死を意味するのに等しい病だけに、患者本人への告知はタブーである。

だから医師も家族には癌だと告げたものの、本人には胃潰瘍だが早急に切除した方がいいと勧めたのだ。

ところが術前のレントゲン検査で肺に陰影が発見され、精密検査を行ったところ、癌と判明。しかも、噴門部の癌が転移したものだと判明したのだ。

既に転移が見られる癌の場合、原発巣に手をつけるのは禁忌である。

羽村は胃の不調が癌ではないかと疑っていた節があって、胃潰瘍だと診断されて意を強くしたらしく、手術を強く望む。「実は癌で、転移していて切除不能」と言えぬ家族の強い意向もあって、医師は病巣には一切手をつけず腹部を開くだけで手術を終わらせたのだと言う。

「この卦の意味するところは、それだけではありませんよ」

「と言いますと？」

「山を覆っているのは緑豊かな大地。山の存在が豊穣《ほうじょう》な大地を育んでいるのです。先生の党首選の当落を占ったのに、なぜこんな卦が出たのか……」

貴美子は一旦言葉を区切ると、色眼鏡の下から羽村の視線をしっかと捉えた。

生唾を飲み込んだらしく、羽村の喉仏が、上下に動くのが見てとれた。

「実は、事前に頂戴した、お名前と生年月日で、今年の先生の運勢を四柱推命で占ってみたのですが、今年は大厄。よほどお身体に気をつけないと命に関わることになりかねませんよ」

「命に関わる？」

ぎょっとした様子で、目を剝《む》いて絶句する羽村だったが、慌てて否定しにかかる。

「そりゃあ胃を切ったんですから、食は細くなりましたよ。でも、体調は至って良好で、特に異常は感じておりませんが？」

これまで癌で亡くなった人間を何度か目にしたので分かるのだが、癌患者の容貌には共通した傾向が現れる。痩せてくるのはもちろんだが、皮膚が乾燥した油紙のような質感になり、色もまた黄色味を帯びてくるのだ。

羽村の顔には、明らかにその兆候が表れ始めていたし、鴨上によると、癌の進行は患者によって多少の違いはあるものの、方程式さながら、ほぼ同じ経過を辿《たど》るという。

余命も既に分かっていて、羽村の場合は後六ヶ月程度。おそらく、二ヶ月後には入院を余儀なくされることになるというのが医師の見立てだそうだ。

「話を戻しますが、大山の存在によって育まれた緑豊かな豊穣な大地には、大樹になる可能性を秘めた種が埋もれていると考えられるのです」

「大樹になる種？」

「今回の場合は後継者のことを指しているんでしょうね」

貴美子はそう告げると、すかさず訊ねた。「先生はご自分の後継者に、どなたを据えようとお考えなのですか？」

「いずれ長男をと考えておりまして……。現在筆頭秘書の下で修業させております」

「私は政治のことはよく存じ上げないのですが、二つの党が一緒になると、先生の選挙区の候補者数を調整しなければならなくなるのではありませんか？」

「えっ？」

羽村は虚を衝《つ》かれた様子で、小さく声を上げる。

「お身体とよく相談なさったほうがよろしいのではないでしょうか」

貴美子は言った。「もし、先生が任期半ばで議員職を続行するのが困難になれば補欠選挙となりますよね。その時、既に新党が設立されていたら、ご長男は後継候補として認められるでしょうか？」

乾いた油紙のような顔色に、仄《ほの》かに朱が差してきたかと思うと、羽村は不快感をあからさまに浮かべる。

「私が病に臥《ふ》して、政界を引退することになるとでも言うのかね」

口調も一変してぞんざいになり、睨《にら》みつけてきたのだったが、

「どうお取りになられるかは先生次第です。私は卦の結果のままを申し上げているだけですので……」

貴美子は動ずることなく、柔らかだが突き放すような口調で返した。

朱の色が濃さを増し、羽村は歯《は》嚙《が》みをするかのように、蟀谷《こめかみ》をひくつかせる。

「先生……」

貴美子は語りかけた。「負けを承知で戦って、見事散るのも男の本懐とおっしゃるかもしれませんが、無駄な戦を避けて、後の利を取るという考え方もできるのでは？」

「後の利？」

「議員になったからには、いつか総理にと野心満々の人たちが集って覇権を争っているのが国会、特に衆議院じゃありませんの？　総理の椅子は一つしかありませんから、味方なんてあって無きがもの。だから衆議院は常に常在戦場と言われるのではありませんか？」

「確かに、そこはあなたの言う通りだが？」

それがどうしたとばかりに羽村は訊ね返してくる。

「党首選は、謂《い》わば譜代大名同士の一騎打ち。新党の党首を決する戦となれば、天下分け目の関ヶ原。勝った方は天下を取ると同時に、敵対した相手を根絶やしにかかるのが戦ってものではありませんの？」

「新党の総裁を譲る替わりに、長男を後継者として認めさせろと言うのかね？」

「さっき申し上げましたように、私は卦の流れから解釈したままをお伝えしているだけです。私の言葉から何を察し、どう判断なさるかは先生なんです。信じる、信じないもご自由に……」

貴美子は敢えて突き放すような言い方をした。

羽村は沈黙、次いで腕組みをして瞑目する。

会話が途切れると、床の間の香炉から漂ってくる白檀の香りが一層強くなる。

「他に何かご相談は？」

沈黙を破って貴美子は問うた。

「いや、特には……」

瞼《まぶた》を開けたものの、視線を合わせることなく羽村は答える。

「そうですか……では、これで……」

貴美子は一礼し、机の裏に取りつけてあるボタンを押した。

聴覚に難がある友子を呼び出すためのもので、台所や居間に設置した豆球が光る仕組みになっている。

程なくして襖が開くと、そこにひざまずいて羽村を待つ友子の姿があった。

羽村は、何も言わなかった。

ゆっくりと立ち上がると、貴美子に目をくれることなく部屋を出ていった。

4

玄関の引き戸が閉まる音が聞こえたのと同時に、控えの間の襖が開き、鴨上が部屋に入ってきた。

「占い師になってまだ日も浅いのに、なかなかどうして、堂に入った仕事ぶりじゃないですか」

鴨上は、つい今し方まで羽村が座っていた席に腰を下ろすと、感心した様子で言う。

「先生のご指示を、もっともらしくお伝えするだけです……」

いささかの疚《やま》しさを覚えながら貴美子は答え、「でも、羽村先生は党首選を降りられるでしょうか。この機を逃せば、総理になるチャンスは二度とないと、ご自分でも分かってらっしゃるのでしょう?」

冷めた茶を口に含んだ。

「大丈夫、降りますよ」

鴨上は簡単に断言する。「そもそも二党合流を持ちかけたのは民憲党の党首、安村《やすむら》衆議院議員でしてね」

「民憲党は衆議院を押さえない限り、総理を輩出することはできませんものね。でも民自党は――」

「民自党は衆議院第一党には違いありませんが、単独で過半数を確保していませんからね」

鴨上は貴美子の言葉半ばで遮《しゃじ》って続ける。

「両院の第三政党、社自党の協力があっての過半数を維持できているのです。ところが社自党には、大臣の椅子がなかなか回ってこないことに不満を覚える議員が少なからずいましてね。不満分子を抑えていた党首の榊原《さかきばら》さんが三ケ月前に急逝した途端、重石《おもし》が外れたと言いますか、党内に不穏な空気が漂い始めたのです」

「社自党から民憲党へ鞍替《くらが》えを図ろうとしているとでも?」

「そうなんです」

鴨上は頷く。「とはいえ、安村さんは実にしたたかでしてね。社自党議員を何人取り込めるか分からない。それは民自党もまた同じはず。下手をすれば社自党分裂もあり得る。ならば、社自党内の不満分子を取り込む兆しを見せただけでも、民自党には脅威と映るはずだ。そこにつけ込んで、社自党に合流を持ち掛ければ合意するだろうし、社自党も一緒に取り込めると考えたんです」

「では、今回の合流は、二党ではなく三党？」

「まあ、社自党はオマケみたいなものですよ、二大政党の合流が実現すれば、社自党はただの野党になってしまいすからね」

目元を緩ませる鴨上に、

「安村さんにとっては、総理になる絶好の機会ではありませんか。それに、現総理の奥《おく》寺《でら》さんだって、現職に留《とど》まりたいと思っていらっしゃるんでしょう？　なのに、なぜ羽村さんと今川さんの争いになるのです？」

貴美子は当然の疑問を投げかけた。

「鬼頭先生ですよ」

鴨上の瞳に一瞬凄みを帯びた光が宿る。「衆参共に同じ政党が過半数を占めれば、先生もなにかとやりやすくなりますのでね。ただ、新党設立となると、誰が党首となるのかで主流が決まってしまいます。当然党首を巡る争いが二党の間で勃発しかねない……」

そう聞けば、鬼頭の狙いが読めてくる。

「激しく争えば、決着はついても新党内に禍根が残る。安村と奥寺の二人が退けば、痛み分け。新党設立後、投票で党首を決めることにすれば受け入れざるを得ないというわけですね」

「この提案には、お二人とも最初は難色を示したそうですけど、奥寺さんが総理になれたのは先生の力を得られたからです。安村さんだって、先生の力のほどは重々承知。無視できませんからね。最終的に呑んだのですが、新党内に禍根を残さず合流を果たすには、もう一つ解決しておかなければならない問題がありましてね」

「それは、どのような？」

貴美子が訊ねると、

「前職、前回の衆議院選で落選した議員の処遇ですよ」

鴨上は即座に返してきた。「同じ選挙区で民憲党、民自党が議席を争って落選。捲土《けんど》重来《ちょうらい》を期して雌伏中の議員が相当数いましてね」

「二つの党が合流すれば、衆参両院で過半数を遥かに超える大政党が誕生することになるんですから、次の選挙では圧勝間違いなし。でも、現職が圧倒的に有利ということになるでしょうからね」

「解散？」

「実は、衆議院は二党合流直後に解散することになっていましてね」

「解散権は総理が一手に握っておりますのでね。選挙は奥寺政権の下で行うことになりますが、現職、前職、新人が入り乱れて名乗りを上げれば、票が割れて野党の議席を伸ばしてしまう恐れがあるんです」

「そうですよね。そうなってしまう可能性は捨てきれませんよね」

「となると、公認候補を絞り込まなければならない。しかし、選挙後には新党の党首選が控えているとなれば民憲、民自両党共に、前職が当選した方が有利になるんですね」

「そうか、どちらの党に所属していた候補者が当選するかで、党首選の趨勢《すうせい》が決してしまうことにもなりかねないわけですね」

「公認候補には、党から選挙資金が支給されますが、それで全てが賄《まかな》えるわけではありません。各派閥の領袖《りょうしゅう》が配る金を得て、やっというところなんですね。つまり、政治の世界における力とは、領袖の資金調達能力に比例するとも言えるんです」

「それで、資金援助を先生に……」

「もちろん、先生個人の資金だけではありませんよ。企業、団体に先生が声をかけて支援させるのです。ですから羽村さんにとって両党の合流は、総理になる千載一遇の大チャンスでも、先生の意向を無視はできないんですよ」

　鴨上は嘲笑を浮かべる。「今川さんが次期総理になれば、後に羽村さんが長男に地盤を譲ろうとしても、新人、前職、元職と公認候補を擁立して対決させるとか、当選を阻止する手段はいくらでもありますからね」

「でも、羽村先生は諦めないのでは……。ご自分が癌だとはご存じないのだし――」

「あなたの見立てが、功を奏することになるんですよ」

鴨上は含み笑いを浮かべ、貴美子の言葉を遮る。「医学と占いの組み合わせは、人の心を自在に操る最強の武器になると見抜かれたんです」

感心しきりとばかりに、唸《うな》る鴨上は上目遣いに貴美子を見ると、

「この組み合わせは、霊を恐れさせるのと同じなんですよ」

苦笑というより、皮肉めいた笑みを宿す。

「霊……ですか？」

「人間、特に野心を抱き、そこに手が届こうかという人間が最も恐れるのが病です。実際に権力を手にした人間ならばなおさらです。当たり前ですよね。ようやく手にした地位、権力の座には、可能な限り長く留まりたいと切望するのが人間の性《さが》なら、病はその願いを阻害する最大の要因ですからね」

なるほど、鴨上の言う通りだ。

世を儚《はかな》み、不運を嘆きと、自ら命を絶つ理由は様々だが、苦しみから逃れる術として死を選んだという共通点がある。しかし、幸運に恵まれ、成功を収めた人間にとっては、人生は素晴らしきもの以外の何物でもない。可能な限り長く生きたいと切望するのは当然のことなら、それを阻害するのが死であり、多くの場合、病がきっかけである。

「医学と占いには酷似したところが多々あるんですよ」

鴨上は続ける。

「たとえば、この歳になったら、こんな病気に注意しなければなりません。この数値を放置しておくと、こんな病気になりますから薬を飲みましょう。医者にそう言われたら、貴美子さん、あなた、どんな気持ちになります？」

「もちろん、不安になりますわね。放置すれば大病を患うことになると言われたら、お医者様の指示に従って――」

「検査のため、薬をもらうために定期的に病院に通うようになりますよね。医者からすれば、お得意様、一丁上がりとなるわけです」

「でも、お医者様って――」

「医者にとって最も困る、あってはならない状況って、何だと思います」

鴨上は、二度に亘《わた》って貴美子の言葉を遮り、唐突に問うてきた。

そうは言われても、俄には思いつかない。

「さあ……」

貴美子は首を傾げた。

「万人が健康になることですよ」

鴨上はあっさりと言ってのけ、続けて問うてきた。

「じゃあ、製薬会社にとって、最も困るのは？」

「そりゃあ、同じでしょう。万人が健康になれば、薬が売れなくなってしまいますもの」

「それもありますが、未来永劫《えいごう》人間が病から解放されることはありません。つまり実際に薬の需要がなくなることはあり得ません。となると、出てきたら困る薬は何かといえば、万病に効く薬。所謂《いわゆる》、万能薬ということになるんですね」

「そうか……。そうですね」

「そんなものが現れようものなら、薬はたった一つあればいいってことになってしまいますからね。製薬会社も商売にならないし、医者だって同じです。そしてそんな代物が出てくる可能性は万に一つもありませんから、病気になれば治療薬、未病となれば予防薬を処方する。だから医者も製薬会社も業として成り立つんです」

「予防と言われれば患者は作り放題。医療への依存度は増すばかりとなりますものね」

「さっきも言いましたが、成功者、権力者は長寿を切望するのですからなおさらですよ。しかも、その手の人間は診《み》てもらうなら権威ある医者を選びますし、直接診てもらえる力もあれば、伝手《つて》もありますのでね」

そこまで聞けば、なぜ貴美子の見立て通りに羽村が動くと言ったのか。その理由が見えてくる。

「病であろうと占いであろうと、不吉な予言は気になるもの。羽村先生の場合は、その両方が絡み合っているだけに、無視はできないと言うわけですね」

鴨上は大きく頷くと、話題を転じてきた。

「明後日《あさって》、今川先生がお見えになるとお伝えしましたね」

「ええ……」

「占う内容は羽村先生と同じですが、戦わずして勝つ。もし、今川先生がその理由を訊ねてきたら、表現はお任せします。大病を患っていて余命僅かという卦が出ていると告げてください。医者は余命を長く伝えるものですが、羽村先生が動けるのは二ヶ月やそこら。病床に伏したら、政治生命は終わったも同然ですので」

ひょっとすると羽村は、既に体調の異変を自覚しているのかもしれない。鬼頭の勧めに従って、ここを訪ねてきたのも党首、ひいては総理になる野心が捨て切れず、たとえ占いであろうと、願いが叶うという結果が出ることに希望を見出《みいだ》したかっただけではなかったのだろうか……と、貴美子はふと思った。

もし、そうだとしたら……。いや、そうでなくとも、羽村が体調に異変を感ずるまでに、それほど時間はかからないはずだ。その時点で羽村は党首選から降りるのと引き換えに、長男を後継者にすべく、次の衆院選で新党の公認をもらえるよう今川に打診するだろう。

その時点で、今川は新党党首、その後、国会での首班指名選挙で総理大臣就任が決定する。ほどなくして羽村は病に臥した後他界。貴美子の見立ては見事的中。かくして、政財界の重鎮たちがここに押しかけてくるということになるわけだ。

「どうです？　凄く良くできた仕組みでしょう？　さすがは先生だとは思いませんか？」

鴨上は、貴美子の考えを見透かしているかのように言う。

「本当に……。さすがですわ。手にした権力は、こうやって育てていくものなんですね。そのことがよく分かりました……」

貴美子は本心から言ったのだったが、鴨上は表情一つ変えることなく、即座に返してきた。

「権力を手にし、育てていけるのは、貴美子さん、あなたにも言えることなんですよ。これから先、先生が手にする力とは、あなたの力でもあるのです」

静かながらも確信に満ちた声。そして、睨みつけるような鋭い視線。瞳に宿る冷え冷えとした光を見た瞬間、鴨上はそこに自分の名前も加えたいのではないかと、貴美子は思った。

第三章

1

淀興業《よどこうぎょう》は兵庫県の尼崎《あまがさき》に事務所を置く。

従業員は十五名と小さな世帯だが、敗戦の影響で銀行の資金力も十分ではなかった時代、銀行の貸し渋りにあった中小企業を対象に、金貸しを始めた森沢義夫《もりさわよしお》が経営する街金である。

午前九時。

朝鮮戦争の特需という神風が吹いたおかげで、奇跡的な復興を遂げた日本経済は、昭和三十年を迎えた今になっても勢いが衰える気配はない。中小企業の資金需要も増すばかりとあって、事務所には電話の呼び出し音が鳴り響く。

「吉村《よしむら》！　三十万持って、保坂土建《ほさかどけん》に行ってんか。条件はいつも通りや。期日までに全額払わんでもええが、利子はきっちり用意しとけと念押ししてや」

受話器を置いた森沢の胴間声が、事務所に轟《とどろ》いた。

黒のダボシャツに白のズボン、雪駄《せった》を履いた吉村が、バネ仕掛けの人形のような勢いで立ち上がり、

「分かりました！」

と大声で叫ぶ。

まるで軍隊、それもかつての陸軍を彷彿《ほうふつ》させるような光景だが、淀興業の序列と規律は軍隊同様に厳格だ。いや、同様というのは間違いかもしれない。なぜなら、淀興業において、森沢は唯一無二の絶対的存在で、彼の命に異を唱えるどころか、疑問を呈することすら許されないからだ。

吉村は、立ち上がった勢いのまま部屋の奥、森沢の隣の席に座る清彦《きよひこ》の前に進み出ると、直立不動の姿勢を取り、

「副社長、お願いします！」

軍隊そのものの礼をする。

「三十万ね……」

現金の取り扱いは、清彦の役目だ。

机の上に置いていた手提げ金庫を開け、中から十万円ずつ束にした札を取り出すと、

「よろしく……」

吉村に手渡した。

「では、社長。行って参ります！」

今度は森沢に向かって、頭を下げた吉村が、事務所を出ていったところで、

「婿はん、話がある言うとったな。部屋行こか」

椅子から立ち上がった森沢が、傍らの応接室を目で差した。

井出《いで》から森沢に姓が変わった清彦は席を立ち、森沢の後に続いて応接室に入った。

そこは四畳半ほどの広さで、革張りのソファーが四脚置かれていた。

森沢はその一つにどっかと腰を下ろすと、

「そこ座り……」

正面の席を目で指し、次いで煙草《タバコ》に火を点《つ》ける。

命じられるまま腰を下ろした清彦は、早々に用件を切り出した。

「新手の商売を始めたいと思いまして……」

森沢は、ふうっと煙を吐き出すと、清彦の視線を捉えたまま問うてきた。

「今度は、何すんねん」

「勤め人相手の金融をやりたいと考えておりまして……」

「勤め人って、月給取りのことか？」

森沢はピンとこない様子で、怪訝《けげん》な表情を浮かべる。

「大会社の社員の主婦を相手に金を貸そうかと……」

「主婦う？」

煙草を口に運びかけた手を止め、森沢は声を吊《つ》り上げると、「そら、財布の紐《ひも》を握っとるのは大抵嫁やけど、その分家の懐具合はよお知っとんのやで。まして、大会社勤めの亭主がいてる主婦が、街金から金を借りるかいな。他人に知れたら、亭主の出世に関わることにもなりかねへんのやで」

話にならないとばかりに苦笑する。

「そうでしょうか」

予想通りの反応だけに、清彦はすかさず反論に出た。「今の世の中は、戦中を生きた人間にしてみたら、夢の世界にいるようなものです。いつ死ぬかもしれない恐怖から解放されましたし、飢える心配もない。給料だって右肩上がりなら、暮らしを快適にする新製品が、次から次へと出てきます。実際、洗濯機やテレビのような高額家電が飛ぶように売れていますからね」

「売れてる言うたかて、即金で買《こ》うてるわけやないやん。月賦やないか」

「月賦だって借金じゃないですか」

「そら、そうやが……」

「月賦で高額商品を買えるのも、世の中、会社、ひいては自分の将来に見通しが立てばこそです。現に給料は上がり続けていますからね。月賦で買うのも、毎月の支払額が一定ならば家計への負担はどんどん軽くなっていくと分かっているからです」

森沢は、ふむと考え込むと、

「その、高額商品ちゅうのは、次に何が来ると思うとんねん」

睨《にら》みつけるような眼差《まなざ》しを向けながら、煙草を燻《くゆ》らす。

「冷蔵庫でしょうね」

間髪を容《い》れず清彦は答えた。

「なるほどな。洗濯機、テレビの次は冷蔵庫か……」

森沢の反応に変化が現れた。

間違いなく、耳を傾ける気になった証《あかし》である。

「洗濯機、テレビ、冷蔵庫。この三つの製品を喉から手が出るほど欲しがっているのが主婦です。特に洗濯機、冷蔵庫の普及が進むにつれ、主婦には日常生活を送る上の必需品という認識が芽生えつつあるように思えるんです」

「家事が楽になるなら、そら主婦は欲しがるやろな。しかも、財布を握っとんのは主婦やしな……」

森沢は口に咥《くわ》えた煙草を、二度三度と忙《せわ》しげに吹かす。

頭が急速に回転し始めた時の森沢の癖である。

清彦は説明を続けた。

「主婦仲間から、洗濯が格段に楽になった。冷蔵庫で食料の買い置きができるようになった。亭主に冷えたビールがすぐに出せるようになったと聞けば、そりゃあ多少の無理をしてでも欲しくなるでしょう。それに、台数が捌《さば》けるようになれば、大量生産が可能になって、値段が下がるのがこの手の製品です。でもね、お義父《とう》さん。その一方で、社会が豊かになるにつれ物価は確実に上がるし、亭主が昇進すれば、出費も増えるものでしてね……」

「部下を飲みに連れて行かなならんようにもなるやろし、背広かて肩書相応のもんを誂《あつら》えなならんしな。冠婚葬祭や子供への出費も増していくやろし、親が病気になれば、面倒見なならんようにもなるわな」

「つまり、いつ何時、当座の金が必要になることも、まま起こり得るわけです。じゃあ、その時、主婦はどこから金を調達するんでしょう？ 月賦で買った高額製品は、家事を楽にするため、つまり自分が楽するために買ったものなんですよ？」

全てが読めたとばかりに、森沢は目を細めて、うんうんと頷《うなず》く。

清彦は続けた。

「銀行から借りようにも、即日金を用立ててはくれません。じゃあどこに縋《すが》るかといえば、質屋か街金しかないじゃないですか。もっとも質屋は持参した品を値踏みしますから、望み通りの金額になるかどうか分からない……」

「なるほどなあ。あんた、ほんまええところに目えつけるな。さすがはわしが婿に選んだだけのことはあるで。主婦相手の金融とは、思いつかなんだわ」

森沢はすっかり感心した様子で、細めた目で清彦を見ると、「よっしゃ！ それ、あんたに任せるさかい、思う存分やったらええわ」

呵々《かか》と大口を開けて笑った。

「ありがとうございます……」

清彦は頭を下げた。

「やっぱり、帝大出はちゃうな。ほんま、大したもんやで。たった五年やそこらで、尼崎一の街金になれたんも、あんたが手形金融を勧めてくれたからや。主婦相手の金貸し業も、うまいことといったらいったで万々歳。損出しても、今まで十分稼がしてもろうてんのやし——」

「損？」

清彦は頭を上げ、森沢の言葉を遮った。「損なんかするわけないじゃないですか。この商売は、淀興業が元々やっていた高利貸しそのものなんです。支払いが滞れば、厳しく取り立てればいいだけのこと。勤め人なんて、会社に依存して生活してんですからね。放り出されようものなら、生きていけないんですから、そりゃあ必死になって返済するに決まってるじゃないですか」

「ほんま、その通りやな。借金こさえて、街金の取り立てに追われとるなんて評判が会社に聞こえようものなら、亭主の出世に響くどころか会社を首になってまうかもしれへんしな」

心底納得したように、唸《うな》る森沢だったが、

「もっとも、中小企業とは違って、厳しく追い込むようなことは滅多に起きないと思いますけどね」

清彦は、すぐに、森沢の見立てをやんわりと否定した。

「と、言うと？」

「月賦で購入しようにも、与信審査を通って初めて可能になるのです。つまり、お堅い金融機関が、支払い能力に問題なしとお墨付きを与えたわけです。私が大企業に勤める亭主を持つ主婦に狙いをつけた理由はそこにあるんです。与信審査は金融業の基本中の基本ですが、うちも含めて、街金にそんな能力はありませんからね」

出会った頃ならば、

「返せなんだら、力ずくで取り返せばええだけや。そもそも、後先を考えられへんようになってもうた人間にでも金貸して、身包《みぐる》み剝いだ上に、ケツの毛まで毟《むし》り取るのが街金や。与信なんか気にしとったら、商売になるかいな」

さしずめ、そんな言葉が返ってきただろうが、婿に迎えて五年。この間、清彦が挙げた功績を思えば、流石《さすが》の森沢も黙らざるを得ない。

そこに思いが至った瞬間、

もう五年か――。

清彦の脳裏に、森沢と出会った当時の記憶が浮かんできた。

2

新たに始める事業を模索していたあの頃、貴美子《きみこ》と始めた飲食店で使用する食材の調達に千葉に出かける一方で、清彦は闇市時代の伝手《つて》を頼りに、多くの人間と会った。

店から上がる利益は、ツルに給与を支払うと、貴美子と二人で暮らす分には事足りるといった程度しか残らない。

何をやるにしても、資金は多いに越したことはないのだが、問題はどんな事業を始めるのか、方向性が全く見出《みいだ》せないことにあった。

闇市時代に知り合ったのは、一癖も二癖もあるような人間ばかり。混乱の時代に乗じてひと財産を手にしようとした者が大半だから、商才というより利に敏《さと》い人間ばかりで、要は目先のことしか考えが及ばず、大局観に欠けていたのだ。

そんな最中の昭和二十三年、突如彗星《すいせい》のごとく現れたのが『光《ひかり》クラブ』だ。

銀行の金利が年利一・八三パーセントであった時代に、年利十八パーセントもの配当を行うと謳《うた》って出資者を募った街金である。

事業資金の捻出どころか、肝心の事業の方向性さえ定まらずにいた清彦にとって、一般から広く出資を募り、銀行の貸し渋りに苦しむ中小企業相手に、法外な高利で金を貸す――。

この目が醒《さ》めるようなアイデアを考えついたことにも驚いたが、光クラブの代表者・山崎晃嗣《やまざきあきつぐ》が大戦中は陸軍主計少尉で、戦後復学した東大に在学中の学生と知った時には驚愕《きょうがく》したどころではなかった。いや、驚愕というより、その才覚、才能に舌を巻くと同時に、嫉妬の念さえ覚えた。

闇市時代に知り合った人間の中には、一緒に街金をやらないかと持ちかけてきた者も何人かいたが、どうやって客を集めるのかと問えば、「金に困っているやつは、ごまんといる」。回収手段を問えば、「力ずくで」と暴力的な手段に出ることを平然と口にする。

需要があるところに成り立つのが商売だ。金に困っている人間がごまんといれば、その分街金業者も多いであろう。特に利に敏いヤクザが見逃すはずがなく、その手の人間、組織が経営している街金だってあるだろうから、新参者が客を摑《つか》むことは容易ではないと察しがつこうものなのにだ。

それゆえに、山崎のアイデアはまさに目から鱗《うろこ》、素晴らしいとしか言いようがなかった。

銀行の十倍もの配当を謳えば、世間の耳目を引くこと間違いなしだ。しかも現役の東大生である。

まさか、こんな手があったとは……。

生い立ちは分からぬものの、海軍と陸軍の違いはあれど軍歴、学歴共に、自分と瓜《うり》二つ。しかも歳下の山崎に敗北感に似た感情を覚える一方で、やりようによっては街金が途方もなく大きな事業になる確信を清彦は抱いた。

そんなところに起きたのが、米兵殺害事件である。

迷いに迷った末に、「私が身代わりになる」と言った貴美子の申し出を受け入れたのは、二人の将来を考えてのことだ。

どんな判決が下るにせよ、貴美子は自分の出所を待つだろう。しかし、そこから先に待ち受けているのが、あまりにも惨め、かつ絶望的な生活だとしたら……。

生活の糧を稼ぐのは男である。殺人の前科を持つ清彦を雇う、まともな職場は絶対にない。ドヤに住み、日雇いの肉体労働で細々と生計を立てるのが関の山。それでは貴美子が、あまりにも不憫《ふびん》だ。

それに、殺人事件の現場となってしまった以上、店の続行は不可能だ。ならば、自分が獄に繋《つな》がれている間、貴美子はどうやって収入を得るのかということも考えた。

女性を雇うまともな職業は極めて少ない。パンパンや街娼《がいしょう》、娼婦に身を窶《やつ》す、うら若き女性が数多《あまた》いるのはその証左である。

断じて貴美子をそんな目に遭わせてはならないと思った。

そこに思いが至った瞬間、ふと清彦の脳裏に、一つの考えが浮かんだ。

まず、貴美子が刑に服している間に、東京から遠く離れた街に住まいを移す。そこで確固たる生活基盤を築き、出所した貴美子を迎え入れれば、誰にも過去を知られることなく暮らしていけるのではないかと……。

忸怩《じくじ》たる思いを抱いた。疚《やま》しさも覚えた。しかし二人の将来を考えると、それがベストな方法だと思えたのだ。

東京を離れるのは、貴美子の刑が確定してからと考えていたのだが、拘置所で面会した貴美子の姿を目の当たりにした瞬間から、清彦は大罪を被《かぶ》せてしまった罪の意識に苛《さいな》まれた。

貴美子との約束は絶対に果たさなければならない。将来の生活基盤に目処《めど》がつけば希望を持って獄中生活が送れるだろう。

もはや一刻の猶予もままならない。

居ても立ってもいられなくなった清彦は、早々に海軍時代に親しくしていた北原孝明《きたはらたかあき》が住む大阪に向かった。

大阪出身の北原は、十七歳で海軍の新兵を養成する海兵団に入り、終戦まで軍に籍を置いた生粋の軍人だった。南洋諸島での戦闘で、左手の薬指と小指を失う重傷を負い、海軍経理学校の宿舎で雑用係になり、同校で学んでいた清彦と言葉を交わす仲になったのだ。

関西訛《なま》りは新鮮だったし、旧制中学どころか、高等小学校しか出ていないにもかかわらず、北原は経理に興味があって、清彦の部屋を訪ねてきては、「教本を見せて欲しい」とねだる。読んだだけでは理解できまいと、たかを括《くく》って読ませてみると、これがどうして一読しただけで、勘所を押さえては質問を繰り返すのだった。

あまりの熱意に「どうして経理に興味があるのだ？」と訊《たず》ねてみたところ、

「金持ちになりたいからであります。金が好きなのであります」

北原は臆面もなく言い放った。

主計官は戦闘要員ではないが、戦闘艦、非戦闘艦のいかんを問わず、艦隊勤務になれば死を覚悟しなければならない。だから俸給は家族に仕送りするか、命あるうちに使い切ってしまうものでしかないのだが、二度と戦場に立つことはない北原は別だ。早くも大戦が終わった後の生き方に目を向けていたのだ。

待ち合わせの場所は大阪駅。六年ぶりの再会である。

現れた北原の様相は一変していた。

胸元を大きくはだけた白い開襟シャツに、麻の生成りの背広、そして白の革靴。一眼《ひとめ》でその筋の人間と分かる出立《いでた》ちで、清彦の前に立つや、

「少尉殿、お久しぶりでございます」

敬礼こそしないものの、機械仕掛けの人形のように上体を折る。

「少尉殿はやめて下さい。北原さんは歳上《としうえ》なんですから、普通に話しましょうよ」

「そない言われましてもねえ……。一度身に染みついた習慣ちゅうのは、なかなか変えられへんのですわ。こっちのほうが楽なんやもん、ええやないですか」

そこからお互いの近況報告となったのだったが、意外にも彼はヤクザにあらず。街金の幹部社員として回収役を任されていると言う。

「こないな格好してますと、誰でもヤクザや思いますわな。指も欠けてますさかい、取り立てに行くと、みんなビビってもうて、すぐ金を出すんですわ」

二本の指が欠損した左手を翳《かざ》し、呵々と笑い声を上げる北原だったが、一転真顔にな

ると言う。「うちとこはヤクザとはちゃいますよ。社長も深く付き合わんようにしてますし、ヤクザも社長には手を出しませんしね」

その言葉に興味を覚えた清彦は、その理由を問うた。

「ヤクザも、金に困ることがあるんですわ」

「ヤクザが金に困る？　金に困れば因縁つけて、巻き上げるのがヤクザだろ？」

清彦が訊ねると、

「少尉殿、闇市全盛の頃ならいざしらず、今時そないなことしたら後ろに手が回ってしまいますがな」

北原は苦笑を浮かべ続けて言う。

「極道の世界には出入りがつきものですからね」

「出入り？」

「喧嘩《けんか》、抗争ですわ。血の気の多い人間がぎょうさんいますよって、刃傷沙汰《にんじょうざた》になれば、怪我《けが》人どころか、死人が出ることもありまっさかいな。当然懲役に行く者も出ますよって、刑務所を出てくるまでの家族の生活は、組が見てやることになるんですわ」

死者が出るというのだから、罪状は傷害、殺人未遂、殺人といったところか。いずれにしても重罪で、長期刑は免れない。

「家族の面倒も大変だろうが、死んだ組員には、手厚く報いなきゃならんだろうから、確かに金はいくらあっても足らんよな」

「ヤクザがうちに手を出さへんのは、もう一つ理由がありまして……」

北原は続ける。

「うちは元々、小銭を貸して利子を取るいう程度の小さなもんやったんですけど、客の中に薬局をやっとるのがいましてね。そこが、近々ヒロポンの製造量に制限がかかるらしい。伝手があるよって、今のうちに大量に仕入れたい言いまして、うちに金を借りにきたんです」

そう聞けば、ピンとくるものがある。

「薬屋に金を貸して利子で儲《もう》けた上に、ヤクザに転売して利鞘《りざや》を抜いたのか」

「さすがは少尉殿、その通りですわ」

北原はニヤリと笑う。「製造量を制限するのは、禁止になる前触れや。販売禁止になれば、大量に仕入れたはええけど、在庫が焦げついてまう。そないなったらどないすんねん言うて、薬局が仕入れたヒロポンを買い取ってヤクザに転売、大儲けしたんです」

「じゃあ、今でもヒロポンを？」

「いやいや、そっちはとうの昔に止《や》めてます」

北原は、滅相もないとばかりに顔の前で手を振った。「その金を元手に、尼崎一帯で商売を広げて街金稼業一本槍《いっぽんやり》。ヤクザにも美味《おい》しい汁を吸わしましたんで、煩わしいことを言うてくるのはいやしませんのですわ」

どうやら、まだ自分には運があるようだ。

今の時代、大金を摑むには街金が近道だと目したものの、元手を作る以前に仕組みを学び、コツを学ばなければならない。そのためには、その道の成功者に師事するのが早道だと考えていたのだが、格好の人物に巡り合えそうだ。

そこで清彦は訊ねた。

「北原さんの会社は、個人金融以外に何かやってるの？」

「いいえ」

北原は即座に答える。「個人、商人相手でも十分儲かってますし、うちとこの社長は、ややこしいことはしませんねん」

「ややこしいことをしない？……」

北原は、ちょっと困った様子で、眉を曇らせると、

「銀行と違《ちご》うて審査をするわけやなし、何日間で、こんだけの利息や。それでもええなら貸したるわ。ただし、払えん時は分かっとるやろうな、で貸すだけですもん。それで十分やないかと言わはるんですわ」

「少し頭を働かせれば、もっと大きな金を摑むことができるのに？」

「社長は自分と同じ、高等小学校出ですねん。それも勉強が大嫌いで、ろくすっぽ学校にも行かへんかったそうでして……」

清彦はため息を吐《つ》きたくなった。

戦後の混乱期の中では、商才と学才は全くの別物。天性の才と、運に恵まれた者が大

金を摑むのだと思い知ったが、それにしてもだ……。

　その一方で、学はなくとも大金を持つ男と、金はなくとも学がある男が一緒になれば、お互いの弱点が補塡《ほてん》され、大きな事業をものにできるのではないかと、ふと清彦は思った。

　そこに思いが至った瞬間、

「北原上等兵曹！」

　無意識のうちに、清彦はかつての呼称で北原に言った。

「はっ！」

　身に染みついた習性というやつか。北原は音を立てて両の踵《かかと》を合わせると、直立不動の姿勢を取る。

「社長に会わせてくれ。お願いしたいことがある」

3

　申し出を快諾した北原と一緒に、清彦は尼崎に向かった。

　電車が尼崎に近づくにつれて車窓を流れる光景が、時間を遡っているかのように変化していく。

　梅田界隈《うめだかいわい》は復興が進み、戦禍の痕跡を窺《うかが》わせるものはほとんど目につかなかったが、急造の一軒家やバラック同然の長屋がやたら目立つようになった。

北原によると、工場地帯である尼崎は米軍の空襲に遭ったものの、工場群の被害は比較的軽微で、駅を中心に商店や住宅が密集していた一帯が焼失してしまったという。街の雰囲気、路上を行き交う人々の身なりからして、低所得者が多いようだが、それは街金業者にとって有望な市場であることを意味する。

果たして北原は言う。

「アマは客に事欠かんのですわ。工場《こうば》の労働者の給料なんて知れたもんですし、家持ちはそないいてませんから、家賃払《はろ》うたら食うていくのがやっとなんですわ。そうは言うても人間は煩悩の塊です。酒を飲みたくもなれば、女を抱きたくもなりますわな。そこで金作ろうと、博打《ばくち》に走るんですわ。首尾よくあぶく銭を摑めば、酒に女。ここら辺の一軒家は、ほとんど飲み屋と料理屋やし、一つ先の出屋敷《でやしき》はチョンの間がぎょうさんあって、そんなやつらが落ちてくるのを、口を開けて待っとんのです」

「亭主が博打に負けようものなら、奥さんは生活費に困るよな。子供がいるならなおさらだ。そこで奥さんも街金にやってくるってわけか」

「まあ、そういうのもぎょうさんおりますなあ」

北原は、他人事《ひとごと》のように軽い口調で返してくる。

「それじゃ借金は増える一方じゃないか」

「利子さえ払うてもらえばええんです。元本はそのままなら、延々と利子が入ってきまっさかい、そっちの方が儲けになるんです」

「その利子の払いが滞るようになったら、どうするんだ？」

「同業者を紹介するんですわ」

北原は、あっさりと言う。

「利子も払えんようになった客に金を貸すやつなんているのか？」

「餅は餅屋言うやないですか。元本を七掛けで買うてくれる同業者がおるんですわ。いよいよ利子も払えんいう頃には、元本を遥《はる》かに凌《しの》ぐ金を回収できてますからね。そやし七掛けで売っても損は出えへんのです」

「引き取った業者はどうやって回収するんだ？」

「そら、いろいろと……」

北原は言葉を濁しながらもニヤリと笑う。「まっ、早い話が人を売り飛ばすんですわ。男なら金が回収できるまで、どこぞの飯場に送り込む。若い娘がいれば、遊郭に売り飛ばすこともできまっさかい」

身柄を拘束し、自由を奪えば金を使えるわけがない。いや、それ以前に給料を押さえてしまえば、完済するまでは事実上のタダ働きだ。

「そうは言うても、性癖ちゅうもんは治らんもんでしてね」

北原は続ける。

「酒で借金こさえたやつは、飯場へ行ってもやっぱり酒を止められへんのです。となると、どないして金を稼ぐかっちゅうことになりますわな」

そう言われれば、思いつくのはただ一つだ。

「博打か」

清彦の言葉に、北原は頷き、薄ら笑いを浮かべる。

「博打で借金こさえたやつも、止められへんのは同じです。というか、そもそも借金こさえるやつの大半が、飲む、打つ、買うの三拍子揃《そろ》ってるんです。そんなんを一つ屋根の下に閉じ込めたら、賭場で寝起きするようなもんですわ」

「それにしたって、元手がいるだろうが」

「元手は飯場に送り込んだ街金が貸してやるんです」

「えっ？」

「飯場があるのは、発電所やダム建設とかの大工事の現場です。戦後、国が真っ先に取り掛かったのが社会基盤の整備です。そやし、人手はなんぼあっても足りへんのですから、送りこむ現場はなんぼでもあるんです」

「なるほどなあ。利子の返済が遅れる度に、元本は膨れ上がる。返済利子も高くなる。働けど働けど借金は減らず。延々と飯場暮らしから抜け出せないってわけか」

債務者にとっては蟻《あり》地獄に落ちたようなものだが、債権者側にとっては、好都合なことこの上ないというわけだが……。

「そやったら、七掛けで売らんで、うちとこがやればええやないかと思うでしょう？」

清彦の内心を見透かしたかのように、北原が問うてきた。

「そりゃそう思うさ。確実に儲けは膨らむ一方となるんだもの、まさに濡《ぬ》れ手《て》で粟《あわ》ってやつじゃないか」

北原の答えは意外なものだった。

「うちとこの社長は、そこまで鬼になれへんのですわ」

「鬼になれないって、どういうことだ？　いざという時には鬼になってこその街金だろ？」

「いざとなれば鬼にならなんだら商売にならんちゅうのは、金貸しの基本中の基本ですわ。銀行かて鬼になりますからね。社長も重々承知してはるんですが、止《と》めを刺すようなことはようやらん言わはるんです」

「それはなぜだ？　何か理由があるのか？」

「直接聞いたわけではあらへんのですが、何でも社長がまだ小さい頃、親がこさえた借金の形《かた》に、姉さんが廓《くるわ》に売られてもうたらしいんです」

そう聞くと、北原の勤務先の社長がなぜ街金になったのか、その原点が見えたような気がしてくる。

果たして北原は言う。

「金貸しが情けをかけたら商売にならへんのは百も承知や。そやけどなあ、わしにも娘がおるから、よう分かんねん。己がこさえた借金の形に娘を差し出す親は屑《くず》やけど、廓に売って金にする街金も屑やと言わはったと……」

「一人娘がおりますねん。二十歳そこそこの……。社長、そら目に入れても痛くないほど可愛《かわい》がっていましてね。年頃の娘を廓に売るとなると、お嬢さんと重なってしまうんでしょうね」

「でもさ、借り手はいよいよ返済不能となれば、そうなることを承知の上で金を借りてんだろ？」

「もちろんです」

「だったら、社長自身が直接手を下さないだけで、結果は――」

「結果は同じですけど、理由はもう一つあるんですわ」

話半ばで遮った北原に向かって、

「理由？　どんな？」

清彦は先を促した。

「債権の売却先は街金ゆうてもヤクザですねん。工事現場に人を送り込むのも、飯場を管理するのもヤクザ。廓からは毎月みかじめ料を徴収してますよって、親だろうが娘だろうが、斡旋先《あっせんさき》はヤクザが押さえとるんですわ」

「自分は金貸し稼業に専念して儲けるだけ儲けて、汚れ仕事は本職にってわけか？」

「正直言うて、そっちが本音かもしれへんですね」

北原はニヤリと笑う。「ヤクザにとって、買うた債権は儲けの種ですからね。そら、

「娘がいるのか？」

社長を大事にしますがな。まして、今は足を洗いましたけど、戦前社長は尼崎の博徒やったんです。うちの会社が、アマで大手を振って商売できるのも、そんな関係があるからなんです」

「博徒？　じゃあ社長も――」

清彦が言いかけたその時、電車は減速を始め、尼崎駅のホームに滑り込む。

平日の昼だというのに、駅前の飲食店には仕事にあぶれた日雇いか、あるいは夜勤明けの工場労働者なのか、早くも酒を飲んでいる男たちの姿がある。しかし、一帯が本格的に賑《にぎ》わうのは夕刻以降のことなのだろう。人通りは思いのほか少ない。

『淀興業』は、そんな商店街を歩いて五分ほどのところにあった。

北原がドアを開けた瞬間、

「ご苦労様です……」

中にいた若い衆が一斉に立ち上がり、頭を下げる。

「おう」

ひょいと片手を上げ、鷹揚《おうよう》な仕草で応えた北原は、そのまま事務所の奥へと進んでいくと、

「少し、よろしいでしょうか……」

重厚な執務机を前に座る男に声をかけた。

歳の頃は、五十代半ばといったところか。白髪交じりの短髪に、四角い顎。発達した

筋肉に覆われた肩。街金というより、肉体労働者の体つきをした男が顔を上げると、

「なんや……」

ひどく特徴的な嗄《しゃが》れ声《ごえ》で問うてきた。

「こちら、私が海軍経理学校で雑用係をやっていた時に、大変お世話になった少尉殿で、井出清彦さん言いますねん」

「ああ……。そうですかぁ……」

男は椅子から立ち上がると、「社長の森沢言います」

自ら名乗り、丁重に頭を下げる。

「井出と申します。突然お訪ねして、申し訳ございません」

北原には面会を乞うた目的を告げてはいない。

どう切り出したものかと思案していたのだったが、

「経理学校を出た少尉と言わはると、主計将校ですわな」

森沢は念を押すように問うてきた。

「少尉殿は帝大を出ておられまして……」

どこか自慢げに北原が答えると、

「帝大を出てはんのですか？　そないな方が、何でまたこないなところに？」

森沢は訝《いぶか》しげな眼差しで清彦を見る。

「北原君が街金に勤めていると伺いまして、社長の下で修業させていただけないか

と……」

「えっ?」

反応したのは、北原だった。「少尉殿、街金の修業って……」

「実は、前々から東京で街金を始めようと考えていたのですが、資金もない、人も確保できない、伝手もないのないないない尽くしで、どこから手をつけていいのか、皆目見当がつかないでいたのです。どうしたらと考えているうちに、経理学校時代に北原君が、経理の勉強をしたいと申し出てきたことを思い出しまして……」

続いてその際、北原が「金持ちになりたい。金が好きだから」と語っていたことから、金融関係の仕事に就いているのではないかと、訪ねてみることにしたのだと告げた。

「自分、そないなこと言いましたっけ?」

どうやら記憶にないらしく、北原は驚くのだったが、

「そら、帝大出てはるんやもの、お前とは頭の出来が違うがな。それに、井出さんは金融関係の仕事言わはったけど、お前が銀行員になれるわけないやろ? 街金が精々やと思わはったんや」

森沢は呵々と笑い声を上げる。

そして一転、真顔になると、続けて訊ねてきた。

「しかし、何でまた街金をやりたい思わはったんです?」

「金です」

清彦は、躊躇《ちゅうちょ》することなくきっぱりと言い放った。

「金？　こらまたえらいはっきりと言わはりますなあ」

森沢は目元を緩ませると、机の上に置かれた煙草に手を伸ばす。

「街金をやるのに、金以外の目的はないでしょう」

「そらそうですわな」

森沢は煙草に火を点《とも》すと、「金はあるに越したことはあらしませんけど、帝大出てはんのなら、ええ給料で雇ってくれる先はなんぼでもありますやろ」

吐き出した煙越しに、探るような目を向けてくる。

「雇ってくれる先があっても、帝大出は出世は早いかもしれませんが丁稚《でっち》から始まって、上に行くまで何年、何十年と使用人に甘んじなければなりません。しかも、上官が上司になっただけで、命令には従わなければならないのです。それじゃあ、軍隊にいるのと同じではないですか。他人に己の運命を委ねるのは、二度と御免ですので……」

「ここに入ったら同じことになりまっせ？　修業させてくれ言うからには、いずれ独立を考えてはるんやろうけど、ここにいてる間はわしの命令には従ってもらうことになるんでっせ？」

「もちろん、その点は承知の上で、お願いしております」

清彦は即座に返した。

「承知の上と言わはりますけどな、金貸しは側《はた》で考えるほど楽な商売ちゃいまっせ。そら貸すのは楽なもんですわ。世の中、金に困ってる人はぎょうさんいてますよってな。そやけど、利子を含めた全額をきっちり回収せなならんのや。金に困る理由は人様々。中には情けをかけたくなるのもいてますけど、甘い顔見せたらこの稼業はやっていけへんのです。そやし、血も涙もないことも、やってのけんならんことも日常茶飯事なんや。あんたのようなインテリに、そないなことができますか？」

インテリは頭を使う仕事で稼ぐもの、力仕事には不向きだと思われがちだ。特に腕力にものを言わせて弱者を従わせる野蛮な行為には、嫌悪感をあからさまにする人間が多い。

森沢が言うように清彦自身も、血も涙もないような取り立てを平然と行える自信はないものの、光クラブの山崎のように、頭を使えば新たな金儲けの道が開けることに気がついていた。

「正直言って、できませんね」

清彦は正直に答えた。

「そしたら、金貸しなんかやれませんで」

森沢は馬鹿馬鹿しいとばかりに、フンと鼻を鳴らしながらそっぽを向く。

「でも、やれば必ず儲かる仕事。それも、取り立てなしで大きな儲けになる商売に考えがありまして……」

「取り立てなし？」

「社長は手形を扱っていらっしゃいますか？」

「手形？　あかん、あかん……」

森沢は、吸い込んだ煙をふっと吐き、顔の前で手を振る。

「どうしてですか？　資金繰りに困っている中小企業はいくらでもあるでしょう。約束手形を振り出させて、それを担保に――」

「そら、無事に手形が落ちればや」

森沢は清彦を遮ると、いかにも素人が考えそうなことだと言わんばかりに嘲笑を浮かべる。「約束手形を担保に金を借りにくるいうことは、それだけ当座の資金繰りに困ってるいうことや。それ以前に手形の振り出し先が決済期日前に飛んでまうことかてあるんやで。そないなことになってみい？　大損やで」

期日がきた手形を交換所に持ち込めば、額面通りの金を受け取れる。街金は予《あらかじ》め利息分を差し引いた金額を貸すのだから、その差額が利益となるのが手形金融の仕組みである。しかし、決済時に相手の口座に額面以上の現金がなければ不渡り、つまり手形は紙屑となってしまうのだ。

当然、手形を担保に金を貸す場合、街金が提示する条件は高利になる。それを承知で融資を願い出てくるのだから、相手は当座の資金繰りに困窮している先ばかりだ。それに、振り出し先が苦しさのあまり約束手形を乱発していることもあり得るのだから、事実上の無担保融資に等しい。

だから、森沢の指摘は的を射たものと言えるのだが、もちろん清彦には考えがあった。

「だったら、別の手形を担保として預かったらいいではないですか」

「別の手形？　そないなもんもろうて何の役に立つねん。紙屑になるかもしれへんもんを、何枚もろうても役に立たへんがな」

「そうじゃありません。借り手が担保に差し出した手形とは違う会社が振り出した手形を完済するまで預からせてもらうんです」

清彦の狙いが理解できないと見えて、森沢はきょとんとした表情になる。

「つまり、こういうことです」

清彦は、そう前置きすると続けた。

「たとえば、百万円の融資を申し込んできた先があったとしましょう。まず担保として額面百万円の約束手形を預からせてもらう。その際、利息は日歩とするんです」

「日歩？」

森沢は、ますます理由が分からなくなったと見えて、眉間に皺《しわ》を寄せて小首を傾《かし》げる。

そこで、清彦は問うた。

「手形融資は、予め金利分を差し引いた額を融資しますよね」

「そうや」

「それだと返済期日期間内なら、いつ返済しようとも利子金額は変わりません。当然、借り手は期限ギリギリまで返済を行わないはずです。ところが、日歩となれば話は違ってきます。早く返済すればするほど支払う利子は少額で済むんですから、債務者は早期のうちに返済しようとするでしょう。結果的に手形金融の利用者が激増すると思うのです」

「そんな、うまいことといくかいな。そら、早く返せば返すほど金利が安うなるなら、借り手は万々歳や。そやけど、うちはどないなんねん。手間が増えて、儲けが僅かいうことになってまうんとちゃうか？」

「端《はな》から一割、二割の利子をさっ引かれるのを日歩にすれば、借り手が受ける心理的圧力や不安は格段に違いますよ。その一点からしても、手形融資の申し込みが激増するのは間違いありません。やれば莫大《ばくだい》な利益を生むと確信しております」

清彦が断言すると、

「なんでや……。その根拠は？」

森沢は胡乱《うろん》な眼差しで問うてきた。

「高い金利を払ってまで金を借りにくるのは、当座の運転資金に困っているからです。手形は、現金化できるまでには相応の時間を要しますのでね。要はツケで売っているのと同じなんです。だから手元に手形がある限り、何枚持っていようと資金繰りが楽になるなんてことはあり得ない。そこに早く返済すれば安い金利で融資が受けられるとなればどうなります？　それこそ塵《ちり》も積もればなんとやらってことになるのではないでしょうか」

話を聞くうちに森沢は目を丸くして、半開きにした口の前で、煙草を持つ手が止まってしまう。

清彦は続けた。

「もっとも、担保として預かった手形が不渡りになる可能性はあります。だから融資の条件としてもう一枚、振り出し先が違う手形を預からせてもらうことにするんです。もちろん、二つの会社が同時に飛んでしまう可能性もないとは言えませんが、街金は無担保で金を貸すんですからね。それに比べれば、担保を取る分だけ、安全な融資と言えるんじゃないでしょうか」

もはや、森沢は驚きを隠そうともせず、ただただ清彦を見つめるばかりとなる。

しかし、すぐに口を開くと、

「あんた、ほんま、凄《すご》いこと考えはるな……」

譫言《うわごと》のように唸った。「手形商売をやっとるやつはぎょうさんおるけど、そないなこと考えたんは誰一人としておらへんで」

当たり前だ。

この仕組みは、『光クラブ』の目の覚めるような事業形態に刺激を受けた清彦が、自力で考案したもので、他人に話して聞かせるのは、これが初めてだ。

すっかり乗り気になった様子で、身を乗り出してきた森沢だったが、そこで急に真顔になると、

「しかし、なんでわしに持ちかけんねん。うまくいくと思うてんなら、自分でやったらええやないか」

当然の疑問を口にする。

「ですから、申し上げたじゃないですか。肝心の資金がないと……」

清彦は素直に答えた。「手形金融となると融資の額の桁が二つは違ってきますのでね。中小企業でさえ額面十万、百万単位の手形はザラに持っているもの。中途半端な元手ではやれるものではありませんし、万が一にも焦げつこうものなら即終わりですので」

「終わりにせなんだらええやないか。回収する手なんぞ、なんぼでもあるがな」

「確かに……」

清彦は頷くと、間髪を容れず続けた。

「それに、自分でやるには人手も要ります。もちろん、焦げついた債権の回収は、その筋に任せるのもありですが、ただってわけではありませんからね。いずれにしても、応分の元手と人手がないことには、手形金融はできないのです」

「なるほどなあ、それもそうやな」

清彦の説明に納得した様子の森沢だったが、

「そしたら何か？　あんたは修業したい言うてはるけど、本当のところは手形金融をやりながら、街金を始める元手を作るのが目的なんか？」

念を押すように問うてきた。

「それもありますが、手形金融もやれば個人相手の金融もやる。要はなんでもやれる金貸しになりたいんです」

それは、清彦の偽らざる本音だった。

自分の代わりに獄に繋がれた貴美子の労苦に報いるためにも、出所前に万全の生活基盤を整えて彼女を迎えてやらねばならない。それも、彼女の過去が絶対に知られぬ土地で再出発を図ると決めた以上、どこの街でも通用する仕事を身につけなければならない。そのためには、とにかく金が必要なのだ。

「街金は東京にもぎょうさんあるやろに、なんでわざわざ大阪に出かけてきたんや」

「私、戦後暫《しばら》くの間、新橋の闇市で商売をやっていたのです。その時、面倒な人たちと、関わりを持つことになりまして……」

面倒な人たちが、何を意味するかに説明はいらぬ。

「ヤクザか？」

果たして森沢は言う。

「闇市のような法が機能しない世界でものを言うのは、恐怖の力。暴力です。どこの闇市でも、所場代やみかじめ料の縄張りを巡って、愚連隊が激しい抗争を繰り返しておりましたが、治安が回復するにつれ、組織化が進んでヤクザになったわけです」

「そこは関西も一緒やで。一時ほどではないけれど、今でも出入りはちょくちょくあるしな」

「東京の状況も同じなのですが、愚連隊上がりのヤクザの中には、インテリが率いている組がありましてね。みかじめ料を増やそうとすれば、縄張り争いに発展する。警察の目も厳しくなったことだし、新たな儲け口を模索した結果、彼らが目をつけたのが金融、それも手形金融だったんです」

「カタギがヤクザのシノギに手ぇ突っ込めば、ただじゃすまへんわな。あんたが今言うたような、新しいこと始めてもパクられてしまいや」

「ですから始めるにしても、後ろ盾が必要なのです」

清彦はすかさず返した。「うまくいく確信はありますが、正直なところ、この商売が思惑通りの結果になるかどうかは、やってみないことには分かりません。ただ問題は、うまくいった時のその後なんです」

「その後って、どういうことや？」

「最初に申し上げたように、私は独立を目指しています。頭にインテリがついても、ヤクザには変わりありません。闇市時代に関わりを持ってしまっただけに、私が街金、それも私が考案した手形金融を始めたと知れば、彼らが放っておくとは思えなくて……」

「わしとこなら、その心配はないと思うてんのんか？」

森沢の目が鋭くなり、瞳に重く冷たい光が宿る。

森沢がヤクザと密な関係にあるのを聞かされて、その点からも組むには絶好の相手だと思ったのだ。

「現にこうして立派に街金を経営なさっているのですから、そう考えております……」

そう答えながら、森沢が提案に乗り気になっていることを確信した清彦は、話をまとめにかかることにした。

「狙い通りに運べば、この商売は莫大な利益を社長にもたらすでしょう。その間に、北原君でも誰でもいいのです。私が独立した後も、社長が困らないよう、仕事のやりかたを徹底的に教え込むことを約束いたします」

「なんぼ商いが大きゅうなっても、教育した社員は置いて出ていく。そやし、しのごの言うなっちゅうわけか……」

「独立した後は、社長の商売の邪魔にならないところで開業することもお約束いたします……」

清彦は森沢の視線をしっかと捉え断言した。

「他所《よそ》へ行っても、ややこしいのがおるやろが、後ろ盾にはならへんで?」

森沢は、鋭い眼差しを向けたまま、口の端を歪《ゆが》ませる。

「心得ております……」

暫《しば》しの沈黙があった。

やがて森沢は、短くなった煙草を吹かし、灰皿に擦《こす》り付けると、

「話は分かった」

背もたれに上体を預けると、「最後にもう一つ、聞いておきたいことがある」

再び問うてきた。

「何なりと……」

「この商いに危険はないんか？　あるとすれば、どないなもんがあんねん」

「危険はない……。ほぼゼロだと考えております」

「ゼロ？　そない馬鹿な話があるかいな。手形の振り出し先かて大小様々や。うちのような街金は、銀行と違うて与信審査なんぞやらんし、できへんのやで。振り出し先が飛んでまうことかて――」

「ですから、振り出し先が飛んだ時の担保として、同額以上の別の手形を預かるのです」

清彦は、森沢の言葉を遮った。「もっとも、手形で融資を受けた先は、何があっても期日内に融資額に、日歩を載せた金額を支払ってくるでしょうけどね」

「なんで、そう思うねん」

「手形は振り出した側、受け取った側、双方の信用状でもあるからです」

『ん？』と言うように、小首を傾げる森沢に向かって清彦は続けた。

「受け取る側は、期日がくれば額面通りの金が支払われると確信するからこそ、手形決済を受け入れているのです。同時に、手形は双方が実際に取引を行ったことを証明するものでもあるのです。つまり、取引を行うに値する相手であることを双方が認めた証。文字通り、商売上の手形でもあるわけです」

「なるほどなあ。一流どころと商売するのは大変やが、名のある会社が振り出した手形を持ってるちゅうことは、取引しても問題なしと認められた証でもあるわけか」

「もちろん、裏書きすれば譲渡可能。他の取引先への支払いに使うこともできはします。だからこそ担保としての価値を持つわけですが、手形は最終的に振り出した会社に戻ります。もし、その裏に得体の知れない会社名、まして街金の名前が記されていたなら手形の振り出し先はどう思います？」

「他所の支払いに回すほど、資金繰りに困ってんのかって思うやろな」

「名のある会社であればあるほど、裏書きされた手形が出回るのを嫌うものです。今申し上げたように、手形は取引を行うにあたって、信用、信頼を置くに値する相手と見做《みな》した証になるんです。まして、期限が来て買い取りに回せば、確実に額面通りの金になるのに、問題ある先の支払いに使われでもしたら、それこそ振り出した会社の信用に関わることになるじゃないですか」

「そやし、高利を覚悟で手形を担保に、街金から金を借りているっちゅうわけか」

「利子も含めた満額を、期限内に返済できなければ、担保の手形をどう使うかは、こちらの勝手。裏書きして買い取りに回しただけでも、借り手の信用はガタ落ちです。資金繰りがますます厳しくなるどころか、取引を停止されることにもなりかねないんですよ。そうした観点からも、早期のうちに返済すればするほど金利負担が軽くなる日歩は――」

その時、森沢が清彦を遮った。

「あんたの狙いは分かるけどな、早期のうちに言うたかて、元本と金利を合わせた金が工面できなんだら手形は戻ってきいへんのやで。できなんだら、同じことになってまうやないか」

「だからもう一枚、別の手形を預けてもらうのです」

清彦は顔の前に人差し指を突き立てた。「この融資の対象になるのは、取引先が一社だけ。手形も一枚しかないような会社ではありません。複数の会社と商売をやっている先しか相手にしません」

森沢は清彦が何を言わんとしているか察しがついたらしい。

果たして、「なるほどなあ……」と頷く森沢に、清彦は続けた。

「朝鮮戦争特需のお陰で、低迷していた景気は一転、急速に上向き始めました。仕事はいくらでもあるのに肝心の運転資金がない。それは、何も中小企業に限ったことではありません。大企業もまた同じなのです。だから、支払いまでに猶予がある手形が重宝されるわけですが、この決済方式の最大の利益享受者は手形の振り出し先の最上流にいる大会社で、下請け、孫請けと階層を経るごとに、決済までの期間が長くなり、資金繰りが苦しくなるという難点があるんです」

「そこはあんたの言う通りや……」

森沢は異論はないとばかりに頷く。

「しかも、原材料の仕入れ代金や諸経費も含めて、事前の支払いは一切なし。納品して初めて手形を受け取れる。その上、金を手にするまでさらに時間がかかるんですよ。仕事は舞い込むのに、すぐに金はもらえないじゃ、仕事が増えれば増えるほど、資金繰りは苦しくなるばかり。朝鮮戦争が続く限り、いや、この特需で日本経済が息を吹き返せば、この状況がずっと続くことになるのです」

「金が入る日が確実に分かっているなら、端から金利分を引かれる今までの手形金融よりも、日歩の方が遥かにええわな。確かに、商売繁盛間違いなしかもしれへんな」

森沢も、合点がいったとばかりに眉を開く。

「二枚目の手形に、同じ条件をつけたとしてもね……」

この清彦の言葉には、さすがの森沢も仰天し、

「何やて！　二枚目にも利子つけるんか？」

声を裏返させ、あんぐりと口を開ける。

「金が入る日の目処がついているのに、それでも借りにくるのは、よほど資金繰りに困っていることの証ですよ。まして日歩ですからね。もう一枚の手形にも利子がついても、早期に返せばと安易に考えるでしょうから、難色を示しても、最終的には呑《の》むはずです。しかも、仕事は次から次へと舞い込んでくるんですからなおさらですよ。そして、受注が増えれば、原材料の仕入れも増やさなければなりません。新たに人も雇うことにもなれば、設備の増設もしなければならなくなるでしょう。かくして資金需要は増すばかり。

仕事を発注する大元の会社は、決済期間を延ばすことはあっても、短くすることはあり得ない。その皺寄せは下請け、孫請けと、下流にいくほど大きく、より深刻になり、運転資金の確保に奔走することになるんです。それが、好景気ってものでしょう?」

もはや、否定的な見解が返ってくるはずがないのは、相変わらず口を開けたまま固まっている森沢を見れば明らかだ。

確信した清彦は、上目遣いで森沢の視線を捉えると、どうだとばかりに口元に笑みを浮かべた。

4

清彦が考案した手形金融は、自身の予想を上回る反響を呼んだ。

戦争は命と物資の消耗戦でもある。中でも絶対的に必要不可欠な物資は武器の原材料、特に鉄である。

戦前から製鉄所を中心に栄えた尼崎には、中小の金属加工会社や機器メーカーが数多く存在しており、戦中の空襲で打撃を被った工業地帯も、終戦から四年も経《た》つと戦禍の痕跡が失《う》せるまでに復興を遂げていた。

そこに、朝鮮戦争という特需が舞い込んだのだ。

増産要請に応えるためには生産機材の増設、人員の増強が必要不可欠だ。しかも戦に休みはない。かくして資金需要は増すばかりとなったのだが、発注元からの支払いはもれなく手形である。

当座の資金繰りに窮する中小企業は数知れず。そんなところに、手形を二通担保として提出すれば、日歩五銭で融資を受けられるとなれば、飛びつかないわけがない。融資依頼は次から次へと舞い込んでくる。返せる当てがあっての借金ゆえのこともあっただろうが、銭というもはや流通していない通貨単位を謳ったこともあったかもしれない。

しかし、それは錯覚というものだ。

なぜなら、二枚の手形に発生する利子を合算すれば日歩十銭。百万円の融資を受ければ、利息は一日千円にもなるからだ。

高卒公務員の初任給が三千八百五十円、大卒は四千二百二十円程度であったから、一週間で七千円。ひと月ならば約三万円。中間値で計算すると七人分の初任給に相当する額である。

もちろん、借り手は金ができ次第、直ちに返済してくるのだったが、好景気の最中とあって、受注は拡大する一方だ。当然原材料の仕入れ代金、人件費、燃料、電気等々の固定費も嵩《かさ》むばかり。しかも、これらの支払いは待ったなしである。

かくして、経営者は常に資金繰りに追われることになり、この清彦が考案した手形金融は、淀興業に莫大な利益をもたらすことになった。

実際、清彦の初任給は月額三千五百円。修業の身とはいえ、帝大出の給与としては驚くような低賃金であったが、それも二ヶ月ばかりのことで、手形金融が軌道に乗ると一万円が二万円になり、半年もすると月額五万円にもなった。

それでも、淀興業がこの手形金融から得た利益に比べれば、微々たるものであったのだが、森沢にとって清彦は、突如舞い降りた福の神。是が非でも手元に置いておきたい人間と映るようになったのは間違いあるまい。

それは清彦の月給が五万円になったのとほぼ時を同じくして、森沢が一人娘のミツを事務所で働かせ始めたことからも窺い知れた。

その時ミツは二十二歳。取り立てて美人というわけでもなく、かといって醜女《しこめ》でもない。外見はごく普通の妙齢の娘だったが、金に不自由しない家庭環境で育ったせいか、大らかで明るく、かつ気立てもよく、さらに幼少期から算盤《そろばん》を習い、女学校を出てから経理を学んだとあって、仕事の覚えもなかなかのものだった。

淀興業で働き始めて改めて気づいたことに、金貸し稼業は待ちの商いということがある。

考えてみれば、当たり前のことなのだが、金に困った人間が、金を借りに自ら足を運んでくるのだ。

手形金融もまた同じで、最初の何件かは、森沢が旧知の会社経営者に話を持ちかけたのだったが、口伝《くちづ》てに話が広まるにつれ、尼崎はおろか、神戸、大阪の中小企業経営者が、手形持参で事務所を訪れるようになった。

清彦の仕事は持ち込まれた手形の管理と金の出し入れ、ミツは帳簿付けと金利の計算。特に外出をする用件もないので、事務所で顔を突き合わせて仕事をしていれば、当然距離が縮まる。

もちろん、森沢の狙いがそこにあるのは清彦も察しがついていた。

今回の手形金融の大成功で、清彦に金貸しの才能があると森沢が認めたのは間違いない。そうなると、なんとしてでも手元に留《とど》めておきたくなるのが経営者だ。

ならば、どうするか……。

確実、かつ実効性のある手段は一つである。

清彦を身内にすること。ミツと夫婦にすることだ。

もちろん、貴美子に対する清彦の想《おも》いは、いささかも揺らいではいない。しかし、手形金融を始めて改めて気づかされたのはもう一つあって、生半可な資金力ではこの商売はできないことを実感したのだ。

その点が、個人相手の金貸し稼業とは根本的に異なるのだ。

個人への貸付額は、数百円から数千円なのに対して、手形は十万単位は当たり前。百万を超える融資もざらなのだ。

これも朝鮮特需がいかに大きいかの証左なのだが、百万円の蓄財があれば「長者」と称されるのに、それを上回る金額が記された手形が日々持ち込まれてくるのである。

これほどの大金が、右から左へと流れていく様を目の当たりにしていると、月額五万円の給与も取るに足らないもののように思えてくる。同時に、どう頑張ったところで貴美子が出所してくるまでに貯《た》まる金額は、庶民相手の街金を始められる程度が精々で、手形金融など夢のまた夢だと思えるようになってきた。

東京を離れた頃には貴美子と二人、金に憂うることなく暮らせる程度の稼ぎがあればと思っていたのに、欲が湧いてきたのだ。まして、この手形金融は、清彦が考案したものなのに、莫大な利益の大半は、森沢の懐に入ってしまうのだ。

清彦に対する森沢の評価は、給与以外の厚遇ぶりにも現れた。

当初の住まいは、自前で長屋の一部屋を借りたのだったが、ふた月目には、森沢に勧められるまま、小さいながらも新築の一軒家となった。もちろん家賃は森沢持ちなら、「男の独り住まいは食事が大変だろう」と言って、尼崎一帯の飲食店は全て淀興業へのツケで済むよう手配された。それも料亭だろうが割烹《かっぽう》だろうが構わない。勘定の上限も一切なしでだ。

もちろん、かかる費用を遥かに凌ぐ利益をもたらしたからこその厚遇なのだが、手形金融は森沢の生活ぶりをも一変させた。

一年も経った頃には、中古だが有馬《ありま》温泉に総檜造《そうひのきづくり》の屋敷を購入。新車のベンツを駆って、妻のクメとミツ、そして清彦の四人で、週末をそこで過ごすのを常とするようになった。その際には、温泉街の高級料亭で贅《ぜい》を尽くした夕食を摂《と》るのだったが、もちろん勘定は全て森沢持ちである。

もはや家族同然の扱い。清彦とミツを夫婦にせんとしているのは明らかだったが、それも森沢が貴美子の存在を一切知らなかったからだ。

別に隠したわけではない。語る必要はないと清彦が考えたからにすぎない。

しかし、貴美子の存在を明かす機会はいくらでもあったのに、今に至るまでついぞ明かさずにきたのは、日々目の前を通り過ぎる大金。森沢の富が膨れ上がるにつれて暮らしぶりが激変していく様を目の当たりにしているうちに、己の決心が揺らいでいくのを清彦が自覚するようになったからだ。

そう、人間の信念や決意、価値観も時間の経過、身を置く環境によって変化するのだ。才覚があっても、元手がなければ何もできない。元手があっても、才覚がなければ、また同じ。二つの条件が揃って初めて莫大な富を摑むことができるのだ。

そこに気がつくと、今度は才覚を森沢のために発揮してしまったことを清彦は後悔するようになった。

日々目の前を通過していく莫大な金の権利は俺にある。

森沢は、ただの金主にすぎない。

ならば、どうやってこの商いを、金を自分の物にするか……。

方法は一つしかなかった。ミツと夫婦になることだが、それでも清彦は自ら切り出すことはなかった。

その時がくるのは時間の問題だと確信していたし、その後のことを考えれば、持ちかけた者、持ちかけられた者、どちらが優位に立つかは明らかだからだ。

「清彦君、ちょっと話があるんやけど……」

改まった口ぶりで、森沢がそう切り出してきたのは、手形金融が始まって一年半ほど経った頃、有馬温泉の別荘でのことだった。

「何でしょう？　仕事の話ですか？」

きた！　と思いながらも、素知らぬふりを装って清彦は問い返した。

「いや、仕事やない。もっと大事な話やねん……」

いつになく森沢は歯切れが悪い。

「改まって大事な話なんて言われると、なんか怖いですね」

清彦は口元に笑みを宿しながら、普段と変わらぬ口調で返した。

「あのな、ミツのこと、あんた、どない思うてる？」

森沢は、上目遣いで探るような眼差しを清彦に向ける。

別荘には、同時に四人が優に入浴できる浴室がある。クメとミツは入浴中で、座敷にいるのは卓を挟んで座る二人だけだ。

「どうって……。そりゃあ、よく仕事もできるし、気もきくし、いいお嬢さんだと思いますけど？」

「ええお嬢さんなあ……。それだけか？」

「それだけかと言われましても……」

「あんた、誰かええ人いてるんか？」

「いい人？」

「これのことや」

森沢は、小指を突き立てた拳を顔の前に翳す。

「いきなりどうしたんです？　そんな話は――」

止めましょう、と続けようとしたのを遮って、森沢は言う。

「週末は、ほとんどわしらと一緒。飲み食い先の請求書を見ても、それらしい店に出入りしとる気配はない。ええ歳をした男が。あっちの方はどないしとんのか不思議でな」

それらしい、あっちの方、が何を意味するかに説明は要らぬ。

「これだけ仕事が忙しいと、そんな気にはなれませんよ」

清彦は苦笑いを浮かべた。「お陰様で、毎日美味《うま》いもんと一緒にお酒をいただいてますのでね。お酒が進めば眠くなる。家に帰ったら朝までぐっすり。その繰り返しですよ」

「ほんまかいな……」

森沢は口元を緩ませ、淫靡《いんび》な眼差しで清彦を見ると、「わしがあんたぐらいの歳の頃は、女郎《じょろう》の尻《ケツ》を追っかけまくったもんやが、インテリはそっちの出来も違うんかなあ……」

感心しているのか、馬鹿にしているのか、盃《さかずき》を手に取り一気に酒を飲み干す。

そして、一瞬の間の後、卓の上に盃をトンと音を立てて置くと、

「ズバリ訊《き》くで。あんた、ミツを嫁にせんか？」

一転して、清彦の心中を探るような眼差しを向けてきた。

「ミツさんを嫁に……ですか？」

ほうら、やっぱり……。

予想していたことだったが、それでも清彦は困惑した表情を浮かべて見せた。

「驚くほどのことかいな。毎週、あんたを連れてここに来るのも、ミツの婿にと見込んだからや。賢いあんたのことや、とうの昔に気がついとったやろ？」

「はあ……。それは、まあ……」

「こない豪勢な暮らしができるようになったんは、あんたのお陰や。感謝もしとるし、恩も感じとる。どないしたら、あんたの働きに報いることができるか、感謝の気持ちを示すことができるか、ない知恵を絞って考えてな。わしが一番大事にしとるもんを、あんたにあげる。それしかないと思うようになったんや」

ものは言いようとはよく言ったものだ。

一番大事なものをどう評価するかは相手次第。虫が良すぎる理屈だが、森沢にしてみれば、必死に考えた挙句の言葉であろう。

しかし、二つ返事で応じたのでは、待ってましたと言わんばかりだ。

黙って盃に手を伸ばした清彦に、

「でな、できれば婿に入って欲しいねん……」

森沢は、清彦の反応を窺うように声のトーンを落とす。

「婿に……ですか?」

「そうや」

森沢は頷く。「あんた、身内がおらへんのやろ?」

「ええ……それは、まあ……」

「それでも守らならん墓もあるやろけどな、墓守なんぞ、姓が変わってもできるやろ? それになあ、手形金融はこれから先もぎょうさん金を稼いでくれる思うねん。となればや、わしが手にした財産を誰が継ぐか言うたら、ミツや」

森沢にはミツの兄にあたる二人の息子がいたのだが、どちらも戦死したと北原から聞いたことがある。しかし、森沢本人が自ら息子たちのことを語ることはなかったし、ここに至っても一切触れようとしないのは、彼の胸中に残る傷の深さ、無念さゆえのことであろう。

黙って頷いた清彦に、森沢は続ける。

「ミツは、わしの掌中の珠《たま》や。どこに出しても恥ずかしゅうない、立派な婿さんを迎えてやりたい思うてんねん。そやけどなあ、わしには学がない。金は唸るほどあっても、所詮成り上がりの金貸しや。そら、金の威力は絶大やで。縁談話を持ち掛ければ、婿になりたいいうやつは、なんぼでもおるやろ。けどな、金に魅せられてくる男とミツを一緒にさせるわけにはいかへんのや」

これも北原から聞いた話だが、森沢は高知の小さな漁村に漁師の三男坊として生まれた。

尋常小学校を終えると同時に家業を手伝うようになったものの、生来気性が荒く、素行も不良で悪評は高まるばかり。手を焼いた両親は、十四歳になった森沢を伝手に縋って尼崎の町工場に丁稚に出したのだという。

しかし、生まれ持った性格は、そう簡単に変わるものではない。それどころか、繁華街が隣接する尼崎は、あまりにも魅力に満ちた街で、それまで森沢の中に眠っていたワルの才を開花させることになったらしい。

僅かひと月も経たぬうちに工場を飛び出し、地元の博徒の元に身を寄せ、三下《さんした》から本《ほん》出方《でかた》になった頃、尼崎の小料理屋で働いていたクメと世帯を持ち、二人の男子とミツを儲けた。

戦前には代貸《だいがし》にまで出世を遂げたのだが、大戦の勃発が森沢の運命を大きく変えることになった。

代貸は貸元《かしもと》に次ぐ博徒第二位の地位で、中盆《なかぼん》、本出方、三下など多くの子分を持つ。当然、下へいけばいくほど年齢は若くなる。戦火が激しさを増すにつれ、手下にも召集令状が相次いで届くようになり、子分の大半が出征。国民も耐乏生活を強いられるようになると、博打どころの話ではない。賭場も閉鎖、森沢にも勤労動員がかかると、組は機能不全に陥ってしまったのだ。

しかも、戦争末期の尼崎空襲で貸元は亡くなり、二人の息子に加えて、出征した子分のほとんどが戦死したとあって、さすがの森沢も再起する気力が失せてしまったらしい。

しかし、森沢にはミツがいた。

残ったただ一人の我が子であるミツに、不自由な暮らしをさせてはならない。少なくとも、金の苦労だけはさせてはならない。その一心が、森沢の再起への決意を奮い立たせたのではないかと北原は言うのだった。

賭場には博打の魔力に取り憑《つ》かれたやつらが日々集う。借金をしてでも博打に興ずるものは数知れない。賭場で作った借金の取り立てを行うのはもちろん博徒である。

つまり、博徒時代の経験が、金貸し稼業にそのまま役立つことに森沢は気がついたのだ。

そうして、街金業者として確固たる基盤を築いたところに清彦が現れたのだ。

金を手にすれば、名声、権力と欲に切りがないのが人間だ。そして、森沢には、逆立ちしても手に入れられないものがある。

それは何か。

とうに察しはついていたが、清彦は敢《あ》えて訊ねることにした。

「所詮成り上がりの金貸しとおっしゃいましたけど、世間から見れば、私だって同じですよ。もちろん、私は金貸しになろうと決心して、社長の下に修業に入ったのですから、世間から何と言われようが気になりませんけど、ミツさんは金貸しの娘から、女房に代わるだけじゃないですか」

「同じ金貸しでもな、学のないわしのようなんと、帝大出のあんたとでは世間が見る目は違うねん」

　果たして、森沢は思いの丈を吐き出すような口ぶりで返してきた。「はっきり言うて、世間が所詮成り上がりの金貸し言うんは、わしのような学のない人間。要は、自分よりも出来の悪いやつが大金を手にしたことが我慢ならへんのや」

　つまり、妬み、嫉《そね》みの表れというわけだが、なるほど森沢の言には一理ある。

　頷いた清彦に森沢は続ける。

「そやけどなあ、そこに帝大出ちゅう肩書が加わると、話が違うてくるねん。当たり前やで。頭の良さは折り紙付きや。それだけでも黙らならんのに、大金持ちとなれば鬼に金棒や。悔しかったら、真似《まね》してみい言うたら黙るしかないやろ？」

　これもまた、森沢の言う通りである。しかし、肯定するのは傲慢にすぎる。

　苦笑いを浮かべるしかないのだったが、森沢はその反応に意を強くしたらしく、

「それに、わしが思うに、あんた、ただの金貸しで終わるつもりはあらへんのやろ？」

　清彦の心中を探るような眼差しを向けてくると、断言するような口調で問うてきた。

「まだ、何をやるかは思いつきませんが、いずれ事を成したいとは思っております」

「せやろ？」

森沢は我が意を得たりとばかりに大きく頷く。

そして、テーブルの上に置かれたお銚子《ちょうし》を手にすると、

「何をやるにしても金がいる。そして、最も苦労するのが金集めや」

空になった盃に、酒を注《つ》ぎ入れながら森沢は言う。「その点、ミツと一緒になれば、あんたは金集めで苦労することはない。わしの金はミツのもの。ミツの金はあんたのものや。あんたの思うがままにやったらよろし」

そこで森沢は、トンと音を立ててお銚子を置いた。

次いで座椅子の上で姿勢を正すと、

「どや、ミツと一緒になって、わしに夢を見させてくれへんか。あんたが、どこまで大きゅうなるか、どこまで上り詰めることができるのか、わしはこの目で見守りたいねん。それが今のただ一つの願いなんや」

清彦に決断を迫ってきた。

「しかし、ミツさんがなんと言うか……。結婚は相手との合意があってのことですので……」

「ミツがなんと言うかやて？」

森沢は、声を上げて笑い出す。「ミツの気持ちが分からんで、こないな話ができるかいな」

「では、ミツさんは――」

「ええ言うに決まってるがな」

　清彦を遮って、森沢は破顔する。「仕事の日は、朝から晩まで会社。土曜の昼から、日曜の夕方まではここにおんのや。その間、ミツと一緒におる男は誰やねん。わしとあんたやないか。わしら夫婦も、あんたを家族や思うてるし、側から見ればミツとあんたは若夫婦や。ミツかて、とうの昔にそう思うてるがな」

森沢の魂胆は先刻承知。ミツがその気でいるのも確かだろう。

もちろん、貴美子のことが気にならないと言えば嘘《うそ》になる。しかし、彼女との約束にこだわれば、街金を始めるにしても、まずはどこに拠点を構えるかから始まって、顧客を開発し、限られた資金を元手にコツコツと商いを大きくしていく。文字通り、一からの再出発となってしまうのだ。

人生を双六《すごろく》に喩《たと》えれば、「振り出しに戻る」というやつだが、ミツと一緒になれば、状況は劇的に変化する。

大衆相手の街金業は、既に森沢が商圏を確立している。清彦の発案で始めた手形金融は融資金額、商圏共に拡大の一途を辿《たど》るばかり。次にどんな事業を始めるにせよ、森沢が手にした莫大な財産を元手にすれば、前途は果てしなく開けることになるのだ。

二つの選択肢を天秤《てんびん》にかければ、悩むほどの問題ではなかった。

貴美子に愛情を覚えていたのは確かだし、成り行き上、仕方がなかったとはいえ、自分が犯した罪、それも殺人という重罪を被ってくれた恩もある。生涯を賭けて、その大恩に報いるのが、己に課せられた義務なのは重々承知している。

しかしだ。

愛情、恩、義務……。実体がない、感情の揺らぎとも言えるもののために、今開けようとしている将来への可能性を放棄するのは、あまりにも惜しい。そう考えると、貴美子が出所した後の生活基盤を築くために金貸しを志し、北原を頼って大阪へやってきたのも、森沢と、そしてミツと出会ったのも、全ては必然。己の人生を変える天の啓示のように思えてきた。

「本当にミツさんは私との結婚に同意してくださるでしょうか」

既に暗黙の了解というものだが、それでも清彦は改めて問うた。

「ということは、ミツと夫婦になる気になったんやな。婿に入ってくれるんやな」

森沢は目を見開いて、座椅子の上から上半身を乗り出してくると、「ほんまのこと言うとな、ミツの気持ちは確かめてあんねん。もちろん、二つ返事でおーけーや」

頭を傾げ、清彦の反応を窺うように低い位置から覗《のぞ》き見る。

もはや、余計な言葉は要らぬ。

清彦は、座椅子から畳の上に身を移すと、

「ならば、このお話、謹んでお受けいたします。不束者《ふつつかもの》ですが、末長くよろしくお願い申し上げます」

その場に両手をつき、深々と頭を下げた。

主婦を対象に金を貸す——。

説明を受けても、今ひとつピンとこない様子の森沢であったが、今や淀興業の利益の大半は、清彦が発案した手形金融によるものだ。

大功労者にして、後継者として迎えた娘婿の申し出を、森沢が拒めるはずがない。

実際、既に森沢は社長とは名ばかりで、淀興業を仕切っているのは清彦である。

それでも森沢が社員の前では清彦を「婿はん」と呼び、舅然《しゅうとぜん》として振る舞うのは、出自や学のなさに対する劣等感の表れだと清彦は考えていた。

かつて森沢自身が語ったように、財を成したとはいえ、所詮、博徒上がりの金貸しだ。しかし、帝大出の婿の義父ともなれば、世間の見る目も違ってくる。そう、森沢にとって清彦は己の力を知らしめる勲章となったのだ。

5

森沢の仕事ぶりも大きく変化した。

それは、ミツが第一子にして、森沢とクメにとっては初孫となる女児・櫻子《さくらこ》を産んだことに起因する。

巷間《こうかん》、「孫は目に入れても痛くない」と言われるが、森沢もその喩えに漏れない。

毎朝八時に出社してくると、執務席に座って社員の働きぶりに目を配るのは相変わらずだが、昼過ぎには櫻子会いたさに帰宅してしまうようになったのだ。

「北原、ちょっといいかな」

いつものように、森沢が帰宅したところで、清彦は北原を応接室に呼び入れた。

「なんでしょうか」

ドア口に立った北原に正面のソファーを勧め、二人同時に腰を下ろしたところで、

「新しい商売を始めようと思ってな……」

清彦は、足を高く組みながら切り出した。

「今度は、どないな事業を？」

北原は、興味津々といった態《てい》で、身を乗り出してきた。

「………」

内容を聞くうちに、北原の目の色が変わっていく。

そして、説明がひとしきり終わったところで、北原は感嘆するように言った。

「なるほど主婦相手に金を貸すんですか。人間誰しも物欲もあれば、見栄を張りたくもなるもんです。自分とこと給料はなんぼも変わらんはずやのに、隣がテレビ買うた、洗濯機買うたとなれば、そら羨ましゅうなりますわな。亭主の小遣いかて、多いに越したことはあらへんのです。なんぼ渡せるかは女房の腕の見せ所ですからね。会社から前借りするのは憚《はばか》られても、返せる当てがあるんやし、街金から借りてでもいう気になりますやろな」

清彦もこの道に入って気づいたのだが、街金稼業の面白いところは、金が儲かること

に加えて、他人の人生や人間の本性を垣間見《かいまみ》られるところにもある。

終戦直後から街金稼業一筋でやってきた北原なら、説明を聞けば、筋の良《よ》し悪《あ》しは瞬時に判断できるはずだと思っていたが、案の定である。

「何と言うても、一流企業に勤めてる亭主がいてる主婦を相手にっちゅうのがええですわ」

北原の声に熱が籠る。「毎月決まった日に月給が、盆暮れには賞与ももらえるし、一流企業は潰れる心配なんかあらしませんからね。今日明日の金に困って、借りに来るのとは、わけが違いますわ。来年、再来年の給料かて上がることはあっても、下がることはありせんからね。そら、前借り感覚で借りに来まっせ。これ、絶対にいけますで」

さすがは北原だ。

前借りとは、うまいことを言う。

思わず手を打ちたくなるのを堪《こら》え、清彦は平然と答えた。

「日々節約、倹約に努め、貯蓄に励む人間もいないではないが、大半は収入に見合った生活をするようになるもんだ。だから、金はいつになっても足りることはない。特に月給取りの場合はね……」

「実際、自分の生活もそうですもんね……」

北原は、一転しみじみとした口調で言う。「手形金融が大成功したお陰で、ぎょうさん給料をもろうてんのに、その分出費が嵩んでもうて……。毎月二十五日には給料入ると思うと、つい使《つこ》てまうんですわ……」

「お前は、遊びすぎなんだよ」

清彦は苦笑を浮かべた。「飲む、打つ、買うの三拍子じゃ、給料がいくらあっても足りやしないさ。そろそろ身を固めたらどうなんだ。そこそこの一流会社の同年代よりも、遥かにいい給料をもらってんだ。しっかりした女房をもらえば、子供の二人や三人いても、人並み以上の暮らしができるだろうさ」

ミツと結婚して以来、外食をする機会はめっきり減ったが、それでも北原の放蕩《ほうとう》ぶりは耳に入ってくる。

出会った頃には、経理に興味を持つ理由を、「金持ちになりたいからであります。金が好きなのであります」と答えた北原にして、高額な定収が得られるようになると、つい気が大きくなってしまうらしい。夜な夜な尼崎の街に繰り出しては飲食三昧、果ては博打に女である。

「そやし、この商売は、ホンマに筋がええと思うんです」

痛いところを突かれたらしく、北原は本題に戻しにかかる。「二十四日に財布が空になってもうても、翌日会社に行けば、現金が入った給料袋を渡されるんですもん。いや月給ちゅうのは恐ろしいもんだっせ」

「なあにが、恐ろしいだよ。お前がだらしなさすぎるんだよ」

冗談半分、本気半分で返した清彦は、一転真顔になるといよいよ本題を切り出した。

「ついては北原、お前にやって欲しいことがある」

「なんでしょう」

「お前にこの商売の指揮を執ってもらいたいんだ」

「自分がですか？」

意外そうに問い返す北原に、

「そうだ」

清彦は頷いた。

「そら、やれ言わはるならやりますけど、商売が軌道に乗るまでは、副社長が仕切ったほうがええんとちゃいます？」

北原がそう言うのも無理はない。

巨額の利益を上げている割に、淀興業の従業員数が少ないのは、手形金融に手間がかからないせいだ。

手形は記された額面と同等の価値を持つ金券である。もちろん不渡りになる可能性はなきにしもあらずだが、その時に備えてもう一枚、振り出し先が異なる手形を担保として預かっているのだ。

しかも、手形金融を申し込んでくるのは、漏れなく中小企業で、手形の振り出し先の大半は大企業である。不渡りが発生することはまず考えられない。

だから、ほとんど審査不要、即融資。二枚の手形と引き換えに、現金を手渡す。利子の計算だって単純なものだから、手形金融はミツが家庭に入ったのと入れ替わりで、新たに雇い入れた女性事務員と清彦の二人が担当し、残る社員は個人相手の金貸し業に専念している。

だが、この商売の担当を北原に命じたのは、もちろん考えがあってのことだ。

「対象を主婦に限定することを除けば、元々淀興業がやってきた個人相手の金貸し業そのものなんだ。お前は、そっちの専門家だし、将来のためにもなると思ってさ」

「それ、どういう意味ですか？　いまいち、分からんのですけど？」

「この商売は、デカくなる……。いや、なるはずなんだ」

清彦は北原の目を見据え、低い声で言った。「デカい商売になるってことは、この会社がデカくなるってことだろ？」

北原は、「あっ」と言うように口を小さく開き、瞳を輝かせた。

清彦は頷き話を続けた。

「会社がデカくなれば、高校はおろか大卒だって入社してくるようになるんだぞ。こんなことは言いたくはないが、いくら仕事ができたって、高卒や大卒が、中学校も出ていない上司にいつまで黙って仕えていると思う？　黙って仕えさせるには、何が必要だと思う？」

「そら、連中が逆立ちしても真似できへんような実績を上げるしかないでしょうなあ……」

この仕事を命じた理由を北原が理解したのは明らかだ。

金貸し稼業の修業に来たつもりが、今や実質的に淀興業を率いるまでになれたのは、手形金融での成功を森沢が高く評価したからだが、そもそも北原との縁なくして、なし得なかったのは事実である。

北原には、それなりの恩義を感じているし、何よりも海軍経理学校時代から一貫して忠実な部下であり続けた彼に、報いてやりたいと清彦は思ったのだ。

そこで清彦は、高く組んでいた足を解《ほど》くと、ぐいと上半身を乗り出した。

「前借りをさせてくれる会社は少なからずある。それも金利無しでな。その点、こっちは金貸しが本業だ。当然利子はしっかり取るわけだが、それでもデカい商売になると睨んでいる理由が分かるか？」

「前借りも借金。会社かて、理由も聞かずに二つ返事で貸してくれるわけやないですからね。よっぽどのことがないと、前借りさしてくれとはよう言わんでしょうな」

「つまり前借りは、そう何度も頼むことができない。度重なれば、金銭感覚に問題があると見做されることになるわけだ」

「社員はみんな家族いう会社もありますけど、所詮は赤の他人、競争相手の集まりですからね。会社であろうと同僚であろうと、弱みを摑まれとうはないでしょうしね」

「その通りだ」

清彦は、顔の前に人差し指を突き立てた。「そんなところに、気軽に前借りできる街金が現れたらどうなる？　利子は発生するが、前借りした秘密は完全に守られるんだぜ？」

「借金を他人に知られたらどうないくらいです。返済が滞って、借金取りが押しかけてきてもうたら一大事や。なんせ、亭主は一流会社に勤めてはるんですからね。そら、なんとしてでも期日通りに返済してきますわな」

「だから余計にいいんだよ」

清彦は、ソファーの上で胸を張った。「きっちり返済がなされる限り、取り立て役の出番はない。利用者は淀興業に穏健、健全な金融業者という印象を抱く。それ以前に、金を貸す基準は亭主の勤め先だから、面倒な審査もいらない。銀行から金を借りるより遥かに便利、気軽な街金と映るようになるだろうさ」

「なるほどねえ……。ほんま、聞けば聞くほど、ようできた仕組みですわ。こら、ゴツい商売になりまっせ。間違いなしや！」

北原は、興奮を隠そうともせず、声を弾ませる。

そこで、清彦は持参していた帳面を広げ、北原の前に突きつけた。

「これは？」

「関西圏にある、一流会社の家族寮と大型団地の所在地だ」

帳面に見入る北原に向かって、清彦は続けた。

「まずは、尼崎の製鉄所の家族寮から始めて、客の反応を見ることにするが、うまくいったら、この赤字で書いてある地域で、順次店舗を開設することにする」

「順次って……。ここに書いてある地域に店を開いたら、従業員が――」

「足りないって言うなら、雇えばいいのさ」

清彦があまりにも簡単に言うので、北原も驚いたらしく、

「雇えばって……」

目を丸くして絶句する。

「この商売は信用が命だ。それと、スピードだ」

「信用……ですか？」

意味が分からないとばかりに、北原は怪訝な表情を浮かべる。

「金を借りたことが、亭主はもちろん、他人に絶対知られることはない。もちろん、きっちり支払ってくれる限りはな。つまり、お互いが約束を守っている限り、厄介事は何一つ起こらないということが分かれば、安心感、信頼感に繋がるわけだ。ここまではいいな？」

こくりと頷く北原に向かって清彦は続けた。

「もちろん、信用を得るのは簡単な話じゃない。しかし、信用するに足る相手だと分かれば、二度目、三度目は安心して使うようになる。他の街金が後追いしてこの商売に参入してきても、客は見向きもしないだろうさ」

ここまで話せば、清彦の狙いが理解できるはずだ。

果たして、北原は言う。

「なるほど最初のうちは時間がかかっても、一旦ウチを信用してもらえるようになれば、次に店を出す地域での商売は、格段にやりやすうなるっちゅうわけですね」

「そういうことだ」

清彦は、ニヤリと笑った。「それともう一つ、スピードが命というのはな。信用ってもんは、会社の規模に比例して大きくなるものだからだ」

北原は、その言葉を聞いた瞬間、ハッとしたように目を見開いた。

「言われてみれば、その通りですわ……。デカい会社が変なことするとは思いませんし、銀行にしたかて、大会社には安心して融資しますもんね」

「どこの街に行っても、ウチの店舗がある。街のあちらこちらに、『審査迅速、即融資』と書かれた広告看板が目につくようになってみろ。街金だって大きくなるには理由がある。それだけ多くの利用者がいる。借りても面倒なことにはならない会社だと思うようにならないか？」

「なるほどなあ……。店舗の数が増すにつれ、信用度がどんどん高くなっていく。安心して金を借りるようになれば、商売はさらにデカくなる。雪達磨《ゆきだるま》を転がすようなもんや！」

北原は興奮のあまりか、声を上ずらせる。

「狙い通りにいけば、手形金融どころの話じゃない。最初は一流企業に勤めている亭主を持つ主婦限定だが、世の中、金に困っているやつはごまんといるからな。対象を広げていけば、銀行に匹敵する金を動かすことになっても不思議じゃないね」

「銀行に？」

驚愕しながらも、前にもまして北原の瞳が炯々《けいけい》と輝き出す。

「どうだ、この商売の指揮を執ってみたくなっただろ？」

返事は分かり切っているが、敢えて清彦が訊ねると、

「もちろんです！　是非、やらしてください！　副社長の期待に応えられるよう、命懸けでやらしてもらいます！」

北原は、バネ仕掛けの人形のような勢いで立ち上がると、海軍経理学校当時を彷彿させる丁重さで上体を折った。

第四章

1

「京都に、凄《すご》い占い師がいる」

噂《うわさ》は野火の炎のように広がり、一年も経《た》つと貴美子《きみこ》の下には政財界の重鎮たちが連日訪ねてくるようになった。

占いを始めて思い知ったのは、「人間、一皮剝《む》けば皆同じ」、それぞれの地位や名声に相応《ふさわ》しい役を演じているだけにすぎないということだ。

見立てて欲しい内容は様々なれど、とどのつまりは己の願いが叶《かな》うか否か。運命の行方を知りたいという点では一致しているのだ。

むしろ、権力や地位を手にした者ほど不安は強いと言える。

なぜなら権力や地位を手にした人間は、単に運に恵まれただけのことにすぎないということを分かっているからだ。

だからこそ運に見放された時に恐怖を覚え、ここを訪ねてくるのだ。しかも、そのことごとくが的中するものだから、貴美子の占いへの依存度は高まる一方となる。

その日の占いを終えて居間に戻ってきた貴美子に、鴨上《かもうえ》が声をかけてきた。

「お疲れさま」

「お迎えできなくて、ごめんなさいね。すっかり話が長くなってしまって……」

置き時計に目をやると、時刻は午後三時半になろうとしている。

易を立て始めたのは午後一時。一時間半程度で終わるのが常なのだが、今日の客は執《しつ》拗《よう》に質問を繰り返すものだから、気がつけば二時間半の長丁場になっていた。

「今日の客は、確か――」

「八紘産業《はっこうさんぎょう》の杉下《すぎした》社長」

貴美子は先回りして答えた。

「ああ、中継ぎ社長の件か……」

鴨上はうんざりした様子で顔を顰《しか》めた。

「化学製品の専門商社の老舗《しにせ》にして最大手だそうだけど、同族経営も大変ね。代を継がせようにも、長男はまだ二十九歳。年齢的には親族の役員に適任者がいるけれど、自分亡き後、無事に大政奉還がなされるかどうか、今ひとつ信用できない……」

「自分亡き後？　杉下さんがそう言ったのか？」

「どうも、体調が日に日に悪化している自覚があるようで、長くないと気がついているみたいね」

「やっぱりね……」

鴨上は合点がいった様子で頷《うなず》いた。「先生には、持病があって社長業をいつまで続けられるか分からない。在職中に万一のことが起きては大変だから、そろそろ隠居したいのだが、同族会社とはいえ、まだ次長の長男をいきなり社長に据えるわけにはいかない。五年ほど長男に代わって社長をやってくれる適任者を推挙してくれないかと言ってきた件か」

「でも、なぜ先生を頼ったのかしら」

貴美子は、ふと思いついたままを口にした。「だって、そうじゃありませんか。日頃取引している銀行に相談するとか、同業他社の中から見つけるとか、方法はいくらでもあるでしょうに……」

「外に人材を求めるとなると、なかなか難しいんだよ。特に今回の場合はね」

「と、いうと？」

貴美子が再度訊《たず》ねると、その理由を話し始めた。

「杉下さんが望んでいるのは、長男が経営者として独り立ちできるまでの中継ぎ役なんだ。だけど能無しでは困る。優秀に越したことはない。そんな虫のいい話に乗る人間がいると思うか？」

「確かに……」

「仮に応じた人間がいたとしても、そいつが優れた実績を上げれば、今度は厄介な問題が起きかねない。杉下さんは、それを懸念しているんだよ」

「厄介な問題？」

「社長に居座ることさ」

鴨上は含み笑いを浮かべると、こともなげに言い放つ。「先生が一声かければ、候補の四人や五人、すぐに見つかる。八紘産業よりも格上の大会社だって、それなりの人物を差し出すさ。たとえ長男が社長になるまでの中継ぎ役で、就任期間を事前に告げたとしてもね……」

「先生の指示通り、三名の候補者の中から四葉《よつば》商事の亀井《かめい》常務がいいとお伝えしましたが、先生は何を狙っているのですか？」

話の流れで質問を発してしまったのだったが、貴美子は鬼頭《きとう》の意向を伝える代弁役にすぎない。本来鬼頭の目論見《もくろみ》を訊ねるのは禁忌である。

ところが意外にも、鴨上は躊躇《ちゆうちよ》する様子もなく、その理由を話し始める。

「八紘産業の有力取引先を、四葉商事に移そうと考えているんだ」

八紘産業は化学製品の専門商社。四葉商事は日本屈指の総合商社だ。会社全体の売上高は四葉商事が圧倒するものの、化学製品事業部で比較すれば八紘産業が優《まさ》るのだ。

鴨上が話に乗ってきたこともあって、貴美子はそのまま話を続けることにした。

「移してどうなさるんです？　八紘産業を飲み込むのが狙いなら分かりますけど、取引先の一つだなんて、四葉にしたら小さな商いなのでは？」

「その取引先というのは、アメリカの企業でね。規模はもちろん、技術開発能力に優れているトップメーカーなんだ」

「八紘産業は、そんな会社と取引しているんですか？」

「先々代の社長ってのが、なかなか先見の明がある人で、八紘産業が名古屋の染料問屋だった時代に、その会社と取引を始めたんだ。あちらの会社も同族経営だったというから、馬が合ったんだろうな。良好な関係が長く続いてきたんだけど、五年前に経営体制が一変したんだ」

「何があったんですの？」

「創業家が経営から手を引いたんだよ」

「手を引いたって、トップメーカーなのに？」

鴨上は苦笑を浮かべる。

「先代を継ぐはずだった男が、経営に関心はないって言い出したんだ」

「同族ならば、一族の中に経営に携わっていた人もいたのでは？」

「もちろんいたさ。でもね、一族といっても最も強い力を持つのは株を大量に保有している創業家だ。当代になった男が会社経営には関心がないと言えば、無理にやらせるわけにはいかないだろ？」

「トップメーカーの株を大量に保有していれば、仕事しなくても配当金で暮らしていけるってわけね」

「いや、仕事はするんだよ。その配当金を原資に財団を立ち上げたんだ」

「財団？」

「その財団を通じて、慈善活動を始めたのさ」

さすがの鴨上も理解できないでいるらしく、呆《あき》れた口調で言い、勢いのまま話を続ける。

「大会社の創業家にして大株主だ。業績が上がれば上がるほど配当金も増えるから、財団は会社に対して常に増収増益を求めるわけだ。そこで、彼は会社の収益体質をさらに向上させるべく、社外から優秀な経営者を招聘《しょうへい》しろと、現経営陣に提案したというんだ」

「そんなことしたら、生え抜きの社員から、不満の声が上がるんじゃありません？　特に、創業家出身の役員は——」

「黙っていないのではないか」と、続けようとした貴美子を制して鴨上は言う。

「年齢、社歴に関係なく、有能な人間はどんどん上に行く。能力、実績が評価されて、昇給、昇格を条件に同業他社からの誘いであろうとも職を転ずることも厭《いと》わないというのがアメリカなのさ。終身雇用、年功序列の日本とは、労働者の意識が根本的に違うんだよ」

「じゃあ、その会社は新社長を外から招き入れたんですね」

「同業他社の役員をやっていた男でね。転ずる前に在籍していた会社が四葉の化学製品事業部と戦前から取引があって、戦前、終戦後の二度、アメリカに駐在していた亀井さんとは昵懇《じっこん》の仲だったそうなんだ」

「でも、亀井さんが新社長に就任した途端、大口取引先を、それも古巣の四葉商事に持っていかれたとなれば――」

「責任問題になるだろうし、背任行為と見做《みな》されても仕方がないだろうね」

「私の見立てが外れたことにもなるじゃないですか。それじゃあ、先生だって――」

貴美子の言葉の半ばで鴨上は言う。

「取引先は失った。八紘産業は大打撃を被ることになった。しかし、亀井が社長であったからこの程度で済んだ。そうでなければ、八紘産業は潰れていたかもしれない、となれば話は違ってくるだろ？」

「えっ？」

「そのアメリカの会社には、博士号を持っている研究者が三千人以上もいるそうでね」

一民間企業がそれほどの数の博士号取得者を抱えているとは俄《にわか》には信じられず、

「三千人以上……ですか？」

貴美子は思わず問い返した。

「研究開発費も日本とは桁違い。潤沢な資金、卓越した研究開発能力を駆使して、日常生活の広い分野に活用できる、画期的な新素材の開発に成功したというんだな」

「それは、どんなものなのかしら？」

「さあ……」

鴨上は首を傾《かし》げる。「どんな素材かなんて、先生にとってはどうでもいいんだ。それがどれほど大きなビジネスになるのか。誰の願いを叶えてやれば、自分の力が、より大きくなるのかにしか関心がないんだ」

黙って頷いた貴美子に向かって、鴨上は言う。

「画期的な新製品となれば、販売目標は高くなる。代理店だって例外じゃない。そしてアメリカの会社は売上高以上に最終利益を重視する。なぜならば、利益が配当金の原資であるからだ」

「そうか……。株主を満足させないことには、経営陣も安泰ではいられませんものね」

「八紘産業にも日本市場での達成目標が課されることになるのだが、今回は他に難題があって、このアメリカの会社は、新素材の製造から製品化までを一貫して日本で行いたいと考えていてね」

「工場を建てるってことですか？」

「広い範囲に使われる画期的な素材だから、世界的需要が生ずる。輸送費の削減等の観点から、アジアの生産拠点を日本に設けるべきだとなったと言うんだが、となると莫大《ばくだい》な資金が必要となるね」

「でも、工場の建設はアメリカの会社がするんでしょう？」

「商売において持ちつ持たれつの関係が成立するのは、当事者間の利害関係が均衡していればこその話でね」

鴨上の声が、冷え冷えとして聞こえるのは気のせいではあるまい。

はっとなった貴美子に向かって、鴨上は続ける。

「八紘産業の売上高の四割を、この会社との取引が占めていてね。しかも、この新素材は新たに大きな市場を生むことになると言うんだな。売上の四割を占めている会社に、取引の継続を望むなら工場建設が条件だと言われたら、八紘産業はどう答える？」

「そ、それは……」

口籠ってしまった貴美子に鴨上は言う。

「工場を建てるにしたって、まずは用地を確保だ。それから建屋を建設し、製造機械の調達、設置、従業員だって新たに雇わなければならない。全て自前でやろうと思ったら、そこそこの規模の会社を一つ作るくらいの資金が必要になる」

「それは、四葉だって同じじゃありません？」

「それが違うんだよ」

鴨上は口の端を歪《ゆが》ませる。「四葉は旧財閥系の会社だ。グループ内には不動産会社もあるし、四葉化学もある。工場を建てさせることもできれば、販路の開発は四葉商事の本業だ。しかも、アジア各国に支店を持つから海外販売力は八紘産業の比ではない」

「八紘産業はもはや用済み。足手纏《まと》いになりこそすれ、取引を継続するに値しない。新素材の完成を機に、四葉に乗り換えたいとアメリカの会社は考えているのですね」

「今まであって当たり前だった売上が、突然四割もなくなってしまったら、八紘産業は会社存亡の危機に直面することになる。売上が激減するのはもちろんだが、この会社の製品を扱う事業部には、本社だけでも百人からの社員がいて仕事をなくしてしまうことになるんだ」

「仕事がなくなったからといって、すぐに解雇もできないでしょうし……」

その言葉を待っていたように、鴨上はニヤリと笑う。

「亀井が手腕を発揮するのはその時だ」

「何をやるんですか？」

「四葉に縋《すが》るのさ。八紘産業を四葉の系列会社の一つにするんだ。系列会社に甘んじることになっても、倒産して従業員を路頭に迷わせることに比べれりゃ遥《はる》かにマシだ。四葉商事にしたって、願ったり叶ったりってもんさ。八紘産業の商売をそっくりそのまま手に入れられる上に、従業員の給料は四葉より大分安いというオマケつきなんだもの」

かくして鬼頭は、日本屈指の総合商社、四葉に『貸し』を作ることになり、財界における影響力が一層強くなるというわけだ。

それにしても、と貴美子は思った。

「創業家が慈善事業の原資を確保するために、高配当を求めるのは理解できますけど、そのために大変な思いをする人が出るって、何だか矛盾しているような気がするのですけど……」

貴美子が感ずるままを口にすると、

「桜の木の下には死体が埋まっているって言うけどさ、慈善事業だって同じなんだよ」

鴨上は真顔になると返してきた。「慈善事業だってカネがなけりゃできないし、一過性で終わってしまったのでは意味がない。重要なのは継続性なんだ。安定的な収入源の確保は必要不可欠。極端な話、収入を確保するために、苦しい思いをする人間が出ても、恩恵に与《あずか》る人間が遥かに上回るのなら、それも止《や》む無し。いや、そもそも善行の影響で苦境に立たされる人たちがいるなんて、慈善事業をやってる人間は、想像だにしないだろうね」

鴨上の言う通りかもしれない。

「桜の木の下には死体が埋まっている、か……」

貴美子は、鴨上が語った言葉を呟《つぶや》いた。「慈善団体の活動は傍目《はため》には満開の花を宿した桜の木。花が多ければ多いほど、救われる人間も増えていく。その原資を確保、維持するために、どれほど多くの人が苦しい思いをしているかに気づかずに……」

「それが資本主義ってもんだし、企業活動、いや社会だってそうなんだ。人間社会は競争社会。競争に勝敗がつきものである限り、勝者の陰には必ず敗者がいるんだからね」

「でも今回の場合は――」

八紘産業は四葉商事に飲み込まれることになる、と続けようとした貴美子に、

「君だって、慈善事業というか、慈善家に救われた一人なんだよ」

鴨上は突然奇妙なことを言い出した。

「私が？」

何を指してのことか、皆目見当がつかない。

反射的に声を発した貴美子に向かって、鴨上が返してきた。

「あの事件が起きた時、君のお腹《なか》の中には子供がいただろ？」

驚愕《きょうがく》のあまり言葉が出ない。

心臓が強い拍動を打ち、呼吸が停《と》まる。

頭から血液が引いていく。指先が痺《しび》れ、冷たくなっていくのを覚えた。

「ど……、どうして、それを……」

そう訊ねるのが精一杯だった。いや、その言葉しか思いつかない。

ところが、鴨上は答えることなく、逆に貴美子に問うてきた。

「下された量刑を聞いて、君はおかしいと思わなかったのか？　いくら身を護《まも》るためとはいえ、米兵を二人も殺しておいて、たった懲役五年だ。しかも、事件は一切報道されなかったんだぞ？」

それについては、貴美子自身も不可解に感じていたのだが、事の経緯の程など知る由もない。

「量刑が軽すぎるとは思っていましたけど……」

貴美子はか細い声で漏らした。

「米兵が若い女性を暴行目的で襲った挙句、返り討ちに遭っただなんて、米軍にとっては恥辱以外の何ものでもないからね。報道統制を敷いたのはわかるが、どう考えても懲役五年は軽すぎるよな」

「何か特別な事情があった……。あるいは、誰かの力が働いたとでも？」

「その両方さ」

鴨上は、薄い笑いを口元に浮かべ、思わせぶりに答える。

「それは、どんな？」

貴美子は、心臓の鼓動が速くなるのを感じながら、生唾を飲んだ。

2

鴨上は言う。

「君を襲った米兵の一人が、米軍の高官の息子だったんだよ」

「高官？」

「将官クラスらしいね。それも、事件当時はペンタゴン勤務だったそうだから、軍の中でも重鎮中の重鎮さ」

「ぺんた……ごん？」

将官の意味は理解できたが、ペンタゴンとは初めて聞く。

問い返した貴美子に、

「アメリカ国防総省、旧日本軍だと、さしずめ大本営ってところかな」

鴨上は短く説明し、話を本題に戻しにかかる。

「終戦後、日本人女性が米兵に凌辱《りょうじょく》された事件は山ほど起きたが、返り討ちにされたのは前代未聞だ。それだけでもGHQは慌てふためいたそうだけど、殺された兵士の一人が軍の重鎮の息子だと判明すると、それこそ上を下への大騒ぎになったらしい」

「大騒ぎって……。隠蔽しようと思えば、簡単にできたでしょう？　事実、そうなったわけだし……」

鴨上は鼻を鳴らし、口元を歪める。

「報道統制のことを言っているんじゃない。米軍、GHQ内部のことだよ。息子がしでかした大不祥事が広く知れ渡ってみろ。親父《おやじ》だって無傷では済まないさ。あからさまに責任を問われはしないまでも、少なくとも昇進は望めなくなるだろ？」

「階級社会に出世競争はつきものですからね。昇進を争っている人間からしたら、競争相手を蹴落とす千載一遇の大チャンスと映るでしょうからね」

それは、日々行っている占いの内容からも明らかだ。

ここを訪れるのは十分功なり名を遂げた人間ばかりだというのに、占いのお題はさらなる出世、つまりより大きな権力を握れるか否かが大半なのだ。

「その通りだ」

頷いた鴨上は、そのまま話を進める。「ところがだ、この父親は、米軍内でも極めて重要な任務に就いていたようでね。親子関係については米軍、GHQ内部に箝口令《かんこうれい》が敷かれたというんだ」

「余人を以《もっ》て代え難い人物だから、絶対に傷をつけてはならないってことですか？」

「余人を以て代え難いねえ……」

鴨上は小首を傾げて薄く笑うと、短い間を置き再び話し始める。「会社であろうと、政界であろうと、軍であろうと、こと組織において余人を以て代え難い人物なんていやしないよ。実際そうだろ？　大臣であろうと、社長であろうと、いなくなれば必ず代わりが出てくるのが組織ってもんだ」

「じゃあ、どうして？」

「そこは今ひとつ、はっきりとは分からないのだが、どうも対ソ連関係のトップを長く務めていたらしいね」

「ソ連……ですか？」

「日本の敗北が決したも同然のところに、中立条約を一方的に破棄して宣戦布告した挙句、北海道を占領しようとした国だからね。平然と火事場泥棒を働くような国だし、安保条約が締結されてからも、アメリカ軍は永続的に日本に駐留することになったんだ。アメリカは、いずれソ連とは一戦交えることになると考えていたんじゃないかな」

鴨上の話は、まだ続くようだ。

貴美子は黙って、先を聞くことにした。

果たして鴨上は続ける。

「実際、ソ連は終戦から四年後に核実験に成功して、アメリカに次いで二番目の核兵器保有国になった。ソ連は社会主義の大国、片やアメリカは自由主義の大国だ。真逆の国家体制で動いている二つの大国が、世界の覇権を争うことになったからね」

「敵を最も熟知している将官が、職を解かれては困るというわけですか……」

「これは、集めた情報を元にした私の推測だけど、現にあの事件が起きた翌年には、朝鮮戦争が勃発しただろ？　突然北朝鮮が韓国に侵攻したのも、ソ連との間で密約が交わされたからじゃないかと見る向きもあってね」

推測と語る割には、鴨上の言葉が確信めいたものに聞こえるのは気のせいだろうか……。

しかし、貴美子の関心は、そこではない。

「鴨上さんがおっしゃる通りなら、事件がGHQ内で秘密扱いになったのも分からないではありませんけど、私に下された量刑が軽く済んだ理由にはならないと思うのですが？」

当然の疑問を口にした貴美子に、鴨上は確認するかのように問うてきた。

「妊娠が発覚したのは、裁判が始まる前のことだったそうだね」

「ええ……。拘置所に移されて、暫《しばら》く経ってからです」

「日本人には、到底理解できないのだが……」

鴨上は、苦笑を浮かべながら前置きすると、その理由を話し始める。「たぶん信仰からくるものなんだろうけど、返り討ちに遭った兵士の母親、つまり将官の夫人が、君のお腹の中に子供がいることを知って、寛大な措置を取るよう強く主張したらしいんだ」

「殺された兵士のお母さまが？」

「いつの時代でも戦《いくさ》には略奪、凌辱、あらゆる蛮行が伴うものだけど、それも戦の最中、余韻が醒《さ》めやらぬうちのこと。社会が平穏になるにつれて収まっていく……。なぜだと思う？」

そんなことは考えたこともない。

「さあ……」

首を捻《ひね》った貴美子に、鴨上は言う。

「戦とは、とどのつまり殺し合いだ。戦場に立たされ、次の瞬間には死んでいるかもしれないと思えば、正気でいられるはずがない。つまり、兵士はみんな狂気に駆られているんだよ。でなければ、殺し合いなんてできやしないからね。だから、死の恐怖から解放されれば正気に戻る。平時になれば、社会も法と秩序を取り戻すからさ」

「じゃあ、お母さまは、息子が犯した罪を平時の感情でお考えになったと？」

そこで、鴨上は貴美子に視線を向けると、しみじみとした口調で漏らした。

「君は、本当に運がいいよ……」

その言葉の意味が分からず、貴美子は訊ね返した。

「運がいい？」

「偶然が重なったんだよ」

鴨上は言う。「一つは、君を襲った二人の兵士が、近々本国に戻ることになっていたこと、もう一つは、時期からして、米軍は北朝鮮の南進近しと予測していたんだろうな。事件の十日後に父親は夫人と一緒に日本に駐留することになっていたことだ」

一つ目の理由を聞いて、貴美子は、あの二人の兵士が蛮行に及んだ動機が分かったような気になった。

そんな内心が表情に出たのか、鴨上は静かに頷く。

「旅の恥はかき捨てという言葉があるけど、敗戦国でなら、どんな犯罪行為を働こうとも帰国してしまえば罪に問われることはないとたかを括《くく》ったんだろうな。現に、この手の犯罪は山ほどあったはずなのに、発覚したのはごく僅か。氷山の一角にすぎない。米軍の統治下にあっては、満足な捜査がなされることはなかったんだからね」

その通りだ……。

黙って話に聞き入る貴美子に鴨上は続ける。

「母親は事件の経緯を聞いて、非は絶対的に息子にある。女性に対する凌辱行為は断じて許されないと強く息子の行為を非難したそうでね。彼女は被害者だ。重罪を科せば恥の上塗りになると、ＧＨＱの高官に進言したそうなんだ」

鴨上は「アメリカ人は不思議、理解不能な考え方をする」と言ったが、これもまた全くその通りだ。被害者と言われた貴美子でさえ、実の息子を殺された母親が、そこまで寛容になれるものなのだろうかと首を捻《ひね》らざるを得ない。

「非が彼らにあるのは事実ですけど、親からすれば私は息子を殺した敵《かたき》ではないですか。特に母親にとって、子供は自分の分身なんです。我が身を挺《てい》してでも護らなければならない存在なのは、日本人もアメリカ人も変わらないはずなのに、重罪を科すなと進言するなんて、信じられませんわ」

「GHQも驚いたんだろうな。父親と旧知の高官がなぜそんな心境になれたのか、訊ねたというんだ」

「なんとおっしゃったんです?」

「君、宗教は?」

鴨上は唐突に問うてきた。

「宗教? 熱心な信徒ではありませんが、一応仏教徒ですけど?」

「一応か……」

鴨上は苦笑を浮かべる。「母親は信仰に厚いらしくて、凶報を受けて教会に行き、胸の内の苦しみ、悲しみを洗いざらい神父に打ち明けたというんだ。どうも、その時神父から諭されたようでね」

貴美子は、ますます母親の心情が分からなくなった。

元々信仰心は厚くないし、清彦《きよひこ》が犯した殺人の罪を被《かぶ》った挙句、捨てられてしまったのだ。信仰どころか、獄中生活の中では、神も仏もあるものかと何度思ったか知れなかったからだ。

「私には、理解できません……。どれほど信仰心が厚くとも、子供の命を奪った相手を許す気になるなんて、私にはとても……」

「アメリカ人にとっての宗教がどれほどのものか、君と議論したところで始まらないね。私だって、未《いま》だ理解できないでいるんだもの」

鴨上はそう返してくると、話を先に進める。

「GHQも早々に幕引きを図りたかったんだろう。夫妻の意向はすぐに日本の司法当局に伝えられたようなんだが、GHQから厳罰を科すなと指示されたとはいえ、二人の人間が殺害されているんだ。無罪放免とはいかない。かといってアメリカの統治下にある以上、GHQの意向を無視することもできない」

次々と鴨上の口を衝《つ》いて出てくる新事実に、貴美子は声を失った。

「それと、やっぱり君の妊娠が発覚したのが、大きかったそうでね。アメリカ人にとって『家族』は、何ものにも代え難い大切なもの。新しい家族を授かるのは最大の慶事。それが息子の蛮行で台無しになってしまったことに、母親は深い罪の意識を抱いたんじゃないかと……」

「広島や長崎に原爆を落としたアメリカ人が、そんな考え方をするものなんですかね……」

それでも、釈然としない思いは拭い去れない。

ポツリと呟いた貴美子だったが、

「君が産んだ子供の引き取り先についても、母親が深く関わったそうだよ」

貴美子が固く封印してきた最大の関心事を、鴨上があまりにもさりげなく、かつあっさりと言ってのけるものだから、貴美子は固まり、声を上げることができなくなった。

それでも一瞬の間の後、声を振り絞って貴美子は問うた。

「関わった？」

獄中で生まれたのは男児で、貴美子は父親の名前から一文字取って、逆境に負けることなく、人生で勝利を収めるよう願いを込めて『勝彦《かつひこ》』と名づけた。

刑に服しながらの子育ては、接する時間は限られていたし、一年半という期限も設けられていた。だから、服役中に勝彦を誰かに託さなければならない時がきてしまう。しかし、清彦は消息を絶ったままだし両親も既に亡《な》い。

担当の職員からは、「施設に預けるしかない」と告げられてはいたものの、日々成長していく我が子を目の当たりにしていると、愛《いと》おしさは増すばかりだ。

このまま勝彦と過ごす日が長くなればなるほど、別れた時が辛《つら》くなる。誰かに託すしかないのなら、早い方がいいのかもしれない……。

辛く、苦しい決断だったが、貴美子は勝彦を施設に預けることにしたのだった。

「その米兵の母親が、どう関わったのですか?」

続けて問うた貴美子に、鴨上は淡々とした口調で答える。

「君の子供を引き取ったのは、戦災孤児の面倒を見る施設でね。創設者は駐アメリカ公使を務めた外交官の娘で、日本政府、GHQの双方の支援を受けて開設したんだ」

「日本政府とGHQ?」

驚きのあまり言葉が続かなくなった貴美子に、鴨上は相変わらずの口調で続ける。

「キリスト教は世界中に信者がいるから、どこの国にも教会がある。信者は日曜日の朝に教会の礼拝に参加するのを習慣としていてね」

「日曜礼拝ですね」

信者ではないもののミッション系の女学校で学んだ貴美子は、即座に相槌《あいづち》を打った。

「ああ……。君はそっち系の女学校に通っていたんだったね」

鴨上は、はたと思い出したように頷き、「夫人は来日してからも、その日曜礼拝ってやつを欠かさなかったんだな。そこでアメリカ人の修道女と知り合った……」

「では、そのシスターが?」

「彼女は戦災孤児の姿を目の当たりにして、酷《ひど》く心を痛めたようで、孤児院設立の必要性をGHQに訴えた。そこで、後に創設者になった外交官の娘と出会ったんだ」

そこまで聞けば、その後の展開は想像がつく。

「では、母親が事件の経緯も含めて、私が妊娠していることをシスターに打ち明けたと?」

「施設は君が出産する二年ほど前に開設されていて、母親から話を聞いた創設者もいたく同情してね。引き取ることを快諾したそうなんだ。そうでもなければ、戦災孤児を収容する施設で、獄中出産の赤子の面倒を見てもらえるわけがないだろ?」

勝彦が入所した施設の名称は知らされていたが、設立の経緯は初めて聞いた。それに、実のところ貴美子は、釈放後も施設を一度も訪ねたことがなかった。

その理由を話そうとしたのだが、それより早く鴨上は言う。

「君、子供を養子に出したそうだね」

確かに……。

養子の話が持ち込まれたのは、勝彦が六ヶ月になろうかという頃だった。

出所後は勝彦を施設から引き取り、母子二人で暮らすつもりでいたのだが、散々悩み抜いた挙句、応じたのには理由があった。

「ええ……。悩みに悩み、考えに考え抜いた挙句に……。養子に出してしまえば、二度と子供とは会えなくなってしまうんですからね。でもね、刑務所の担当官に言われたんです。『職を見つけようにも、前科が邪魔をする。しかもあなたの罪状は殺人だ。経緯を知れば同情は得られるだろうが、雇うとなれば話は別だ。ロクな仕事には就けない。幼子を抱えてどうやって生きていくんだ。子供だって殺人犯の息子と言われて生きていくことになるんだよ』って……」

決断するまでの心情は、いくら話したところで他人に分かるものではない。

唇を嚙《か》んで沈黙する貴美子をじっと見つめたまま、鴨上は話に聞き入っている。

そこで、貴美子は左の薬指を翳《かざ》して見せると、

「確かに、その通りですよね。殺人の前科は、この指に入れた墨のように、生涯消すことはできません。一生背負っていかなければならないものなのですから」

声が震え出すのを覚えながら言葉を振り絞った。「でもね、養子に出すのを決心した一番の理由は別にあるんです。迎えたいと言った先が裕福な家で、勝彦に何度も会って、是非にとおっしゃっていると聞かされたからなんです」

無心で乳を吸う勝彦の顔を見る度に、幼い舌使いを感ずる度に、何があってもこの子を手放してはならない。独り立ちする日がくるまでは、護り抜かなければならないと貴美子は思った。

だが、それも乳を与えている僅かな間だけで、授乳が終わり房に戻されると勝彦の将来に思いを馳《は》せるようになる。

出所の後、二人を待ち構えているのは、間違いなく最底辺の生活だ。

財力もない、後ろ盾もない人間が、のし上がるのに最も早い手段はただ一つ。学を身につけることだ。

しかし、どれほど高い学を身につけたところで、勝彦は「人殺しの息子」という汚名、偏見から逃れることはできない。

まともな職にも就けまいし、実業家を志そうにも、先立つものがない。まともな結婚も望めないだろうし、仮に嫁を迎えたとしても、今度はその子供が同じ目に遭うことになるだろう。

どう考えたところで、勝彦を待ち構えているのは絶望的な人生なのだ。

そうした現実に直面した時、勝彦は母親をどう思うだろうか。

殺人に至った経緯に理解を示し、苦難しかない人生を共に歩もうと言ってくれるだろうか。

いや、そんなことはない。絶対にあるはずがない。

こんな母親の下に生まれてしまった己の運命を呪い、母親を恨み、そして捨て、一切音信を断ち、過去を知る者がいない土地で、再出発を図ろうとするに違いない。

考えがそこに至った瞬間、かつて清彦が語った出所後の暮らし方を思い出し、貴美子は愕然となった。

自分は清彦に捨てられ、勝彦にも捨てられることになるのだと……。

「裕福な家?　本当にそう言われたのか?」

鴨上の声で、貴美子は我に返った。

「ええ……。確かに、そう言われましたけど?」

「だとしたら、君の子供は日本にはいないかもしれないね」

鴨上が何を言わんとしているのか皆目見当がつかず、

「えっ？」

貴美子は短く漏らした。

「だってそうじゃないか。裕福な家で、殺人で服役中の母親が産んだ子供を養子に迎えたいなんて言う日本人がいると思うか？」

養子に出すなら、財力がある家に越したことはないという思いが先に立ち、相手が外国人だとは考えもしなかったが、言われてみればその通りだ。

不意を突かれて言葉を失った貴美子に、鴨上は続ける。

「実際、戦災孤児や進駐軍の兵士と日本人女性の間に生まれた混血児が、養子として外国人にもらわれていった例は山ほどあるからね。欧米では養子を迎える家庭は珍しくはないと聞くし、国籍が変わってしまえば、子供の過去も詮索されることはないからね」

貴美子は、鴨上の指摘は間違ってはいないと直感した。

米兵の母親。アメリカ人のシスター。外交官の娘が設立した施設。戦災孤児を迎え入れる施設に、なぜ勝彦が入所できたのか……。

勝彦はアメリカ人の養子になったとしか考えられない。

瞬間、貴美子は胸中に重く、暗い熱を発する塊が、爆発的に膨れ上がるのを感じた。

それは、凄《すさ》まじいばかりの怒りだった。長く心の奥底に秘めてきた、清彦に対する怒りだ。

「勝彦は、もう私の手の届かないところに行ってしまったんですね……」

貴美子は震える声で漏らした。

「養子に出した時点で、覚悟したんだろ？　それに、アメリカ人にもらわれたのなら、過去を問われることもないし、米軍の将官夫人と、外交官の娘が間に入っているんだ。きっと、裕福な家にもらわれていったんだろうさ。やっぱり、君は運を持っているんだよ」

私が運を持っている？

馬鹿なことを言うなと、貴美子は罵りたくなるのをすんでのところで堪《こら》えた。

散々思い悩んだ末に泣く泣く養子に出す決断をしたというのに、運を持っているだと？

なるほど、アメリカは戦勝国だし、日本よりも遥かに豊かな国ではあるだろう。だが、この国のどこかに我が子がいるのと、海を隔てた遠い異国のどこかにいるのとでは、格段の違いがある。二度と会わぬと誓っても、やはり違うのだ。

そして、怒りの矛先は、再び清彦へと向く。

あの男が約束を果たしてくれていたならば、今頃は親子三人で、知らない土地で再起を図り、平穏無事な生活を送っていたはずだったのだ。信じたからこそ、あの男が犯した罪を被り、刑務所に入ったのだ。なのに、あの男は約束を反故《ほご》にした。私を、勝彦をも捨てたのだ。

許せないと思った。

自分が味わった苦痛、屈辱、そして殺人の前科に匹敵する、いやそれ以上の塗炭の苦しみを味わわせないことには気が済まない。

そのためには、まず清彦の消息を摑《つか》むことだが……。

貴美子は鴨上を正面から捉えた。

おそらく貴美子の瞳にはただならぬ気配が宿っているのだろう。

鴨上は貴美子の視線を捉えたまま、「言ってみろ」とばかりに、軽く顎をしゃくる。

「井出《いで》清彦という男を探して欲しい……」

喉まで出かかったその言葉を、貴美子はすんでのところで呑《の》み込んだ。

貴美子の過去を、養子に出してからの勝彦のことを、ここまで調べ上げたくらいだ。鴨上に依頼すれば、清彦の消息を摑めるのではあるまいかと考えたのだったが、ふと知った後のことに思いが至ったのだ。

清彦に会ってどうするのか。

いまさら、よりを戻せるわけじゃなし、もちろんそんなつもりはさらさらない。

不義理を詰《なじ》り、罵声を浴びせるくらいが精々だし、清彦にしても、その程度で済むのならお安いものだ。

ならば、どうする？

清彦のことだ。不義理を働くに当たっては、応分の理由があったのに違いない。

では、その理由とは何か……。

考えられるのは、ただ一つ。

約束を果たすより、遥かにいい人生を歩む道が開けたからだとしか考えられない。そして、いい人生とは、清彦の場合は金だ。大金を摑む機会に巡り合ったに違いあるまい。

考えがそこに至った瞬間、貴美子の脳裏に一つの言葉が浮かんだ。

豚は太らせてから食え……。

地位、名声、権力。金だって、摑んだものの大きさに比例して、失うことへの恐怖は増す。そして、どれほど大きな成功を収めていようとも、尽きることはないのが欲である。

清彦の消息を知ってしまえば、胸中に渦巻く思いの丈をぶちまけずにはいられなくなる。留《とど》めておけば、悶々《もんもん》とした日々を過ごすことになるだけだ。

第一、復讐《ふくしゅう》とは他人の力をもってなすより、自らの手で行うに限る。なぜならば、果たした時の達成感、快感が違うように思えるし、相手の失うものが大きければ大きいほど高まるからだ。

ならば、太らせるだけ太らせることだ。

そのためには今の立場を利用して、まずは自分自身が力をつけること。復讐するのは、それからだ。

「お願い事をしようと思ったんだけど、やめておきます」

貴美子は微笑《ほほえ》みながら首を振り、席を立った。「勝彦の話を聞いたら、酷く疲れてしまって……。少し休みますね」

3

昭和四十一（一九六六）年五月。

鬼頭がこの世を去った。

脳梗塞の発作に見舞われたのが四年前。後遺症として右半身に麻痺《まひ》が残った鬼頭は、以来床に就く日が多くなった。

病魔は確実に鬼頭の老体を蝕《むしば》んでいく。

一年ほど経った頃、二度目の発作で重い言語障害を起こしてからは病状が急速に悪化。思考能力を完全に失った挙句、遂《つい》に終焉《しゅうえん》の時を迎えたのだった。

青山葬儀所で行われた葬儀には、政財界の重鎮たちが列席したのだったが、鬼頭の死を悼む場であったはずが、彼に代わる権力者の披露の場となった。

それは誰でもない。鴨上、そして貴美子である。

権力者が、権力者たり得るのも健康であればこそ。衰える兆しがあれば、潮が引くように人は離れていくのを熟知していた鬼頭は、最初の発作に見舞われた時点から、己の病状について厳重な箝口令を敷いた。

以来、請願の一切を取り仕切ったのが鴨上であり、彼を通さずして、貴美子に卦《け》を立ててもらうことはできないのである。かくして、鴨上、貴美子への権力移譲は、鬼頭の死を待たずして、完全に済んでいたのだった。

「策士、策に溺れるとは、まさに先生のことだな」

鴨上がそう漏らしたのは、鬼頭の葬儀が終わって、ひと月ほど経った貴美子の自宅でのことだった。

「それ、どういうことです？」

貴美子が訊ねると、鴨上は嘲るように口元を歪め、

「八卦に目をつけたところまではさすがだが、結果的に池田山《いけだやま》を訪れるご重鎮方の関心を、ご自分から君に向けてしまうことになったんだ。でなけりゃ、四年も一切表に出てこなくなったら、いい加減、先生の身に何か起きたんじゃないかと勘づくやつも出てくるだろうに、最期まで誰にも気づかれなかったんだぜ？」

馬鹿にするかのように鼻を鳴らす。

「元々、会う、会わないは先生の意向次第だったということもあったでしょうね。お願い事をしたくても、会ってもらえない人の方が多かったんだし、用件を先生に代わって鴨上さんが聞くことも多かったしね。鴨上さんに話せば、先生に伝わるはずだっていう思い込みもあったんじゃないかしら……」

「確かに、それは言えているんだよな」

鴨上は、含み笑いを浮かべる。「これだけ長く側《そば》に仕えていれば、先生がどう判断するか、どう動くか、察しはつくしね。実際、先生が倒れる前も、事後報告で済ました事

案も結構あったんだ。そうとも知らず、願いが叶ったのは全て先生の力添えのお陰だと信じて疑わなかったけど、そうじゃなかったんだよ。そもそも先生が直接動くのは、余程大きな案件か、無下にできない人間からの頼み事だけだったのさ」

つまり、各界の重鎮であっても、鬼頭の中では松竹梅に位づけがなされていたということだが、所詮鴨上は秘書である。鬼頭亡き後、彼が権力を継承することができたのには、もちろん理由がある。

鬼頭が二度目の発作に見舞われ、思考能力がすっかり低下し、回復は絶望的と医師に告げられた鴨上は、

「アメリカには、ロビイストと称される人たちがいるんだけどね」

突然、貴美子の元を訪ねてくるや、そう切り出したのだ。

「ロビイスト？」

初めて聞く言葉に問い返すと、

「まあ、早い話、政界への口利き屋だ」

鴨上は瞳に不穏な光を宿し、低い声で答える。「業界や企業に有利になるように法案、政策を通すよう、政党や議員に働きかけるのを職業にしている人間たちがいるんだ」

「先生がやっていることと、同じじゃありませんか」

「そう、その通りだ」

鴨上は、至極当然のように言い、「ただ、先生の存在は知る者ぞ知る。表には決して出ないが、ロビイストは違う。社会に認知されている存在なんだ」

意味ありげな笑いを浮かべる。

「それで？」

鴨上が、唐突になぜこんな話題を口にしたのか意図が読めず、貴美子は先を促した。

「事務所を開設しようと思ってね」

「事務所？」

「そう、口利きの窓口になる事務所をね」

「ちょっと待って」

さすがにこれには驚き、貴美子は思わず鴨上を制した。「事務所なんか開いてどうするの？　知る人ぞ知る存在だったから、先生の力に縋ろうと池田山詣でをする人たちが後を絶たなかったわけで、そんなの開いたら――」

「何が変わる？」

鴨上は、貴美子の言葉が終わらぬうちに問うてきた。

そう言われると、答えに詰まってしまう。

言葉に窮した貴美子に向かって、鴨上は言う。

「窓口の場所が池田山から事務所に変わるだけで、やることは何も変わらないだろ？　常駐するのが私で、先生には一切会えないという一点を除いてね……」

それでも鴨上の狙いが読めない。

「分からないかな?」

そんな貴美子の内心を見透かしたように、鴨上はニヤリと笑う。「先生が倒れたことは、まだ誰にも知られてはいない。既に請願、相談事の全てが私の判断、差配で行われていることも誰一人として気がついてはいないんだ。さて、そうなると問題は先生が亡くなった時だ」

「占いが的中するのも、先生に指示されたままを告げればこそ。いきなり訪ねてこられたら、私は、ただの八卦おきになってしまうわね」

「だから、今のうちに事務所を開いておくんだよ」

鴨上は、ここからが核心だと言わんばかりに声を潜める。「当面の間、事務所は先生が会長、私が副会長となって、相談や請願を受けつける。そこから先の流れは、今までと同じで、内容によって君に卦を立ててもらうよう勧めることにする」

鴨上の狙いがようやく読めてきた。

「鴨上さんを通さなければ、私に会えないとなれば、先生が亡くなった後も、事務所に行かざるを得ないというわけね」

そうは言ったものの、すぐに新たな疑問が湧いてくる。

「でも、先生の力って、政財界に広く、深く、浸透した人脈と、なによりも莫大な資金があってのことでしょう?　特に政界には先生の資金目当ての人も多く――」

鴨上は、貴美子の視線を上目遣いで捉えると、「そこだ」と言わんばかりに顔の前に人差し指を突き立て、

「先生の莫大な財産を事務所に移すんだよ」

ぎらりと瞳を光らせる。

「先生の財産を？」

鴨上は頷く。

「先生の金の大半は裏で回る金。つまり決して表には出ない金なんだ」

「でしょうね。私の見料だって、領収書なんか要求する人はいませんからね。まして、池田山を訪ねる方々は、他人には知られてはならないことをお願いに上がるんですもの、なおさらでしょうね」

「もちろん、銀行に預けるわけにはいかない。だから、蓄えた金は池田山の地下にある金庫に保管しているんだ」

「地下？　池田山のお屋敷には地下室があるんですか？」

まるで映画の世界のような話だが、考えてみると莫大な金を手にするまでの鬼頭の人生そのものが、常人では想像もつかぬものだったのだ。

鴨上は言う。

「そこには、大きな金庫がずらりと並んでいてね。しかも中に保管されているのは、大半が金融債権なんだ」

「金融債権？」

「ああ……。それも無記名のね……」

それがいかなるものなのか、貴美子には皆目見当がつかない。

小首を傾げた貴美子に、

「金融債権ってのは金融機関に持ち込めば、現金に変えられるんだけど、無記名だと誰が購入したものだろうと持ち込んだ人間に支払われるんだ」

無記名債権とは、その証券の権利者名が記されていない金融商品のことを言う。早い話が名義人が記載されていない貯金通帳のようなもので、金融機関に持ち込めば、額面通りの現金に換えることができるのだ。

鴨上は短く説明する。

「まさか、その金融債権を事務所に移そうと？」

鴨上の目論見が完全に読めてきた。

果たして貴美子の言葉に、

「その、まさかさ」

鴨上は平然と答え、話を進めにかかる。

「金庫を開けるダイヤルナンバーを知るのは、先生と私の二人だけ。帳簿への記載は私の担当だ。まあ、それだけ信頼されていたってことなんだが、先生はもう終わりだ。亡くなった途端、先生が手にしていた力と金が消えてしまうのは、あまりにも惜しいからね」

「金庫の番号を教えるほど信頼していた先生を裏切るわけ？」

言い分には理解できる部分もあるのだが、どう考えても、鴨上が働こうとしているのは裏切りとしか思えない。

ところがである。

貴美子は鴨上が発した次の言葉を聞いて、耳を疑った。

「先生が私を信頼していた？　そんなことは全くないね」

「だって、鴨上さんは金庫番だったんでしょう？　全幅の信頼を置いていなければ――」

「君、鵜飼友子《うかいともこ》が何のために、ここに送り込まれたと思う？」

「えっ？……」

突然、友子の名前が出たことに貴美子は戸惑い、短く漏らした。

「君の動きを監視するためさ。もちろん、私のこともね……」

「だって、友子さんは――」

「彼女は聴力に問題なんか抱えちゃいないよ。聴こえないふりをしていただけなんだ」

「まさか、そんな……」

驚愕のあまり、言葉が続かない。

そんな貴美子に、鴨上は続ける。

「先生は、猜疑心《さいぎしん》の塊でね。まあ、無理もないさ。大戦で莫大な富を手にしたのも、軍部の重鎮や兵站《へいたん》の納入業者、果ては政治家に至るまで、先生が物資を横流しするのを黙認して懐を肥やしたやつがそれだけいたってことだからね。それに、戦争は人の本性を剝き出しにするものだ。己の命がかかれば、平気で人を殺せる。そんな光景を、目の当たりにしたんだもの、そりゃあ人なんか信じることはできなくなるさ」

「でも、鴨上さんは違うんじゃないの？　心を許していなければ、金庫の番号なんか——」

教えはしないでしょう、と続けようとした貴美子を遮って鴨上は言う。

「正直言って、私もそう思っていたさ。友子の聴力に、何ら問題はないと知るまではね……」

「それ、いつ気がついたんですか？」

「先生が最初の脳梗塞を発症する少し前だ。ひょっとすると、先生の身体《からだ》には予兆めいたものが起きていたのかもしれないな。ここで君と客が交わした話の内容を、私が報告してもいないのに、先生が口を滑らせたことがあったんだ」

見立ての内容は事前に書面で提出するのが決まりだが、そこは占いの場である。流れの中で、別の相談事を持ちかけられたり、私的な悩みを打ち明けたりすることがよくあった。本人が抱えている健康状態や家族の問題であったりすればしめたもの。直ちに貴美子から鴨上へ、そして鬼頭へと報告されることになるのだ。

「この家に常駐するのは、私と友子さんだけですものね。鴨上さんが報告していないことを、先生が知っているはずがありませんものね」

「先生は、信頼できるのはお前だけだ。自分亡き後は、お前がこの力を継承することになると事あるごとに言っていたんだけどさ、嘘《うそ》っぱちだったんだよ」

そういえば、二度目の発作が起きた直後に、鬼頭の介護にあたらせると言って、友子は池田山に居を移した。

「じゃあ、友子さんを池田山に移したのは、先生のお世話をするためだけではなかったのね」

「病に臥《ふ》したことは、絶対知られてはならないからね。先生の周囲は内輪の人間で固めなければならなかったこともあるけど、それでもどこから漏れるか分からんからね。私に寝首をかかれるとでも思ったんだろうな。だから逆に友子を監視役として置くことにしたんだ」

「監視役？　友子さんは、そんな役目を受け入れたの？」

「大金を前にして転ばぬ人間がいるかね。友子もその例に漏れず、あっさり引き受けたよ。第一、聴覚障害を装っていたのがバレていたからね。そのことを突きつけた上で、私に引き受けろと命じられたら、断ることなんかできるもんか」

ついに呵々《かか》と笑い声を上げる鴨上に向かって、

「さっき、金庫の中のものを移すと言ったけど、不正に蓄財したとはいえ、先生の個人財産じゃない。相続人がいるでしょうに大丈夫なの？」

　鴨上は不穏な光を瞳に宿し、

「先生に家族がいたのは、大分前に話したことがあったよね」

　唐突に問うてきた。

「ええ……。先生が満州に出かけている間に、空襲で奥様とお子さんを亡くしたと……」

「あれもね、先生が作った出まかせなんだ。過去のことはほとんど話さない人だったけど、長く側に仕えているうちに、断片的に漏らすことがあってね。それを総合すると――」

　それから鴨上が語った鬼頭の過去を纏めると、こういうことになる。

　長州の田舎の農家の長男で、学歴は尋常小学校卒。広い畑を持っていたこともあって、外に出したくはなかったのだろう。十八歳で嫁を娶《めと》り、程なくして長男が誕生した。しかし、幼い頃から野心家であったらしく、その後家族、故郷を捨てて出奔。上京した後、右翼の政治結社に入った。

　鴨上は言う。

「よほど水があったんだろうな。そこから先は、快進撃の始まりだ。なんせ、政治結社ってのはヤクザまがいの一面があるからね。政界、財界だって彼らの存在は無視できない。そこで頭角を現した頃に大戦が起こったんだ」

「奥様や、お子さんは、そのままに？」

「離縁したんだよ。戦争が始まる大分前にね」

「じゃあ、捨てたの？」

「力を持つにつれ、女房が邪魔になったんだろうな」

鴨上は平然と言う。「当たり前じゃないか。政財界の重鎮たちを動かせる地位を目指そうってのに、学もない、閨閥《けいばつ》もない、田舎育ちの女房なんか何の役に立たないどころか、邪魔になるだけだもの」

清彦が自分を捨てた理由を聞かされたようで、貴美子は胸を抉《えぐ》られたような気になった。

「長男は戦死、別れた奥さんも若くして病死しちまったから、先生には相続人がいないんだよ。だから、先生の元を離れなかったのさ」

そんな貴美子の内心を知る由もない鴨上は続ける。

「ところが、長年仕えた私でさえ、先生は信用していなかった……。でもね、失望したというより、感心したね。どうやって、これほどの権力を手にすることができたのか。その理由がはっきり分かったし、己の甘さを思い知らされもしたからね」

「お金や権力は、あの世へは持って行けないのにね。先生は自分の死後、どうするつもりなのかしら……」

鴨上は口角を吊《つ》り上げ、不気味な笑みを浮かべる。

「そんなことはどうでもいい。とにかく、鬼頭清次郎《せいじろう》がこの世を去るのは時間の問題だ。財産は私が引き継ぐ。それすなわち、彼が持っていた権力を、私が継承するということだ」

先の言葉からして、鴨上が鬼頭の生き様を踏襲するのを決めたことは明らかだ。

つまり、貴美子にも信を置かぬと宣言したに等しい。

それから三年。

鬼頭が持っていた権力の移譲は、鴨上の思惑通りに進んだ。

国会議事堂に程近い平河町《ひらかわちょう》のマンションの一室に開設した事務所には、鬼頭の力に縋ろうと、連日政財界の重鎮たちが訪れるようになった。

人間は、目に見える存在よりも、目に見えぬ力の存在に畏敬の念を抱き、そして恐れる。

神仏を崇拝し、願をかけるのはその表れなのだが、一切表に出なくなったことが、彼らの間に鬼頭の存在を神格化する効果を生んだ。

貴美子についても同じことが言える。

占いで的中を繰り返す貴美子は、不思議な霊力を持った預言者となった。そして、二人に通ずる唯一の人間が鴨上であったのだ。

この四年、鬼頭が病の床にあったことは、葬儀の場で初めて明かされた。

鬼頭の元を訪ねた重鎮たちの中には、鴨上にしてやられたと思った人間も多々いたであろうが、表立った行動に出る者は、誰一人として現れなかった。

なぜなら、鬼頭が持っていた力は、既に鴨上の手に落ちていたことに気がついたからだ。

「いよいよ我々二人の時代の始まりだな」

果たして鴨上は言うのだったが、あの日、鴨上が発した言葉を貴美子は今もはっきりと覚えている。

鬼頭が自分に信を置いていなかったことに、失望よりも感心を覚えたと鴨上は言った。どうやって、これほどの権力を手にすることができたのか。その理由がはっきり分かった。己の甘さを思い知らされたと言ったこともだ……。

こいつは、清彦と同類だ。

己《おの》が野望、己が利益のためなら、人を裏切り、捨て去ることを躊躇《ためら》わぬ人間なのだ。

それが、「我々二人の時代の始まりだな」だと?

猛烈な不快感、嫌悪感が込み上げ、罵声を浴びせたくなるのを堪え、

「本当に……」

貴美子は静かに頷きながら、微笑んでみせた。

第五章

1

手形金融に続いて清彦《きよひこ》が手がけた主婦金融は、予想を超える大商いとなった。

まずは、尼崎《あまがさき》の大手製鉄会社の社宅の郵便受けに「担保不要、審査ナシ、電話一本で即融資」と謳《うた》った広告チラシを入れたところ、ちょうど夏の賞与を翌々月に控えていたこともあったのだろう。半月も経《た》たぬうちに、融資を申し込む電話が引きも切らずとなった。

この成功から学んだことは多々あって、その第一は、貸付金を直接自宅に届けることにしたことだ。

一庶民にとって借金に対する抵抗感は根強いものがある。まして街金からともなればなおさらだし、事務所に出入りする姿は絶対に他人に見られたくはないに決まっている。

しかし、電話一本で街金が金を届けてくれるとなれば話は違ってくる。しかも、北原《きたはら》には金の届け役に背広を着用させて、さもセールスマンの類が訪問してきたように装うよう指示したのだ。

第二は、夫が大企業に勤務する主婦に対象を絞ったことである。

これは全ての商売にいえることなのだが、街金稼業において、最も難しいのが代金の回収である。

取り立ての手段はいくつもあるが、主婦が相手では従来のやり方は通用しない。

なぜなら、一度でも「街金から金を借りるのは危険だ。怖い目に遭う」と認知されれば、悪評は瞬く間に広がり、客が寄り付かなくなってしまうのが明白だからだ。

その点、この主婦金融では噂《うわさ》を恐れるのは客もまた同じなのだ。

街金からカネを借りている。返済が滞って、トラブルになっているらしい。

そんな噂が立とうものなら、亭主の出世にも響くだろうし、家庭が崩壊しかねない。

つまり、護《まも》らなければならないものが大きければ大きいほど、返済は期日通り、確実に履行される。与信審査も、返済が遅れた貸付金の回収の手間も一切不要。最小限の人員で、高い収益を得られることになったのだ。

同時に、確実に返済がなされることによって、トラブルが発生しなくなり、利用者の間に、淀興業《よどこうぎょう》に対する安心感と信頼感が生じたのが大きい。

そう、確実に返済できる相手を対象に、かつ、短期間の融資に絞れば、一件当たりの融資額が小さくても、塵《ちり》も積もればなんとやら。結果的に大きな商売になることを、清彦は学んだのだ。

尼崎での成功に意を強くした清彦は、勢いのまま事業を拡大させた。

神戸、大阪、広島、名古屋と、支店を置き、その度に従業員も増えていく。

そして、昭和三十四（一九五九）年。

いよいよ東京に進出という段になって、朗報が舞い込んだ。

オリンピックの東京開催が決定したのである。

日本初、いや東洋初のスポーツの祭典にして、経済の起爆剤となる国家的大事業である。

各種目の競技場、世界各国から集まる選手の宿泊施設、首都高速をはじめとする都市整備、果ては鉄道技術の粋を集めた新幹線と巨額の資金を投ずる計画が目白押し。用地買収から始めなければならない案件も多々ある上に、開催日が決定している以上、一日たりとも遅れは許されない。

建設業界が特需に沸くのは当然のことだとしても、問題は建設資材や労働力の確保である。そして特需とは、一定期間に需要が集中することを意味するのだから、資材や機材、労働力の争奪戦が始まる。その確保の決め手となるのが金である。しかも、遅延は絶対に許されないのだから糸目をつけるわけにはいかないのだ。

かくして、建設業界はオリンピック特需で大いに潤うことになったのだったが、下請け、孫請けへの支払いは相変わらず手形である。

期日がくれば確実に支払われるとはいえ、人件費の支払いは待ったなしだ。手形の決済日までの資金繰りに、頭を痛める中小企業が続出するに違いない。そこで清彦は、東京で開始する予定だった主婦金融を一旦取り止《や》め、手形金融に力を注ぐことにした。

これが読み通り大成功。しかも、このオリンピック特需は、昭和三十四年の東京開催決定から、昭和三十九年までの五年間もの長きに亘《わた》って続いたのだ。

この間手形金融がもたらした利益によって、淀興業はもはや街金とは呼べないほどの資金力を持つ、街金融としては日本一の大会社に成長を遂げるに至ったのだった。

昭和四十一年には、新宿駅の直近、青梅《おうめ》街道に面したところに地下二階、地上七階建て、全面ガラス張りの新社屋を建設。社名を『ヨド』と改めた。

客の対象も主婦からサラリーマンへと広げ、これがまた大当たりして、支店はほぼ全国を網羅。それも人口規模によって、複数の支店を置く都市もある。業績もまた鰻《うなぎ》登りなら、業態の呼称も古くから用いられてきた「街金」から、七〇年代に入るとヨドは「サラリーマン金融」、略して「サラ金」と別扱いで呼ばれるようになった。

手形金融の業績も殊《こと》の外《ほか》順調に推移した。

最大の追い風となったのは、東京オリンピックの翌年、昭和四十年九月に開催が決定した大阪万博である。広大な千里《せんり》丘陵の整地から始まって、参加各国、大企業のパビリオン建設事業はオリンピック同様、日本経済に多大な恩恵をもたらすと共に、莫大《ばくだい》な資金需要を生んだ。

確実に返済できる借金に人は躊躇《ちゅうちょ》しない。当座の運転資金を確保するために、ヨドには連日多くの手形が持ち込まれるようになった。

サラ金、手形金融の二つの事業で清彦は莫大な富を手にしたのだったが、好事魔多しとはよくいったものである。

万博を翌年に控えた昭和四十四年十一月の夕刻、会食の場になっていた赤坂の料亭に入ろうと、社用車を降り立った清彦に一人の男が近づいてくると、液体を浴びせかけたのだ。

頭部から顔面にかけて酷《ひど》い熱を覚えた。誰かが近づく気配を感じて男の方に視線を向けたこともあって、液体が入った右目に激痛が走り、とても立っていられなくなって、清彦は絶叫しながら、その場にしゃがみ込んでしまった。

思わず頭部から顔面を手で拭うと、掌《てのひら》に何かが付着する感覚がある。かろうじて左目を薄く開けて見ると頭髪だ。

薬品には間違いないのだが、それにしては匂いがない。

門前で清彦を迎えた女将《おかみ》は、突然の襲撃に驚愕《きょうがく》したのか、その場に呆然《ぼうぜん》とたたずむ。

ドアを開けた運転手は、「何をする！」と怒声を上げると、「社長！」と清彦に駆け寄り「救急車を早く！」と大声で叫ぶ。

それからのことは、あまり記憶にないのだが、病院に搬送され応急措置の後に医師から告げられたのは、液体が硫酸であったこと。右目は損傷が酷く、視力はほとんど回復しないであろうこと。頭髪の抜け落ちた部分、爛《ただ》れた顔面の皮膚も、痕跡がそのまま残ることと、絶望的なことばかりだった。

長期間の入院を余儀なくされ、ようやく退院の日が決まった日に、初めて鏡で自分の顔を見た清彦は、我が目を疑った。そして深い絶望感に襲われた。

右半分の頭髪が頭頂部から生え際にかけてごっそりと抜け落ち、それに続く顔面の皮膚がケロイド状に引《ひ》き攣《つ》れていたのだ。

これが俺の顔？　これから先、この顔と共に生きていかなければならないのか……。

栄光の日々は暗転し、退院後の清彦は、自宅に引き籠るようになった。

もちろん、真っ先に脳裏に浮かんだのは犯人の特定、そして報復である。

これだけのことをしでかすからには、個人の犯行とは思えない。組織の命を受けてのことに違いないと察しはついたものの、いざ調べようとしてみるとこれがなかなか的が絞れない。

というのも、恨みを買いそうな組織がいくつもあったからだ。

サラ金と呼称は変わっても、ヤクザから見れば大手の街金だ。ヨドの急成長ぶりに目をつけたヤクザが、借金取り立ての代行業務、果ては貸付金の提供まで打診してきたのだ。

無下に断ることもできず、手形金融の一部を共同で行うことにしたのだったが、ヨドの企業規模が大きくなり、社会にその存在が認知されるようになると、ヤクザとの関係を深めるのは社会的信用に関わる問題となった。

そこで目をつけたのが、かつての手形金融の常連客で、今では運転資金に余裕ができた一般企業だった。

儲《もう》け話に敏《さと》いのはこちらも同じで、主に中小企業の経営者が余剰資金の運用目的で、ヨドへの出資に応ずるようになったのだ。

ヤクザとの関係を断つ機会を窺《うかが》っていた清彦はチャンス到来とばかりに、共同で行っていた仕事を徐々に減らしに出たのだったが、こうした方針転換を彼らが黙認するわけがない。そして、一旦、付き合いができてしまうと、簡単に縁を断ち切ることができないのがヤクザである。彼らにとってシノギの確保は死活問題そのものだ。脅し、宥《なだ》めて、さらなる出資や取り立て代行の仕事量を増やすよう申し出てくる組織は引きもきらず。なのに、応ずるどころか縮小を通告してきたのだから、強硬手段に打って出そうな組織はいくらでも思いつく。

「清彦さんなあ、あんたがこないな災難に遭《お》うてまうと、なんや恐ろしゅうなってな。金がらみの商売やってんやもの、どこで恨みを買《こ》うてもおかしゅうないし、因果応報っちゅう言葉もあるよってな。お父さんが、あない苦しんで死なはったんも、阿漕《あこぎ》な商売をやってきたせいやないかと気になってしかたないねん」

義母のクメがそう切り出したのは、退院した直後、静養のために有馬《ありま》温泉の別荘にやってきた日の夜のことだった。

森沢《もりさわ》が亡くなったのは、三年前の昭和四十一年の五月のことだった。享年七十一歳。平均寿命が六十八歳だから長生きした部類ではあるのだが、死に至るまでの過程は凄惨な苦痛との闘いだった。

突然吐血し、医師の診断を仰いだところ胃癌《いがん》と分かり、即座に入院し胃を全摘したものの、既に転移が見られ、程なくして余命宣告を受けた。もちろん本人に本当の病名は告げられず、胃潰瘍とされたのだったが、根治が望めるはずもなく、モルヒネで痛みを緩和するだけの対症療法に終始することになったのだ。

それでも病床で森沢は苦痛を訴える。ついには「痛い……痛い……早く死なせてくれ」と懇願するのだったが、聞き入れる医者がいるわけがない。しかも元来身体《からだ》が頑健であったのか、あるいは贅沢《ぜいたく》な暮らしのお陰で、人一倍栄養状態が良かったのか、医者も首を傾《かし》げるほど、死はなかなか訪れない。

側《そば》で見ていても「生き地獄」とはまさにこのことだと実感するほど苦しんだ挙句、闘病生活八ヶ月にして、ようやく臨終の時を迎えたのだ。

そんな光景を目の当たりにして、クメは思うところがあったのだろう。急に信仰に熱を上げるようになり、尼崎と有馬の寺に大金を寄進し、毎夜仏壇に向かっての勤行を欠かさぬようになったのだ。

「お義母《かあ》さんは阿漕な商売と言いますけど、街金は世の中に必要としている人が大勢いるから成り立っているんです。銀行は審査もあるし、担保がなければ金を貸しませんからね。今日明日の金に困っている人たちに、簡単な審査でお金を用立てるのが街金の役目なんです。第一、銀行だって立派な金貸しじゃないですか。やってることに大差はありませんよ」

そうは言ったものの、返す言葉が歯切れ悪くなってしまう。

クメは言う。

「清彦さんは、そない言わはりますけどな。どこで恨みを買うてるか分からへんのが金貸しいうもんと違いますのん。同じ会社でも、大銀行の頭取は勤め人、従業員も勤め人、誰のものでもないやろ？　うちとこは清彦さんの会社です。借りた時には助かった思うても、担保を取らへんで貸す代わり、利子は銀行よりも遥《はる》かに高いんやもの」

「確かに高利貸しといわれるように、金利は高いし、返済が遅れれば取り立てもしますよ。だけど、それは約束事、つまり契約の問題でして、客だって承知の上で借りるんですから、恨むのは筋違いってもんですよ」

「恨みっちゅうもんは、理屈やあらへんのです」

クメの声に熱というか、必死さが籠る。「喉元過ぎれば熱さを忘れるゆう言葉がありますやんか。金が借りられて急場を凌《しの》げたら、その時は安心するし感謝もしますやろ。そやけど、なんぼ約束事やいうたかて、皆が皆、期限までに返すお金ができるとは限らへんでしょ？　なのにしつこう取り立てられたら、感謝が恨みに変わるのと違います？　まして、高い利子がついて、元本以上のお金を払わななららんのですもん」

　クメの指摘はもっともだ。

　感謝の気持ちなんてものは長く続くものではないが、恨みは違う。一旦抱けば、何年、何十年、いや相手が死した後も抱き続けるのが恨みである。

　クメは続ける。

「恨みいうもんは、当事者だけに向けられるもんと違いますで。最終的には、恨みを抱かせるような行為を命じた人間にも向くんです。街金の場合は特にそうですわ。当たり前やないですか。利子で肥え太ってるのは手下やない。一番上に立つ人間。うちでいうたら清彦さんなんやもの」

「でも、お義父《とう》さんはこんな目に遭ったことはなかったのでしょう？」

「商売の大きさが違います」

　クメはピシャリと返してきた。「尼崎の街金やもの。金を借りにくるほとんどが、顔見知りみたいなもんやったし、下手なことをすれば地元にいられへんようになってまうかもしれへんのやし……。その点、清彦さんは違いますやん。全国に支店を作らはったんやもの、どこで恨みを買うか分からしませんがな」

　これもまた、クメの言う通りかもしれない。

　そう思う一方で、なぜこんな話をクメが持ち出したのか、清彦は理解できなかった。

　というのも、クメは今までただの一度も、会社のことで意見めいたことを口にしたことはなかったたし、そもそも寡黙で、森沢が亡くなってからは、その傾向に拍車がかかっているように思えたからだ。

しかも新宿にヨドの本社を構えて以来、清彦はミツと櫻子《さくらこ》を連れて尼崎を離れ、住まいを東京に移していたし、一人暮らしをすることになったクメもまた、この別荘で暮らすようになっていた。顔を合わせる機会が格段に減っていたこともあって、この豹変《ひょうへん》ぶりにはなおさら驚いたのだったが、

「それでなあ清彦さん、京都の神社の神主さんで四柱推命の大家がいはってな」

と言い出したのを聞いて、その謎が解けたような気がした。

「占ってもらったんですか？　私のことを？」

先回りした清彦にクメは頷《うなず》くと、真剣な眼差《まなざ》しで話しはじめる。

「そしたら先生はこう言わはったんです。この人は、頭抜《ず》けて頭がええし、稀《まれ》に見る事業運、金運の持ち主やけど、死ぬまではいかないけれど大きな災難に遭う……」

見立てのさわりの部分を聞かされただけで、ため息が出そうになった。

四柱推命なるものについてはとんと知識がないが、占いごときで先が分かるのならば、事業に失敗する者はいやしない。世の中金持ちだらけなら、不幸な目に遭う人間もいないはずなのだ。

そもそも清彦は、神や仏の類を全く信じてはいない。

ただ一つ、信じられるものがあるとすれば「運」の存在だけだ。しかし、それにしたって神や仏が差配するものではなく、巡り合わせと自助努力の結果を「運」と称して片

づけているにすぎないと考えていた。

そこで、清彦は意地悪な質問を投げてみた。

「お義母さん……。私の仕事を話した上で見立ててもらったんでしょ？　街金の社長だと言えば、そりゃあ災難の一つや二つ、降りかかるのが当たり前ってもんじゃないですか」

「そら言いましたよ」

クメは、ますます真剣な表情になる。「病気一つせえへんかったお父さんが、いきなり大病を患ったんやもの、清彦さんに万が一のことが起きたら大変や思うて観《み》てもろたんやもの」

もはや必死の形相で、訴えるように言われると、返す言葉に困ってしまう。

「それに観てもろうたのは、二年前のことでっせ」

黙った清彦にクメは続ける。

「その時先生、こうも言わはったんです。この人は深い業を背負うて生きてはる。誰かを犠牲にせなんだら、成功は収められへん人やって……」

ぎくりとした。

誰かを犠牲にして成功を収めたというならば、真っ先に思い浮かぶのは貴美子《きみこ》だ。

久しく忘れていたが、最後に会ったのは拘置所で、しかもたった一度きり。出所後の生活基盤を整えると言い残し、その後一切の音信を絶ってしまったのだ。

どこで買っているか分からない恨みなら、思い当たる節は数多《あまた》ある。だが、誰よりも深い恨みを抱いているのは貴美子をおいて他にいない。

「本当に、そうおっしゃったんですか?」

清彦は、低い声で念を押した。

「ええ、そう言わはりました」

表情の変化を見て取ったのだろう。クメは清彦の視線を捉えたままこくりと頷く。

「それでな、心配になって訊《き》きましたんや。災難に遭わんようにするにはどないしたらええんでしょうかって……」

「そうしたら?」

「改名するのがええ言わはんねん」

「名前を変えろと?」

拍子抜けとはまさにこのことだ。

ところがクメは真剣そのものだ。

「婿に入って井出《いで》から森沢姓になりましたやろ。ここで運が大きく変わった言わはりましてな。事業運は大きく開けたけども、その分災難に遭うたら大事になる。それは事業にも言えることで、順調な時は日の出の勢いやけど、一旦何か起これば真冬の日没のように沈んでまう言わはりますねん」

クメは、そこで傍《そば》に置いていたハンドバッグを引き寄せると、中から一枚の紙を取り出しテーブルの上に置く。

そこには万年筆で書かれた、複数の名前が記してあった。

馬鹿馬鹿しい……。

失笑を漏らしそうになった清彦だったが、これも婿の身を案ずればこそのことには違いない。

表情を引き締め、清彦は言った。

「お義母さんのお気持ちはありがたいのですが、ヨドはまがりなりにも、日本一のサラ金です。ここに行き着くまでこの名前でやってきたのですから、今さら変えるのはちょっと……」

やんわりと否定したのだったが、

「そやし今まで名前のことは言わんできたんです。馬鹿馬鹿しいと思わはるやろけど、あんたのことが心配でしょうがないから言うてんのです」

クメは頑として引き下がらない。

「でもね、改名したからって何かが変わるというものでは――」

「そう言わはるのなら、変えてもええやないですか」

清彦の言葉半ばで、クメは言う。「私かて、いつお父さんのところに行ってもおかしゅうない歳《とし》です。櫻子かてこれからなんやし、清彦さんの身に今回以上のことが起きたらと思うと心配でならへんのです」

クメが案ずる気持ちが理解できるだけに、清彦はどう応えたものか、腕組みをして考え込んでしまった。

そういえば、ごくたまに改名した旨を記した年賀状をもらうことがある。何でまたと、その度に鼻白むのだったが、家族に懇願されて渋々応じたケースもままあるのだろう。

「あなたに頼み事などこれまでしたことはあらへんやん。これが最初にして最後のお願いです。後生やから名前を変えてください」

クメは両手を合わせ、縋《すが》るように頭《こうべ》を垂れる。

クメがここまで必死に願いごとを口にするのは確かに初めてではある。

それに、今の名前を使い続けると大きな災難に見舞われると言われると、心に漣《さざなみ》が立つのは否定できない。

「分かりました。そこまでおっしゃるのなら、お義母さんの言う通りにしましょう」

清彦は、初めてテーブルの上に置かれた紙に目をやった。

三つの名前が記してあったが、話の成り行きからすると最初のものが最も良いと見立てられたものであろう。

「では、これにしましょう……」

清彦は、スッと手を伸ばすと最初に書かれた名前に指を置いた。

『繁雄《しげお》』

それが、清彦の新しい名前になった。

2

昭和四十六年四月半ば。

鬼頭《きとう》亡き後、池田山《いけだやま》の邸宅の主人となった鴨上《かもうえ》を、小早川宗晴《こばやかわむねはる》が訪ねてきた。

「お初にお目にかかります……。本日はお忙しい中――」

緊張しているのだろう。硬い声で言いながら、頭を垂れる小早川に向かって、

「君のことは知っているよ。挨拶はいいから、そこに掛けたまえ」

鴨上は鷹揚《おうよう》な口調で椅子を勧めた。

「はっ……」

小早川はすっかり恐縮した様子で短く応え、正面の席に腰を下ろすと背筋を伸ばし、ようやく顔を上げた。

無理もない。小早川にとっては、これまで何度も面談を求めたものの、都度断られた挙句、ようやく願いが叶《かな》ったのだ。「で、今日はどんな用件で来たのかな?」

「私、衆議院議員を務めて――」

「そんなことは知ってるよ! 用件を話しなさい。用件を!」

鴨上は話半ばで一喝した。

「将来、自身の派閥となる確固たる基盤を作りたく、先生のお力添えを賜りたく参上い

たしました」

　顔を強張《こわば》らせた小早川は、早口で答える。

　初対面だが、もちろん小早川のことは事前に調べてある。

　年齢は現在五十三歳。外務大臣、通産大臣を務めた父親の地盤を継いで衆議院当選三回。将来を嘱望されている中堅代議士だ。

「ほう、派閥をね……。何でまた？　君はお父さんが所属していた大河《おおかわ》派に籍を置いているんだろ？　あと三回も当選を重ねれば大臣になれるだろうに、派閥を出るというのかね？」

　意外な申し出に、理由を訊《たず》ねた鴨上に、

「捨てきれぬ野心がありまして……」

　落ち着きを取り戻してきたらしく、小早川は低いながらも明確に答える。

「野心とは？」

「党の総裁、内閣総理大臣の座に就くことです」

　政治家の野心といえばそれしかないのだが、海千山千、魑魅魍魎《ちみもうりよう》が跋扈《ばっこ》するのが政治の世界なら、一つしかない総理総裁の座を、ほぼ全議員が狙って蠢《うごめ》いているのだ。

「大河派は与党の最大派閥じゃないか。わざわざ波風立てて、割って出るのは得策ではないと思うが？」

「父のように外務、通産大臣止まりで政治家生命を終えたくはないのです」

「なるほど」

小早川は祖父が衆議院議員になって以来の三代目だ。初代は政務次官止まりだったが、父親の喜三郎《きさぶろう》は、外務大臣、通産大臣を歴任し、党の重鎮の地位を手にしたものの、二度の総裁選に敗れ、ついぞ総理の座を手にすることはできずに終わったのだ。

もちろん運もあるのだが、最大の理由は党内政治に敗れたことにある。

権力とは、とどのつまり金の力だ。政治家であり続けるためには、まずは選挙に勝たねばならぬ。勝つためには資金がいる。当選しても私設秘書等の人件費は自前だし、地元にも事務所を構えなければならないしと、とにかく金がいるのだ。結果、豊富な資金を持つ政治家の下に議員が群がり数の力、つまり票となるのである。

「しかし、君はまだ五十三歳だろう？　いずれとはいえ、君についてくる議員がいるのかね？　序列に厳しいのは与党に限ったことじゃないが、当選三回の中堅議員が不穏な動きを見せれば、ご重鎮方の怒りを買うんじゃないのかね？」

「いきなり派閥の長に就こうと思ってはおりません。いずれ禅譲していただけることの確約をいただいたから、お願いに上がったのです」

「ということは、誰か党の重鎮が派閥内の勢力図を変えようと目論《もくろ》んでいるのかね？」

「菱倉《ひしくら》先生です」

意外にも小早川は、素直に打ち明ける。

菱倉といえば大河派ナンバースリーの有力者だが、支持基盤は今ひとつ。それもこれも、資金力がトップツーに比べて弱いことに因があるのだが、政治力学は側《はた》で考えるほど単純なものではない。そもそも、議員は皆ライバルなのだ。同じ派閥に身を置けばなおさらだから、菱倉が彼らに勝る支持基盤を確保できるとは思えない。

「資金さえ確保できれば、菱倉君が大河派のトップに就けるというのかね？」

「はい……」

小早川の声には確信が籠っている。

「その根拠は？」

「先生もご存じかと思いますが、大河派には六つのグループがございます。大河先生、興梠《こうろぎ》先生のグループが併せて過半数近く。菱倉先生が約二割、その他三つのグループが残る三割近くで構成されているわけです」

「それで？」

「大河先生は次回の選挙で引退し、後継にご子息を据えることになりそうなのです」

「大河さんも七十二歳。確かに引退してもいい歳だな」

「さて、そうなると大河先生のグループが、誰につくかです」

語り口調に熱を帯びてくる。

小早川は続ける。

「ご子息が、いきなりグループを率いることはあり得ません。ご長男は四十五歳ですから、これから議員になっても、大臣になれるかどうかといったところ。となると、年齢からして後継者になるのは、三十九歳の三男でしょう。四年前に私設秘書として事務所に入れたのは後継者と目したからです」

「なるほど」

鴨上は相槌《あいづち》を打つと、目で先を促した。

「興梠先生は三男を将来の首相候補に育てることと引き換えに、グループを禅譲してもらうことを大河先生に持ちかけたというのです」

「だったら、菱倉君も――」

「菱倉先生は野心を隠すことができない性質《たち》ですね」

鴨上の言葉を遮って小早川は言う。「その点、興梠先生は大河先生の意向、指示には唯々諾々と従ってきた忠実な僕《しもべ》です」

「逆に言えば、何を考えているか分からない。実に厄介、かつ危険な存在じゃないか」

「先生、大河先生の最大の強みは、強固かつ豊富な資金源にあるんですよ」

小早川は言う。「大河家は製鉄会社、建材会社等々、一大企業グループの創業家の家長、ご兄弟はグループ企業各社の経営者です。長男、次男もグループ会社の役員に就任しておりますし、奥様のご実家は帝国建設の創業家です」

小早川の言う通りだ。

しかも大河家が経営する会社は、戦後復興に伴う建設需要、道路整備や高速自動車道の整備の特需続きで、莫大な利益を上げ続けてきたのだ。

政権与党の最大派閥を形成し、維持し続けられた最大の理由はそこにある。

「盤石な財政基盤は、三男に引き継がれる。興梠も下手な真似《まね》はできないというわけか……」

鴨上は腕組みをしながら呟《つぶや》いた。

ここには多くの政財界人が訪ねてくる。大河もまた例外ではないのだが、こと金に関しての相談を受けたことはない。特に鬼頭が死した後は年下の、しかも秘書上がりの鴨上を軽く見ているのか、とんと姿を見せなくなっていた。

大河に一泡吹かせるのも悪くはないか……。

そう思いかけた鴨上だったが、ふと気になって、小早川に問うた。

「しかし金の算段なら、菱倉君が相談にくるべきではないのかね？　どうして君が？」

「次回の衆議院選で、菱倉派を党内最大派閥にするためです」

小早川は即座に返してきた。「政治家が最も資金を必要とするのは選挙です。金はいくらあっても足りはしません。平時にどれほど自派閥に合流する議員を集めても、選挙で落選すればただの人になってしまいますので……」

「つまり、大河派に勝る選挙資金の確保ができれば、勢力図を書き換えることができると考えているわけか」

「はい……」

「ならばなおさら、菱倉君が来るべきではないのかな？」

「実は私、菱倉派の選対委員に任命されておりまして……」

「選対委員?」

鴨上は訊ね返した。

選対委員とは選挙対策委員長をトップとして、選挙の際に党内に設けられるチームのことだ。候補者選びから始まって、資金の調達、各候補者への配分、支援体制の整備等々、選挙に関する一切を仕切る役目だが、派閥はおろかグループ内にそんな組織が設けられたとは聞いたことがない。

「私共は党を割るつもりは毛頭ございません。選挙前に十分な資金を準備し、菱倉派に合流する同志を確保した上で選挙に挑む……。もちろん全員の再選はあり得ませんので、有力な新人議員を擁立し、党の議席数は、最悪でも現状維持を目指すことを考えているのです」

「では訊くが、委員というのなら委員長がいるはずだよな」

「おります」

小早川はすかさず返す。

「だったら、なぜそいつが来ない」

本当はお前のような若造がなぜここを訪ねてくるのか。身の程をわきまえろと一喝して打ち切りたいところだ。

鬼頭が健在だった頃は、小早川のような中堅議員が面会を乞うても門前払い。それ以前に、面会を申し入れることすら憚《はばか》られる雰囲気があっただけに、鴨上は自分が軽んじられているようで不愉快で仕方がなかった。

そんな鴨上の内心を察したものか、

「私のような一介の議員が、先生のお力を乞いに上がるのは、無礼にすぎるのは百も承知でございます」

小早川は真剣な顔になって言う。「実は、私にはもう一つ野心がございまして……」

「もう一つの野心？」

「菱倉先生からは、いずれ派閥を禅譲すると確約されたと申し上げましたが、問題はその時がいつになるかです」

鴨上は黙って話を聞くことにした。

小早川は続ける。

「党内には大臣就任は当選六回という慣例がございます。もちろん衆議院は常在戦場、解散がいつあるか分かりません。しかし、私の場合初の大臣就任は十二年先になってしまう可能性もあり得るわけです」

その通りである。

頷いた鴨上に、小早川は言う。

「十二年ですよ……。六十五歳で初の大臣就任では、あまりに遅すぎます。慣例を打ち破る方法はただ一つ、誰にも勝る功績を上げることしかないのです」

「選挙資金を確保して、最大派閥の誕生に大きく貢献することが功績になるというわけか」

「はい……」

「しかし君は三代目じゃないか。親父《おやじ》さんは外務大臣、通産大臣を歴任した党の重鎮だ。世話になった現役議員だってまだまだたくさんいるだろう」

「確かに、その点は有利ではありますが、頂点を目指すからには早いに越したことはありません。それに……」

「それに、なんだ？」

「然《しか》るべきタイミングで、息子に代を継がせたいのです」

ここでどうして、いきなり世襲の話になるのか理解できない。

思わず小首を傾げた鴨上に、

「私には、二十一歳になる息子がいるのですが……」

小早川は言う。「現在東京大学の法学部に在学中で、卒業後は官僚にして、然るべきタイミングで私設秘書に迎え入れようと考えておりまして」

「君の野心が息子とどう関係するのかね？」

「今、頂点を目指すからにはと申し上げましたが、正直言って総理総裁になるのは容易なことではありません。菱倉派が最大派閥になったとしても、数の奪い合いが収まるわけではありませんから……」

「その通りだ……」

「加えて時勢、時の運という不確定要素もございます。各派閥とも後援会、企業、宗教団体をはじめ、多くの献金先を持っておりますが、支援するのも何かしらのメリットがあればこそ。役に立たないと見限られればそれまでです」

これもまた小早川の言は絶対的に正しい。

政治家と支援者の関係は、常にギブアンドテイク。個人、団体にどれほど役に立つ働きをするかが、支持を集める決め手になる。

そう聞けば小早川の狙いが見えてくる。

「要は、菱倉派を最大派閥にするためとはいうものの、本当の狙いは君の、ひいては息子へと続く、確固たる資金源を確保することなんだな」

図星を指されたとばかりに、小早川はギョッとした様子で目を丸くして息を呑《の》む。

しかし、それも一瞬のことで、

「私が政治家として働くのは、この先精々十五年が限度と考えております」

小早川は、キッパリと断言した。「道を切り開いてくれた父親には感謝しておりますが、身を引くのが遅すぎました。ですから息子には、同じ思いをさせたくはない。政治家となる限りは、頂点を目指してもらいたいのです」

もっともな言に聞こえるが、あまりにも綺麗事《きれいごと》にすぎる。

人の欲に限りがないのは、日頃ここを訪ねてくる人間たちの相談内容からも明らかだからだ。

「息子のためにねえ」

鴨上は失笑を浮かべ、「自分の野望を息子に託そうというのかね？　十五年を目処《めど》に引退すると言ったが、何が起こるか分からんのが政治の世界じゃないか。君が資金集めに成功して、目論見通り菱倉派が与党最大派閥になれば、功に報いるのは領袖の義務だし、周りからも一目置かれる存在になるだろう。君自身の野望を叶える時も、ずっと早くに訪れるんじゃないのかね？」

矢継ぎ早に質問を重ねた。

「もちろん、そうなるのに越したことはございません」

どうやら、まだ話は半ばのようだ。

果たして小早川は続ける。

「今、先生がおっしゃったように、何が起こるか分からないのが政治の世界です。しかも派閥の領袖はもれなく総理総裁の座を狙っているのですから、今回菱倉派が最大派閥になったとしても、その座をいつまで維持できるかは誰にも分かりません」

「派閥の領袖は高齢者ばかりだしな。死ぬとまではいかなくとも、重篤な病に罹《かか》れば派閥内で主導権争いが勃発するのが常だ。分裂して党内派閥の力学が崩れてしまうことだってあるからね」

「ですから先生にご相談に上がったのです」

小早川は、いよいよ本題に入る。「私が欲しているのは菱倉派の資金源であると同時に、私個人の政治活動を支えてくれる確固たる資金源の確保なのです」

やはり、それが狙いか……。

菱倉はまがりなりにも、与党内最大派閥のナンバースリーの人物だ。有力政治家として名前も通っているし、それなりの権力者でもある。彼への支援を訴えれば、確かに金は集めやすい。その機に乗じて小早川は自分の政治資金源も確立しようと目論んでいるわけだ。

「なるほどな……」

頷いた鴨上だったが、それでも疑問は残る。「十分な資金を確保できれば、君の出世も早くなる。菱倉政権が誕生し長く続けば、組閣の度に重職に任命される可能性も格段に高まる。そこで派閥を禅譲されれば、総理総裁の目も出てくるだろうに、なぜ十五年と在職期間を区切るのだ？」

「総理総裁に上り詰められればそれもよし。院政を敷くもよし、と考えまして……」

小早川の瞳に不穏な光が宿る。

「院政？」

「十五年後、息子は三十六歳。地盤を引き継ぐことになりますから、間違いなく当選するでしょう。同時に私が手にしていた資金源もそのまま引き継ぐわけですから――」

「その時、君の後に派閥の領袖になった人間も、息子には一目置かざるを得ない。君の派閥が最大派閥の座を明け渡していたとしても、その資金源を手土産に、時の有力派閥に鞍替《くらが》えすることも可能なら、背後に控える君の意向も無視できないというわけか」

先回りした鴨上に、

「その通りです……」

小早川は不敵な笑みを口元に宿すと続けて言う。

「私は最終的にキングメーカーとして政界に君臨する存在になりたいのです」

「キングメーカー？」

「先生のような存在に……」

小早川はキッパリと断言する。

こんなことを言う政治家には初めて会った。

その点からも、小早川はかなり異質の人間のようだ。

「なるほど、総理総裁の座を射止めることができなければ、夢を息子に託し、陰で操ろうってのか……」

「はい……」

小早川は頭を下げながらも、反応を窺うように上目遣いで鴨上を見る。

「しかしね、政界を裏で動かせるだけの資金源を確保するのは容易ではないよ。今のところ献金額に上限はないが、金権政治を問題視する世論は高まる一方だ。今のままの状態が十五年先まで続くとは考えられんからね」

「私も、そう考えております」

だから、相談にきたのだと言わんばかりに小早川は答える。

「それに、ポンと大金を用立てる献金先は、そうあるもんじゃない。金は出す、口は出さんなんて人間、組織はありやしないからね。献金するのは、会社や個人の請願を叶えてくれると思えばこそ。そして額が大きくなればなるほど、大きな見返りを求めるものだ。発覚すれば賄賂と捉えられる危険性だってある。かといって、少額の献金先を多く集めても、手間もかかるし、離れていく先も出てくるからな。それでは確固たる資金基盤とは言えんよな」

「おっしゃる通りでございます」

「一番いいのは大河君のように、実家や身内が莫大な資産を持ち、かつ優良企業を抱えていることだが、確か君は――」

「実家は江戸の時代から代々続く庄屋ですが、何分、田舎のことでして……。田畑、山はございますが、大河先生の足元にも及びません……」

「奥さんの実家は？」

「義父は外交官をしておりましたので、財力はそれほど……」

さしずめ父親が外務大臣を務めていた頃の伝手《つて》で、結婚相手を決めたといったところか。

外交官は官僚の中でも語学力と品格は頭抜けて高いが、所詮公務員だ。一般庶民に比べれば財力があるのは確かだとしても、とても小早川の野心を叶えるほどではない。

「閨閥《けいばつ》もなしか……」

そう呟いた鴨上に小早川は、縋るような視線を向けてくる。

大きな野心を抱いているくせに、自分にはそれを叶える術《すべ》がない。だからなんとかならないかと、相談してくるとは、虫がいいにも程がある。

本来ならば、ここで面談を打ち切るところだが、まだ雑巾掛けを脱した程度の代議士が、ここを訪ねてきたのは初めてだ。まさに身の程知らずとしか言えないのだが、その度胸の良さが鴨上には面白く思えてきた。

「ならば、資金源となる家と縁を結べばいいじゃないか」

鴨上はふと思いつくままを口にした。

「縁を結ぶとおっしゃいますと？」

「息子は東大法学部と言ったな」

「はい……」

「こんな相談を持ちかけてきたのは君が初めてだが、世間には、金は余るほどある。あとは名誉と権力だ。政治家を輩出するのが悲願だという輩《やから》が結構いるそうでね」

「では、そうした家から嫁をもらえと？」

「お父さんは外務、通産大臣を歴任した与党の重鎮だ。君の考えを聞けば、興味を示す先は、少なからずあるんじゃないかな」

「先生に心当たりは？」

小早川は上体を乗り出してきた。

願いを叶えてやるのは難しいことではない。すぐには思い当たらないものの、その気になれば二つや三つ、条件を満たす先はすぐに見つかるだろう。

しかし、それも小早川の政治家としての力量や将来性をよくよく吟味した上でのことだ。

盤石な資金基盤を確保できれば、党内の勢力争いで優位に立てるのは事実だとしても、問題は使い方である。『馬鹿と鋏《はさみ》は使いよう』という言葉があるように、優れた人材を抱えていても使い方を誤れば宝の持ち腐れになってしまう。それは、金にも言えることなのだ。

「まあ、そう焦るな。第一、君の息子はまだ二十一歳なんだろ？」

鴨上は、前のめりになった小早川を諌《いさ》めると、「それに、大金持ちと縁を結べるのなら誰でもいいというわけにはいかんだろ？　金持ちといっても様々だからねえ」

そして、懐から取り出した煙草《タバコ》に火を点《とも》し、ふうっと煙を吐き出しながら続けて言った。

「大河さんのような家の婚姻とは、閨閥をより強大、かつ強固なものにするためのものだ。正直言って、私が動いたところで、君と縁を結ぶことを望む由緒正しい家はまずないだろうね」

酷な言葉だが、それが現実というものだ。

小早川も、反論しようがないと見えて、

「はっ……」

と短く漏らし、口を噤《つぐ》む。

「それに、次回の衆院選までに確固たる資金源を確保したいというんだろ？　二十一歳で結婚させるわけにはいかんだろうし、今の時代に許嫁《いいなずけ》もないだろうしねえ」

「おっしゃる通りです……」

「となると、現時点で優先すべきは大口の献金先を見つけることになるよな」

鴨上は、そこで煙草を吹かすと、「君は野心を遂げるためなら、リスクを冒す覚悟はあるかね？」

いささか唐突な質問を投げかけた。

「リスク……と申しますと？」

「献金先に、借りを作る覚悟はあるかと訊いているんだ」

小早川の瞳が左右に動く。

動揺しているのだ。

「政治信条に共感して、金を出す大口献金先などありはしないよ。出すからには額に見合う見返りを必ず求めてくるものだ。つまり、献金の本質は借金なんだよ」

「おっしゃる通りでございます……」

先ほどまでの野心剝《む》き出しの勢いは吹き飛び、小早川は悄然《しょうぜん》として肩を落とす。

「ならば、いっそ借金したらどうだ？」

「借金……ですか？」

小早川は驚愕のあまりか、目を丸くして顔を上げる。

「政治家の借金は、世間のそれと意味合いが違う。借りた相手が満足するような働きをすれば、ある時払いの催促なし。それどころか、棒引きだってあり得るからね。将来を期待してもらえれば、同じことになるだろう」

思案するように天井を仰ぐ小早川に、鴨上は続けた。

「菱倉君のグループを、大河派のナンバーワンの勢力にできるだけの資金を確保すれば、いずれ禅譲すると確約されているんだろ？　閣僚入り、大臣就任も異例の速さで実現するんじゃないのかね？　そうなれば、まさに前途洋々、将来の総理総裁の有力候補ってことになるかもしれんじゃないか。そうなった時に、借金を返せなんて催促する人間がいるかね」

それでも小早川は、すぐに返事をしなかった。

頭の中で考えを反芻《はんすう》するように、視線を落とし机の一点を見つめるだけだ。

「君にその覚悟があるのなら、金を出してくれる先に当てがないわけではないが、どうする？」

鴨上が決断を迫ると、一転小早川は決意の籠った視線を向けてきた。

「是非、ご紹介いただきたいと思います」

3

応接室に入ってきた男の姿を見て、鴨上はギョッとした。

暴漢に硫酸を浴びせられ、深手を負ったことは聞いてはいたが、痕跡の生々しさは想像以上だ。

頭髪が抜け落ちた部分を隠すために鬘《かつら》を着用しているのだろうが、素材の質感や光沢が不自然で、違和感を覚えること甚だしい。右側の顔面に残るケロイド状に引き攣った皮膚。目にも損傷を受けたのか、濃いサングラスをかけており、それがまた外見の異様さに拍車をかける。

「お初にお目にかかります。ヨドの森沢でございます」

一礼し、差し出してきた名刺を受け取った鴨上は、

「鴨上です。今日は、呼びつけてすまなかったね」

と鷹揚に応え、目前のソファーに座るよう促した。

テーブルの上に置いた名刺には、『株式会社ヨド　代表取締役社長　森沢繁雄』とある。

「先生のお名前は、以前から存じ上げておりました。お目にかかれて光栄でございま

す」

繁雄は改めて頭を下げると、正面から鴨上の顔を見つめてきた。

感情は目に表れるものだが、サングラスのせいで表情が分からない。

そこに異様な容貌が加わると、不気味さが先に立ち、どうもいつもと勝手が違う。

それでも鴨上は、

「事件のことは知っていたが、大変な災難に遭われたものだね。怪我《けが》の方は大分いいのかね？」

案ずるような口ぶりで問うた。

「もう半年になりますので、医者通いは一応終わりました……。ただ、見ての通り痕跡が残りましたし、視力も低下致しまして……。サングラスを着用することをお許しいただきたいと思います」

隠すところからして、目にも痕跡か、あるいは障害が残ってしまったのだろう。

鴨上は怪我の話を切り上げて話題を転ずることにした。

「それで、犯人は捕まったのかね？」

「いいえ……」

「一年半も経って、まだ捕まらんのか」

「阿漕な商売をしているつもりは毛頭ないのですが、どこで恨みを買っているか分からないのが金貸しですので……」

「金貸しねえ……」

鴨上はふっと笑った。「君は、ただの金貸しとは違うだろ？　今やヨドは日本一のサラ金会社じゃないか」

「規模が大きくなればなるほどトラブルも多くなりますから、恨みを買う確率も高くなるわけです。客のメインはサラリーマンや主婦ですし、支店網は全国の主要都市を網羅しております。恨みを買う要因といえば、真っ先に浮かぶのは取り立てですが、返済が遅延している利用者は少なくありませんから、対象者、地域共に広すぎて、警察も的を絞れずにいるようでして……」

内心では煮えたぎるような怒りを覚えているだろうに、本心が全く読めないのはやはり目の表情が一切窺い知れないからだ。

「随分達観したような物言いじゃないか」

鴨上は薄く笑った。「災難に遭うのも覚悟の上だ。金貸し稼業には、それを上回る魅力があると言っているように聞こえるが？」

「どんな事業でも成功に代償はつきものです。サラ金は担保なしで金を貸すのですから、事前に交わした約束事、つまり契約は確実に履行していただかなければなりません。とはいえ、期日がきても返済できない人は必ず出てきますので――」

「急場を凌げた感謝の念が、一転恨みに変わるというわけか」

先回りした鴨上に、繁雄は肩を竦《すく》めて同意する。

「取り立ての方法は様々ですが、ウチには専門の部署がありまして、彼らにはもれなく回収のノルマが課されております。成績は人事考課に反映され、賞与、昇級に大きく影響しますから皆必死ですし、そもそも相手の懐具合や事情を汲《く》んでいたのでは、金貸しは成り立ちませんので……」

繁雄の言い分は絶対的に正しい。

サラ金は慈善事業にあらず。借り手の懐具合や事情を一々忖度《そんたく》していたのでは、金貸し稼業は成り立たない。その点は銀行も同じで、返済が滞れば容赦なく担保を取る。要は返済が現金をもってなされるのか、担保をもってなされるのかが違うだけなのだ。

そしてヨドのような大手サラ金と銀行の共通点はもう一つある。

それは、いずれも取り立て役がサラリーマンであることだ。

考えてみれば、法に触れでもしない限り、いや、時に法を犯してでもサラリーマンほど組織の命を忠実に履行する人種はいない。なにしろ与えられた任務を確実にこなすか、目標を達成できるか否かに組織人としての将来がかかっているからだ。

当然、中には血も涙もない行為に走る輩も少なからず出てくるわけで、それが会社、ひいては経営者への恨みに変わったとしても不思議ではない。

「今回の事件は、日本一のサラ金にのし上がった代償だというわけか」

鴨上が言うと、

「命を取られたわけではありませんのでね。醜い容貌になってしまいましたが、嫁入り前の娘でもなし。そもそも、サラ金には裏稼業というイメージが世間に根付いているのは事実です。表に顔を晒《さら》す機会も滅多にありませんから、果たして代償と言えるかどうか……。まあ、この程度で済むのなら、御の字と言ったところでしょうか」

含み笑いを浮かべる繁雄だったが、やはり本心を語っているのか、強がっているのか、判断がつかない。

「実は今日来てもらったのは、君に訊ねたいことがあってね」

そこで鴨上は、いよいよ本題を切り出すことにした。

繁雄も察していたのだろう。表情一つ変えることなく、静かに頷く。

「君が最終的に目指しているのは、ヨドを日本一のサラ金会社に育て上げ、さらに事業を大きくすることなのかね？」

「それはどういう意味でしょう？」

「一介のサラ金会社のオーナー社長で終わるつもりなのか。他に野心があるのかと訊いているんだ」

繁雄はすぐには言葉を返してこなかった。

微動だにせず、サングラスの下から鴨上を凝視し、答えに考えを巡らしているようだった。

「人間、財を成せば、次に欲しくなるのが地位、名声、そして権力だ」

鴨上は先に口を開いた。「今の話を聞く限り、君は地位、名声には然程《さほど》興味を覚えてはいないようだが、権力はどうなのかね？」

「政財界に隠然たる力をお持ちの先生が、なぜそのようなことをお訊ねに？」

当然の疑問というものだ。

権力者は、己が唯一無二の存在であり続けたいと願うのが常だからだ。

「権力は金があって初めて手にできるもの。そして、金の多寡で権力者の序列ができあがるものだ。その点から言えば、君は既に権力者の一人になる条件を満たしていることになるのだが、その力をより大きなものとし、影響力を持つ人間になりたいとは思わんのかね？」

繁雄は思案を巡らすように、暫《しば》し沈黙すると、

「確かに多方面から、相談を受けることは多くなりましたが――」

「もっぱら金の相談だろ？　それも本業とは別の……」

「はい……」

頷く繁雄に鴨上は言った。

「融通してやれば貸しになる。つまり、相手の上に立つことになるわけだ。それが権力になるんだよ」

「おっしゃることはよく分かります。しかし、サラ金のオーナーに金の相談を持ち掛けるからには、やはり相手にもそれなりのワケがありまして……」

「そりゃそうだろうな」

改めて説明を受けるまでもない。

実のところヨドを知ったのは、つい最近のことだ。

「サラ金業界で、瞬く間に日本一になった会社がある」と、財界人の一人が酒の席で話題にしたのがきっかけだった。

聞けば「手形融資」から始まって、主婦金融、サラ金と事業を拡大し、あっという間に全国に支店を持つほどの成長を遂げたのだと言う。

手形金融の仕組みを聞いた時にはなるほどと思ったし、主婦金融とはうまいところに目をつけたものだと感心したのだったが、万事において日本一の座に上り詰めるのは容易なことではない。しかも破竹の勢いで、短期間のうちにヨドをここまでの地位に成長させた経営手腕には尋常ならざるものがある。

もっとも金に纏《まつ》わる事業は綺麗事では済まない。それもサラ金となればなおさらのことで、タチの悪い輩との関わりは避けられない。

手形金融はその最たるもので、ヤクザにとってもシノギの一つであるだけに、その手の連中との付き合いも未《いま》だあるのに違いないと鴨上は睨《にら》んでいた。

「表裏一体という言葉があるが」

鴨上は続けた。

「権力はまさにそれでね。表と裏が一体になって、初めて強大な力となるんだ」

「それはどういうことでしょう」

「たとえば政治だ」

鴨上は即座に答えた。「政界は単に政治を司《つかさど》る場ではない。権力を巡って争う場でもある。権力をモノにするためには金がいる。それも表には出せない金がね。要は裏金が必要なんだよ」

まだ話には先があると思っているのだろう。繁雄は黙って話に聞き入っている。

鴨上は続けた。

「もちろん、発覚すれば政治生命を失うことになりかねない。だからあの手この手、違法、合法のグレーゾーンをついて金を掻《か》き集めることになる。国会は立法府、法律を決める場だ。そして法は権力そのものでもあるわけだ」

「つまり、法を決める権限を持つ議員、それも有力者に貸しを作れば、権力そのものを手にできるとおっしゃるのですね」

繁雄は鴨上の言葉を先回りする。

なかなかどうして、頭の回転が速い。

鴨上は感心しながら、

「その通りだ」

繁雄の見解を肯定した。

「金を目当てに擦り寄ってくる連中は、一旦、付き合いができると簡単には離れない。タチの悪い連中は特にそうだ。君にも心当たりがあるだろ？」

「ええ、それはまあ……」

「議員と言っても様々だが、与党の有力者、有望株ともなると力を持つのは事実だ。警察を動かすことぐらいは朝飯前だ。国家権力が後ろ盾になれば、タチの悪い連中だって付き合い方を変えざるを得ないだろうし、何よりも君の今後の事業にも必ず役に立つはずだ」

「役に立つ……とは？」

「サラ金業界だって競争が激しいんだろ？」

「もちろんです。日本一のサラ金会社になったとはいえ、あくまでも現時点でのこと。競争は終わりなき戦いですので、いつトップの座を追われても不思議ではないと、心しております」

「ならば訊くが、君は目指される存在になった自覚はあるのかね？」

繁雄はハッとしたように、僅かに身を起こす。

鴨上は続けた。

「競合する大手他社の目標は、ヨドを追い抜き日本一のサラ金の座に就くことだろうが、街金は違う。目指せ森沢のはずなんだ。中には悪辣な手段を講じることも辞さず、がむしゃらに金儲けに邁進《まいしん》するやつも多々出てくるだろう。いや、大手にしたって従業員はもれなくサラリーマンだ。そして債権の回収にはノルマが課されている以上、血も涙もない手段も辞さずってことになるんじゃないのかね」

繁雄は黙って話に聞き入っている。

何を言わんとしているか察したのだ。

それでも鴨上は、話を続けた。

「となれば、今回のように感謝の念が恨みに変わり、報復に走る輩が出てくることもあるだろうし、強引な取り立てが社会問題になるかもしれんよな」

「おっしゃる通りですね……」

繁雄は素直に同意する。「正直なところ債権の取り立てに関しては、回収実績を数字で見ているだけで、現場でどんなことが行われているかまでは把握しておりません。今回の件にしても、警察は、襲撃したのがヤクザなら、こんな手段はまず取らない。個人の犯行ではないかと見立てているようでして……」

「借金の強引な取り立ては、マスコミの格好のネタだ。まして自殺者でも出てみろ。街金だろうが大手のサラ金だろうが関係ない。業界を一纏《ひとまと》めにして批判報道の嵐がくるだろうさ。問題は政治の場に持ち込まれ——」

「法によって、何らかの規制がかかる。だから国会議員に貸しを作っておいて損はないとおっしゃるのですね」

またしても繁雄が先回りすると、そのままの勢いで続ける。

「しかし先生、議員と言っても様々です。先に先生がおっしゃったように、野党の平代議士を味方につけても役に立つとは思えませんし、与党にしても力を持つ議員でなければ——」

「もちろん」

今度は鴨上が一言で遮った。「もっとも、力があるだけでは駄目だ。将来性があり、長く現職を続けられる議員を味方につけることだね」

「では、先生には心当たりがおありなんですね」

サングラスの下の目が、緩んだように感ずるのは気のせいではあるまい。

「だから、来てもらったんだよ」

鴨上はニヤリと笑って見せると、「面白い男がいるんだ」

そう前置きし、いよいよ本題を切り出した。

4

「用件は鴨上先生から伺っております」

ヨドの本社ビル。最上階の社長室に小早川が現れたのは、鴨上と会ってからひと月ほど経った頃だった。

型通りの挨拶を終え、部屋の中央に置かれたソファーに腰を下ろしたところで、繁雄は早々に話に入った。

「で、いかほどご用意したらよろしいのでしょうか」

恵んでやるわけじゃなし、貸した金を何に使うかは借り手の自由だ。

唐突に、それもあまりにも率直に切り出されて、面喰《めんく》らってしまったのだろう。

小早川は、「えっ」というように目を見開いたのだったが、繁雄の反応を探るように返してきた。

「四千万円ほど用立てていただければと……」

「分かりました……」

繁雄は素気なく言い、座ったばかりのソファーから立ち上がった。そして、執務机の上に置かれたインターフォンのボタンを押すと、

「四千万だ。すぐに持ってきてくれ」

秘書に向かって命じた。

入室から五分も経っていない。

あっさりと話がついてしまったことに拍子抜けしたとみえて、小早川はキョトンとした表情で繁雄を見上げるばかりだったが、席に戻った繁雄に、

「あの……、お貸しいただくに当たっての条件は？……」

法外な利子を課せられるのではないかと不安になったのか、掠《かす》れた声で問うてきた。

「条件？　そんなものはありませんよ」

繁雄は、またしても素気なく答えた。「用途は鴨上先生から聞いておりますが、借金の使い道は借り手の自由。期限までに返済していただければいいだけです」

「しかし、利子が——」

「鴨上先生から、直々に面倒を見てやってくれと頼まれたのですから、本業と一緒にするわけにはいかんでしょう。ですから四千万、無利子でお貸しします」

「ほ、本当ですか？　お言葉に甘えてよろしいのでしょうか？」

「ただし、借金は借金です。ある時払いの催促なしとはいきませんよ。返済期限は守っていただきます」

繁雄は含み笑いを浮かべたのだったが、鴨上と会った時と同様、鬘にサングラス、しかも顔の右半分にはケロイド状に引き攣れた火傷《やけど》の跡が生々しく残っている。

社長室に通され、繁雄の顔を目にした瞬間、小早川は顔を強張らせ立ち止まってしまったほどだった。

同じ笑いでも、人相や容貌によって見る者の印象は大きく変わる。さぞや不気味に思えたのだろう。小早川は慌てて視線を逸《そ》らし、「はっ……」と短く漏らすと下を向いた。

ノックの直後にドアが開き、秘書が入ってきたのはその時だった。

「ご用意いたしました……」

繁雄に歩み寄った秘書が、一枚の封筒を差し出してくる。

それを受け取った繁雄は、中から四枚の紙片を取り出し、テーブルの上に広げた。

「では先生。これにご署名下さい」

いずれも額面一千万円の手形である。

中小企業の経営者には馴染《なじ》みのものだが、大企業では手形の現物を目にするのは、営業職か財務部の社員ぐらいのもの。政治家ともなると、まず皆無といっていいはずだ。

「これは、小切手？」

果たして小早川は、怪訝《けげん》そうに問うてくる。

「手形です」

「手形？」

「裏にご署名を……」

「裏に署名すれば、どうなるのです？」

「この場で四千万。現金を用意いたします」

やはり手形を見るのが初めてらしく、仕組みを理解していないのは明らかだ。

小早川は困惑した様子で押し黙る。

「つまり、こういうことです」

繁雄は説明を始めた。「この四枚は、融資の担保としてヨドが預かっている手形です。先生は、手形の仕組みをご存じないようですね」

「恥ずかしながら、さっぱり……」

「手形は商取引で発生した代金の支払を保証するものでしてね。現金化できるまでに期間がありますが、金券と考えていただければ分かりやすいかもしれません。ですから、担保にもなれば、譲渡することもできましてね。手形に裏書きをすると、今度はその署名人、あるいは会社に支払い義務が生じることになる。早い話が連帯保証人になるのです」

「ということは――」

「つまり、万が一振り出し人が倒産して手形が不渡りとなった場合、代わって裏書きをした人間、会社に支払い義務が生じることになるのです」

小早川が仕組みを理解したのかどうかは分からないが、いずれにしても金を融通してもらいにきたのだ。

「要は、借用書の代わりというわけですね」

果たして、小早川は言い、背広の内ポケットから万年筆を取り出した。

「『衆議院議員　小早川宗晴』とご署名ください」

小早川は繁雄に指示されるまま、四枚の手形の裏に名前を書き込む。

署名が終わったところで、繁雄は再び席を立つと、インターフォンに向かって、

「金を持ってきてくれ」

と秘書に命じた。

繁雄が席に戻る間にノックの音が響きドアが開くと、紙袋を手にした秘書が現れた。いとも簡単に大金が出てきたことに驚いたのか、小早川は目を丸くして喉仏を上下させる。

繁雄はソファーに腰を下ろし、秘書が差し出す紙袋を受け取ると、テーブルの上に置き、無言のまま小早川の方へ差し出した。

そして短く言った。

「どうぞ、お検《あらた》めください……」

頷いたのか、頭を下げたのかは分からない。

小早川は小さく頭を縦に動かすと、紙袋の中から帯封で巻かれた札束を取り出し、テーブルの上に積み上げる。

一段五束、八段の札束を積み終えたところで、

「四千万、確かに……」

小早川は低い声で言い、上目遣いに繁雄を見る。

繁雄は小早川の視線を捉えたまま、

「しかし先生、その程度の金額で目的は遂げられるのですか？」

口元を緩ませながら訊ねた。

「えっ？」

「政治の世界のことは皆目分かりませんが、今先生が所属していらっしゃるグループを派閥内でトップにするための資金に充てるんでしょう？　何にどう使うのか、考えはおありなのでしょうが、それにしては額が少ないように思うのですが？」

「そりゃあ、十分とは言えませんが、この程度と言われましても……」

「先生……」

繁雄は表情を消し、硬い声で語りかけた。「先生は派閥内で、戦《いくさ》を始めようとしてい

るのですよね」

「ええ……」

「戦は勝つか負けるか二つに一つ。そして勝たなければ意味がない。負ければ一切合切を失ってしまうものなんですよ」

「承知しております……」

小早川は苦しげに同意する。

「先生、戦で最も重要なのは何だと思います?」

繁雄は答えを待つことなく続けた。

「兵站《へいたん》、中でも最も重要なのは弾《たま》ですよ。戦は戦略が正しくても、指揮官、兵の士気が高くても、それだけでは勝つことはできません。兵站を確保し、敵に勝る弾を送り続けたほうが勝つんです。先の戦争で日本が負けた最大の要因はそこなんです。中途半端な準備で戦を仕掛けたら、命を取られて終わりますよ」

「もちろん弾、つまり資金は多いに越したことはないのは重々承知しております。正直申し上げて、四千万でいいのかと問われれば、もっとあるに越したことはないとお答えするしか――」

「足りないのなら、出して差し上げましょうか?」

繁雄は小早川の言葉を遮った。「先生だって、政治生命を賭けて戦に臨もうとしているのでしょうし、鴨上先生直々に面倒を見てやってくれとおっしゃってきたのは、先生を支援したいことの表れだと私は解釈しておりますので」

「心強い御言葉《おことば》ですが、ではどれほどお貸しいただけますか？」

「いくらでも……」

「いくらでもって……」

話がうますぎるとでも思ったのか、小早川の目が繁雄の魂胆を探るかのように鋭くなった。

「ただし、先生に勝てる確信があるのならです」

繁雄は念を押した。「政治に金がかかるのは重々承知。綺麗事では済まない世界ということもね……。ですがね、私は金貸しです。元本に利子をつけて返してもらって初めて成り立つ商売をしているのです。それを無利子でお貸しするのは、勝るとも劣らない見返りを期待してのことなんです」

「承知しております」

「はっきり申し上げますが、戦に負けた政治家はそのまま議員でいられてもその他大勢の一人にすぎません。金を貸すのも今回限り。返済していただくと同時に縁も切れてしまうことになるのですが、本当に勝てるのでしょうね」

「勝てます」

意外にも小早川は自信満々の体で断言する。

「随分自信がおありのようですが、その根拠は？」

「実は考えを改めまして……」

　小早川は口元に不敵な笑みを宿す。

「考えを改めた？」

「鴨上先生からどこまで聞いておられるかは分かりませんが、実は当初の方針を改めまして、菱倉グループから出ることにしたのです」

　話が違う。

　政界のことに興味はないが、鴨上からは「大河派内で三番目の勢力を誇る菱倉グループの中堅議員で小早川というのがいる。次回の選挙で菱倉グループを大河派内で最大勢力にすべく、資金集めに奔走しているのだが力になってやって欲しい」と依頼されたのだ。

　そんな気配を察したのだろう。小早川は言う。

「実は先生の勧めで、とある霊能者に卦《け》を立ててもらったのです」

「霊能者って、占い師のことですか？」

「占い師には違いありませんが、恐ろしいほどよく当たると、政財界では知る人ぞ知る、伝説的な女性でしてね。ただ、誰でも観てもらえるわけではありません。鴨上先生を介さないことには会ってももらえない方なのです」

　また占いか……。

　クメが改名を懇願した理由が占い師の見立てであったことを思い出し、繁雄はため息をつきたくなるのをすんでのところで堪《こら》えた。

学もない、まともに職に就いたこともない、高齢のクメが占いを信ずるのはまだ分かる。大きな災難に遭った婿の将来を案ずるあまり、占い師の奨《すす》めで改名を持ちかけた気持ちも理解できる。

だから改名程度でクメが安心するのならと、申し出を受け入れたのだったが、小早川は違う。

俗人の集団とはいえ、仮にも衆議院議員。それも与党の中堅議員だ。国政を託された選良が占いを信じ、己の信念をいとも簡単に変えるなんてあり得ないと思った。しかも、見立ててもらうよう勧めたのが鴨上だというのだから呆《あき》れるしかない。

「それで、先生にご紹介いただきまして、今回の件を見立ててもらったのです」

ところが小早川は、興奮しているのか声に力が籠る。「そうしたら、つく相手を間違えていると断言されましてね。その理由を訊ねたところ、今まで党を率いてきた派閥の長の引退と同時に、勢力図が激変する。盤石と思われていた最大派閥内で不協和音が生じ、城を支えてきた石垣が崩壊する。その時、派閥を率いるのは今の二番手だと……」

本気で言っているのか。

ヨドの社員がこんなことを口にしようものなら、一喝するところだが、仮にも国会議員となるとそうもいかない。

ならば、四千万円を貸し付けたことを後悔したかと言えば、そうではなかった。小早川に裏書きさせた手形は、落ちればよし。不渡りになる恐れがあるものばかりで、その際には彼が支払い義務を負うことになるからだ。しかも、担保としてもう一枚、こちらは確実に換金できる手形を押さえてあるのだから、ヨドが損害を被ることはないのだ。

話にはまだ先があるのだろうと、繁雄は小さく顎をしゃくった。

「それで私、探ってみたのです」

果たして小早川は続ける。

「そうしたら、最大派閥を率いる大河先生の資金源は、同族経営の企業集団なのですが、先生の後継者を巡って揉《も》めていることが分かりまして……」

「同族経営というなら、血縁者はいずれ役員、社長に就任するのでしょう？　国会議員になるより、企業の役員、社長のほうがよほど魅力的だと思いますが？」

「経営者の判断次第で傾きかねない危険性を常に孕《はら》んでいるのが会社というものです。当代に複数の子供がいれば、後継者争いにも発展しかねませんからね。たとえば長男よりも、次男、あるいは三男が優秀だからって、経営を任せることにしたら、そりゃあ揉めますよ。まして娘に優秀な婿養子をとって、後継者に据えるとなったら、直系が黙っているわけないじゃないですか」

その点は小早川の言う通りだ。

ヨドが急成長を遂げ、日本一のサラ金会社になったのは、森沢には子供がミツ一人しかなく、繁雄を婿養子に迎え入れ経営の一切を任せてくれたからだ。もし、息子が一人でもいたならば、後を継がせたとしても、未だ一介の街金であったかもしれないし、少なくとも今のヨドがなかったのは間違いない。

「しかし大河さんでしたか、一族が経営する会社がどれほどあるのかは知りませんが、同族経営の会社には、トップを支える優秀な番頭がいて、間違いがないよう目を光らせているものじゃないですか。もちろん、兄弟間で後継者を争って不協和音が生ずる話はよく聞きますが、だからといって国会議員の座を巡って争いになるとは、ちょっと考えられないのですが……」

「国会議員は誰でもなれるものではありませんが、重責を担えるかどうかは別として、大河一族のように盤石な資金源、支持基盤を持っていれば、なってしまえばなんとかなるんです」

ところが、小早川はあっさりと言う。「参議院の全国区は別ですが、衆議院の選挙区では地元に確固たる支持基盤を持つかどうかで当落が決まります。そりゃそうですよ。選挙区選出の議員は地元のしがらみを引《ひ》き摺《ず》っていますのでね。しがらみとは主に選挙区内の後援会の有力者のことですが、彼らにしたって現職議員の身内に後を継いでもらえれば、一から関係を築く必要がありませんし、それに——」

何かを言いかけた小早川だったが、苦笑を浮かべ口を噤む。

「それに？」

「担ぐ方だって、神輿《みこし》は軽いに越したことはありませんのでね。お国のためというより、まずは地元のため。選挙区の支援者は県議、市議、町議が中心になって纏めていますから、なまじ優秀で天下国家を論じられても困るんですよ」

「ということは、大河一族は議員職を一昔前の口減らしみたいな感覚で捉えているように聞こえますが？　家督を継ぐのは長男だ。次男以下は家を出ろというのと同じじゃないですか」

「そんなもんですよ」

小早川は、またしてもあっさりと肯定する。「国会議員が家業化しつつあるのは紛れもない事実ですからね。私も三代目ですから偉そうなことは言えませんが、だからこそ痛感するのです。大志なき人間は、国政の場から去れと……」

大志を抱いているにもかかわらず、占い師の見立てでかくもあっさり宗旨替えをしてしまうのだから、まさに「どの口が言う」というやつだ。

しかし、「神輿は軽いに越したことはない」のは、繁雄にとっても言えることでもあるし、小早川は当選三回。派閥内の第三勢力とはいえ、菱倉グループの選対委員に任命されるところからして、有望株の一人と見做《みな》されているのは間違いあるまい。

「では、派閥内第二勢力に乗り換えれば、大志を遂げることができると先生はおっしゃるのですね」

大志がいかなるものかは鴨上から既に聞かされている。問題は、実現するか否かである。

「その根拠は？」

「第二勢力を率いる興梠先生から、菱倉グループの議員を引き連れて合流すれば、人数次第で優遇すると確約をいただきまして……」

「本人が直接そう言ったのですか？」

「正確には、興梠派のナンバーツーの江沢《えざわ》先生を通じてです。さすがに興梠先生本人とお会いすると、人目につきますので……」

「で、先生の誘いに乗る議員に目処はついているのですか？」

「今現在確定しているのは十二人です。いずれも私が主宰しております派内のグループを越えた中堅、若手議員の勉強会のメンバーで、増えることはあっても減ることはありません」

小早川は確信の籠った声で言う。

繁雄は黙って頷くと、先を話すよう目で促した。

「会が終われば酒席を共にするのが常でして、酔いが回れば口も軽くなる、思わず本音を漏らすようにもなるわけです。そこで、大河派に属していることに漠とした不安を抱いている議員が少なからずいることが分かったのです」

「ええ……」

政治家が抱く不安といえば、第一に次回の選挙で勝てるか、議員で居続けられるかだろう。

　そこで繁雄は訊ねた。

「大河先生の資金基盤は盤石。与野党合わせても唯一無二と言っていいと聞きます。餅代、氷代だって滞りなく配られているだろうし、選挙の際には相応の金が用立てられるのでは？」

「見返りを求めずして金を配る人間はいませんよ。そのことは、社長が一番ご存じのはずですが？」

「確かに……」

　これは一本取られた。

　繁雄は苦笑いを浮かべた。

「政治家が、もれなく独自の支援団体、要は資金基盤を確保しようと必死な理由はそこにあるんです。親分の世話になっている限りは、ずっと子分のままですのでね。議員で居続けるだけが目的ならば割り切ることもできるでしょうが、若手、中堅は野心がありますのでね。大河先生が引退なさっても、資金基盤をご子息が継ぐのですから体制は変わらない。今度は殿に代わって、若様に仕えることになるだけなんです」

　なるほど、若様ときたか……。

　政治家が家業化する傾向は代替わりする度に顕著になる一方だ。それも確たる支持、資金基盤を持つ者ばかりなのだから小早川の言は的を射たものには違いない。

「子分だって、親分を選びますのでね」

小早川は続ける。

「しかも興梠先生は、大河先生に先生のご子息を将来の首相候補に育てることと引き換えに、派閥を禅譲してもらうことを持ちかけたのです。ご子息が海のものとも、山のものとも分からぬうちにですよ」

小早川だって三代に渡る世襲代議士だ。違いは確たる資金基盤を持つか否かの一点だけ。要は、持たざる者の僻《ひが》みでしかないのだが、世襲議員の割合が増す一方なのだから、小早川と同じ思いを抱く議員は少なくないだろう。

「すると先生は、大河先生の後継者を巡って一族の結束は崩壊する。その機に乗じて若手、中堅のリーダーとしての地位を確立しようと考えているわけですね」

「その通りです」

もちろん、占い通りの展開になればだが、当たると信じている人間に何を言ったところで通じはしまい。

そこで、繁雄は続けて言った。

「しかしですね、子分だって親分を選ぶとおっしゃいましたが、親分だって子分を選べるんですよ」

唐突すぎて繁雄の言葉の意味するところが俄《にわか》には理解できなかったのだろう。

小早川は小首を傾げる。

「菱倉先生から興梠先生への鞍替えは、よく言えば機を見るに敏、悪く言えば裏切り行為。謀反と見る向きもあるでしょう。そんな行為を働いた部下が新しい派閥で徴用されますかね？」

「兜首《かぶとくび》を取って馳《は》せ参じれば大功労者でしょう。しかも謀反には大きなリスクが伴います。失敗すればそれこそ返り討ちになって命を取られて終わりですからね」

つまり、小早川は今回の決断に、己の政治生命を賭けていると言いたいらしい。

その意気はよしだが、それも目論見通りに事が運べばの話である。

「では、菱倉先生の首を取れると確信しているのですね」

「もちろんです」

繁雄が念を押すと、
小早川は自信満々の体で応える。

「その根拠は？」

「引退しても大河先生の影響力がなくなるわけではありませんが、現職と元職とではやはり歴然とした違いがあります。興梠先生が大河グループを吸収すれば、単独で最大派閥を率いることになるのです。だからこそ、菱倉先生も自派の勢力拡大に必死なのですが、私が十人以上もの議員を引き連れて、興梠先生に鞍替えすれば勝負は決したも同然です。なにしろ、政治家は機を見るに敏ですからね。残る三つの勢力の中から、一つでも興梠先生に合流するところが出てくれば、他の二グループも後に続く」

「つまり、君は派閥内勢力図の再編の鍵を握っているというわけか？」

「そう考えていただいても、よろしいかと……」

「たった、四千万の金で？」

「足りなければ、用立ててくださるとおっしゃったではありませんか」

確かに……。

繁雄にとって四千万円はどうということもない額だ。それにくれてやったわけじゃなし。足りないと言うのなら、担保に取った手形に新たに裏書きさせればいいだけのこと。支払い義務を小早川が負うことになるのだから、後は野となれ山となれ。損失を被るわけでもない。

それに、小早川には「ある時払いの催促なしではない」と言ったものの、実のところ繁雄は返済が滞ったとしてもかまわないと思っていた。債権者と債務者のどちらが強い立場かは言うまでもないことだし、完済できない限り縁を断ち切ることができないのが借金だ。結果的に小早川は債権者、つまり繁雄の言いなりになるしかないからだ。

小早川を使って何をさせるのか、今のところ特に考えはないものの、政治家を手駒の一つとして持っていて損はない。まして彼が順調に出世し、党の重鎮、あるいは閣僚になればなおさらだ。

「用立てますよ。いくらでも……」

繁雄は小早川の視線をサングラス越しにしっかりと捉え、「ただし、条件があります」と告げた。

「条件とは？」

「資金の調達は他に求めないでいただきたい。つまり、私からだけにしていただきたいのです」

小早川の顔が一瞬曇った。

警戒しているのだ。

果たして小早川は言う。

「それは、なぜです？」

「長いこと金貸しをやっているとよく分かるんですが、金策に奔走する人間は、こちらで摘《つま》み、あちらで摘みと、相手の懐具合に合わせて借金を重ねるものでしてね。行き詰まると今度は返済のための金策と、遅延する言い訳に奔走するようになるんですよ」

小早川は神妙な顔つきで話に聞き入っている。

繁雄は続けた。

「大志なき人間は去れとおっしゃるからには、先生には大志がおありになるのでしょう。ならば、金策に時間と労力を費やすべきではありません。借金を返済するための金策、遅延の言い訳のためにだなんてなおさらですよ。借金は一本化すべきなんです。言い訳だって、都合一度で済むんですから」

小早川への影響力を高めるための方便なのだが、金貸しを生業《なりわい》とする者からのアドバイスなのもまた事実である。

それだけに、小早川も答えに迷っている様子だったが、やがて口を開くと、

「しかし、そこまで社長に甘えていいものか……」

苦しげに言う。

「返済する自信がおありなんでしょう？　返してしまえば貸し借りなし。それが借金ってものです。利子を取らないでお貸しするのは鴨上先生に頼まれたからであって、借りができるのは私にではありません。鴨上先生にです」

繁雄の言葉にようやく納得したのか、あるいは、これで金策に完全に目処がついたことに安堵《あんど》したのか、小早川は自らを納得させるかのように頷くと、

「分かりました。社長のご厚意に甘えさせていただくことにいたします」

きっぱりと断言した。

第六章

1

「ところで先生、ついでと言ってはなんですが、プライベートなことで一つご相談したいことがございまして……」

世間話に終始していた小早川《こばやかわ》が、改まった口調で切り出してきたのは、昭和五十（一九七五）年夏の夕刻のことだった。

初の来訪から四年。この間何度か卦《け》を立ててもらいにきたとはいえ、鴨上《かもうえ》を通さなければならないのは相変わらずだ。

突然現れた小早川は、「京都に参りましたので、ご挨拶に伺いました」と、さもついでのように言う。しかし、東京の有名ホテルの洋菓子を持参し、貴美子《きみこ》が仕事を午後四時には終えているのを見透かしているかのようなタイミングである。端《はな》から目的あるに違いないと踏んでいたのだが案の定だ。

「プライベートなこと？」

問い返した貴美子に、

「いや、掟破《おきてやぶ》りなのは重々承知しておりますが、たとえ鴨上先生であろうとも、他人には知られてはならない悩みを抱えておりまして……」

小早川は神妙な顔つきで言う。

政治家は金のあるところに群がる。数は力となり、それすなわち権力となる。要は資金力に優《まさ》る者が権力を握るのが政界力学だ。実際、ヨドという強力な資金基盤を得て以来の小早川の台頭ぶりには、目を見張るものがあった。

選対委員に任命された菱倉《ひしくら》グループを突如離脱。主宰していた勉強会のメンバー十五名を引き連れて興梠《こうろぎ》グループに乗り換えた時には、長老議員の間から轟々《ごうごう》たる非難の声が沸き起こったものの、機を見るに敏でなければ政界では生き残れない。小早川の謀反がきっかけとなって、他グループの若手、中堅議員の興梠グループへの鞍替《くらが》えが相次ぐことになった。

大河《おおかわ》派を禅譲された興梠は、与党内最大派閥の長としての地位を確立。一連の動きのきっかけを作った小早川を興梠が高く評価したのは言うまでもない。

大河に代わって総理総裁となった興梠は、組閣と同時に小早川を大蔵政務次官に任命。

小早川は中堅議員でありながらも、与党内で一目置かれる存在になったのだった。

傍目《はため》には順風満帆、前途洋々そのものに見えるが、悩みなき人間はこの世に存在しない。

「悩みって、どんなことかしら？」

早々に追い返すわけにもいかず、貴美子が訊《たず》ねると、

「ヨドから借り入れた資金の返済のことです……」

小早川は重い声で打ち明ける。

「返済？　ヨドから返済を迫られているの？」

「いえ、そうではないのです……」

返済を迫られていないと言うなら、小早川が何を恐れているのか察しがつく。

借金が膨らみ続けていること以外に考えられない。

「資金を提供するのは、見返りを期待してのことですからね。でも先生は、当選同期の中ではトップで、それも大蔵政務次官という重職にお就きになったのよ。大臣就任もそう遠くないでしょうに、ヨドに返済を迫られているの？」

「そうじゃないんです。返済を迫ってこないから怖いんですよ」

小早川は表情を硬くする。「実は、金を用立ててもらうに当たっては、毎回ヨドが所有している手形に裏書きをしておりまして……」

「それって、どういう意味なのかしら？」

「裏書き人に支払い義務が生じることになるんです。政務次官就任以降、パーティー収入や献金も増えたこともあって、決済日がくるまでにきちんと返済していたんです。と

ころが、同時に出費も増えて参りまして、ここ何回分かの返済が滞ってしまいまして……」

「なのにヨドは何も言ってこないわけね」

「最初に森沢《もりさわ》社長が『ある時払いの催促なしとはいきませんよ』と念を押されたにもかかわらずですよ」

「先生は、興梠派の与党内最大派閥成立の大功労者ですからね。興梠先生や党からも応分の援助があるのでしょう？」

「受けてはおりますが、私が主宰している勉強会のメンバーが増えたこともありまして、収支バランスが崩れてしまいまして……」

さもありなんだ……。

大蔵政務次官に就任して以来、小早川が率いるグループに合流する若手議員が相次ぎ、今では若手、中堅の一大勢力になりつつある。派閥とは言えないまでも、配下議員の面倒を見るのはグループを率いる者の務めである。

「今現在、ヨドから借りている金額はどれくらいになるの？」

貴美子が訊ねると、

「一億八千万円ほどです」

小早川は即座に返してきた。

「そんなに？　それでもヨドは、返済を迫ってはこないの？」

「ええ……。一切口にしませんね。それどころか、言った金額を何も言わずに用立ててくれるんです」

「じゃあ、手形は誰が落としているの？」

「さあ……」

小早川は首を捻《ひね》る。

「さあって、気にならないの？」

能天気にすぎるような気がして、思わず問い返した貴美子に、

「怖くて訊《き》けないんですよ」

小早川は真顔で答える。「おそらくヨドが立て替えているんでしょうけど、訊けばどんな話が飛び出すか分かったものではありません。サラ金と言えば聞こえはいいですが、とどのつまりは街金に毛が生えた程度のものですからね……」

言わんとしていることは理解できなくもないが、「それにしても」と貴美子はため息を吐《つ》きたくなった。

資金源を確保するために鴨上に縋《すが》り、紹介されたのがヨドである。ヨドがサラ金業なのは承知の上で、資金援助を仰いだのに、今度は「街金に毛が生えた程度のもの」ときた。

まさに「喉元過ぎれば」というやつ以外の何物でもないのだが、一億八千万円は政治家個人の借金としては大金のはずだ。サラ金ともあろうものが、返済が遅れても督促す

るどころか乞われるままに金を貸すというのだから、小早川が不気味に思うのも無理はない。

「返済を迫らないのは、それだけ先生の将来を買っているからじゃありません？　しかも、サラ金は金融業。大蔵省の管轄ですからね。先生と深い関係を結んでおけば、ヨドも何かと心強いでしょうし、先行投資とでも考えているんじゃないかしら」

「先生……私は確かに大蔵政務次官ではありますが、大臣に就任できたとしても、大蔵省を任されるとは限らないのですよ。それに実のところ、私は長く国会議員を務めるつもりはないのです。しかるべきタイミングで、息子に禅譲したいと考えておりまして」

「禅譲？　ご子息に？」

そのことについては鴨上から聞かされていて先刻承知だ。しかし、貴美子は初めて聞いたふりを装って、驚いて見せた。

「鴨上先生には、最初にお会いした時にお話し申し上げたのですが——」

小早川は、それから暫《しばら》くの時間をかけて自分の狙いを説明する。

「なるほどねえ。ご子息にご自分の夢を託すとおっしゃるわけですか」

「親が言うのも何ですが、息子はなかなか出来が良くて、東大法学部を出ていましてね。在学中は官僚を志していたのですが、急にアメリカの大学院で政治学を学ぶと言い出しまして、今はニューヨークのコロンビア大学の国際公共政策大学院に留学中で、帰国後は私の秘書になることが決まっているのです」

「申し分ないというか、華麗な経歴ですわね」

「息子を総理総裁にするのが私の夢なんです。そのためにはまず地ならし。党内基盤、資金源を盤石にした上で、後を継がせたいと思いまして。それで鴨上先生にご相談申し上げたのです」

そう聞けば、小早川の悩みが明確になる。

巷間《こうかん》、議員になるための必須の条件として「地盤、看板、カバン」の三つが上げられる。

地盤についての説明は要らぬが、看板とは肩書きや知名度のことで、カバンはずばり金である。二世、三世議員はもれなくこの条件を満たしているのだが、東大法学部から米国の超一流大学院修了という経歴は、看板という点では群を抜いていると言えるだろう。

しかし、党内基盤を確たるものにするためには、まずは資金源の確保だ。かといって、借金は代替わりしても消えるものではない。つまり、党内基盤を維持し、さらに盤石なものとすべくヨドに借金を重ねれば、返済義務を負うのは息子となる。小早川は、それを懸念しているのだ。

「だったら、ご子息にパトロンをおつけになればいいじゃありませんか」

貴美子は言った。「それほどご立派な経歴をお持ちなんですもの、是非娘を嫁にと申し出てくださるお金持ちはたくさんいるんじゃありません？」

「それは、そうなのですが……」

ところが意外にも、小早川は冴《さ》えない表情になって口籠る。

「先生にお心当たりがないのでしたら、鴨上先生にご相談なされば、すぐに見つけてくださいますわよ」

言葉に弾みをつけた貴美子だったが、小早川は眉間に皺《しわ》を刻み、困惑するかのように押し黙る。

わけありなのは明白だ。

そこで貴美子は問うた。

「何か？」

再度の問いかけに、小早川は重い口を開く。

「先生がおっしゃるように鴨上先生のことです。条件を満たす嫁は、すぐに見つけてくださるでしょう。ただ、先生にご相談申し上げると、推挙された時点で縁談が成立してしまうことになるわけで……」

いったい、それの何が悪いというのだろう。

小早川が望んでいるのは、ヨドに代わる資金提供者。それも、借金ではなく、必要とあればいくらでも金を出せるだけの財力を持つ家と縁続きになることではないのか。実現すれば懸念を抱くこともなくなれば、相手によっては華麗な閨閥《けいばつ》をも手にできるかもしれないのだ。

しかし、小早川の反応からすると、何か躊躇《ちゅうちょ》するだけの理由があるらしい。

「先生……」

小早川は、覚悟の籠った声で言う。「資金源の確保の相談に上がった私に、ヨドを紹介してくださったのは鴨上先生です。そのことについては、もちろん先生に感謝申し上げてはおりますけど、借金が膨らむ一方なのに、返済を迫るでもない、森沢社長の狙いは何なのかを考えますと、やはり——」

「ですから、借金を綺麗《きれい》さっぱり返済できるだけのお金持ちと縁を結べば——」

話を途中で遮った貴美子の言葉が終わらぬうちに、

「森沢社長には、一人娘がいるのです」

今度は小早川が遮った。

「それが何か？」

「その一人娘というのは、息子よりも年下なのですが、夫婦になるにはちょうどいい年齢なのです。もしも……もしもですよ。鴨上先生が森沢社長の娘を嫁にと推挙してきたら……」

なるほど、そういう理由か……。

小早川が何を懸念しているのか、はっきりと分かった。

「あり余るほど金を持っているとはいえ、森沢社長はサラ金の経営者。総理総裁を目指そうというご子息の嫁の出自がそれでは、政治家としてのイメージが悪くなると、ご心配されているのですね」

小早川は頷《うなず》くと、

「森沢社長のお世話になって、もう四年になりますのでね。お互いの家庭のことや家族構成もそれなりに分かってくるわけです。社長が借金の返済を迫る気配を一切見せないでいるのは、ひょっとしてそれが狙いなのではないかと思えてきて……」

呻《うめ》くように言い、視線を落とす。

そうかもしれない……と貴美子は直感した。

財を成せば、次に欲しくなるのが地位や名声、そして権力である。

森沢は稼業からして社会的地位や名声を手にすることは端から諦めているだろうが、権力は別だ。娘が小早川の息子と夫婦になれば、義理の息子が手にする力は、それすなわち森沢のものとなる。しかも財源を握っているのは森沢だ。小早川の息子が政治家として生きていく限り、生殺与奪の権を持つのは森沢だ。たとえ小早川の息子が総理になろうとも、森沢の意向に逆らうことはできない。

となると小早川に残された手段は一つしかない。

「だったら先手を打って、ご自身でお相手を見つけて、ご子息と婚約させてしまえばいいじゃありませんか。ご子息だって政治家になるつもりなんだから、釣書で判断できるんじゃありません？」

貴美子にとっては当然の結論だったが、意外にも小早川は口をもごりと動かして、またしても沈黙する。

まだ何かあるのか……。

そんな内心が顔に現れたのか、小早川は短いため息を漏らすと、

「それもまた、なかなか難しくて……」

語尾を濁して視線を落とす。

「難しい……とおっしゃいますと？」

訊ねた貴美子に小早川は視線を上げると、

「いや……。やはり、その手しかありませんよね……。早々に息子の結婚相手を探してみることにいたします……」

と慌てた口調で言い、続けて腕時計に目をやった。

その仕草がまたわざとらしい。

やはり他に理由があるのだ。

確信した貴美子だったが、今日のところは敢《あ》えてこれ以上、訊かないことにした。

鴨上のことだ。小早川に森沢を紹介したのは、何か狙いがあってのことに違いないと思えたからだ。

鴨上の考えが分からないうちに、小早川の相談に深入りすることはできない。

この様子からして、小早川は再びここにやってくる。それまでに、小早川が抱えている悩みを鴨上に報告し、指示を仰ぐべきだと貴美子は考えたのだ。

「今日は夜に東京で会合がありまして、そろそろ戻りませんと、間に合わなくなってしまいます。この件につきましては、後日改めてご相談させていただきたく……」

小早川は鞄《かばん》を手にすると一礼し、足早に部屋の出口へと向かった。

2

「ほう、小早川がそんな相談を持ちかけてきたのか……」

受話器を通して、鴨上が苦笑を浮かべている様子が伝わってくる。

「まさに、喉元過ぎればなんとやら。資金源の確保に目処《めど》がついたら、今度は見返りに何を要求されるか怖くなったみたいです」

「利息で食うのが金貸しだ。それが利息どころか元本も据え置き。事実上、ある時払いの催促なしじゃあ、そりゃあ小早川でなくとも怖くなるよな」

「二人の子供が夫婦になれば、小早川の息子は森沢の義理の息子になるんですからね。森沢だってこれまでの借金はチャラにするでしょうし、可愛《かわい》い一人娘の婿のためですもの、いくらでもお金を出してくれるでしょうに、『サラ金の娘は』って難色を示すんですからね。虫がいいにも程がありますわ」

「こと経歴に関しては、誰が見たって小早川の息子はピカピカのエリートだからな。その点森沢は、金はあり余るほど持ってはいても、とどのつまりは金貸しだ。息子を将来、総理総裁にと夢見ている小早川からすりゃあ、森沢と縁を結んでも、金以外にプラスになることは何一つとしてない。むしろ、マイナスになると考えたんだろうな」

「となると、見合いしかないのですけど、小早川は、なぜか困惑した様子で口を噤《つぐ》むの」

そこで貴美子は直截《ちょくせつ》に切り出した。「森沢の娘は困る。見合いも駄目だって、どういうことなんでしょう。小早川が息子の結婚相手に何を望んでいるのか、私には皆目見当がつかなくて……」

鴨上はすぐに答えを返さなかった。

そして短い沈黙の後、

「資金源の相談にやってきた小早川に、森沢を紹介したのにはもちろん理由があってな」

鴨上はそう前置きすると、話を続ける。

「権力を手にするためには金が必要だ。あればあるほど権力者の座が近くなるのは事実だ。しかしね、それはあくまでも必要条件の一つであって、十分条件にはならんのだ」

「と、おっしゃいますと？」

「先見の明、大局を見る能力を持たずして、権力者の座を手にすることはできない。たとえ、手にできたとしても、長くは続かんのだよ」

鴨上の言わんとすることが俄《にわか》には理解できない。

黙った貴美子に、鴨上は言う。

「小早川は、策士策に溺れるの典型でね。確かに大河の引退は、小早川が党内でのし上がる千載一遇のチャンスではあったさ。その点では、機を見るに敏ではあるし、賭けに出る度胸もある。だがね、この機を逃してはならじと、とにかく今必要なのは金だと、森沢に縋ったところで彼の器が見えたのさ」

「政治家がサラ金と切っても切れない関係ができ上がってしまえば、後々厄介なことになると考えるはず。勝負を焦ったということですか」

「そうだ」

鴨上は断言する。「豊富な資金力を持つ政治家の下に、人が集まってくるのは事実ではある。だがね、主流には程遠いとはいえ、グループを率いるようになれば恒常的に一定の資金需要が生ずる。資金に不足なしと見れば人が集まってくる。結果、資金需要は増すばかりとなると、少し考えれば分かるはずなんだ」

「では、興梠政権発足と同時に政務次官。それも大蔵政務次官という要職にお就きになったのは……」

「もちろん私が興梠に命じたからさ」

鴨上は至極当然のように言う。「大河の後継を巡って、一族は揉《も》めに揉めたからね。無事に息子を議員にすることはできたものの、一族の結束には修復不能な罅《ひび》が入った。資金力が格段に落ちた大河派の再興はまず不可能。今がチャンスだ。小早川を取り込めば、お前の天下がやってくるとね」

「それで、私を通じて小早川先生が謀反を起こす気にさせた……と」

「血気盛んな年代が、高齢の既得権益者に反発するのは、今に始まったことじゃない。決起する人間が出てくれば、後に続く仲間が少なからず出てくるものだ。小早川の場合、資金源に目処をつけてやりさえすれば間違いなく立つ。彼に合流する者も出てくるだろうし、興梠の下に馳《は》せ参じる者も続出するに違いないと踏んでいたのさ」

かくして、己の野心の成就と引き換えに鴨上に大きな借りを作った興梠は、これまでにも増して彼の意向を無視できなくなったというわけだ。

「小早川は、興梠グループを与党内最大派閥に仕立て上げ、長期政権を可能にするための鉄砲玉だったというわけですね」

答えは分かりきっていたが、貴美子が敢えて訊ねると、

「まあ、そんなところだな」

果たして鴨上はあっさりと言ってのける。

「では、小早川を今後――」

どうするつもりなのかと続けようとしたのを遮って、鴨上は平然と言う。

「鉄砲玉は一度ぶっ放したら終わりだ。最初は勢いがあっても、やがて力を失ってどこかに落ちる。ただ、それだけのことだ」

「つまり、使い捨ての駒はどうなろうと知ったことではないとおっしゃるのですね」

「ヨドは毒饅頭《どくまんじゆう》なんだよ。しかし、飛び切り美味《うま》いときているから始末に悪い。実際、

小早川はこの四年、毒だと知りながら喰《く》らい続けたんだからね。もはや体は毒まみれ。断ち切れば、禁断症状に見舞われて死んじまうかもしれんのだ。となれば、生き残る手段はただ一つ。毒を喰らわば皿までだ」

ついに鴨上は、愉快そうに笑い声を上げる。

「見合いに難色を示したのも、そこに理由があるのでしょうか」

貴美子が訊ねると、

「多分そうだろうな」

鴨上はすかさず答える。「返済を迫らず、言われるがまま金を用立てているところを見ると、間違いなく森沢は小早川の息子と自分の娘を結婚させることを目論《もくろ》んでいるね。どう足掻《あが》いたところで、一億八千万もの大金を肩代わりした上に、乞われるがまま金を出してくれる支援者が現れるはずがないからね。小早川だって、その点は百も承知だ。見合いを躊躇するのも、借金の額もさることながら、金を借りている相手に息子の素性を知られた途端、破談になると分かっているからじゃないのかな」

「つまり、森沢に縁談を持ち出されれば、小早川は断ることができないとおっしゃるわけですね」

「小早川はとっくに俎板《まないた》の上の鯉《こい》なんだよ」

鴨上は鼻を鳴らさんばかりに言う。

「では、私は当面どのように……」

貴美子が指示を仰ぐと、

「何もせんでいい。黙っていても、小早川は再度君を訪ねてくるはずだ」

鴨上は答え、話を続ける。

「その時は卦を立てた上で、こう言ってやれ。『二兎《にと》を追うものは一兎をも得ず』。政界で力を振るいたいのなら、森沢の娘を嫁に迎えろ。その力は、息子にも引き継がれることになるとね」

3

秘めていた思いを一旦口にしてしまうと、先が気になって仕方がないと見えて、ふた月も経《た》たないうちに、小早川が再び貴美子の元を訪ねてきた。

「先生、先にお訪ねした際にご相談申し上げた件なのですが……」

正面の席に座った小早川は、挨拶もそこそこに早々に切り出してきた。

「先の件とおっしゃいますと、ご子息のことですか?」

「ええ……」

思い詰めた様子が窺《うかが》えるのは気のせいではあるまい。

鴨上に指示されたままを告げてやればいいだけなのだが、いきなり筮竹《ぜいちく》を手にするのも芸がない。それに、占い師の前では誰もが正直になる。改めて小早川の心の内を聞いておいて損はない。

「あれから、森沢社長との間に何かあったのですか？」

そこで貴美子が訊ねると、

「いえ……特には……」

歯切れ悪く答えた小早川は、そのままの口調で話を続ける。

「一週間ほど前にヨドを訪ねたのですが、その時お互いの子供の話になりまして……」

「そこで、どんな話が出たのです？　まさか、縁談でも？」

「そうではないのですが、ただ、来年の六月に、息子がアメリカの大学院を終えて、帰国すると言ったら、社長の表情に変化が現れたような気がしまして……」

「ご子息は、おいくつでいらっしゃるんですか？」

「二十六歳。帰国する頃には、二十七歳になっています」

「あちらのお嬢様は？」

「まだ大学生と聞いております」

「学校はどちら？」

小早川は、都内にある良家の子女が学ぶことで有名な女子大学の名前を口にする。

「お金もあって、一流大学で学んでいらっしゃるのなら、申し分ないじゃありませんの」

微笑《ほほえ》んでみせた貴美子だったが、「でも、先生はお嬢様以前に、森沢社長の稼業を気になさっておられるのでしたね」

すぐに真顔になって、小早川の反応を窺った。

小早川は、真剣な眼差《まなざ》しを向けながら小さく頷く。

「あの様子からすると、そう遠からずして社長は縁談話を持ちかけてくるんじゃないかと……」

「ですから、先生やご子息が欲するがまま、黙ってお金を出してくださる良家のご令嬢を、お探しになるしかないと前に言ったではないですか。なぜ、先生はそうなさらないのですか？」

「そ、それは……」

小早川は、またしても言葉を濁し、俯《うつむ》いてしまう。

「先生……」

貴美子は小早川の頭上から、声を押し殺して呼びかけた。「選択肢は二つしかないのに、両方とも駄目だとおっしゃる。だったら、何のためにここに来るのですか？　相談に乗って欲しいのなら、なぜ見合いに難色を示すのか。その理由を聞かせていただかないことには、私だって答えようがないじゃありませんか」

「おっしゃる通りなのですが……」

他人には知られたくない、深い理由があるのだろうが、打ち明けるつもりがあるから、来ているに違いないのだ。

暫しの沈黙の後、小早川が覚悟を決めたとばかりに、顔を上げると、

「息子は、私の実子ではないのです……」

呻くように漏らした。

想像だにしなかった告白に、

「実の子ではないって……」

貴美子は絶句してしまった。

「夫婦共に健康状態は良好なのに、子供を授かる気配がなくて、医師の診断を仰いでみたのです。そうしたら、私の方に問題があると分かりまして……」

どう返したものか言葉が見つからない。沈黙してしまった貴美子に小早川は続ける。

「私は、小早川家の次男坊なのですが、長兄は幼い頃から体が弱く、結核を病んだこともあって、私が家督と議員職を継ぐことになったのです」

「そんな経緯がおありでしたの……」

そうとしか言いようがないし、言葉に同情心が籠るのも当然のことである。

小早川は訥々《とつとつ》とした口調で言う。

「このままでは、本家の跡取りが絶えてしまうと、父は大変な危機感を覚えましてね。かといって私に原因がある以上、離婚して新たに妻を娶《めと》ったところで問題は解決しません。それで止《や》むなく養子を迎えることになったのです」

「今アメリカに留学中のご子息のことですね」

「そうです」

小早川は、こくりと頷く。

「でも、小早川家の家督と議員職を継ぐことを前提に養子を迎えるとなると、誰でもいいというわけにはいきませんよね。養子はどうやって見つけられたのですか」

貴美子は訊ねた。

「本家を継ぐことが前提になるのですから、本来ならば分家、あるいは親戚に養子を求めるところなのですが、いずれも残っているのは長男のみ。分家とはいえ、やはり家督を継ぐのは長男ですのでね。東京にも親戚はいたのですが、空襲でやられてしまいまして……」

「真っ先に召集がかかったのは、長男以外の男子でしたものね……」

当時の状況は説明を受けるまでもない。

家督は長男が継ぐのが不文律であった時代である。大戦下にあっても、戦況がいよいよ逼迫《ひっぱく》するまでは、家が絶えてしまわぬようにと長男の召集は免除されたのだ。

「そんな事情もありまして、止むに止まれず外から養子を迎えることにしたのですが、縁は意外なところからもたらされましてね」

「意外なところ？」

「教会です」

確かに教会とは意外である。

「教会？」

思わず貴美子が問い返すと、

「母は敬虔《けいけん》なキリスト教徒でしてね。それに父が外務大臣を務めていたこともあって、毎週日曜日にはGHQの奥方も通う教会で、礼拝するのが習慣だったのです」

心臓が一つ、強い拍動を刻むのを貴美子は覚えた。

かつて鴨上から聞かされた、勝彦《かつひこ》を手放した後の状況に、酷似しているように思えたからだ。

そんな貴美子の内心の動揺を知る由もない小早川は、淡々とした口調で続ける。

「その教会で、戦災孤児の面倒を見ているご婦人と親しくなりましてね。かつて父親が駐アメリカ公使を務めた外交官の娘で、その方がGHQに働きかけて施設を開設、運営なさっていたのです。私の父も外務大臣を務めたこともありましたので、話も合ったのでしょう」

「じゃあ、養子はそこからお迎えになったの？」

「ええ……」

「お子さんは、戦災孤児？」

「戦災孤児の面倒を見る施設にいたんですから、そういう扱いだったんじゃないですか」

「そういう扱いって、素性を調べもせずに養子に迎えたんですか？　外務大臣を輩出なさった家の跡取りになるのに？」

ここまでの経緯を聞く限り、勝彦がもらわれていった状況とぴたりと一致する。

突然詰問調になってしまった貴美子に驚いたらしく、

「先生……。生まれて間もない赤子ですよ。誰の子供かなんて、分かるはずがないじゃありませんか」

「生まれて間もない赤子なら、戦災孤児なわけがないでしょう！」

貴美子は声を荒らげた。「ご子息は今、二十六歳とおっしゃいましたね。ってことは昭和二十四年生まれですよね。終戦から四年も経って生まれた子供が、どうして戦災孤児扱いなの？」

「その点は、先生のおっしゃる通りなのですが、まだまだ戦後の混乱が続いている時代のことです。食糧事情も治安も劣悪で、貧困のあまり泣く泣く子供を捨てる親も少なくありませんでしたから――」

「じゃあその施設には、他に捨て子はいたの？」

話を遮る貴美子の見幕に、小早川は困惑した様子で顔を曇らせる。

「そんなことは分かりませんよ」

「おかしいじゃない。だって戦災孤児の面倒を見るのが目的で設立された施設なんでしょう？　他に捨て子がいないとしたら、なぜその子だけが施設に入れたの？」

尋常ならざる貴美子の反応ぶりに、小早川も不思議に思えてならなくなったのだろう。

「先生、どうかなさったんですか？」

小早川は、小首を傾《かし》げながら問うてきた。

「どうかって、何が？」

「いや、孤児であろうと捨て子であろうと、実の子供ではないことに変わりはないのに、そこに酷《ひど》くこだわっておられるように思えまして……」

しかし、確証が得られないうちに自分の過去を話すわけにはいかない。

小早川が語るように、戦災孤児がたくさんいた時代である。捨て子も同じであったろう。状況は酷似しているとはいえ、以前鴨上から聞かされた話からすると、勝彦は養子としてアメリカに渡った可能性が高いのだ。今のところは、小早川の子供が勝彦かもしれないという疑念が生じただけにすぎない。

一瞬、貴美子は言葉に詰まったのだったが、

「その子を養子に迎えようと言い出したのはどなたなの？」

小早川の質問には答えずに、話題を変えにかかった。

「母です」

「お母様は、なぜその子を？」

貴美子は矢継ぎ早に質問を重ねた。

「それがですね……」

小早川は、返す言葉を思案するかのように口を濁すと、「勘……と言いますか、何か感ずるものがあったらしいのです」

困ったように頭に手をやった。

「か・ん？」

またしても意表をつく言葉が返ってきて、貴美子は思わず声を張り上げた。「大臣職をお務めになった小早川家の跡取りを、勘で選んだと？　そんな馬鹿な！」

「先生が、そうおっしゃるのはもっともだと思います。実際、父だって、私共夫婦だって、氏素性も分からない捨て子を、養子にするなんてあり得ないと反対しましたからね」

「じゃあ、なぜ？」

「頑として、母が譲らなかったからです」

小早川は言う。「最初にあの子を見た瞬間、感ずるものがあったと言いましてね。私の目に狂いはない。あの子は間違いなく、小早川家の跡取りに相応《ふさわ》しい、私たちの期待に応えてくれる人間に成長すると断言したのです」

小早川の言う通り、まさに「勘」以外の何物でもない。

もちろん、世間から名家と目される家に生まれても、「ドラ息子」、「放蕩《ほうとう》息子」、古くは「バカ殿」と称されるように、親や一族の期待に背く大人になってしまう例は枚挙にいとまがない。しかし、勘で跡取りを選んだなんて話は初めて聞いた。

「それに、母はこうも言いました」

唖然《あぜん》として言葉を失った貴美子に、小早川は続ける。

「身元は確か。家柄も申し分ない。閨閥作りの役にも立つと見込んで迎えた養子が、期待外れであったならどうする。頭を下げて迎えたからには、どうなろうと返すことはできないのだぞと」

捨て子ならば縁を切るのも簡単だと言っているようにも聞こえるが、もしそうならば、慈愛に満ちた女性だと思いきや、やはり名家、有力政治家の妻はしたたかだ。

しかし、聞く限りにおいて、期待に背かぬ若者に成長しているようだ。

「結果的に、お母様の勘は的中したわけね」

「ええ……」

小早川は頷く。「うちには、赤子のうちにやってきましたのでね。私たち夫婦が実の親だと疑いませんでしたし、言葉や字を覚えるのも早く、小学校に入学すると同時に優れた頭脳を持っているのが分かりました。こうなると、養子も我が子と思えるようになるんですよねえ」

当時の記憶が脳裏に浮かんだのか、小早川は目を細め話を進める。

「与えれば、与えただけの価値ある成果を挙げましたのでね。息子には、最高の教育環境を整えてやりました。番町《ばんちょう》小学校から、麴町《こうじまち》中学。日比谷高校から東大法学部。そして、コロンビア大学の大学院とことごとく期待に応えてきたのです」

「先生もまた、政界での地位を確たるものにしつつありますけど、それも森沢社長の支援あってのこととなると、確かに思いは複雑でしょうね。ご子息のこれからを考えると、サラ金会社の令嬢を嫁にもらうのは得策とは言えませんもの」

「見合いもまた同じでしてね」

小早川の顔から笑みが消え、口調が重くなる。「息子の釣書を見れば、是非ウチの娘をと良縁が舞い込んでくるのは間違いないでしょう。ただ、そこで問題になるのが出自です」

「戸籍を見れば、分かってしまいますものね。もちろん、ご子息だって、自分が養子だと知っているのでしょう?」

「いや、息子は知りません」

「知らない? 二十六歳になるまで、戸籍謄本を見たことがないのですか?」

戸籍謄本を見る機会はそうあるものではないが、年齢からすればパスポートを申請するにあたっては、自分で手続きを行ったであろう。その際、戸籍謄本は必須の書類だし、他にも見る機会は何度かあったはずである。

「実は、謄本上は実子ということになっておりまして……」

「そんなことができるの? 戸籍謄本の改竄《かいざん》なんて――」

「日本がGHQの支配下にあった時代ですからね」

貴美子の言葉半ばで、小早川が遮った。「さっき言ったように、孤児院はGHQの支援を受けて設立されたものです。詳しい経緯は分かりませんが、父もGHQと密な関係にありましたから、どうにでもなったんでしょうね」

終戦から四年を経ても、GHQが絶大な力を振るっていたのは紛れもない事実である。

貴美子にしても、二人の米兵を刺殺したにもかかわらず、量刑は懲役五年という異例の軽さだった。かつて鴨上は、あの判決にはGHQの意向が強く働いたと語ったが、判決は判例に沿って下されるものである。それを捻《ね》じ曲げることができるのだから、捨て子を実子として籍に入れることなど容易《たやす》いことだったのかもしれない。

となると、新たな疑問が生じてくる。

「戸籍上は実子になっているのなら、ご子息が養子だなんて、誰にも分からないじゃないですか。出自なんか気にしなくても――」

貴美子はそこで言葉を呑《の》んだ。

小早川の顔に、今までにも増して困惑する様子が見てとれたからだ。

「それがですね……」

小早川は呻くように言い、眉間に深い皺を刻む。

「それがどうしたの？」

しかし、小早川は沈黙する。

大腿《ふともも》に置いた両の手を握り締める気配がある。

「息子の出自を知っている人がいるのです……」

やがて小早川は口を開くと、低く重い声で漏らす。

秘密は必ず漏れるものだが、小早川の表情が困惑と言うより、苦悩の域に達しているところから絶対に知られてはならない人物に、息子の出自の秘密を握られてしまったに違いない。

「それは誰？　政界のどなたか？」

小早川は、すぐに答えを返さなかった。

しかし、短い沈黙の後、意を決したように顔を上げると、全く想像だにしなかった人物の名前を告げてきた。

「か……鴨上先生です……」

驚天動地とはまさにこのことだ。

「鴨上先生が？」

驚愕《きょうがく》の余り頭の中が真っ白になって、それ以上言葉が続かない。

貴美子は、小早川の顔を凝視しながら椅子の上で固まった。

4

小早川の告白を聞いて、貴美子は動揺した。

誕生の時期といい、手放してから養子にもらわれていくまでの経緯といい、鴨上から聞かされていた話と酷似している。

だが、もしその子供が勝彦であったなら……。

止むに止まれぬ状況下にあったとはいえ、我が子を手放さざるを得なかった母親の心情は鴨上にも理解できるはずだ。鴨上にしても、空襲で亡くなった妻子のことを語ったのは一度きり。その後一切触れずにきたのも、今に至るまで後妻を娶ることなく独り身を通してきたのも、二人に対する思いの深さゆえのことだと貴美子は推察していた。だから、もし小早川の息子が勝彦ならば確証がなくとも、あの時点で貴美子に匂わせるぐらいのことはしたはずなのだ。

そう思う一方で、ならば知ったら知ったで自分はどんな行動に出ただろう……。

実母の顔も判別できぬうちに、手元を離れてしまった勝彦は、小早川夫妻を実の両親と認識し、大事な跡取りとして育てられてきたのだ。それに戸籍を改竄したほどである。小早川家にしても、いまさら私が実の母親だと名乗り出たところで認めるはずがない。

しかも捨て子なら簡単に縁が切れると言わんばかりの言い草は、おそらく小早川家の本音であったろう。だとすれば、当の本人も小早川家の期待に応え、幼い頃から相当に優秀であったはずである。

実際、番町小学校、麴町中学、日比谷高校から東京大学法学部という学歴はエリートコースの王道だし、今やアメリカ有数の名門、コロンビア大学の大学院で政治学を学ぶ身である。

もし、小早川の息子が勝彦であったなら、果たして自分はこれほどまでに、恵まれた環境を整えてやれただろうか……。

考えるまでもなく、答えは否だ。

ある日突然、「私が実母だ」と名乗り出て、小早川夫妻が認めたとしても、勝彦は戸惑うばかりだろうし、それ以前に自分には殺人の前科がある。いかに鬼頭《きとう》、鴨上の庇護《ひご》の下、政財界に隠然とした影響力を発揮する占い師になったとはいえ、その過去を消すことはできない。いや、実母が殺人の前科を持つと分かった時点で、小早川家は勝彦を放逐し、彼の前途を断つに違いない。

そこに思いが至ると、ここまで立派に育ててくれた小早川夫妻には感謝の念すら覚えるのだが、それでもやはり実の子への思慕の念は捨て切れない。

ここはまず、小早川の息子が勝彦なのかどうか確かめるべきだ。

鴨上が小早川に見切りをつけるのは構わないが、もし彼の息子が勝彦で、森沢の娘を妻にしてしまえば、政治家としての将来を閉ざしてしまうことになりかねない。

ならばどうする……。

まずは、小早川家が養子を迎えるまでの経緯を詳細に調べることだ。

小早川は、養子を迎えることに積極的だったのは母親だったと言った。

以前、鴨上から聞かされた話には、いくつかのキーワードがあった。

一つは、勝彦が入所したのは駐アメリカ公使の娘がＧＨＱの協力で設立した戦災孤児院であったこと。もう一つは、ＧＨＱの家族も日曜礼拝に通う教会のシスターが、縁を取り持ったことだ。

小早川から息子の出自を聞かされた時には、驚きのあまり思考が停止してしまったこともあって、訊きそびれてしまったのだったが、まずはそこからだ。

貴美子は受話器を手にすると、衆議院議員会館にある小早川の事務所に電話をかけた。昼を過ぎたばかりとあって、あいにく小早川は昼食を摂《と》りに外に出ていると言うので、「大事な話があるので、折り返し電話を頂戴したいとお伝えください」と伝言を残し、受話器を置いた。

小早川から電話が入ったのは、午後二時を回った頃のことだった。

一度目のベルが鳴り止まぬうちに、受話器を取り上げたのは、僅か二時間にも満たない待ち時間が、異常に長く感じられたからである。

「もしもし……」

貴美子が応えるや、

「あっ、先生。小早川でございます。お電話を頂戴したそうですが、大切な話とは何でしょう」

小早川が、改まった口調で問うてきた。

用件は縁談だと察しはついているだろうが、息子が養子であることは秘書も知らぬはずである。

「先生、今どちらにいらっしゃいます？」

「議員会館の執務室ですが？」

「ということは、周りに人はいないのですね」

「ええ……。秘書たちは隣の部屋におりますから大丈夫です……」

小早川の声も自然とトーンが低くなる。

他人に知られてはならぬ話だと悟ったのだ。

「実は、先日の件。ご子息の縁談についてなのですが、二、三お訊ねしたいことがありましてね。ご子息の将来を左右する重大事ですし、先生も森沢家と縁を結ぶことを望まれてはいないとはいえ、一旦鴨上先生を介して森沢が縁談を持ちかけてきたら、お断りすることはできません。ですからそうならぬよう、事前に策を講じておくべきだと思いまして……」

「実は、それができるのは先生だけだと思いまして、ご相談に上がったのです」

小早川は、百万の援軍を得たかのように声を弾ませる。「縁談話が出れば、次に鴨上先生は京都に行って先生に卦を立ててもらえとおっしゃるだろうと思いましてね。その際、先生から否定的なお言葉を頂戴できればと――」

貴美子の見立ては、全て鴨上に指示されたままを伝えているだけにすぎないのだが、そのことを知る者は、二人以外に誰一人としていない。

小早川がこんな言葉を口にするのも、貴美子の占いを通じて政財界を支配するという鬼頭、ひいては鴨上の目論見が機能している証左である。

しかし、鴨上に京都へ行けと言われたら、その時点でゲームセットだ。貴美子にしても鴨上の指示に逆らうことはできない。

だから、貴美子は小早川の言葉を途中で遮り、ピシャリと言った。

「森沢社長から仲介の労を頼まれでもしない限り、鴨上先生は京都へ行けとはおっしゃらないと思いますよ」

「なぜ、そう思われるのですか？」

「だって、先生は借金の返済を一向に迫る気配のない森沢社長の真意を図りかねて、鴨上先生のところへ相談に上がったのでしょう？」

「ええ……その通りですが……」

「だから、ご子息と森沢社長のお嬢様を結婚させれば借金はチャラになると鴨上先生はおっしゃったんですよ。当たり前じゃないですか。お二人が結婚すれば、ご子息は森沢社長の義理の息子になるんですもの。支援することはあっても、大事な娘婿に金を返せなんて言う親がいるわけないじゃありませんか」

痛いところを突かれたとばかりに沈黙する小早川に貴美子は続けた。

「でも、先生は森沢家と縁を結ぶのは嫌だとおっしゃる。ならば、借金を全額返済するしかないのですが、そんなことできますの？　できないからお悩みになっているのでしょう？」

「おっしゃる通りです……」

「それに、先生ご自身がグループを率いていく限り、資金の需要は尽きることがない。借金は今後も増え続けることになるのですよね」

「はい……」

苦しげな声から、受話器の向こうで、屈辱に耐える小早川の表情が浮かんでくるようだった。

「それは、ご子息にも言えることじゃありませんの？」

貴美子は言った。「ご子息は、いずれ先生のグループを率いることになるのでしょう？　もちろん、いきなりリーダーになることはないにせよ、早いに越したことはない。そう考えておられるのでしょう？」

「ええ……」

「つまり、代替わりしても、資金が必要であるのに変わりはない。先生がお作りになった借金も、代替わりしたからといってチャラにはならない。今度は、ご子息が引き継ぐことになるんじゃありませんの？」

小早川はぐうの音も出ない。

受話器を通して、小早川の息遣いが聞こえてくるだけとなった。

「先生……」

貴美子は呼びかけた。

「はい……」

「先生が森沢家との縁談に乗り気ではないのは、私も理解できます。優秀なご子息の前途を、親がこしらえた借金で閉ざすようなことはあってはならないことですからね」

「全く、面目次第もございません……。先生のおっしゃる通りです……」

「ならば断る……いや、先方に縁談を断念させるような状況を作るのが最もいいのですが、正直言って、今のところこれと言った妙案は私にはありません」

「そうでしょうね……。借金を綺麗さっぱり返済すれば縁を切ることができるでしょうが、金額が金額ですので……」

「実は、それでお電話申し上げたのです」

貴美子は、いよいよ本題を切り出すことにした。「森沢社長がどうお考えか分かりませんけど、ヨドを業界一の会社に育て上げたとはいえ、所詮はサラ金業者ですからね。由緒ある家柄の人たちからすれば、成り上がり者以外の何者でもありません。いくら莫《ばく》大《だい》な財産を築いたとしても、決して仲間には入れてもらえないのです」

「おっしゃる意味が、今ひとつ理解しかねるのですが？」

「この手の人たちが最後に欲しくなるのは、社会的地位、名家の仲間入りをすることなんですよ」

貴美子は答えた。「実際、戦後の混乱に乗じて、一代で莫大な財産を築き上げた人がたくさんいますけど、お金の力で落ちぶれた旧華族のご令嬢を娶って、上流階級の仲間入りを果たした例は少なからずありますでしょ？」

「確かに、思い当たる方は何人かいますね……」

小早川は、納得した様子で相槌《あいづち》を打つ。

「落ちぶれても旧華族は華族。既に廃止されたとはいえ、名家の証《あかし》には違いないんです。現に今でも旧華族の会が存在していて、折に触れて集まっては旧交を温めていますからね」

「旧華族の会？　そんなものが存在するのですか？」

「人間、一旦手にした称号は、そう簡単には捨てられないものなんですよ」

貴美子は冷笑を浮かべた。

「しかし、うちは華族ではありませんが？」

「存じております。でも、大臣を輩出した家ではありませんか。爵位を持っていなくとも、立派な名家じゃございませんの」

肯定すれば傲慢にすぎるとでも思ったのか、

「それは、まあ……」

小早川は、言葉を濁す。

「もし、森沢社長の狙いがそこにあるのだとすればですよ、ご子息の出自を明かせば——」

「息子の出自と言いますと、養子だということですか？」

言葉半ばで遮ったところからも、小早川が提案を否定するのは明らかだ。

果たして小早川は言う。

「そりゃあ縁談は断念するかもしれませんが、息子の出生の秘密を社長に知られるのはまずいですよ。それに借金はまるまる残るんですから、それは駄目ですよ」

「分かっています」

貴美子は断言すると、「ただ、打開策を考えるにしても今までお聞きした範囲では、なかなか妙案が浮かばないのです。特に、ご子息を養子に迎え入れるまでの経緯には、釈然としないところがありましてね。その辺りをもう少し詳しくお聞かせいただけますか?」

親身なふりを装って水を向けた。

「なんなりと……」

「確かご子息は、GHQの支援で設立された戦災孤児院におられて、養子話のきっかけとなったのは、GHQの家族も礼拝に通う教会でしたね」

「そうなんです」

果たして小早川は言う。「空襲が始まってすぐ、父の指示で母親と私は軽井沢の別荘に疎開することになったのです。その間に麻布にあった自宅は空襲で焼失しましてね。戦後すぐに同じ場所に家を建ててからは、両親は近くの教会の日曜礼拝に欠かさず出席するようになったのです」

「先生もご一緒したのですか?」

「ごく、たまに……」

小早川が苦笑する気配が伝わってくる。「両親は熱心な信者ですけど、私は連日仕事に追われていましたのでね。休日の半分を祈りに捧《ささ》げるなんて気にはなかなかなれなくて……」

「それで、お母さまに養子の話が持ちかけられたのですね」

「間を取り持って下さった教会のシスターと母は旧知の間柄でしたし、母は英語が達者でしたのでね。戦後三十年経った今でも、英語が通じる日本人って滅多にいないじゃないですか。まして戦中、英語は敵性語で学ぶことを禁じられましたからね。英語が通じる日本人は珍しかったこともあってGHQ、特に奥様方と親交を結ぶようになったんです」

「ご子息を養子にと持ちかけてきたのは、シスターなんですか？　それともGHQのどなたかなんですか？　戦災孤児院は、GHQの支援で設立されたのでしたよね」

「そこはよく分からないのですが、両方かもしれませんね」

「両方？」

「そのシスターには、母が絶大な信頼を置いていましてね。ご存じかとは思いますが、教会には懺悔室《ざんげしつ》があって、抱えている悩みや過ちなどを神父に告白する場所があるんですけど、同性ということもあったんでしょうね。プライベートなことも含め、そのシスターには胸の内を洗いざらい打ち明けていたようなんです」

「先生ご夫妻に、お子様がなかなかできないことをお話しになったと？」

「多分そうだと思います。しかも、原因は私、つまり息子にあると分かったんですからね。私は小早川家に残る唯一の跡取り。このままでは、家系が絶えてしまうことに危機感を抱いたんでしょうね。母にしてみれば悩みは深刻ですから……」

小早川は声のトーンを落とし、短い間を置くと話を続ける。

「そうこうしているうちに、そのシスターを介してGHQの高官夫人の一人と知り合ったんですが、こちらの方とも馬が合ったんでしょうね。住まいも近かったこともありましたし、頻繁に行き来するようになったんです」

「じゃあ、お母様はその方にも？」

「ええ、話したんです。そうしたら、ならば養子を迎えればいいではないかと勧められたそうでして」

やはり……。

何もかもが、鴨上から聞かされた勝彦が養子に行った経緯と一致する。

息が止まる、心臓の鼓動が速くなる。

対面であったなら、間違いなく貴美子の表情の変化から、ただならぬ気配を察しただろうが、電話での会話が幸いした。

小早川は、淡々とした口調で続ける。

「養子については我々も考えたのですが、先にお話しした事情から、身内から迎えるのは難しい。半ば諦めかけていたのですが、だったら外から迎えればいいじゃないかと、そのアメリカ人の夫人から言われたんです。いかにもアメリカ人らしいですよね。外から養子、それも跡取りを迎えるなんて発想は、我々にはありませんでしたので……」

「それで、戦災孤児院に行かれたと？」

「いろいろ話し合ったのですが、結局はそうなりました。ただ、先のことを考えると問題はいくつも思いつくわけです。特に戸籍はどうにもなりませんのでね。後に養子と分かった時に本人がどう思うか。本人が気にしなくとも、私の跡を継いで政治家になるのですからね。支援者が後継者と認めるかどうかということも懸念されまして……」

「そこのところは、そのGHQ高官夫人が解決してくださったのですね」

「ええ、そうなんです」

「戸籍を改竄するだけの力があるなら、高官と言っても、かなりの地位がある方なんでしょうね」

「本国の国防総省から転勤してきた将官。確か少将だったと思います。ちょうど朝鮮戦争が勃発した頃に赴任してきた方で――」

間違いない。勝彦だ！

もはや、小早川の話など耳に入らない。

アメリカに渡ったとばかり思っていたが、勝彦は日本にいたのだ。

しかし、貴美子の胸中を満たしていたのは、我が子に対する思慕の念ではなかった。

会いたいという気持ちすら覚えなかった。

もし、勝彦が不遇な道を歩んできたのなら手を差し伸べる気にもなっただろうが、当時は殺人犯として獄に繋《つな》がれた身であったのだ。十分な教育を受けさせることもできなかったはずだし、まして政治家の道を志すことなど夢のまた夢どころか、絶対に不可能だったに違いないのだ。

ここまで順調に歩んできた道を閉ざすことなどできるものではないし、名乗っただけでも勝彦の将来に影を落とすことになる。

思いがそこに至った瞬間、今の自分がなすべきことは一つしかなかった。

それは、勝彦に政治家としての王道を歩ませること。障壁となりそうなものは、ことごとく潰すことだ。

占い師を続けてきた中で築きあげた政財界の人脈。そして影響力を駆使すれば、何ら難しい話ではないし、勝彦に天下を取らせることも夢ではない。

そのためには、まずもっかのところ小早川が抱えている最大の難題である、借金と縁談を解決しなければならない。

「先生……」

小早川の話が一区切りしたところで、貴美子は呼びかけた。

「はい……」

「どうでしょう。一度、森沢社長と一緒に、京都に来ていただけませんか？　うまくいけば、借金と縁談、二つの問題を円満に解決して差し上げられるかもしれません」

「えっ？　本当ですか？」

「ただ、来られる前に、一つだけやっていただきたいことがあります」

「それは何でしょう?」

「大蔵政務次官ならば、簡単にできることですわ」

貴美子はそう前置きすると、思い浮かんだ策を話し始めた。

5

新宿にあるヨドの本社から赤坂までは僅かな距離だ。

時刻は午後七時ちょうど。

高い黒板塀に囲まれた料亭の前に停《と》まった車の後部ドアを、法被を着た下足番が引き開けた。

路上に降り立った繁雄《しげお》は、迎えに出た女将《おかみ》に軽く手を挙げて応えると、そのまま玄関に向かって歩き始めた。

「先生は先ほどお着きになっておられます。お支度はいつもの通りでよろしゅうございますね……」

少し遅れて後に続く女将が、背後から訊ねてくる。

「ああ、それでいいよ」

繁雄は鷹揚《おうよう》に応えた。

小早川と会うのは三ヶ月ぶりになる。

連絡をしてくるのは小早川からと決まっていて、用件はただ一つ。金の融通である。

その際、提示された金額分に相当する手形に裏書きをさせ、現金を手渡すのだが、違法行為には当たらないものの、やはり他人に見られるのはまずい。僅かな時間だが、人払いをするのが常である。

靴を脱ぎ、玄関に上がったところで、繁雄は背後にいた秘書に向かって手を差し出した。

「今日は、ここまででいい。話が長くなるだろうから、君は先に帰っていいよ」

「はっ……」

頭を下げた秘書が、手にしていた鞄を差し出してくる。

それを受け取った繁雄は、女将の先導で廊下を歩き、一番奥の部屋へと向かった。

「森沢社長がお見えになりました」

廊下に立膝をついた女将が部屋に向かって声をかけ、障子を引き開ける。

座布団から身をずらした小早川が、そのまま畳に両手をつき、

「ご無沙汰致しております。今回もまた、無理なお願いにもかかわらず、ご快諾いただきまして恐縮に存じます」

深々と頭を下げる。

毎回毎回、代わり映えのしない言葉を……。

丁重ではあるが、上辺を繕っているだけのように感ずるのは気のせいではあるまい。

そんな内心を微塵《みじん》も見せず、

「いや、先生。頭を下げるなんてやめてください。大蔵政務次官ともあろうお方に、そんなことをされると、身の置き所に困ってしまいます。ささ、席にお戻りください」

繁雄は小早川を促し、正面の席に腰を下ろした。

「今回は、三千万円でしたね」

改めて金額を確認した繁雄に、

「興梠先生の政権基盤は盤石で、党内に対抗できる勢力はありません。興梠先生の資金基盤も豊かになるばかり。もちろん、私もその恩恵に与《あずか》っている一人ではあるのですが、自分のグループを率いる身です。それに、息子も来年の春には学位を取得して帰国する予定で、なるべく早いうちに後を継がせようと考えておりまして……」

「ほう、ご子息は、いよいよ帰国なさるのですか」

もちろん、小早川にアメリカに留学中の息子がいることは承知している。しかし、これまで小早川が自ら息子のことを話題にしたことがなかっただけに、繁雄には意外に思えた。

「ご存じでしたか？」

意外そうに言う小早川に、

「そりゃあ、優秀だともっぱらの評判ですからね。悪い噂《うわさ》はあっという間に広がるものですが、いい噂はなかなか広まらないものです。なのに私のような者の耳にまで入るくらいですから、周囲も一目置かざるを得ないほど優秀なんでしょうなあ」

繁雄は思い切り持ち上げてみせた。

「まだ海のものとも、山のものとも分かりませんがね。それに政治の世界は、優秀な人間が上に立つとは限りませんので……」

「確か、東大法学部を出られて、ニューヨークのコロンビア大学の大学院で学ばれておられるとか?」

「ええ……」

「東大もさることながら、コロンビア大学はアメリカでもトップレベルですからね。アメリカ歴代の政権で重職に就いた教授も数多くいますし、数多《あまた》の同窓生がアメリカの政財界で活躍しているんですから、先生の後を継がれたら、対米外交の要として異例の若さで要職に就くこともあり得るでしょうなあ」

小早川が自ら息子を話題にしたのをこれ幸いとばかりに、森沢はさらに持ち上げた。

「ただ一つ、気になるのは息子が、私のグループを率いるようになるまで、かなり時間がかかるという点です」

「と言いますと?」

「日本はまだまだ年功序列。経験値が評価される社会です。それは政治の世界も同じでしてね、それなりの当選回数を経ないと要職には就けません。グループを率いるのにも、同じことが言えるわけでして……」

「なるほど。つまりご子息が先生のグループを率いるようになるまで、先生の影響力をいかにして維持するかが、ご子息の将来を大きく左右するわけですね……」

「もちろん、代替わりした後も、息子の後ろ盾として影響力を行使するつもりではおります。ただ、ご承知のように政界での影響力は、とどのつまり金。興梠先生のように、絶対的な政権基盤をものにできれば、黙っていても金は集まってきますが、そうなるまでにはやはり――」

「時間がかかる。その間、どうやって凌《しの》ぐか。豊富かつ、安定的な資金源を確保できるか否かにかかってくるというわけですね」

その資金源をどこに求めるかとなれば、答えは明らかだ。

なのに頼み込むでもなし、相談を持ちかけるような言い回しをするのは、こちらから資金の提供を持ちかけさせるのが狙いだろう。

同じ借金にしても、「出して欲しい」と頼むのと、「私が出す」と言わせるのとでは、どちらが優位に立つかは明らかだからだ。

なるほど、そうきたか……。

いずれタイミングを見計らって、縁談を持ちかけるつもりではいたが、図らずもその時がきたようだ。

内心でほくそ笑みながら、繁雄は無表情を装い、

「もちろん、これまで先生をご支援してきたのですから、出せとおっしゃるのなら、出

して差し上げてもいいですよ。でもね先生、今日三千万用立てれば、これまでお貸しした金額と合わせて二億一千万。今後も資金の需要は尽きないでしょうから、幾らになるか分かったものではありません。まして、ご子息がグループを率いるようになって、政界で影響力を発揮できるようになるまでに、どれほど時間がかかるかを考えると、十億、いやその倍、三倍はかかるかもしれませんが、返済はどうなさるおつもりです?」

サングラスの下から、小早川を睨《にら》みつけた。

ところが小早川は怯《ひる》む様子も見せず、不敵な笑みさえ浮かべる。

「息子の将来に賭けて欲しいといったら、虫が良すぎますか?」

その反応ぶりから、彼が何を目論んでいるか察しがついたような気がした。

借金をチャラにするための方法は一つしかない。

息子と櫻子《さくらこ》を結婚させることを目論んでいるとしか考えられない。

望むところだ、と思いながらも、

「将来に賭ける?」

繁雄は片眉を吊《つ》り上げた。「確かに、ご子息は飛び切り優秀でいらっしゃるようだ。ですがね、政界は権力欲に取り憑《つ》かれた魑魅魍魎《ちみもうりよう》が蠢《うごめ》く場ですよ。それこそ一寸先は闇。何が引き金になって、失脚するか分かったものじゃありません。この際、はっきり申し上げておきますが、これまで一切借金の返済を迫らなかったのは、それこそ先生の将来に賭けたからなんです。そう遠くないうちに代替わりするお考えを聞かされたからには、これ以上金をお貸しすることはできませんね」

こんな返事は、想定していなかったのだろう。

「ちょ、ちょっと待ってください」

小早川は身を乗り出し、慌てた口調で言う。「新人議員には違いなくとも世襲の、それも四代目からのスタートとなるんですよ。これまで私が築き上げてきたグループも、いずれ引き継ぐことに――」

「世襲議員なんてわんさかいるじゃありませんか」

繁雄は小早川の反論をピシャリと遮った。「その中で総理総裁に上り詰めた人間が何人います？　そりゃあ、初代に比べれば出世する確率は高いと言えるでしょうが、ご子息の場合は、華麗な経歴が仇《あだ》になるかもしれませんしねえ」

「と言いますと？」

小早川は理解できない様子で、眉を顰《ひそ》める。

「ご子息は、既に勲章、それも望んでもなかなか手にできない勲章を胸にぶら下げているからですよ」

小早川は、まだ先があるのだろうとばかりに、繁雄の言葉を待っているようだ。

繁雄は続けた。

「小、中、高、そして大学は日本の最高峰。文字通りのエリートコースの王道を歩んで来られた。しかもいずれも国公立。つまり、実力で最難関を突破したんです。なるほど二代目、三代目議員の中にも同等の学歴を持つ者がいないではありませんが、欲しても手にできないものを持つ人間。しかも、それがライバルともなると——」

「妬み、嫉《そね》みの感情が先に立つ……とおっしゃりたいわけですね」

今度は小早川が、繁雄の言葉を遮った。

「それに日本人は、異物を排除しようとするきらいがあるように思うんです」

「異物？」

「この国では以心伝心、阿吽《あうん》の呼吸なんて言葉があるように、同類でつるんだ方が何かとやりやすいんですよ。そんな中に、アメリカで政治学の学位を修めたご子息が入ってきたら、異物と見做《みな》されることになるんじゃありませんか？」

「ならば、現幹事長はどうなんです？」

小早川は、納得がいかないとばかりに反論に出る。「彼は中卒、しかも世襲議員でもなく、与党の幹事長の座を手にしたんですよ。しかもまだ五十八歳。庶民の人気も抜群で、今太閤《たいこう》とさえ呼ばれてもいるじゃありませんか」

「あの人は例外中の例外ですよ」

繁雄は苦笑を浮かべた。「戦前、戦中、戦後暫くの間は、学力優秀でも貧しい家に生まれたがために、進学を断念せざるを得なかった少年少女がごまんといましたからね。それに、日本人は立身出世のストーリーが大好きですし、なんといっても、ご自分で立ち上げた事業で成功し、確たる財政基盤を自ら築き上げられた。そんな真似《まね》を三世、四世議員ができると思いますか？　度胸も根性も、野心の強さ大きさも、サラブレッドの比ではないんです。数多の修羅場を潜《くぐ》り抜けて、今日の地位を手にしたんです」

反論などできるものではない。

果たして小早川はぐうの音も出ないとばかりに、険しい顔をして押し黙る。

「先生……」

繁雄は小早川に向かって呼びかけた。「私は金貸しです。そして貸した金に金利を乗せた金額を回収できて初めて成り立つ仕事を生業《なりわい》としてるんです。消費者金融は信用貸しですが、手形金融は金額が大きい分だけ、リスクが伴います。ですから貸付金相当分の手形をもう一枚、担保としてお預かりしているのです」

繁雄が行っている手形金融の仕組みを小早川が理解しているかどうかは関係ない。

「担保」という言葉を印象づけるために言ったのだ。

「これまで先生には、金利をつけず、催促もせずで金を貸してきました」

繁雄は続けた。

「こんなこと、金貸し稼業を始めてから、一度としてなかったことなんです」

「その点は、重々承知しております……。甘えてばかりで申し訳ないとは常々思っていたのですが、社長の好意にすっかり甘える形になってしまって……」

心底恐縮した体で、小早川は肩を落とし、項垂《うなだ》れてしまう。

「私が勝手にやったことですから、それはいいのですが、なぜこれまで乞われるまま、黙って金を出してきたのか、分かりますか？」

さあ、そろそろ落としにかかるか……。

繁雄は、内心で舌舐《したな》めずりをしながら話を続けた。

「それはね、先生が在任中に、貸した金に見合う何らかの見返りを私、あるいはヨドにもたらしてくれるか、それなりの地位に就き、貸した金を耳を揃《そろ》えて返してくれることを期待していたからなんです」

「そこのところも十分に理解しております……」

小早川は呻くように言う。

「でしたら、貸した金に見合った働きもしていないのに、議員職は息子に譲るから、引き続き支援をしてくれとは、あまりにも虫が良すぎませんか？　代替わりとはいえ、ご子息は政界では一年生議員からのスタートなんですよ？　それなりの地位、力を保つまでにいったいどれだけの時間がかかり、金が必要になるんですかね」

「何もかも社長のおっしゃる通りではあるのですが、議席を譲った後もグループに所属する議員への私の影響力が衰えるとは考えておりません。息子の背後には常に私がいる。つまり、息子を通して――」

「どうやって？」

繁雄は小早川の言葉が終わらぬうちに訊ねた。「先生が影響力を発揮できるのも、確たる財政基盤があればこそ。私の支援が得られればこそではありませんか。私が、手を引いたらどうするのです？」

「そ……それは……」

返答に窮して、小早川はそれ以上言葉が続かない。

「となると、方法は二つしかありませんね」

仕留めた。もう逃げられない。

確信した繁雄は、冷徹な口調で告げた。

「一つは、現時点でお貸ししている残額一億八千万を耳を揃えて返していただくか――」

「できません！　今日だって三千万を用立ててもらうつもりできたのです。全額返済など、とても無理です」

顔面を蒼白《そうはく》にした小早川は、必死の形相で訴える。

それを無視して、繁雄は次の提案に入った。

「二つ目は、担保を入れていただく」

「担保？」

小早川は小さく呟《つぶや》き、眉を顰める。「今までお借りした分の返済すら追いつかないのに、担保に見合う財産など私にはありませんが？」

「担保はね、換金性があるものだけとは限りません。人だって立派な担保になるんですよ」

「人と言いますと?」

「ご子息ですよ」

繁雄があっさり答えると、

「息子? なんで息子が担保になるんですか?」

小早川は、驚愕のあまり声を張り上げる。

「先生、おっしゃったじゃないですか。息子の将来に賭けて欲しいと……」

「確かに言いましたけど――」

「最近でこそ聞かなくなりましたけど、借金の形《かた》に身を差し出した時代があったんですよ」

繁雄は小早川を遮り、明確に告げた。「要は縁を結ぶ、ご子息が私の身内になればいいんですよ」

「息子と社長のお嬢さんを結婚させろと?」

「二人が結婚すれば、先生のご子息は、私の義理の息子になるんです。息子に借金の返済を迫る親がどこにいますか。いないでしょう?」

「それはそうですが、しかし――」

「娘の幸せを願わぬ親はいませんからね」

繁雄は勢いのまま畳み掛けた。「義理の息子のため、それすなわち娘のためとなれば、私だって出し惜しみはしませんよ。先生の願い、ご子息の願いを叶《かな》えるべく、全力でお支えしますが？」

＊

やはりそうきたか……。

驚き、戸惑う素振りを見せたのは、もちろん演技である。

何もかもが想定通りの展開になったことに、小早川は胸中でほくそ笑んだ。

そんな内心をおくびにも出さず、

「おっしゃることは分からないではありませんが、それじゃまるで身売りじゃないですか……」

小早川は、か細い声で抵抗感を示してみせた。

「政治家や良家の結婚なんてそんなもんでしょう」

繁雄は平然と言う。「息子、娘の結婚が、両家にどんなメリットがあるのか。親も当事者もそれを吟味した上で縁続きになるのを良しとするんじゃないですか。閨閥なんてものは、そうやって出来上がるものでしょう」

時代と共に変化しているとはいえ、未《いま》だ家同士の打算によって成立する結婚があるのは否定できない。

「戦国時代の大名は、もれなく側室を設けていましたよね」

繁雄は続ける。

「あれはね、幼くして亡くなる子供が多くて、跡取りを確保する目的もあったでしょうが、側室の子だって殿様の実子には違いありませんからね。娘を他の有力大名の元に嫁がせれば縁続き。男子なら人質に差し出せる。子供は戦《いくさ》を抑止する道具となり得たからだと私は考えていましてね。とうの昔に戦の心配は無くなりましたが、その分だけ一旦縁を結べば家同士の絆《きずな》はより強固になるんですよ」

「結婚にそうした一面があるのは否定しませんが、社長からの借金は、息子が与り知らぬところで私がこしらえたものです。その形に息子を差し出すのは、親としてはさすがに……」

「まだ事の深刻さが分かっていないようですね」

繁雄の口調が明らかに変わった。

穏やかではあるものの、声の質感が重く冷たくなる。

そう、いよいよ金貸しの本性を現したのだ。

果たして繁雄は言う。

「先生が裏書きなさった手形が不渡りになっていないのはね、私が肩代わりして落として差し上げたからですよ。手形は全部コピーして私の手元にある。私が一括返済を迫ったら、先生どうなさいます？　サラ金から、こんな方法で政治資金を用立ててもらったことが、明るみに出たら先生どころか、ご子息の将来だって危うくなるんじゃありませんか？」

繁雄はケロイド状になった跡が残る顔を歪《ゆが》ませ、薄い唇の間から歯を覗《のぞ》かせる。

「いや、それは……」

「私を紹介した鴨上先生になんとかならないかと、ご相談に上がるとでも？　それもいいかもしれませんが、果たして鴨上先生は助けてくださいますかね？」

話しぶりからして、鴨上に助けを乞えば、どんな言葉が返ってくるか。繁雄は間違いなく知っている。

やはり、最初から筋書きはできていたのだ。

改めて確信しながら小早川は、

「いや、これ以上鴨上先生のお手を煩わせるのはちょっと……」

悄然《しょうぜん》と肩を落とし、俯《うつむ》いてみせた。

「だったら、どうなさるのです？　私の提案を呑んで資金提供を受け続けるか、全額耳を揃えて清算なさるかのいずれかしか選択肢はないじゃありませんか」

逃げ場を失った獲物を屠《ほふ》るかのような冷酷な声が頭上から聞こえた。

「分かりました……」

短い沈黙の後、小早川は決然として顔を上げた。

してやったりとばかりに、繁雄の頬が緩んでいるように見えるのは気のせいではない。

まだ、勝負はついちゃいないぜ……。

小早川は内心で毒づきながら、繁雄に言った。

「縁談の件、前向きに検討させていただきます。ただし、それに当たっては一つ、条件があります」

「条件？」

「私と一緒に京都に行って欲しいのです」

「京都に？　なんでまた」

問い返してきた繁雄に向かって、小早川はその理由を話し始めた。

6

電話から三週間後。小早川が森沢を伴って貴美子の元を訪ねてきた。

「失礼致します……」

小早川の押し殺した声が聞こえ、襖《ふすま》が引き開けられた。

「先生、ご無理をお聞き届けいただき恐縮でございます」

小早川は丁重に頭を下げ、部屋に入ると振り返り、「本日は息子の縁談について相談したく、先方のお父様を同行させていただきました。こちらは、ヨドの森沢社長です」

背後に立つ繁雄を紹介する。

一目見た瞬間、貴美子はぎくりとした。

暴漢に硫酸を浴びせられたとは聞いていたが、ケロイド状の痕跡は顔面から頭部にまで及んでいるらしく、鬘《かつら》を着用している。艶があり豊かな頭髪と赤黒く引《ひ》き攣《つ》れた皮膚とのコントラストが実に不気味なのだ。目にもダメージを受けたのか、室内の明かりは障子越しに差し込む透過光だけなのに、濃いサングラスを外す様子はない。

異様な容貌もさることながら、それよりも貴美子の目を引きつけたのは、繁雄の面差しに見覚えがあるような気がしてならなかったからだ。

人が醸し出す雰囲気や容貌は、時々の生活環境、経済状況、地位、立場と様々な要因で大きく変わる。それに既に中年も後半の域に差し掛かっていることもあって、顔の肉づきには弛《ゆる》みが見られるし、体型もやや肥満気味のようではある。だが身長はほぼ同じだし、何よりも醸し出す雰囲気のどこかに清彦《きよひこ》と似ている部分があるような気がしてならないのだ。

だとすれば、貴美子を目前にして、彼も同じ思いを抱いても不思議ではないし、その時感情の揺らぎが必ずや表情に現れるはずなのだが、そんな兆候は一切窺えない。

考えてみれば、それも無理はないのかもしれない。

自分の容貌も当時とは様変わりしてしまっているのは間違いないからだ。

神秘性を演出するために髪をアップにし、化粧も入念に施している。薄いサングラスをかけてもいれば、京都は和服の本場である。生地も縫製も名工の手によるものばかりで、この仕事を始めてからは金の苦労とは一切無縁の日々を送ってきたのだ。

清彦と暮らしていた当時は化粧などしたことはなかったし、何しろ戦後の混乱が色濃く残っていた時代である。今にして思えばボロ同然の服しか着られなかったし、髪にしたって櫛《くし》で整えるのが精一杯。日々口にする食事の内容も、生活環境も今とは雲泥の差だ。

薄紫色のサングラスの下から、無言のまま凝視する貴美子に、

「お初にお目にかかります。消費者金融のヨドを経営しております、森沢繁雄と申します」

繁雄は丁重な口調で名乗りながら深く頭を下げると、名刺を机の上に差し出した。

瞬間、貴美子は凍りついた。

年を重ねるにつれ、変貌するのは容貌ばかりではない。声だって相応に変わる。

しかし、今耳にした繁雄の声には確かに聞き覚えがあった。

そう、終戦の翌年から四年に亘《わた》って一緒に暮らした男、将来を誓いあった男、清彦である。

最後に会った拘置所で、清彦は「遠く離れた土地で再出発を図ろう」と言い残したが、繁雄が発する言葉のアクセントには関西訛《なま》りがあるのも気になる。

名刺を見ると、ヨドの本社所在地は東京だが、繁雄はヨドを一代で日本一の消費者金融会社に成長させたと聞いた。会社の成長は人間と同じで、いきなり日本一の会社になるわけではない。もれなく最初の一歩があり、それは小さな一歩から始まるのだ。そして、会社の規模が大きくなるにつれ政治・経済はもちろん、あらゆる分野の中心地、東京への進出を試みる。

なぜなら、東京を制すれば、それすなわち日本を制すること。つまり天下を取ること

になるからだ。

それに清彦は「資本家」を目指すと言っていた。

もし、清彦があの言葉通りの道を歩み、大阪でその第一歩を刻んだのならば、彼《か》の地で長い年月を費やすことになったはずだ。関西弁も自然と身についたであろうし、娘がいるのだから彼の地の女性を妻に娶ったのかもしれない。関西訛りは容易に消えるものではないし、そもそも東京に出てきても、関西人はお国言葉を使い続ける傾向がある。だとすれば、家庭内での会話も関西弁になるはずで、自然と身についたとしても不思議ではない。

しかし、巷間「他人の空似」と言うように、酷似した人間がいるのもまた事実ではある。

そこで貴美子は、まず繁雄が清彦なのかを探ることにした。

「ヨドの会社名は私も存じ上げておりますけど、森沢社長は、私の生業を承知の上で訪ねてこられたのですね」

「はい。もちろんです……」

繁雄はこくりと頷いた。

「日本一の消費者金融会社の社長が易を信じますの？　ほら、世間でよく申しますでしょう？　『当たるも八卦《はっけ》、当たらぬも八卦』って……」

「いや、先生の見立ての確かさは、神がかりとしか言いようがないと小早川先生から聞かされておりますので……。そのようなお力をお持ちの先生に、本来ならば鴨上先生を通さなければ見立てていただけないところ、特別に易を立てていただけるとのことでしたので、東京から馳せ参じた次第です」

貴美子の声を聞いても繁雄に気づく気配がないのは、やはり外見が当時とはあまりにも変わってしまったせいだろう。それに殺人の罪に問われ投獄された貴美子が、京都で有数の高級住宅地に立派な居を構え、高額な衣装を身に纏い、政財界の重鎮たちが崇《あが》め奉る存在になっているとは夢にも思うまい。

「そうですか……。では、早々に見立ててみましょうか」

貴美子は机の引き出しを開け、中にしまってある筮竹と算木《さんぎ》を取り出した。

いずれもここで卦を立てるようになって以来使い続けているもので、表面は黒光りしている。一纏《ひとまと》めにした筮竹を筮筒《ぜいとう》に突き立てた貴美子は、紙を一枚机の上に広げると、

「ご縁談についてでしたわね」

改めて見立ての内容を確認した。

「はい。私の娘と小早川先生のご子息の結婚を見ていただきたいのです」

「では、社長のお嬢様と先生のご子息の氏名、生年月日を教えてください」

貴美子が促すと、繁雄に続いて小早川が、二人の生年月日を答える。

櫻子のことはどうでもいい。最大の関心は小早川の息子の生年月日にある。

喉まで出かかっていながら、これまで一度もその二つを訊ねなかったのは、小早川と

の一連の会話の中で切り出すきっかけがなかったからだ。と言うのも氏名と生年月日は占いを行う上で必須の項目だが、そうでなければ知る必要はないからだ。

もっとも、小早川が正直に息子の生年月日を伝えてくるとは限らない。戸籍を改竄するにあたって、貴美子が勝彦を産んだその日をそのまま用いずに、生年月日を変えた可能性もあるからだ。

小早川の口から、息子の名前は誠一《せいいち》、そして生年月日を告げられた瞬間、貴美子が抱いていた確信は完全に裏付けられた。

なんと小早川は、まさに勝彦が生まれたその日を告げてきたのである。

なるほど、戸籍を改竄できるほどの力が働いたのだ。生年月日をそのまま用いたとしても、なんら不都合は生じないと考えたのだろう。

となると、残るは繁雄が本当に清彦なのかだが、裏を取るのは造作もない。

もし、そうだとしたら……。

貴美子は、これまでついぞ感じたことがないほどの得体の知れない何かが、胸の中で冷たい熱を発しながら瞬く間に膨張していく感覚を抱いた。

「分かりました……。では見てみましょう……」

手に取った筮竹を顔の前に翳《かざ》し、しばし瞑目《めいもく》する。

ザラザラと入念に捏《こ》ね、一本を筮筒に立て、四十九本を数本の筮竹を机の上に置く。

算木を並べ替え、数回同じ所作を繰り返すと、貴美子は整え終えた算木を凝視した。

正面の席に並んで座る二人が、息を呑んでお告げを待つ気配が伝わってくる。

「不思議な卦だわ……」

貴美子は呟くように言い、首を傾げて見せた。

小早川は縁談を破談に持ち込みたくて、繁雄をここに連れて来たのだ。

結果は先刻承知だから演技だろうが、繁雄は違う。

緊張しているのか、あるいは不穏な卦が出ているとでも思ったのだろう。

生唾を飲み込む気配が伝わってきた。

「縁談が整うまでは順調にいきますけど、結婚生活を続けるうちに、とても大きな難題、それも身内か、あるいは血縁者がもたらす難題に直面することになりますね」

「身内か血縁者……ですか？　それはどんな？」

小早川はそう訊ねながら、反応を窺うように繁雄に視線を向ける。

「さすがにそこまでは分かりませんけど、そうですね……、これ世間でよく言われる『親の因果が子に報い』って卦なんです。過去に誰かから酷い恨みを買うような不義理を働いたことはありませんか？　失礼ですが、お子様は他にいらっしゃいませんよね？たとえば前妻との間にお子様がいらっしゃるとか？」

瞬時にして繁雄の様子に変化が起きた。

表情が強張《こわば》り、血の気が引き、顔色が蒼白になる。

「いや、私は他に子供はおりませんが？」

小早川には想像もつかない展開であったのだろう。

貴美子に向かって断固とした口調で言うと、再び繁雄に目を向ける。

ところが繁雄は答えない。

残念なことに、サングラスに隠れて分からないが、目には驚愕の色が浮かんでいるはずだ。

「森沢社長は?」

貴美子は自然な口調で訊ねた。

答えに窮しているのか、あるいは図星をつかれて動揺しているのか、繁雄はみじろぎひとつせず椅子の上で固まってしまっている。

貴美子は質問を変えることにした。

「今、不思議と言いましたけど、長いこと易を立てていて、こんな卦が出たのは初めてなんです。もう一度お訊きしますけど、ご子息、お嬢様の生年月日、名前に間違いはありませんよね」

「間違いありません」

小早川が明確に答える一方で、繁雄は無言のまま小さく頷くだけである。

口を割らないのなら、割らせるまでだ……。

貴美子は胸中でほくそ笑みながら話を続けた。

「よく、過去に道を外れた行為を働いた人間が災難に遭うと、『因果応報』と言われますけど、長年こうした仕事をしていると、神様は確かに存在すると感じることが多々ありましてね。易とは実に不思議なもので、この四十九本の筮竹を捌《さば》いた結果で人の未来が分かってしまうんです。そして、私の最大の役目と言えば、災いを事前に防ぐこと。ですから、私の質問には正確、かつ正直に答えていただかないとならないのです」

貴美子は二人の顔を交互に見ながら、諭すように話すと、

「お二人のお子様方の氏名、生年月日に間違いがないとおっしゃるのでしたら、なぜこんな卦が出たのか。その因がどこにあるのか卦を立ててみましょうか」

そう前置きし、話を続けた。

「小早川先生は何度かお見立てしておりますので、森沢社長を観《み》てみましょうか」

繁雄の承諾を確認することなく、貴美子はペンを取った。「社長の先年月日を教えていただけますか？」

繁雄がようやく口を開き、低い声で生年月日を答える。

やはり、忘れもしない清彦のそれとぴたりと一致する。

間違いない……。清彦だ！

胸中を満たす塊がますます大きくなり、さらに冷たい熱を放ち始める。

そんな内心をおくびにも出さず、生年月日を紙に記載するや返す手で筮竹を取った。

ザラザラと入念に掻《か》き混ぜ、指先に触れるそれを捌き、算木を並べる。

一連の所作が終わったところで、貴美子は首を傾げて、

「ん？」

と小さく漏らして見せた。

海千山千、金の亡者が鎬《しのぎ》を削るサラ金業界で、日本一の座にまでのし上がった繁雄も、さすがに不安を覚えたらしい。

「先生……なにか？……」

低い声で問うてきた。

貴美子は算木を凝視し、短い間を置くと、

「過去に今の成功を手にするきっかけとなった、大きな転機があったようですね。それこそ別人に生まれ変わるような転機が」

刹那、繁雄はギョッとしたように、微《かす》かに上体を仰《の》け反らせる。

両眉が吊り上がったところを見ると、サングラスに隠れた両目は見開かれているのだろう。口を半開きにして息を呑む気配がある。

果たして繁雄は言う。

「お……おっしゃる通りです……」

そして、観念したかのように、自ら進んで口を開いた。

「実は私、森沢家に婿養子に入りまして、姓が変わっているのです。一代でヨドを日本一の消費者金融に育て上げたのは事実ではありますけど、正確に言えば義父がやっていた淀興業《よどこうぎょう》という街金を、婿に入った私が今の規模に育て上げたのです」

「そうでしたか。それでも一代で日本一の消費者金融にまで成長させるとは、見事な経営手腕ですわ。まさに立志伝中の人と称するに相応しいお方ですわね」

貴美子は繁雄の功績を讃《たた》え、微笑んで見せたのだが、口元がぎこちなくなるように感じたのは気のせいではない。獲物をどう屠るか。復讐《ふくしゅう》の時を迎えたことを確信した表れである。

「しかし、驚きました。そんなことまで分かってしまうとは……」

かかった……。完全に術中に嵌《はま》った……。

占いは、ある意味宗教に酷似している。

この成功が、この苦境がいつまで続くのか。己の将来にどんな運命が待ち受けているのか、人間誰しもが不安を抱く。神仏に祈り、祖先を崇めるのは、とどのつまり現世の利益を欲する気持ちの表れでしかない。そして万人が抱くそうした感情の下に成り立つのが宗教である。

「墓を粗末にするな」「先祖を大切にしろ」「蔑《ないがし》ろにしているからバチが当たったんだ」とはよく聞く言葉だが、考えてみれば実におかしな理屈なのだ。

なぜなら、仮に霊魂が存在するとしても、死してなお子孫繁栄を願いこそすれ、蔑ろにされたからといって災いをもたらすような先祖がいるはずがないからだ。

易だってそうだ。

巷間「当たるも八卦、当たらぬも八卦」と言われるように、易ごときで将来が分かってしまうなら苦労はしない。貴美子の易がことごとく的中するのは、日本の政財界に隠然と君臨する鴨上の意向を代弁しているからにすぎないのだ。

「社長の旧姓はなんとおっしゃるのですか？」

「井出《いで》です。井出清彦と言います」

すっかり貴美子の能力を信じきったと見えて、繁雄は旧姓のみならず名まで告げてきた。

7

「清彦？　お名前も変えられたのですか？」

貴美子は意外だというふりを装って訊ね返した。

「実は……」

清彦は、それから改名するきっかけとなった襲撃事件の概要を話し、「名前を変えろと言い出したのは義母なのです……。彼女が信奉する占い師に、このままではさらに大きな災難に見舞われる。改名して運気を変えないと大変なことになると言われたと懇願してきまして……。正直言って、それで運気が変わるとは思えませんでしたし、自分の力で会社をここまでの規模に成長させたのだという自負の念も抱いておりました。でも、暴漢に襲われた直後でしたので、さすがに断るわけにもいかず……」

清彦から改名した経緯を話し終えると、椅子の上で姿勢を正し、感じ入った様子で続ける。

「先生の能力については小早川先生からお聞きしておりましたが、ここまで凄《すご》いとは想像もつきませんでした。まさか婚外子がいるかもしれないことまで見通されるとは……」

「では、社長には婚外子が？」

もう言い繕うことはできないと覚悟したのだろう。清彦は、「はい……」と小声で答え、力無く頷く。

「大阪に出てくる前に内縁の妻がおりまして……。妊娠していたかどうかは分かりませんが、可能性はあると思います。別れる直前まで関係はありましたので……」

「捨てたのではなく、別れたのですか？　相手も同意の上で？」

嘘《うそ》も大概にしろ！　と罵声を浴びせかけたくなるのを必死の思いで堪《こら》え、貴美子は問うた。声が冷え冷えとしたものになったのは気のせいではない。そこまで完全に感情を制御できなかったのだ。

「いろいろと、止むなき事情がありまして……」

今度は止むなき事情ときた。

ならばその事情とやらを聞かせてもらいたいものだが、敢えてそこには触れず、

「可能性はあるとおっしゃいましたけど、今に至るまで確かめようとはなさらなかったのですね？」

貴美子は質問を発した。

さすがに小早川が同席の上では答えづらいのか窮する清彦だったが、今度は言い訳に出る。

「あの頃は、街金業のいろはを学ぶのに必死で、東京に帰ることができなかったのです。当時は新幹線もありませんでしたのでね……。淀興業に入社してからは、私の発案で始めたところ、これが手形金融が大当たりして、陣頭指揮を執ることになりましてね。次いで、主婦金融を始めてからは、会社の規模が急速に拡大したこともあって、連絡を取ろうとした時には消息が摑《つか》めなくなってしまいまして……」

よくもまあ白々しいことを……。

それでも貴美子は冷静を装って質問を続けた。

「そんなところにお義父《と》様から、娘の婿にと乞われたと？」

「彼女は空襲で両親や親族を全て亡くしていましてね。それからは次々に不幸に見舞われたもので、東京から早く離れたい。見知らぬ土地で一からやり直したいと常々言っていたのです。多分、私の帰りを待ちきれなかったのではないかと……」

「それでは社長が捨てたのではなく、捨てられたと？」

「そういうことになるでしょうね。結果的には……」

清彦は慚愧《ざんき》に堪えないとばかりに、顔を歪めため息を吐く。

もちろん演技である。

とうの昔に見切った男だが、貴美子は改めて清彦の本性を見た思いがした。

呆《あき》れ果てて二の句がつげないでいる貴美子の内心を知る由もなく、清彦は続ける。

「そんなところに社長、いや義父から娘と結婚して婿に入ってくれないかと言われましてね。仕事はますます忙しくなるばかりでしたから、彼女を探す時間もなければ、手がかりもない。それに尼崎《あまがさき》の一街金にすぎなかった淀興業が、それこそ日の出の勢いで、事業を拡大し続ける最中のことです。はっきり言って、これは全て私の功績です。応分の地位、報酬は得られても、雇われ人の出世には天井があります。しかし、婿となれば話は別です。自分の力で天下を取れるかもしれないと思ったのです」

勢い余って本音が出たと言ったところか。

要は、野心に目覚めて貴美子を捨てたと言っているのだ。それはさておき、こうなると小早川がこの縁談を躊躇したのは、不幸中の幸いだったと貴美子は思った。

なぜなら誠一、いや勝彦と櫻子の父親は清彦。つまり異母兄妹《きょうだい》になるからだ。

既に気がついていたにせよ、この縁談が成立した時のことを考えると、貴美子は悍《おぞ》ましさを覚えた。そして何がなんでも、この縁談は阻止しなければならないと思うと同時に、鴨上に対しても猛烈な怒りを覚えた。それは清彦に対する怒りと同等、いやそれ以上と言ってもいいかもしれない。

勝彦が養子に出された時の経緯を、あそこまで知っていたのだ。

養父母になったのが小早川夫妻であり、誠一が勝彦であったことも知っていたはずなのだ。

そう考えると、小早川の政治活動の資金源としてヨドを斡旋《あっせん》したのも偶然とは思えない。

鴨上の権力への執着は異常と言えるほど強いものがある。彼を詣でる政財界の重鎮たちの相談を受け、自ら動くに当たっては入念、かつ周到な調査を行うのが常である。その上で、自ら下した結論を貴美子に伝え、さも神からのお告げであるかのように語らせるのだ。

もし、繁雄が清彦だと鴨上が知っていたら、二人の子の父親が清彦だと、承知の上で結婚させようとしていたことになる。

だとしたら許せない。これは自分に対する裏切り行為以外の何ものでもない。いや人としてあるまじき行為だ。

燃え上がる怒りの炎をグッと堪え、貴美子は言った。

「最初に出た卦が内縁の妻との間に生まれた子供のことなら納得がいきます。これね、いますよ子供……。そうとしか思えませんね」

「その子供が、いずれ災いをもたらすとおっしゃるのですか？」

ギョッとしたように、清彦が問い返してくる。

「卦を見る限りではそのようですね」

「しかし、彼女との子供がどう二人の将来に影響してくるのでしょうか？　だって、どこに住んでいるのかも分からない。彼女が今どこで、どう暮らしているのかも分からない。子供の性別も、どう育ったのかも分からないんですよ」

「だから怖いんです」

貴美子は断じた。「ほら、よく言いますでしょう？　世の中は広いようで狭いって。それに一つお訊きしますけど、社長はご自分の力でヨドを消費者金融業界一の会社に育て上げたとおっしゃいましたけど、街金はともかく、金融業は法に明るいだけでなく、相当な経済知識を持っていないと務まらないものじゃありませんの？」

「戦中でしたので繰り上げ卒業ですが、一応、法学部を出ておりますので……」

「どちらの？」

「東京帝大です」

清彦の小鼻が膨らんだように見えるのは気のせいではあるまい。

貴美子は「ふん」と鼻を鳴らしたくなるのを堪え、

「やっぱりねえ～」

感心したように言った。「帝大を出ていらっしゃるお父様の血を引いているのなら、お子さんも優秀なのかもしれませんよ」

事実、勝彦がそうなのだ。

清彦の遺伝子が混じっているのが残念でならないが、貴美子にしてみれば、十ヶ月に亘ってこの腹の中で育ち、人の形となって生まれてきたのだ。己の血と肉を分け合った分身そのものだ。

貴美子は思い切り皮肉を込めて返すと、

「そのお子さんが実の父親を探しているとしたらどうします？」

何気なさを装って訊ねた。

「えっ？」

「あり得るんじゃありません？　今でも未婚の母を見る世間の目はまだまだ厳しいものがありますし、まして終戦から何年も経っていない頃にお産みになったんでしょう？　許嫁《いいなずけ》が戦死したというならまだしも、あの時代未婚の母が女手一つで子供を育てるのは、そりゃあ大変だったと思いますよ」

そんなことは考えたこともなかったのだろう。

痛いところを突かれたらしく、清彦は戸惑いの色を露《あらわ》にして沈黙する。

貴美子は続けた。

「母親の苦労を目の当たりにしながら育てば、突然消息を絶った父親のことを恨むでしょう。でもその一方で、肉親への思慕の念は捨て難いものがあると思うんですよ」

「まあ、それは……」

清彦は呻くように漏らし、再び口を噤んでしまう。

「終戦直後は日本中貧しい人だらけ。赤貧洗うがごとくの暮らしを送らざるを得なかった人たちがたくさんいましたよね？」

清彦は無言のまま頷く。

「貧困から抜け出すには、学を身につけるのが最も早いんです。賢い母親ならば、絶対にそこに気づくはず。社長と内縁関係にあった女性は、そこに気づかないような方でしたの？」

「いや……彼女なら気づくかもしれませんね……」

へえ〜っ。一応、馬鹿じゃないとは思ってたんだ。

「学を身につけさせようと、苦労する母親の姿を目の当たりにしていれば、子供だってそれに応えようと勉学に励むでしょう。まして、社長の血を引いておられるんですもの、それこそ東大に入学して大会社の幹部候補生、あるいは官僚になっていたっておかしくはないんじゃありません？」

そこで清彦は初めて反論に出てきた。

「子供が男だったらあり得るかもしれませんが、あくまでも仮定の話じゃありませんか。可能性を言い出したら、それこそなんでもありだし、女だったら――」

「女だったら、なおさらじゃありません？」

貴美子は清彦を遮った。「未婚の母の娘を好き好んで嫁に迎える家なんて、滅多にあるものではありません。端から女の幸せが結婚にあるとは考えず、それこそ勉強に心血を注いで、一人で生きていく道を選ぶことだって考えられるんじゃありません？」

「それも、仮定の話ではありませんか」

清彦が憮然《ぶぜん》とした口調で言う。「詳しいことは話せませんが、彼女には私を探すに探せなかった事情があったんです。ですから、もし子供がいたとしても、男だろうと女だろうと、私の前に現れるなんてことは絶対にないと断言できますね」

理由って、殺人罪で懲役に科せられたこと？

盗人《ぬすっと》猛々《たけだけ》しいとは、まさにこのことだ。

いったい誰が二人の米兵を殺したんだ。お前じゃないか！　その罪を被《かぶ》ってやった、私に対してよくも……。

その瞬間、清彦を奈落の底に突き落とし、二度と這《は》い上がれないようにしてやる復讐への道筋がはっきりと見えた。

そして、清彦を探してくれと鴨上に依頼しようとしたあの時、脳裏に浮かんだ言葉を思い出した。

「豚は太らせてから食え」

豚は十分すぎるほど肥え太った。

ついにその時がきたのだ。

お前は終わりだ。いや、終わらせてやる。

あの時の決意をいよいよ果たせるのだという思いが、冷笑となって口元に浮かぶのを感じながら、

「でもね社長……。そうはおっしゃいますが、卦の結果を見る限り、この縁談はお止め

になった方がよろしいですよ。もちろん信じる、信じないはご自身が判断なさることですから、ここからはご自由に……。私が言えることはそれだけです」

貴美子は言い放った。

8

「先生、ありがとうございました」

二人が辞して二時間ほど経った頃、小早川が再度貴美子の家を訪ねてきた。

「森沢社長は東京に？」

「ええ、この時間から乗れる一番早い新幹線で東京へ戻ると……。私は政調会長と会うことになっていると事前に告げていたので、京都駅で別れました」

週末になると国会議員は地元に戻る。

小早川がここに戻ってくるのは、予《あらかじ》め決めていたことで、党の政調会長は京都を地盤としていることから、小早川はそれを口実にしたのだ。

「で、森沢社長の様子は？　縁談を進めるか、止めるか、決断したの？」

貴美子が訊ねると、

「決めかねているようですね。今のところは……」

小早川は含み笑いを浮かべる。「なにしろ易と言っても、ただの易じゃありませんからね。政財界の重鎮が、こぞって詣でる先生の見立てです。さすがに聞き流すわけにはいきませんよ。まあ、破談になるでしょうね」

「そうなればいいけどね……」

異母兄妹が夫婦になるなんて、想像するだに悍ましい。

貴美子は本心から言った。

「しかし、驚きました」

小早川は感じ入った様子で、貴美子をまじまじと見つめる。

「驚いたって何がです？」

「何がって、先生の易ですよ。破談にしたくてお縋りしたんですから、後に大きな難題に直面するとおっしゃられたのは分かります。でも、それが血縁者によってもたらされるものと言って、森沢社長に内縁の妻がいたことを白状させてしまうんですからねえ。仰天しましたよ」

「誤解なさらないでね」

貴美子はピシャリと返した。「私は、易で出た卦をそのまま伝えただけです。先生は破談をお望みになっていらっしゃったから、結果を曲げてお伝えすることもできましたけど、ああいう卦が出てしまった以上、そんな小細工をするまでもなかったのよ」

「えっ！　そうなんですか？」

「考えてもみなさいよ。森沢社長とは初めて会ったのよ。彼の過去なんか全く知らないんだもの。内縁の妻、まして他に子供がいないのかなんて訊いた挙句に、否定されでもしたら、それこそ『当たるも八卦、当たらぬも八卦』のそこら辺に山ほどいるただの易者になってしまうじゃない。そんな易者の見立てなんて、誰が信じるものですか」

小早川は目を見開き、貴美子を凝視する。

目の色が今までとは違う。

まるで人間の理解の範疇《はんちゆう》を超える能力を持った人間、いや神そのものを見ているかのような畏敬の念に満ち溢《あふ》れている。

その様子からして完全に、いやこれまで以上に貴美子の能力を信じ切ったのは明らかだ。

そこで貴美子は話題を変えることにした。

「そうなると、問題は先生が抱えていらっしゃる借金をどうするかですね」

途端に小早川の顔が曇り、知恵を乞うように上目遣いで貴美子を見る。

「問題と言えばもう一つ、鴨上先生のこともあるわね」

貴美子は続けた。「鴨上先生が、この縁談を進めろとおっしゃれば、先生どうなさるおつもり？　私が見立てた結果を理由に断るのかしら？」

「そ、そんなことは口が裂けても言えませんよ」

小早川は滅相もないとばかりに首を振る。「鴨上先生を通さずに、先生に易を立ててもらったなんて知れようものなら、どんなことになるか……。掟破りを許すような方じゃありませんから、そこのところは森沢社長にも秘密を守るよう、念を押しておきましたので」

「ならばどうなさる?」

「そ、それは……」

小早川は口籠り、視線を落として机の一点を見つめるだけとなる。

「一つお考えいただきたいことがありますの」

貴美子はいよいよ本題を切り出しにかかった。

「それはどんな?」

「ご子息の政界への進出を遅らせていただくことはできませんか?」

「遅らせるとはどのくらいですか?」

「二年でも、三年でも」

「それでどうなると言うのです?」

「縁談を引き延ばす、いや破談にするための時間を稼ぐのです」

貴美子の意図が読めないらしい。

それを訊ねようとする小早川より先に、貴美子は問うた。

「留学中のコロンビア大学でのご子息の成績は?」

「院生ですから、授業のコマ数は学部程多くはありません。ほぼA評価を受けていると聞いておりますが?」

「優秀な成績を修めていらっしゃるのね。では、主任教授は?」

「スタンレー・マクレイン教授です」

「どんな経歴の方なのかしら？」

「政治学の権威として有名な方で、かつてはホワイトハウスで政策スタッフとして次席補佐官を務めたことがあります。コロンビアは教授、学生もリベラルが多いそうなのですが、マクレイン教授はガチガチの保守であると同時に、愛国心が大変強い方だと聞いております」

「愛国心？」

「彼はミシガン出身でしてね。父親が自動車会社の役員だったとかで、次席補佐官であった当時はアメリカでシェアを拡大しつつあった日本車に脅威を感じていたらしく、輸入に何かしらの制限を設けることをいち早く提唱したほどでして」

「それ、何年前のこと？　自動車の対米輸出が俄に問題視されるようになったのは、ここ数年のことじゃありませんでした？」

「十数年前ですから、やはり先を見る目は確かなんでしょうね」

「ってことは、日本に対してはあまりいい感情を抱いていないのでは？」

「ところが、政治のみならず倫理には厳しい方だそうでしてね。人種差別とは無縁の方のようで、少なくとも誠一には好意的に接してくださっているようですね」

「でしたら博士課程に進まれたらいかがです？　博士号を取るには最短でも二年はかかるんじゃありませんでしたっけ？」

これにはさすがの小早川も驚き、

「そんなものを取って、どうするんですか？　学者になろうというならともかく、政治家に博士号なんて必要ありませんよ」

考えられないとばかりに首を振る。

「持っていたって邪魔になるものではないでしょう？」

「先生……上を目指そうというなら、議員になるのは早いに越したことはないんです」

「でも、来年帰国してしまえば、それこそ鴨上先生が縁談を進めろとおっしゃるかもしれませんよ」

痛いところを突かれて、小早川は言葉に詰まる。

「そもそも論になりますけど、先生はどうしてご自身が上に行くことを目指さないのですか？　当選回数のことがあるのは分かりますし、何よりも政界の力学は複雑にすぎますからね。早くにご子息を代議士にすることができれば、天下を取る可能性が高くなるとお考えになるのも分かります。でも、先生にだって天下を取る可能性はまだあるんじゃありません？」

「いや、現実問題としてそれは……」

「政界の力学は複雑にすぎると言いましたけど、別の言い方をすれば何が起こるか分からないのが政界じゃありませんの？」

「それは、おっしゃる通りですが、しかし——」

「しかし何です？」

「博士号はどうかと思うんですよ。医学博士の学位を持っている代議士はいないではありませんけど、政治学ってのは憲政史上一人もいませんからね。第一、日本では博士って学者が持つものってイメージが定着しているように思うんです。事実、官僚にしたって博士号どころか修士を修めてから入省してくるのは稀《まれ》ですからね。族議員という言葉があるように、特定の分野を得意とする議員がいるのは事実ですが、それだけやっていればいいというものではありません。博士号なんか取ってしまうと、それこそ学者、専門馬鹿。政治家としてはむしろマイナスに働くんじゃないかと思うんです」

なるほど小早川の言には一理ある。

それに、政治の本質はアカデミズムに裏付けられた理論によって行われるものではなく、議員本人のみならず支援者、ひいては有権者の願望、欲望、利権といった様々な要素が絡み合う中で、最終的には数の力を以《もっ》て決着を図る泥臭いものなのだ。

ならばとばかりに、貴美子は新たな提案をしてみることにした。

「アメリカの国会議員の下で修業させるというのはどうかしら？」

「修業？」

小早川は短く漏らし、「ふむ」といった様子で考え込む。

「アメリカ国内では、日本車の対米輸出を問題視する機運が高まる一方ですが、それでも日米関係は良好なまま維持しなければなりません。ご子息は卓越した語学力を持っておられるのですから、有力議員の下で修業させれば、アメリカ議会内に人脈を築くこともできるのでは？」

「なるほど、それはいいかもしれませんね」

「これは誰にでもできるというものではありませんよ。二世、三世議員だって、外国人と直接渡り合える人はまずいないでしょうからね。その点、ご子息は違います。通訳を必要としないほどの英語力があり、アメリカ議会内にも広く、太い人脈を持っているとなれば、年齢、議員としての経験なんか問題にならないんじゃないかしら。それこそ、外交の舞台では早くから重用されるでしょうし、特に対米外交では貿易を中心とした経済問題が広く交渉課題となるはずです。つまりそうした場に早く身を置くことによって外交のみならず、国際経済の最先端の知識、政治交渉の技術を身につけることができる。繰り返しになりますが、これは誰にでもできることではありません。ご子息だから可能なのです」

言葉に熱が籠るのは、気のせいではない。

我が子勝彦が、政界で上り詰める道筋が、はっきりと見えたからだ。

小早川の表情が変わる。

貴美子に向ける瞳が炯々《けいけい》と輝き、その光を反射するかのように表情が明るくなる。

果たして小早川は言う。

「先生、さすがです。それ、とても素晴らしいアイデアです」

しかし次の瞬間、一転して表情を曇らせると、「でも、森沢社長には、誠一がますます魅力的な結婚相手と映るんじゃありませんか」

と懸念を述べる。

「その点は、ご心配なく。そうならないように手を打ちますので……」

「手を打つ？」

訝《いぶか》しげに言う小早川に貴美子は言った。

「もちろん、先生にその覚悟があればですけど？」

「覚悟とおっしゃいますと？」

「これからお話しすることを聞いたら、後戻りはできませんよ。それでもよろしいですか？」

さすがに小早川も不穏な気配を察したらしく、返事を躊躇する。

「私の目論見通りにことが進めば、ご子息どころか先生ご本人が党内、ひいては政界の頂点を摑むのも夢ではないかもしれません」

こうも念を押されれば、真っ先に目論見が外れた時のことに考えが及ぶものだ。

しかし、小早川はここで何らかの策を講じないことには森沢との縁談を完全に潰すのは難しいかもしれない。何しろことの成否は、鴨上の意向次第と思い込んでいるだろう。

しかも、貴美子の易の凄さを見せつけられた直後とあっては、一か八かの賭けに出てみる気持ちになるはずだ。

「分かりました。聞かせて下さい」

　果たして、小早川は決意の籠った眼差しを向けてくる。

「鴨上先生を潰すの」

　貴美子は静かに言った。

「か、鴨上先生を潰すぅ！」

　仰天なんてもんじゃない。

　小早川は、跳び上がらんばかりの勢いで腰を浮かし、声を裏返させる。

「いや、先生。いくら何でもそれは――」

「ちっとも無理じゃないわよ。鴨上先生のお力は絶大なものがあるのは事実だけど、それはあくまでも裏でのこと。表舞台に立たないからこそ力を振るえているの。つまりモグラなのよ。モグラって陽《ひ》の光を浴びたら、たちまち死んでしまうでしょう？」

「それはそうですが、少しでも間違えば返り討ちにされて、私なんかそれこそ二度と表舞台に立てなくなってしまいますよ」

「鴨上先生の首を取れば、意向も何もあったもんじゃないでしょ？　残るは森沢社長からの借金だけど、そちらの方は私がうまくやって差し上げますから」

「しかし、どうやったら鴨上先生を潰せるんですか？　先生のお力は政財界だけじゃありませんよ。これまで先生の存在が一切表に出なかったのは、マスコミの上層部にも力が働いていたからじゃないですか。表に出すと言ったたって、そのマスコミが動かなければー―」

「日本のマスコミはそうでしょうね」

ジャーナリスト、ジャーナリズムと言えば聞こえはいいが、大マスコミの記者はもれなくサラリーマンである。報道内容、記事の論調も組織が決めること。とどのつまり、上司の許可なくして報じられはしないのだ。

「日本のマスコミはって……じゃあ、海外メディアを動かすってことですか？」

「そうね。結果的にはそうなるわね」

貴美子は微笑んでみせた。

「どうやって」

「ご子息に一働きしていただきたいの」

「誠一に？　誠一に一体何をしろと？」

「簡単なことだけど、先生、ご子息の双方への見返りは大きいと思うわよ。あちらで組む相手を間違えなければ、ご子息は大物議員の下で修業を積めることになるでしょうし、党のご重鎮も何人かは政治生命を失うことになるでしょうからね。重い蓋が取り除かれれば、先生にはチャンス到来。それこそ天下を取ることも夢ではなくなるかもしれませんわよ」

見据える貴美子の視線を捉えたまま、微動だにしないでいる小早川の喉仏が、大きく上下に動く。

「やってくださるわね」

聞いた以上は後戻りできないと告げたのだ。

拒むことなどできはしない。

それでも、声が出ないでいるらしく、小早川は無言のままこくりと頷いた。

第七章

1

貴美子《きみこ》から計画を聞かされた小早川《こばやかわ》は素早く動いた。

誠一《せいいち》は修士論文に目処《めど》がついた時点で、指導教授のマクレインに、「帰国後は現職の衆議院議員である父親の後継者となるべく秘書になることを決意した。日米は今後より一層固い絆《きずな》で結ばれることになるであろうから、アメリカの政治の場に身を置いて研鑽《けんさん》を積みながら人脈を築きたい。ついては上院でも下院でも構わない。私を受け入れてくれる現職議員を紹介してくれないだろうか」と願い出た。

院生時代の成績も申し分ない。誠一の人となりも熟知しているし、現職の国会議員、それも大蔵政務次官の息子である。

それでも、卒業後は直ちに日本に帰国するものと思っていたマクレインは、少し驚いた様子だったと言うが、彼もかつて次席補佐官として政権内で働いた経験を持つだけに、日米双方の政界に深いパイプを持つ人材を育てるまたとないチャンスと映ったことだろう。それに、ビジネスマン、留学生のいずれを問わず、長く滞在した国にシンパシーを覚えるようになるのは洋の東西を問わない。

　マクレインも自分の弟子からアメリカ贔屓《びいき》の国会議員が誕生すれば、国益にもなると考えたのだろう。彼は誠一の申し出を快諾すると、ミシガン州選出の上院議員、アルバート・ヘンドリクスを紹介してきた。

　小早川によれば、ヘンドリクスは保守強硬派とされる人物で、早くからマクレイン同様アメリカ市場を席巻《せっけん》する日本車の脅威を訴えてきた対日強硬派の急先鋒《きゅうせんぽう》だという。

　マクレインの紹介とはいえ、いずれ日本で国会議員になる人物を、自分の事務所で働かせることにヘンドリクスは難色を示したらしいが、小早川が語るには彼自身がしたためた手紙が功を奏したらしい。

　年功序列、前例主義、高齢者による議会支配等々、日本の政界が未《いま》だ旧態然とした体制下にあることに危機感を覚えていることを訴え、アメリカでは若く才能に満ち溢《あふ》れた人材の登用を躊躇《ちゅうちょ》せず、政治のみならずビジネス社会においても重用される。そしてリーダーが代われば、政策、経営方針、組織までもが一変してしまうアメリカのダイナミズムを称賛し、将来日本を率いる人材になるべく誠一をヘンドリクスの元で学ばせたいと訴えたと言うのだ。

　これに対してヘンドリクスは、スタッフの雇用は議員本人の裁量に任されているとはいえ、誠一は外国人である。正式にスタッフとして働いてもらうことはできないが、インターンとしてなら迎え入れると返してきた。

かくして誠一は修士号を修めると同時に、住居をニューヨークからワシントンＤＣに移し、キャピトルヒル内にあるヘンドリクスのオフィスで働くことになったのだった。

朗報は直ちに小早川から電話で知らされたのだったが、さてそうなると、どうやって鴨上《かもうえ》の首を取るかだ。

小早川が貴美子の元を訪ねてきたのは、誠一がワシントンに居を構えて、十日ほど経《た》った頃のことだった。

「思いの外うまくいったわね。私も調べてみたけれど、ヘンドリクスって、将来大統領になるかもしれないって言われるほどの有望株らしいじゃない。それに保守本流、しかもミシガン選出とあって日本の自動車産業を目の敵《かたき》にしているんでしょう？　インターンとはいえ、よく日本人をオフィスに入れてくれたわね」

「一番効果があったのは、マクレイン教授の推薦状でしょうね」

目的が無事果たせたことに、安堵《あんど》しているかのように、小早川は目元を緩ませる。

「教授の父親が自動車メーカーの役員だった頃、ヘンドリクスの父親が直属の部下だったそうでしてね。元々父親同士が親しい仲だったことも幸いしたんでしょう」

「確かヘンドリクスの父親も、その後同じ会社の役員になったのよね」

「ええ……。それに際しては、マクレイン教授の父親の後押しがあったようですけどね……」

「なるほどねえ。それじゃあ断れないわけだ」

「それにヘンドリクスが初当選したのは、マクレイン教授が次席補佐官に就いていた時でしてね。党の公認を得るに当たっては、マクレイン教授が随分動いたようなんです。教授にも面子《メンツ》ってもんがありますからね。推薦状を送った相手から、断られたんじゃ格好がつきませんもの」

「それでも、最初は渋ったんでしょう？　最終的には先生の手紙が功を奏したんじゃありません？」

貴美子は、さりげなく持ち上げた。

小早川も満更でもないとばかりに、小鼻を膨らませる。

「現職の与党国会議員。それも大蔵政務次官が、今の日本の政治を憂いている内容ですからね。マクレインもヘンドリクスも、日本にいい印象を持っていないのは明らかですが、誠一が私の跡を継ぐのは規定の路線ですのでね。縁を結んでおいて損はないと考えたんでしょう。ほら、映画のセリフにもあるじゃないですか。『友を近くにおけ。敵はもっと近くにおけ』って。まさにそれじゃないですかね」

「二人とも、それだけご子息の将来性を高く評価したってわけね」

全米トップクラスの大学の教授、そして現職の上院議員に我が子の可能性が認められたと聞けば、嬉《うれ》しく思わぬ母親がいようはずがない。

貴美子は口元が綻んでしまうのを抑えきれない。

さて、そうなると次の一手だ。

「先生……。いよいよ次の段階に入るわけですが……」

貴美子は一転、表情を引き締め、声を押し殺した。

「鴨上先生を失脚させにかかるのですね」

小早川の喉仏が上下に大きく動く。

「鴨上先生を失脚させるのは、難しいことではないの。あの人が力を振るえるのも、裏にいればこそ。表舞台に引き摺《ひず》り出せばイチコロよ」

「おっしゃる通りですが、しかしどうやって……。先生は陽《ひ》の光を浴びればモグラは死んでしまうとおっしゃいましたけど、どうやったらそんなことができるのか、未だ皆目見当もつかなくて……」

鴨上に刃《やいば》を向けるとなると、やはり失敗した時の恐怖が先に立つのだろう。話すうちに小早川の声のトーンが落ち、ついに語尾を濁してしまう。

「簡単よ。これまで鴨上先生が政財界を裏で動かして、どんなことをしてきたのか。それもアメリカがらみの案件を、洗いざらいぶちまけるのよ」

「洗いざらいって、そんなの何件もあるんじゃないですか？」

小早川は、目を丸くして驚愕《きょうがく》する。

「そう、いくらでもあるけど直近、それも大金が動いた案件をリークするのよ」

「リークって、どこにです？」

「決まってるじゃない。ヘンドリクスよ。対日強硬派の急先鋒にして、大統領を目指している人間なんだもの、日本を叩《たた》き潰すカードを手に入れたとなれば黙っちゃいないわ。それはアメリカのメディアだって同じ。一旦、事が公になれば――」

貴美子は冷笑を浮かべたのだったが、

「そ、そんなことできるんですか？　確たる証拠がなければ――」

小早川は顔面を蒼白《そうはく》にして、言葉半ばで反応する。

「証拠ならあるわよ。私の手元に……」

「先生の手元に？」

「鴨上先生にだって判断がつきかねる相談事、願い事がありますからね。私に卦《け》を立ててもらえっておっしゃるのは、そうした事案なんですもの。先生にも心当たりがおありになるでしょ？」

「ええ、それはまあ……」

「中には、表沙汰になると大スキャンダルになること間違いなし。当事者どころか、鴨上先生の命取りになる事案も多々あるの」

「しかし、証拠と言っても様々です。メモや証言だけではヘンドリクスも動きようがないのでは……。やはり当事者間で交わされた文章とかの確たる証拠がないと……」

「その確たる証拠はヘンドリクスに入手してもらうのよ」

「まさか、そのために息子をヘンドリクスの事務所に？」

小早川は、跳び上がらんばかりの勢いで声を張り上げる。しかし、貴美子はそれに答えず話を進めた。

「卦を立てるに当たっては何を見て欲しいのか、目的を訊《き》くわよね」

頷《うなず》く小早川に、貴美子は続けた。

「私の前では、誰もが正直になるの。当たり前じゃない。将来や今抱えている事の結末に不安を抱いているから卦を立ててもらいに来るんですもの、嘘偽《うそいつわ》りを言ったら当たるものも当たらなくなってしまうでしょ？　だから私が訊《たず》ねるまでもなく、秘めた思いや不安を洗いざらい打ち明けてしまうの。表に出てしまおうものなら、命取りになるようなことでもね」

貴美子は巧妙に嘘を織り交ぜた。

いくら手を結んだとはいえ、貴美子に神秘的能力があると信じて疑わない小早川に、この絡繰《からくり》を明かすわけにはいかないからだ。

「おっしゃる通りです……。私だって、先生には全てのことを洗いざらい打ち明けていますから……」

「とはいっても、私は表沙汰になれば大スキャンダルになるネタをいくつも知っていますけど、記録しているのは簡単なメモ程度で、録音をとっているわけでもありませんからね。物証と言えるものは、何一つ持ってはいないの」

「メモ程度では、捏造《ねつぞう》されたとかいくらでも言い逃れができますからね」

「それに、物証になるものを持っていたとしても、そんなものを公にすることはできないわよ。当たり前でしょ？　私が漏洩元《ろうえいもと》だなんて知れようものなら、誰も近づかなくなりますからね。それじゃあ、商売上がったりになってしまいますもの」

その言葉を聞いた途端、小早川は不思議そうな表情になって訊ねてきた。

「今のお話からすると、先生はまるで占い師生命を懸けて、今回の件に協力してくださっているようですが、なぜそんなリスクを冒してまで私に？」

「正直言って、この国の権力者の腐敗ぶりにうんざりしているからよ」

貴美子は、声を荒らげてみせた。「経済界の重鎮たちの依頼内容は、会社の経営に纏《まつ》わることより、自身の出世や権力闘争の行方とか、欲に基づくものが圧倒的に多いのよ。政治家にしてもそれは同じでね。国の舵取《かじと》りを担う立場にありながら、政策に関するものなど一つとしてありはしない。とどのつまりは己の出世欲、権力欲を満たすこと、そして利権に与《あずか》ることとしか考えちゃいないの」

それは、小早川にも言えることなのだが、貴美子は「あなたは違う」と印象付けるべく、話を続けた。

「日本の政界には、新しい風が必要なの。居座り続ける老人たち、旧弊を吹き飛ばすような暴風が……。だから私は先生と、ご子息に賭けてみたいと思ったの。ご子息が私の思惑通りに動いてくれれば間違いなく鴨上先生の首を取れるし、彼以外にこの目論見《もくろみ》を果たせる人間は他にいないと確信したの」

そこで、貴美子は一旦言葉を区切ると、

「これでも私、この国を憂いているのよ」

ニコリと微笑《ほほえ》んでみせた。

「なるほど、政財界の重鎮たちの真の姿を目の当たりにしてきたからこそ、危機感、絶望感を抱かれたわけですか」

小早川は腑《ふ》に落ちたとばかりに二度、三度と頷く。

「繰り返すけど、これはね、千載一遇のチャンスなの。国内で風を吹かそうにも、政治家やマスコミを動かすのは難しいけど、アメリカなら話は別よ。ましてあちらには、日本企業の台頭に危機感を抱いている政治家は数多くいますからね。興梠《こうろぎ》総理どころか、政界の重鎮たちの首を取り、裏で絶対的権力を振るう鴨上先生の首まで取れるとなれば、彼らは絶対に動くわよ」

貴美子の確信の籠った言葉に、小早川の目が炯々《けいけい》と輝き出す。

「で、先生。その大スキャンダルになるネタとは？」

「それはね——」

まずは、鴨上からだ……。

貴美子は、いよいよ復讐《ふくしゆう》への第一歩を踏み出した。

2

誠一がヘンドリクスの下で働くことが決まったのを知らされた清彦《きよひこ》は、櫻子《さくらこ》との縁談話に触れないようになった。

もちろん二人の結婚を断念したわけではない。

「ご入用とあれば、いくらでもご用意致しますので」と。清彦自ら小早川に資金提供を申し出てきたからだ。

焦っているな……と貴美子はほくそ笑んだ。

なにしろ過去に内縁の妻がいたことを小早川の目前で白状させられた上に、「血縁者がもたらす難題に直面する」とまで宣告されてしまったのだ。かといって、誠一以上の条件を兼ね備えた相手は二度と現れない。となれば取れる手段はただ一つ。金の力で小早川を縛りつけることしかない……。そんな清彦の心情が透けて見えたからだ。

もちろん小早川も清彦の狙いは先刻承知で、「どうしたものか」と相談してきたのだったが、貴美子は「必要なだけ借りたらいいじゃない。大丈夫、面倒なことにはなりませんから」と一言で片づけた。

というのも貴美子には鴨上の力を無きものにした後は、清彦に生き地獄を味わわせる筋書きが既に頭の中で出来上がっていたからだ。

それから半年。何の前ぶれもなく、突如アメリカからもたらされた一報に、日本は騒然となった。

日本最大手の民間航空会社、全日本航空（全日航）が三年前に導入した最新型ワイドボディ旅客機の選定を巡る大スキャンダルが発覚したのだ。

それはアメリカ上院の外交委員会多国籍企業小委員会が開いた、公聴会の場でのやり取りが発端だった。

アメリカ議会が開催する公聴会は報道機関の注目度が高い上に、偽証すれば罪に問われるだけでなく人格を否定され、その後の社会生活に甚大な影響を及ぼすことにもなりかねない。それゆえに議員の質問に対する証言の信憑性《しんぴょうせい》もまた極めて高いとされている。

そんな公聴会の席上で、「当該機を全日航に売り込むに当たっては、コンサルタントとして雇った人物を通じて、日本の有力政治家に圧力をかけた」「その人物を通じて、有力政治家複数名に賄賂を支払った」と、航空機メーカーの役員が証言したのだから、日本のメディアも黙っているはずがない。

公聴会が開催された当日から、夜のテレビニュースはこの件についての報道一色となり、翌朝からは新聞が続いた。さらに航空機メーカーの代理店となった総合商社が関与していることが明かされると、取材合戦は加熱する一方となり、メディアは連日このスキャンダルを大きく報じた。

小早川が貴美子の下を訪ねてきたのは、そんな最中《さなか》のことだった。

「何もかも、先生が描いた筋書き通りの展開となりましたね。最初にこのスキャンダルのことを聞かされた時には、アメリカの議員だって企業は組織票が見込める票田の一つ。献金ももらっているでしょうから、果たして議員が動くのかと、疑問に思っていたのですが、いやさすがは先生だ」

部屋に入った途端、小早川は興奮した様子で言う。

「アメリカにも族議員とまではいえないまでも、特定企業や産業と深く結びついている議員がいるようですけど、主要産業は州によって違いますからね。ヘンドリクス議員の地盤のミシガン州は航空機産業とは無縁の地ですからね」

「ミシガンといえば自動車産業。反日本車の中心地ですからね。誠一を通じてヘンドリクスに今回の件をリークしたのは大正解です」

「公聴会の様子はテレビで見たけど、ヘンドリクス議員が質問を発しなかったのは意外だったわ。大スキャンダルに発展すると分かっていたでしょうに、どうして質問を同席した議員に任せたのかしら。彼だって政治家なんだもの、名前を売る絶好の機会だったはずなのに」

公聴会の映像はテレビで見たが。居並ぶ航空機メーカーの幹部を追及するのは、ケリー・ホプキンスという上院議員で、ヘンドリクスの名前はついぞ出てこなかったのだ。

「花を持たせたんじゃないですかね」

小早川は言う。

「花を持たせた？」

「ホプキンスは上院議員のキャリアも長いし、予備選で敗退したとはいえ、かつては党の大統領候補指名戦で最後まで争ったことがありましてね。ヘンドリクスが所属している党の大物なんです」

小早川の話には、まだ先がありそうだ。

黙って話に聞き入ることにした貴美子に向かって、小早川は続ける。

「それに彼は保守派の中でもタカ派な上に相当な野心家のようで、実力、実績は申し分ないが、バランス感覚にいささか欠けると評価する議員が多いと聞きますね」

「それで指名戦に敗れたわけ？」

「ただ、有権者の評価は違いましてね。彼が地盤としているペンシルベニア州では、圧倒的支持を得ているんです」

「それはなぜ？」

「ペンシルベニアの主要産業は鉄です。かつて日本には『鉄は国家なり』と言われた時代がありましたけど、アメリカもまた同じでしてね。それほど重要視されている製鉄産業の分野でも、日本の鉄鋼メーカーが台頭してきて、アメリカ市場を食い始めた……」

「ヘンドリクスはミシガン選出。州の主要産業は自動車だから、日本憎しという点では共通しているわけね」

「自動車産業は、最大の納入先の一つですからね。日本で製造された自動車が、アメリカ市場でシェアを伸ばす。それすなわち鉄の国内需要が減っていくってことなんです。ですからアメリカの製鉄産業には死活問題そのものなんですよ」

「二人がタッグを組んだ理由は分かったけれど、なぜヘンドリクスは——」

「次の大統領選への出馬を考えているからですよ」

小早川は、再度質問を発した貴美子を遮って続ける。

「バランス感覚に欠けると評価されてはいるものの、ホプキンスの愛国心に疑念を抱く議員はまずいません。人望もあれば、彼の言うことには耳を傾ける。それが党内での彼の影響力に繋《つな》がっているんです」

そこまで聞けば、小早川が言わんとしていることに察しがつく。

「つまり、ここで彼に花を持たせておけば、次候補指名戦で支援してもらえる可能性が高くなる。ヘンドリクスはそう考えたのね」

「そういうことです。ただし、誠一の解説によれば……ですけど」

小早川は、誇らしげに言い、「ただ、ヘンドリクスの思惑はどうあれ、ホプキンスを前面に出したのは、私たちにとっても幸運でした」

話題を転じてくると、続けてその理由を話し始める。

「航空機の採用を巡って、メーカーが日本の政治家に多額の賄賂を贈ったなんて、当事者以外に知り得ない情報ですからね。当然、関係者はこの情報をアメリカ側にリークした犯人探しを始めるでしょう。もし、ヘンドリクスが公聴会の場で追及の先頭に立っていたら、真っ先に誠一に疑惑の目が向けられたはずです」

ここで誠一の名前が出てくると、本当にその恐れがないのか、不安になってしまうのは、やはり母親の性《さが》というものか……。

「本当に大丈夫なの？　ご子息がヘンドリクスの下で働いているのは、すぐに分かってしまうんじゃないの？」

「誠一はその恐れはないと言っていましたけどね」

意外にも小早川は心配する素振りを見せない。

「どうして？」

「彼の下で働いているといっても、インターンですからね。先生、インターンの仕事とはどんなものかご存じですか？」

もちろん、そんな知識は持ち合わせていない。

「いいえ」

貴美子は首を振った。

「日本流に言えば書生、雑用係ですよ。さすがにお茶汲《ちゃく》みはしませんけど、コピーを取ったり、書類の整理をしたりとか……」

「そんなの、コロンビア大学で修士を修めているのに？」

「そんなの、キャピトルヒルでは、ありふれた学歴ですよ。政策スタッフを目指すにしても、まずはインターンからと決まっているんです。そりゃそうですよ。能力が分からないうちは正式に採用できませんからね」

「まさかインターンごときが、こんな大ネタを持ち込んだとは、誰も思いもしないというわけね」

「当のヘンドリクスだって、誠一からこの話を聞かされた時には、半信半疑だったと言いますからね」

小早川は、含み笑いを浮かべる。

「それにしても公聴会で、航空機メーカー側が賄賂を贈ったことをあっさり認めたのには驚いたわ。偽証すれば罪に問われるのは知っているけど、一国の政治に甚大な影響を与えることになるんですからね。巧妙に躱《かわ》すんじゃないかと思っていたんだけど……」

「賄賂ありきの途上国ならまだしも、日本ですからね」

含み笑いの余韻を引きずり、肩を震わせる小早川だったが、一転真顔になると奇妙なことを言う。「誠一が言うには、公聴会を開く前に、議員がメーカー側に取引を持ちかけたそうなんです。正直に話せば贈賄罪には問わないと……」

「罪を問わないって、どういうこと？　アメリカにも贈賄罪はあるんでしょ？」

「もちろんありますが、所謂《いわゆる》司法取引ってやつです。航空機はアメリカの重要な産業の一つですからね。それも大手は民間機だけでなく、軍用機も製造していますから、採用されれば数十機、時には百機を超える大量受注になるわけです。加えて、部品やエンジンなどの周辺機器も売れる。それも当該機が使われる限り、継続的な需要が発生しますから、巨額のビジネスになるんです。しかも、民間、軍用共に、アメリカの海外戦略に関わりますのでね。国家戦略の観点からも、自国陣営に引き入れたい、あるいは留《とど》めておきたい国との商談では、当該国の有力者に賄賂を贈るのは当たり前に行われているんですね。だから、おいそれと摘発するわけにはいかないんですよ」

「なるほどねえ……。そう聞くと、罪に問わないというのも納得がいくわね」

「実は今日、東京を発《た》つ直前に、誠一から電話がありましてね」

誰が聞いているわけでもないのに、小早川は声を潜める。「次回の公聴会では、航空機メーカー側から、賄賂を贈った決定的な証拠が開示されるようですよ」

「決定的な証拠？」

「それが、賄賂を贈った先と金額が記された書類らしいんです」

小早川の瞳が怪しく光る。

「そんなものがあるの？　誰が作成した書類なの？　証拠として信頼できるものなの？」

「航空機メーカーの日本総代理店になっている総合商社が作ったものだと言っていましたので、まさに動かぬ証拠になるでしょうね」

「そんなものをどうして総合商社が？」

「そりゃあ、総合商社にとっても、採用されたらビッグビジネスになるからですよ。航空機の売り込みはオール・オア・ナッシングですからね。不採用となったら、事業部の売り上げはゼロになるんですから、そりゃあ必死になりますよ」

ごもっともとしか言いようがないのだが、贈収賄は紛れもない犯罪行為だ。なのに金額はまだしも、賄賂を受け取った人物の名前を記した書類を残すとは、あまりにも迂闊《うかつ》にすぎる。

唖然《あぜん》として言葉が出ないでいる貴美子に、小早川は続ける。

「まあ、総合商社は賄賂を贈って当たり前という国々でもビジネスをしていますのでね。それに、オール・オア・ナッシングは航空機メーカーにしたって同じです。採用されれば一機六十億円、二十五機で千五百億円、仮に一パーセントを賄賂に使ったとしても、十五億円ですから、その程度で採用してもらえるなら安いもんですよ」

「それで、賄賂を渡すべき人物のリストを総合商社が作ったってわけね」

「世界中でビジネスを展開する航空機メーカーといえども、日本の権力構造を把握しているとは思えませんからね。その点、総合商社は違います。日本が行っている、途上国への経済支援、ODAによる社会インフラの整備等の原資は、国費から捻出されていますが、当該国での受注元は日本企業が大半です。そのことごとくに商社が介在しているんですから、渡す相手のリストアップなんて、お手のもんですよ」

「賄賂を受け取った人たちは、戦々恐々としているでしょうね」

貴美子は自然と笑いが込み上げてくるのを覚えながら、小早川に問うた。「先生は、私がこの件にどう関わったのか、知りたいんでしょう?」

「ええ……。この件を聞かされた時から、喉まで出かかっていたのですが、なかなか切り出せなくて……」

「ここには、政治家はもちろん財界人も訪ねてくるけど、商社の役員もよくやってくるのよ。今、先生がおっしゃった、ＯＤＡ関連事業は大きな稼ぎどころですからね。鴨上先生の紹介で、卦を立ててもらいにくるの」

「では、今回の件に関しても、総合商社の人間が？」

「来たわよ。受注を争っていた三つの総合商社の役員が……。三社ともＯＤＡはもちろん、他の大型案件でも鴨上先生のお力に縋《すが》ることが多々あるんだもの当然よ。だから日頃の付き合いがある分、先生も困ってしまわれてね。それで私に見立ててもらったらどうだってことになったらしいの」

商社の役員が訪ねてきたのは事実で、卦の結果は、鴨上からの指示通りに告げただけだが、もちろん明かすことはできない。

貴美子は続けた。

「それで卦を立ててみたんだけど、これが本当に不思議でね。三社共に、受注できるかどうか以前に、この案件は後に災いをもたらすことになる。諦めるわけにはいかないだろうけど、慎重を期すべきだという卦が出たの」

実のところは少し違う。

鴨上の狙いは三社を競わせ、コンサルタントに就任する際の報酬の吊《つ》り上げにあったのだ。

それ以前に別個に立てた三つの卦が、全て同じだなんて、あり得ないと気づきそうなものだが、小早川は、貴美子が森沢《もりさわ》の過去を言い当てた場に同席していたのだ。

貴美子には神秘的な能力があると信じ込んでいる小早川は、

「やはり先生は凄《すご》い……。背筋が粟立《あわだ》ちました……」

喉仏を上下させ、生唾を飲み込む。

「あの人たちが、あの卦の意味をどう解釈したかは分からないけど、先程の先生のお話を聞いて合点がいったわ。だって、千五百億ものビジネスになるっていうんだもの、そりゃあリスクを冒してでも取りにいくわよね」

「それに、総合商社の役員は、もれなくサラリーマンですからね」

小早川は、皮肉めいた口調で言う。

「それ、どういう意味？」

「サラリーマン社会では、実績を上げないことには出世はできないってことですよ」

小早川は、続けて解説を始める。

「役員が来たとおっしゃいましたけど、訪ねてきたのは副社長、専務クラスだと思うんです。政治家だって国会議員になったからには、大臣、あわよくば総理の座を目指すのと同じで、サラリーマンだって、役員になったからには社長になることを夢見ているに違いないんです。機種変更に伴う新型機の大量購入なんて、滅多にありませんからね。

千五百億の売りを立てれば昇進確実。ゼロに終わればそれまでですから、そりゃあ諦め切れませんよ」

「そこから先のことは詳しくは知らないけれど、受注獲得には鴨上先生の力を借りなければならないのは先刻承知。メーカーから、賄賂を贈った先のリストが出てきたところからして、その辺りの事情を商社の人間が先方に伝えたのね。それからは条件次第。先生に最も多額の金額を提示したメーカーが、このときの商談をものにしたってわけね」

「でも、先生……大丈夫なんですか？」

何か思い当たったのか、小早川は不安げに言う。

「大丈夫って何が？」

「後に災いをもたらすことになるって、賄賂のことですよね。つまり先生は、スキャンダルになることを予見なさったわけじゃないですか」

「公明正大に行われた商取引が、スキャンダルになるわけがないんだから、そういうことになるわね」

「ってことはですよ。総合商社三社の目論見、受注を巡っての動向も先生は把握なさっておられたんですか？」

「完全に把握していたわけじゃないけれど、ある程度はね」

「じゃあ、航空機メーカー、受注を獲得した総合商社、鴨上先生以外に、賄賂の受け渡しがあったことを知っているのは、先生だけってことになりませんか？」

「リークした犯人だと疑われやしないかって心配してるわけ？」

「ええ……」

「それはないわね」

貴美子は断言しながら口元に笑みを湛《たた》えた。「だって私は賄賂の授受があったかどうかなんて知らないもの」

「でも先生は、この情報を誠一からヘンドリクスに伝えるよう、私に指示したではありませんか」

「これほどのお金が動くビジネスで、鴨上先生がタダで動くと思う？　政財界のご重鎮方が、先生を訪ねるのはお願い事をするためなのよ。先生には、願いを叶《かな》えてやれる力があるからなのよ。その力は財力があって初めて維持できるものなの。成功報酬、御礼《おれい》、コンサルタント料と名目は様々でも、とどのつまりは賄賂なの。鴨上先生とは長い付き合いだもの、いちいち聞かなくたってもらってるに決まってるじゃない」

「ならば余計――」

「あのね」

貴美子は小早川の言葉を遮った。「どうして、私がこの情報をリークしなければならないの？　どうやって、アメリカの上院議員に伝えるの？　私、アメリカの議会内に伝《つ》手《て》なんかありませんし、英語だってさっぱりなのよ？　それに、ヘンドリクスには日本の有力政治家、権力者に賄賂が渡ったようだってご子息が口頭で伝えただけで、実際に調査に当たったのは彼のスタッフじゃない。もっとも、先生が私から聞いたとご子息に教えたのなら、あり得るかもしれないけど？」

貴美子は片眉を吊り上げて、小早川を凝視した。

「いや、先生のことは一言も……」

小早川は、滅相もないとばかりに首を振る。

「だったら絶対にバレないわよ。第一、ここまでことが大きくなれば、犯人探しどころの話じゃないわよ。鴨上先生の存在が明るみに出れば、騒ぎは拡大するばかり。収賄罪で逮捕されれば、懲役につくことになるのは間違いないんだから」

「でも、先生……、誠一がヘンドリクスの下で働いていると知れれば……」

ついさっき自ら否定したにもかかわらず、小早川は、急に不安になったらしい。

その声が強張《こわば》り、心なしか顔が白くなっているように思える。

「考えられないわけじゃないけど、先生がおっしゃったように、その可能性は低いでしょうね」

貴美子は即座に否定すると、その根拠を話し始めた。

「私と先生が鴨上先生を通さず、何度も会ってるなんて誰も知らないんだもの。森沢社長にしたって、会ったのは一度だけ。しかも目的は縁談よ？　仮に、ヘンドリクスの事務所にご子息がいることを知ったとしても、情報源が先生だなんて思わないわよ。実際、私が今回の件を明かすまで、先生は賄賂の受け渡しのことなんか知らなかったじゃない」

「確かに……」

納得した様子の小早川に、貴美子は続けた。

「それに鴨上先生は、あれ以来二人の縁談の行方なんか訊ねてきませんからね」

貴美子はあっさりと言ってのけた。「先生にとっては、大事な一人息子の縁談だけど、鴨上先生にしてみれば、日々聞かされる、お願い事、相談事の一つにすぎないの。願いを叶えてやれば、黙っていても相手がお金を持って御礼にくるんだし、まして縁談だもの。忘れちゃってんじゃない」

安堵と屈辱が入り混じる複雑な表情を浮かべる小早川に、

「次の公聴会が楽しみだわ。いったい誰にどれほどのお金が渡ったのかしら。鴨上先生だって、アメリカ議会相手じゃどうすることもできないものね。今頃どんな気持ちでいらっしゃるのかしら」

貴美子は努めて明るい声で言い、忍び笑いを漏らした。

3

二度目の公聴会を報じるニュースを見ながら、アメリカは面白い国だと貴美子は思った。

アメリカには、CIA(中央情報局)やNSA(国家安全保障局)、DIA(国防情報局）等、国家が運営する諜報《ちょうほう》機関がいくつもある。いずれも情報収集に務める一方で、中でもＣＩＡは合法、非合法の如何《いかん》にかかわらず、隠密裏に工作活動を行っているとされている。

時には敵対国の体制転覆を図ったり、暗殺も厭《いと》わないと聞くから、ある意味犯罪国家とも言えるのだが、衆目の前で不正行為を追及する場となると、模範的な法治国家に豹変《ひょうへん》する。

公聴会は、その典型的な場と言える。

横一列に並んで座る航空機製造メーカーの役員たちに、自身の意見や感想を織り交ぜながら厳しい質問を重ねるホプキンスの姿は、上院議員というより容疑者を取り調べる検事に見える。

開始から十五分。

「さて、前回の公聴会では、代理店になった日本の総合商社が提出してきた、賄賂の送り先のリストがあるとおっしゃいましたね。今日は、そのリストを公開していただく約束でしたが、お持ちいただけましたか？」

ホプキンスがいよいよ書類の提出を求めた。

「はい、上院議員。ここに……」

答える役員の顔が、見上げるようになっているのは、追及する議員たちの席が、一段高いところにあるからだ。

役員が差し出した一枚の紙を受け取ったホプキンスは、素早くそれに目を通すと、

「名前の横に『オレンジ』、続いて数字が書かれてありますが、これは金額を意味する符牒《ふちょう》なのですか？」

「その通りです……。オレンジ一個が、日本円で一千万円。個数を掛ければ総額になります」

会場が騒《ざわ》めく中、ホプキンスは質問を続ける。

「ざっと見たところ、聞き覚えのある名前ばかりですね。たとえば『コウロギ』ですが、これは現総理大臣の興梠氏のことですか？」

「はい。その通りです」

アメリカから見れば敗戦国だろうが、今や世界が認める経済大国日本の現総理である。返答するのを躊躇しそうなものなのに、あっさりと認めるのだから、貴美子もこれには驚いた。

それは会場に詰めかけた聴衆たちも同じなようで、会場内にどよめきが起きる。

「では、『アイハラ』と『カワゾエ』は――」

「それぞれ当時の与党幹事長と運輸大臣です」

「他にも、全日航の役員と思《おぼ》しき名前が複数ありますが、こちらは？」

「いずれも機種選定に深く関わった全日航の役員です……」

証言するメーカー役員の声は明確でありながらも低く、諦念している様子が伝わって

くる。

その時画面が切り替わり、ホプキンスの顔が大映しになった。

険しい表情、鋭い眼光は追及者特有のものだが、目元が一瞬緩んだように思えたのは気のせいではあるまい。今この瞬間、世間の注目を一身に集めることになったのを確信したのだ。

そして、今回の贈収賄事件のキーマンとなる人物の名前をまだ出さないでいるのは、早々にリストの提出を求めなかったのと同様、演出効果を高めるために違いない。

果たしてホプキンスは言う。

「一人だけ知らない名前があります。『カモウエ』ですが、これは誰なんです？　どんな役割を担った人なのですか？　総理大臣がオレンジ三個、三千万円なのに、このカモウエなる人物には、五千万円も支払われいるようですが？」

「カモウエ氏はコンサルタントとして雇うよう、代理店から指示された人物です」

これもまた、メーカー役員はあっさりと答える。

「コンサルタント？　具体的には、どんな働きを？」

「分かりません」

役員は首を振る。

「分かりません？　おかしな答えですね。コンサルタントなら、クライアントと密に連絡を取り合いますよね？　あなた自身、あるいは御社の担当者も、このカモウエなる人物と会ったことがないのですか？」

「その通りです」

「その通り？　コンサルタントがどんな働きをしたのか分からないのに、飛び抜けて高い金をもらっているなんておかしいじゃないですか。このリストは総合商社側が作成したとおっしゃいましたが、賄賂は誰が支払ったんですか？　代理店の総合商社ですか？　あなた方ですか？」

「最終的には、我々が支払いました」

「このリスト通りに？」

「その通りです……」

「じゃあ、このカモウエなる人物が、どんな仕事を行ったのかを知らないまま、突出して高額な金を支払ったと？」

「カモウエ氏は、日本の政財界に絶大な影響力を持つ人物だと聞かされました。旅客機、軍用機共に、新型機への切り替え需要は滅多に発生しません。採用されれば大量受注となりますし、長期間に亘《わた》って周辺機器の需要が恒常的に発生することになります。日本の場合、民間航空会社、自衛隊共に、新型機の導入となりますと、政治がらみになりますので、政界に絶大な影響力を持つと言われますと、彼の力を借りずして、受注は覚束《おぼつか》ないと考えたのです」

ホプキンスは呆《あき》れたように、眉を顰《ひそ》めながら小首を傾《かし》げる。

もちろん演技だ。

「フィクサーじゃありませんか。そんな人間が日本にいるのですか？　途上国や独裁国家ならさもありなんですが、日本は歴《れっき》とした先進国、経済大国ですよ？　俄《にわか》には信じ難いのですが？」

始まった！　ついに始まった！

日本の政財界を裏で操る鴨上の存在が暴かれ始めた。

思惑通りに事が運び出したことに興奮し、貴美子は食い入るように画面に見入った。

「上院議員……。ただ今も申し上げましたが、日本の航空会社は民間企業ではありますが、政界や国家機関の意向を無視できないのです」

「それは我が国だって同じじゃありませんか。航空会社はＦＡＡ（アメリカ連邦航空局）の指導には従わなければなりません。レギュレーションやその他諸々《もろもろ》、航空行政を管理するのはＦＡＡ、同じ役割を日本で担っているのが運輸省なのでしょう？」

「確かに、航空行政における役割は同じですが、国家機関の意向が航空会社の人事にも働くという大きな違いがあるのです」

「それは、どういうことですか？」

「いろいろありますが、一例を挙げますと、全日航の歴代社長は全員運輸省の高級官僚が就任しております。官僚人事には政権の意向が強く働きますので、高官トップといえども従わざるを得ない。航空会社に転じた後も、同じ状況が続くのです」

「つまり、カモウエなる人物には時の政権を動かせる力がある。彼が承諾すれば商談は成立すると代理店から言われたのですね」

「その通りです……。時の総理大臣といえども、カモウエ氏の意向は無視できないのだとも聞かされました……」

「それじゃ、キングメーカーでもあるわけですか？」

「私は、そう理解しております」

「理解したとおっしゃいますが、これは極めて重大な証言ですよ」

ホプキンスは、顔の前に人差し指を突き立てて念を押す。「一人の人間が、一国の政治や経済界を動かせる絶大な力、権力を持っている。しかも、国民に選ばれたわけでもないのにですよ。この意味が分かりますか？　民主主義国家であるはずの日本が、実は北朝鮮さながらの、一人の権力者に支配されているということなんですよ」

さすがに、「そうだ」とは断言できないのだろう。

役員は困惑するかのように、視線を落として押し黙る。

しかし、ホプキンスは追及の手を緩めない。

「このカモウエの存在を、日本の報道機関は知っているのでしょうか？」

「分かりません……」

役員は、マイクに顔を近づけ短く答える。

「裏でとはいえ、それほどの権力を持つフィクサーの存在を知らなかったとしたら、日本の報道機関は取材力に著しく欠けていると言わざるを得ないですね。知っていて報じていないのなら、報道機関としての義務を果たしていない……。いや、国民に対して背徳行為を働いてきたことになるんですよ」

ここで、日本の報道機関のありように話を転ずるのは筋違いの気もするが、貴美子にはホプキンスの狙いが透けて見えるようだった。

貴美子は、思わず苦笑してしまった。

ホプキンスが日本に対して抱いている敵意、警戒感の強さを見た思いがしたのだ。

少数かもしれないが、鴨上の存在を知っている人間が、日本の報道機関の中にはいるはずだ。それも、自社の報道をコントロールできる力を持つ、高い地位にある人間のはずで、意図して鴨上の存在に触れないようにしてきたのではないかと、ホプキンスは疑っているのだ。もし、そうだとしたら、メーカー役員の証言をかい摘《つま》み、スキャンダルを矮小化《わいしょうか》することも可能だし、鴨上の正体にほとんど触れることなく、この騒動を終わらせてしまうかもしれないと警戒しているのだ。

鴨上の存在を知っていて報じてこなかったのなら、報道機関もまた彼の権力の支配下にあったということになる。知らなかったのなら、報道機関と名乗るに値しないことを自ら認めることになる。

いずれにしても読者、視聴者からの信頼が地に落ちるのは明白で、メディアにとっては死活問題となりかねない。

つまり、ホプキンスは日本の報道機関の退路を断ちに出たのだ。「フィクサー」「北朝鮮さながらの」と刺激的な言葉を使ったのも、それが狙いであったに違いない。

公聴会の様子を中継するテレビ画面に見入る己の顔に、いつしか笑みが浮かんでいることに貴美子は気がついた。

先生、もうお終《しま》いね。異母兄妹《きょうだい》同士なのを承知の上で、結婚させようなんて悍《おぞ》ましいことを目論むから、こんなことになったのよ。モグラは穴の中にいてこそ生きていられるの。陽の光に晒《さら》されたら、死んじゃうのよ……。

貴美子は胸の中で呟《つぶや》くと、口が裂けそうな笑いを浮かべた。

4

電話が鳴る音で目が覚めた。

ベッドサイドに置いた時計を見ると、時刻は午前九時である。

日本時間の深夜一時から始まった公聴会は、二時間半に及んだ。

独り、細《ささ》やかな祝杯を上げ、ベッドに入ったのが午前四時。興奮と高揚感のせいもあってか眠気は訪れず、寝入ったのが何時であったのか定かではない。

電話の相手は分かっている。

小早川しか考えられない。

貴美子はベッドから抜け出すと、受話器を持ち上げた。

「もしもし？」

「あっ、先生。朝早くに申し訳ございません。小早川でございます！」

果たして、興奮を隠せないでいる小早川の声が聞こえてきた。

「もう少し寝かせてくださいな。最後まで中継を見ていたので、少ししか寝ていないのよ」

とは言ったものの、口元に笑みが浮かんでしまうのを抑えきれない。

「いや、即刻お電話しようかとも思ったのですが、時間が時間でしたのでね。まだお休みだろうとは思ったのですが、我慢できなくて」

声の様子から、貴美子が上機嫌なのを察したらしい。小早川は、抗議めいた言葉に臆する様子もなく声を弾ませる。

「どお？　何か動きがありまして？」

訊ねた貴美子に間髪を容《い》れず、

「あったなんてもんじゃありませんよ。公聴会が終わった途端、深夜だというのに党内は上を下への大騒動です。なんせ、興梠総理を始め、党のご重鎮たちに多額の賄賂が渡ったことが白日の下に晒されたんですからね。それも、アメリカ議会の公聴会でです。しかも、鴨上先生の名前まで出てしまったんですから、グループの若手や当選同期の議員たちから、電話が入りまくりで、昨夜は一睡もできませんでした」

「その割には、声がお元気ですこと」

「そりゃあ、眠気なんか覚えませんよ。先生、今朝のテレビをご覧になっていないのですか？」

「寝てたって言いましたでしょ？　この電話で起こされたんですもの、見られるわけないじゃありませんか」

「時間が時間でしたので、締め切りに間に合わなかったんでしょうね。朝刊には公聴会の様子を伝える記事は載っていませんけど、全国紙は号外を出したそうですし、テレビは朝一番からこの話題一色です。ネタが多すぎて、嬉しい悲鳴ってやつでしょうね」

「もちろん鴨上先生のことも取り上げているんでしょうね」

「興梠総理と同じくらい……いや、それ以上ですね。公聴会でフィクサーじゃないかと言われてしまったんですからね。テレビ局も、大スキャンダルに発展すること間違いなしと確信したんでしょう。早朝から政治評論家やジャーナリストをゲストに招いて、鴨上先生が何者なのかを喋《しゃべ》らせてますよ」

「それでその人たち、正体を明かしたの？」

「先生がおっしゃった通り、モグラは陽の光を浴びたら終わりなんですねえ」

受話器を通して、小早川が薄笑いを浮かべる気配が伝わってくる。「もう怖いものなしってところなんでしょうね。鬼頭《きとう》先生に仕えていた時代のことから始まって、鬼頭先生が亡くなった後、どうやって権力を継承したのか。政財界に与える影響力はどれほどのものだったのかとか、いろいろと語っていましたね。中には、知る人ぞ知る『日本の首領《ドン》』的人物だとまで言い切る人も……」

小早川は愉快でならないとばかりに言うのだが、テレビで鴨上を語る人間たちの変わり身の早さに、貴美子はすっかり呆れてしまった。

「馬鹿じゃないの。公聴会は終わったばかりなのよ。取材する時間などありはしないのに、そこまで言い切ってしまったら、鴨上先生のことを知っていながら、口を噤《つぐ》んできたって自白しているようなもんじゃない」

「ホプキンスにあそこまで言われてしまうと、さすがに知らなかったとは言えませんよ。それに、清濁併せ呑《の》むと言いますか、日本人は表もあれば裏もある。綺麗事《きれいごと》では済まないのが世の中だと考えている節がありますからね。政治の世界はその最たるもので、さもありなんと思いこそすれ、マスコミ批判に発展しないとでも考えたんじゃないですか」

「世の中、そんなに甘くはないと思うけどね」

「いや、そんなもんかもしれませんよ」

意外にも小早川は言う。「マスコミ批判に矛先が向くよりも、この日本に首領と称される陰の権力者がいた。それがいかなる人物なのか。どんなことをやってきたのか。関心はそっちの方に向くと思うんです。マスコミだって、そう仕向けるでしょうし……」

「仕向ける？」

「これまでは、政財界ですら鴨上先生を知る者は限られていましたからね。一般国民に至っては皆無だったんです。これから出てくる先生についての報道は、世間が初めて耳にするものばかり。そんな話が次から次へと出てくれば、否応《いやおう》無しに世間の関心は鴨上先生に向きますよ。報道機関も全力を挙げて取材するでしょうから、我々だって初めて知るような事実が山ほど出てくるでしょうね。それがまた、鴨上先生に対する世間の関心を煽《あお》ることになるんですから、報道機関の取材熱も過熱するばかり。当分ネタには困らないんですから、彼らにとっても願ったり叶ったりってもんですよ」

本当に、彼らが願ったり叶ったりと思うのなら、『恥知らず』もいいところだ。

しかし、ここでマスコミを批判しても仕方がない。

「だとしたら、ホプキンスって、なかなかの策士ね」

貴美子が言うと、

「それは、どういうことですか？」

「興梠総理を始め、賄賂を受け取った政界のご重鎮方は、世間から轟々《ごうごう》たる非難を浴びて、政治生命を断たれるだけじゃなく、逮捕されて獄に繋がれることになる。政治家の権威、信頼は地に落ちる。与党どころか政界は大混乱。経済界だって無事じゃ済まない」

「おっしゃる通りですね。実際、前回の公聴会が終わった直後から、興梠総理は検察の動きが気になって仕方がないようでしてね。贈収賄は発覚しようものなら、国内であろ

う と揉消《もみけ》すことはできないのに、今回はアメリカ発ですからね。党内では、早急に体制を立て直さないと、次回の選挙では大敗確実。我が党は下野してしまうと案ずる声が渦を巻いているんです。未明にもかかわらず、私に電話が殺到したのも、その新体制についての相談がほとんどでしたからね」

「だからホプキンスは鴨上先生に、世間の関心が向くように仕掛けたのよ。メディアを批判したのも、それが狙いだったのよ」

「と言いますと？」

「彼は、鴨上先生は『キングメーカーじゃないのか？』とメーカーの役員に訊ねたのよ。そんなことを彼に訊いたって答えようがないのは百も承知。なのに、わざわざあんな言葉を使ったのは、ここで鴨上先生の首を取らないと、次期政権も先生の影響下に置かれてしまうと考えたからだと思うの。『北朝鮮さながらの』と言ったのも、日本の権力構造がいかに汚れ、歪《ゆが》んだものであるかをアメリカの国民に印象づけるため。鴨上先生を排除することで、日本を真の意味で民主主義国家に再生してやったとなれば、ホプキンスの大手柄。アメリカ国内では、英雄視する向きも出てくるでしょうからね」

「それに、政財界ともに、日本は不正行為がまかり通る国だと印象づけられれば、日米間の貿易不均衡問題も、日本は汚い手を使っているからだという、アメリカ政府の主張を肯定する論調が主流になるかもしれませんしね」

「日本製品がアメリカ市場を席巻しているのは、何も自動車に限らないし、そもそも好んで買っているのはアメリカ国民ですからね。それだけ日本製品が支持されていることの証《あかし》なのだけれど、ホプキンスの地盤は製鉄産業を抱えるペンシルベニア。ヘンドリクスは自動車産業がメインのミシガン。どちらも州の基幹産業が日本企業に奪われて、酷《ひど》いことになっているんですもの。これが直ちに市場奪還の起爆剤になるわけではないにせよ、憎き日本に大きなダメージを与えたとなれば、二人が絶大な支持を集めることになるのは間違いないわよ」

「かくして、次期大統領を狙っているホプキンスの野心も、実現に近づくというわけですか……。なるほど、確かに先生がおっしゃるように、彼はなかなかの策士ですね」

「ところで、鴨上先生の様子は何か聞こえてきました？」

話を転じた貴美子に、

「いいえ、今のところは何も……」

小早川は即座に答える。

「今回の公聴会で賄賂を送った先のリストが提出されることになったのに？」

まさか、自分はコンサルタントだから、賄賂の送り先のリストに載ることはない。あるいは、確かに金は受け取ったが、賄賂ではなく報酬だと言い張れば、逃れられるとでも考えたのだろうか。

いや、そんなことはない。鴨上はそんな甘い考えをする人間ではない。

一瞬貴美子が黙ってしまったのだが、その隙をつくかのように、

「先生のところへは、連絡がなかったのですか？」

　小早川が問うてきた。

「私に？　どうして？」

「鴨上先生だって、リストが公開されると知ったら穏やかではいられませんよ。先に不安を覚えれば、先生に卦を立ててもらおうと思うのでは？」

　なるほど、これも小早川が貴美子には人智《じんち》を超えた不思議な能力があると信じていればこその考えだが、占いの絡繰を知る鴨上が頼ってくるわけがない。

「そんな気持ちになるわけありませんよ」

　貴美子は思わず吹き出してしまった。「賄賂を渡したと証言されてしまった時点で、リストに名前があった人たちがどうなるか分かり切ってんだもの。卦を立てるまでもないわよ」

「ですよねえ……。刑務所行きですなんて言われたら、ショックなんてもんじゃありませんからねえ」

　小早川は、腑に落ちたような口ぶりで相槌《あいづち》を打つと「それにしても。先生は凄いですよ」

　改めて感心するかのように漏らす。

「凄いって何が？」

「誠一を通じて、ヘンドリクスにこの情報を耳に入れたことですよ。日本のメディアなら、記事、ニュースとして報じる前に、必ず上位職責者のチェックが入ります。総理はまだしも、鴨上先生は報道機関のご重鎮たちとも親交がありますから、それこそ天の声がストップをかけたかもしれません」

「だから、ヘンドリクスに情報を提供したのよ」

貴美子は、「フフッ」と忍び笑いを漏らした。「アメリカ議会の公聴会で、鴨上先生の名前が出てしまえば、警察、検察も動かざるを得ないし、報道機関だってそれは同じ。それに、メーカーには受注に至るまで、代理店と交わしたテレックスやレターが残っているはずよ。今回のスキャンダルには、アメリカの報道機関も精力的に動いているから、そうした記録が公開されたら報道合戦はまだまだ続く。日本のメディアだって、国民の関心がこうも高くなったら、誰であろうと忖度《そんたく》なんかするもんですか」

貴美子は、そこで一瞬の間を置くと、確信を籠めて言った。

「だから、卦を立てるまでもなく、先生はご自分の運命を悟っているわよ。裏で日本を牛耳ってきた権力者としての終わりの時がきたことをね……」

5

日を追うごとに、何もかもが貴美子の予想した通りの展開になった。

政治家絡みの贈収賄事件は、これまでいくつもあったが、裏の権力者の存在が発覚したのは初のケースである。

世間の関心は鴨上に集中し、応えようとするかのようにメディアは総力を挙げて過去の所業を暴き始めた。しかも取材の成果がテレビは視聴率、新聞、雑誌は購読数に如実に現れるのだから、報道機関の取材合戦は過熱するばかりだ。

鴨上の自宅前には、終日報道陣が屯《たむろ》し、テレビの情報番組では中継レポートが流されるのが定番化した。やがて鴨上が強大な権力を手にできたのは、鬼頭が残した莫大《ばくだい》な財産があったからではないかという憶測が流れると、世間の関心は鬼頭にも向くようになった。全国紙は遊軍を総動員、放送各局は特別取材班を設け、二人の過去を徹底的に調べ始めた。

鬼頭の過去が、鴨上との関係が各メディア独自の取材で暴かれていく。

「新事実」、「スクープ」と惹句《じゃっく》がついた記事は、貴美子には既知のものばかりであったが、世間は初めて知るものばかりだ。

そして、鬼頭の莫大な財産が、第二次世界大戦中に軍需物資の調達や横流しによって築かれたということと、推定額が報じられるとあまりの巨額に世間は騒然となった。

もっとも推定額である。金額は報じるメディア間でかなりの差があって、どれが正しいのか判断がつかない。貴美子には所謂「飛ばし」のように思えたのだが、これらの報道で国税庁が二人に関心を持ち始めるとは思ってもいなかった。

しかし、考えてみれば当たり前の話ではあるのだ。

鴨上がどんな手続きを行ったのかは知らないが、鬼頭の財産を乗っ取ったのは間違いない。鬼頭は二度目の脳梗塞を発症して以来、床に就いていたし、意識朦朧《もうろう》であったと言うから、相続に必須の書類もいかようにでも用意できただろう。そこで問題になるのが、金である。鴨上によれば、鬼頭は現金を無記名債権に換えて、自宅の地下にある金庫に保管していたという。所謂箪笥《たんす》貯金ということになるのだが、その大半は戦中に手にした金と、日々鬼頭の元を訪れる各界の重鎮たちからの謝礼金や成功報酬によるものだ。つまり、やり取りがあった記録が一切残っていない金なのだ。

それを鬼頭が、まして鴨上が正直に税務署に申告しているとは思えない。万が一、税務署が関心を示したら、己が手にしている力を使えば、簡単にねじ伏せられると考えていたに違いないのだ。

ますます面白くなってきた……。

無記名債権の総額は莫大な金額になるのは間違いない。しかも、鬼頭が所有していた債権である。

仮に相続時の書類が整っていたとしても、申告していなければ脱税だ。税務署に調査された挙句、金額相当の相続税に追徴課税。鬼頭に取って代わった後の鴨上の収入も過小に申告しているはずだから、その差額分にかかる税金も支払わなければならないし、こちらにも追徴課税がなされる。

しかも金額が金額であろうから悪質と見做《みな》されれば、懲役刑が科せられる可能性すらあるのだ。

収賄罪に脱税罪。鴨上が他にも罪に問われそうな所業を働いてきたのは間違いない。

そもそも鬼頭、鴨上の両名は斡旋《あっせん》と収賄を生業《なりわい》にしてきたのである。

いったい、いくつの罪に問われるのだろうか……。

果たして、鬼頭、鴨上の過去の所業が次々と暴かれ始めた。

世間がこのスキャンダルに寄せる関心は高まるばかりだ。

こうなると、政権与党が覚える危機感も半端なものではないと見えて、興梠はもちろん、リストに名を連ねた議員は全員役職を辞任。直ちに総裁選挙が行われ、菱倉《ひしくら》が当選と同時に首相に就任。新内閣を立ち上げた。

この新内閣の閣僚人事では、汚れた党のイメージを払拭することを第一に、菱倉は「長老支配からの脱却」をスローガンに掲げ、重要閣僚に中堅議員を登用した。グループを率いていた小早川は、異例の若さで重職の一つである通産大臣に就任した。

入閣すると情報の量、質も共に変わってくると見えて、貴美子の元には、小早川から事件となったスキャンダルの捜査情報がもたらされるようになった。

小早川によると、警視庁には在日米大使館を通じてアメリカ側が入手した資料や情報が適時提供されていて、議員、鴨上共に逮捕も秒読み段階に入ったという。

苦笑するしかなかったのは、鴨上の足掻《あが》きようである。

呆れたことに鴨上は、持病の悪化を理由に都内の大学病院に入院したのだ。

もちろん、これも万策尽きて、逮捕は免れないと悟ったことの表れなのだが、テレビに映し出された鴨上の姿は哀れの一言に尽きた。

担架に乗せられた鴨上の体を覆う毛布。重病であることを印象づけようとしたのか、顔は晒したままだった。顔の下半分は白髪交じりの髭《ひげ》で覆われ、頬はげっそりと痩せ細り、瞼《まぶた》を閉じて口を半開きにした姿で救急車に乗せられたのだ。

権力を失った者の末路とは、かくも哀れなものなのか……。

しかし、そんな思いを抱いたのは一瞬のことで、

「ざまあみろ」

貴美子は胸の中で快哉《かいさい》を叫んだ。

さてそうなると、次は清彦だ。

復讐の手段は、既に考えてある。

いよいよそれを実行する時がきたのだ。

貴美子は、便箋を取り出すと、手紙をしたため始めた。

拝啓
突然、お手紙をお送りする御無礼をお許しください。
あなたが私の前から消え去って、もう三十年もの歳月が経つのですね。

そう言えば私が誰か、分かりますよね。

自分たちのことを知る者がいない土地で新しい暮らしを始めよう。あの言葉を信じて、あなたが犯した罪を被《かぶ》り、五年の懲役刑に服した貴美子です。

憂いなく新生活を送れる生活基盤を作り上げるために、必死で働いている。いつか私の前に現れるに違いない。殺人の前科を背負い、辛《つら》い獄中での日々をなんとか耐えられたのは、約束を反故《ほご》にする人ではないとあなたを信じていたからに他なりません。

随分待ちました。今日は訪ねてきてくれるか、明日はと、一日千秋の思いで待ちました。

でも、あなたは一向に現れない。そして、出所の日を迎えてしまいました。

探そうと思いました。

探し当てさえすれば、あなたは私を迎え入れてくれるはず。それが唯一の希望だったのです。

私には殺人の前科があることになっています。だから、まともな職につくことはできず、日々の暮らしに精一杯で、お金にも余裕がなくて、探そうにも探すことができませんでした。

見つけることはできないと諦めた時の絶望は、筆舌に尽くし難いものがありました。自死の衝動にも駆られました。でも、しなかった。いや、できなかった。

なぜだと思います?

死ぬことを恐れたのではありません。

獄中で産んだ子供がいたからです。

あなたとの間にできた子供です。

子供には、あなたの名前から一文字取って、勝彦《かつひこ》と名づけました。

それだけあなたのことを愛し、親子三人、誰も私たちの過去を知る者がいない土地で、新しい生活を送る日がくることを信じ、夢見ていたからです。

受刑者が獄中でそのまま子供を育てるのは、許されていません。親族がいれば、預けることもできますが、私も、あなたも空襲で天涯孤独の身になってしまいましたからね。

では、勝彦はどうなったと思います?

生まれてから程なくして乳児院に預けられ、私が刑期を終えるまで、ずっとそこで育ったのです。母親の乳の味をあの子はほとんど知りません。日々の成長を母親に見守られることもなく、四年もの間、他人の手で育てられたのです。

そのことについては、私も随分苦しみました。

我が子に乳を与えてやることも、日々の成長を見守ってやることも、公園を散歩したり、日光浴をさせたり、話しかけてやることも、絵本を読み聞かせてやることも、母親が当たり前にしてやれることを、何一つしてやれなかったのですから。

手元を離れてしまってからの四年間、脳裏に浮かぶのは勝彦のことばかり。胎動の感覚、出産時の苦しみ。元気な産声を聞いたときに込み上げてきた、母になった喜び……。

産んでから暫《しばら》くの間は、乳房が痛みました。

なぜだか分かりますか？

勝彦に与えるはずの母乳が行き場を失って、乳房の中に溜《た》まってしまうのです。

その度に思いましたよ。

勝彦が乳を欲しがっていると……。

切なくて、悲しくて、その度に涙を流しました。

夜間だって痛むのですよ。雑居房ですから同房者に気づかれないよう、声を押し殺して泣くんです。

房の廊下側には鉄格子が入った窓があって、そこから灯《あか》りが差し込んでくるのです。だから夜間も薄明るく、なかなか寝つけなくて、どうしても勝彦のことを思い出してしまうのです。

初乳を与えた時に、教わったわけでもないのに、乳首を吸う巧みな舌使いに驚き、感動を覚えたこと。誕生時に覚えた様々な感情と共に、あの時の舌の感触が、まるで今勝彦が乳を吸っているかのように蘇《よみがえ》ってくるのです。そして、誕生は、同時に別れの時であったことが、勝彦には本当に申し訳なくて、慚愧《ざんき》の念に駆られるのでした。

ですから、私は勝彦が四歳になるまでの成長の過程を一切知りません。

産みの親より育ての親とはよく言ったもので、乳児院から引き取る際には、「母だ」と言っても理解できるはずがありません。当たり前ですよね。勝彦にとっては、初めて見るに等しい赤の他人同然の女なのですから。だから、先生の後ろに隠れて近寄ろうともしませんし、泣き喚《わめ》き、退院するのを断固として拒むのです。

それでも、なんとか母子二人の生活が始まったのですが、馴染《なじ》んでくれるまでにはかなりの時間を要しました。

二人きりの時間を持つのが困難だったこともあります。

生活費を稼がなければならなかったからです。

勝彦は四歳。働きに出るには、託児所に預けなければなりませんでしたから、生活費に加えて、その分のお金も稼がなければなりません。

ですが前科者、それも殺人罪で懲役刑に服した女を雇ってくれる、まともな職場はありません。

身を売ることも考えましたが、ただでさえ勝彦は「前科者の子」。それも「殺人犯の子」として生きていくことを宿命づけられているのです。その上、本人に知られることはないにせよ、日々の暮らしの糧を得るためとはいえ、「母親が体を売って稼いだ金で育った子」ではあまりにも悲しすぎます。申し訳なさすぎます。

でも、捨てる神あれば拾う神ありと言うのは、本当のことなのですね。

ある方の紹介で、とある街のナイトクラブのホステスに採用されたのです。

必死に働きましたよ。媚《こび》も売りました。給料の大半は歩合でしたから、毎晩遅くまで、飲みたくもないお酒をたくさん飲みました。

それでも暮らしはなかなか楽にはなりません。

収入が上がっても、勝彦が成長するにしたがって、生活費以外の出費が嵩《かさ》むようになったからです。

というのも、ハンデキャップを跳ね返し、貧困から脱出するには、学問を身につけるのが早道だ。だから勝彦には、最高の教育を受けさせなければならないと考えたのです。

勝彦は、見事に期待に応えてくれました。

私が殺人罪に問われ、刑に服したことを勝彦は知りません。あなたは私が妊《みごも》ったことを知らないうちに消息を断ってしまいましたから、戸籍の父親の欄は空白のまま。私は父親のことをこれまで一切明かしていませんから、勝彦もあなたのことは知りません。

でもね、私が明かすまでもなく、勝彦は今まで一度も父親は誰なのか、どんな人なのかを訊ねたことがないのです。

乳児院で他人の顔色を窺《うかが》いながら育ったせいなのかもしれませんね。

父親のことを明かさないでいるのには、何か理由がある。触れてはいけないものなのだと、悟っていたのでしょう。

健気《けなげ》なんですよ。優しくて、誠実で、一生懸命勉学に励んで、高校、大学共に一流校に現役で合格して、大企業に就職して、立派に一家を構えるまでになって、今は駐在員として異国の地で暮らしています。

私も子育てが一段落したあたりで独立して、小さいながらも自分の店を構えるまでになりました。

笑い話にすることは到底できませんが、これまでの苦労も報われた。過去と決別する時が来たのだ。そんな気持ちも覚えるようになりました。

そんなところに、突然ある方から、あなたの今、そしてそこに至るまでの経緯を知ることになったのです。

驚きました。

まさか、あの日本一の消費者金融会社、ヨドの社長になられていたとは、想像もつきませんでした。

姓も井出《いで》から森沢に、名も清彦から繁雄《しげお》に変わったのですから、どうりで探しても見つからないわけです。

しかも姓が変わったのは、ヨドの前身だった淀興業《よどこうぎょう》の創業者、森沢家の婿養子に入ったからだというではありませんか。

一高から東大法学部、海軍主計という華麗な経歴からも、あなたが優れた頭脳の持ち主なのは明白です。尼崎《あまがさき》の金貸しにすぎなかった森沢氏には、是が非でも娘の婿に迎えたい男と映ったことでしょう。いくらお金があっても、学歴や経歴は買うことができませんからね。

あなたにしても、華麗な学歴、経歴はあっても、大金を摑《つか》むことは簡単ではありません。森沢氏から、「娘の婿に」と言われたら、それこそ一攫千金《いっかくせんきん》のチャンス到来。淀興業の資金を元手に、知恵と才覚を働かせれば、大成功を収めるのも夢ではないと考えたのでしょうね。

一連の経緯を聞いて、私の前から忽然《こつぜん》と姿を消した理由がようやく理解できました。殺人の前科を持つ女を妻にするより、お金持ちのお嬢様と結婚する方がいいに決まってますものね。大金を稼ぐにしても、自分で一から事業を立ち上げるより、既に形ができている事業を大きくする方が早道です。

つまりあなたは、お金と私を天秤《てんびん》にかけ、お金を選んだ。いや、私なんか、天秤に乗せるまでもなかったのでしょう。

あの事件は、偶発的に起きてしまったものでした。言うまでもなく、非は全て米兵にあって、私を助けなければというあなたの必死の思いが、結果的に二人の命を奪うことになってしまったのです。

あの時、あなたが助けてくれなかったら、私は乱暴されて生涯決して癒えることがない深い傷を心に負うことになったはずです。だから、あの時は、あなたに感謝の念を覚えました。危険を顧みず、暴漢の魔の手から救う行動に出たのは、私に深い愛情を抱いていることの表れなのだと思ったのでした。

だから罪を被ることにしたのです。刑に服した後の新生活を夢見たからだけではありません。それ以上に、私を護《まも》ろうとしたあなたが殺人罪に問われ、刑に服することになるのが耐えられなかったのです。だから、護られた私が、護ってくれたあなたに代わって、罪を被るべきだと決心したのです。

でもね、それもあの時交わした約束を、あなたが守ってくれたならのこと。あなたが私の出所を待っていてくれて、短い期間でも一緒に暮らしてくれたなら、別れを切り出されても、まだ納得がいきます。永遠の愛を誓っても、離婚してしまう夫婦はたくさんいますからね。

ところがあなたは何の前触れもなく、一言の理由も告げることなく、突然私の前から姿を消した。あなたに代わって殺人の罪を被り、懲役刑を科せられた私に、よくもこんな酷い仕打ちができたものですね。

しかも、あなたは日本一の消費者金融会社の社長になっていた。

こんな理不尽な話がありますか？　これでは単に、私があなたの身代わりとなって、獄に繋がれただけではありませんか。

呆れ果てました。あなたにではありませんよ。私にです。

お人好《ひとよ》しもいいところ。いや、もう馬鹿としか言いようがありません。

でもね、私は泣き寝入りするほど馬鹿ではありません。

だから、この落とし前はきっちりつけさせていただきます。

当たり前でしょう？　だって、二人の米兵を殺害したのはあなたです。罪に問われるのはあなたであって、私ではなかったのですから。

あなたのことです。こんな手紙を受け取れば、お金で解決を図ろうとするでしょう。

でもね、私の目的はお金ではありません。どれほどの大金を積まれても、許しはしませんからね。

私は、あなたが犯した罪を告発することをここに宣言します。

昭和二十四年に起きた、二名の米兵殺人事件の真犯人は、消費者金融会社ヨドの社長・森沢繁雄こと井出清彦で、当時内縁の妻だった女性が身代わりとなって一切の罪を被ったのだとね。

もちろん、事件はとうの昔に時効を迎えていますから、いまさら真実を明かしても、あなたが罪に問われることはありません。でもね、あなたの社会的地位は？　あなたが築いたヨドはどうなるでしょう。奥さんも健在だし、年頃のお嬢様が一人いらっしゃると聞きました。お嬢様は、まだ嫁入り前だそうですね。ヨドの一人娘なら、縁談も山ほど持ち込まれているでしょうから、お相手は選び放題。まさに、嬉しい悲鳴といったところではありませんか？

そんなところに、この事実を世間が知ればどうなるでしょうね。

家族は？　会社は？　お嬢様の縁談は？

私を捨てることで手に入れたものの全てが一瞬にして崩壊してしまうことになりませんか？

その時のあなたの姿。それからどんな人生を送ることになるのか。この目で見るのが楽しみで仕方がないの。でもね、楽しみは今暫くの間、取って置くことにします。

だって、この手紙を読んだ瞬間から、あなたはその時がいつやってくるのか、気になって気になってしかたがないはず。寝ても覚めても不安に駆られ、恐怖に怯《おび》える日々を過ごすことになるでしょうからね。私にしたらこんな愉快なことはありませんもの。

あの事件の真相を明かすのは、明日かもしれないし、半年後かもしれない。いや一年後、二年後かもしれません。でも、その日は必ずやってきます。そのことだけは約束しておきますね。

私はあなたと違って、決して約束を反故にはしませんので。

敬具

貴美子

森沢繁雄こと井出清彦様

虚実を綯《な》い交《ま》ぜ、勢いのままペンを走らせた手紙は、便箋十五枚を超える長さになった。

貴美子はペンを置き、それらを三つ折りにすると、封筒に入れた。

送付先の住所はヨドが本社を構える東京新宿区。通常、会社宛に送る私信には、『親展』と記すものだが、貴美子は敢《あ》えて控えた。

金の貸し借りにはトラブルはつきものだ。ヨドには繁雄宛に恨み辛みを連ねた手紙が、まま送られてくるだろうから、『親展』と記しても秘書が事前に開封し、内容を確かめるに違いないと考えたからだ。

その時点で、決して知られてはならない過去を、知る者が出てしまったとなれば、それだけでも清彦には、大きなプレッシャーとなるはずだと考えたのだ。

封筒の裏には、差出人の住所も名前も記さなかった。

これも、清彦が読めば不愉快な内容が書かれた手紙だと思わせ、事前に秘書に開封させ、目を通させるためだ。

分厚く膨らんだ封筒に封をした貴美子は、それを手に立ち上がると、ハンドバッグの中に入れた。そして受話器を取り上げると、タクシーを呼んだ。

行き先は京都駅。最終目的地は東京である。

終章

1

繁雄《しげお》は始業時刻よりも一時間早い、午前八時前後に出社するのを常としている。

日中は会議や来客への対応、書類の決済に追われるし、夕刻からは会食の席が設けられることが多く、雑務をこなす時間がなかなか取れない。そこで、出社後の一時間で報告書や売上日報などに目を通し、余った時間を新聞や経済雑誌を読む時間に当てていた。ただ、会社宛に送られてくる郵便物には、ほとんど目を通すことはない。

日頃付き合いのある人間ならば、私信は自宅宛に送られてくるはずだからだ。実際、会社宛に名指しで送られてくる手紙の内容は、債務者が返済に猶予を求めたり、ヨドの商法に抗議する内容のものばかり、それらは、秘書が対処してしまうので繁雄の目に触れることはない。

ところがである。

いつものように上着をハンガーに掛け、執務席に座った繁雄の前に秘書が歩み寄ってくると、膨らんだ封筒を差し出しながら、

「社長……。お手紙が届いております……」

珍しく硬く、低い声で言う。

「ん？　手紙？　私宛にか？」

繁雄の視線から逃れるように、秘書は目を逸《そ》らし、小さく頷《うなず》く。

「私が読むべき内容だと、判断したのかね？」

封筒を受け取りながら、重ねて繁雄が訊《たず》ねると、

「冒頭部分を読んだだけですが、私が目にしてはならない内容が書かれていると察しまして……」

今度は弁明するかのように言う。

長く身近に仕えてきた男である。たとえ封筒の表に「親展」と記されてあっても、開封後、一読することを許してある。

そんな男の言葉だけに、余程のことが書かれているのに違いあるまい。

「分かった……。君は下がっていいよ」

秘書は硬い表情のまま、黙って一礼すると、部屋を出ていく。

ドアが閉まったところで、繁雄は封筒を裏返した。

住所は書かれておらず、名前だけが記してある。

「貴美子《きみこ》」という文字を認めた瞬間、繁雄は凍りついた。

心臓が大きな拍動を刻み、封筒を持つ手が小刻みに震え出す。

貴美子？　貴美子って……。あの貴美子か？

繁雄は胸中で叫び声を上げてしまったのだが、貴美子といえば、思い当たる女は唯一人しかいない。

そう、かつて内縁関係にあり、自分に代わって殺人の罪を被《かぶ》って懲役刑に服したあの女。そして、固く誓った約束を反故《ほご》にして、捨ててしまったあの貴美子だ。

息が荒くなる。心臓が早鐘を打ち始める。喉に酷《ひど》い渇きを覚えながら、繁雄は震える手で手紙を封筒から引き抜いた。

拝啓

突然、お手紙をお送りする御無礼をお許しください。

あなたが私の前から消え去って、もう三十年もの歳月が経《た》つのですね。

そう言えば私が誰か、分かりますよね。

冒頭の部分を読んだだけでも、間違いない。

あの貴美子だ。

繁雄は貪るように、文面に目を走らせた。読み進むうちに、手の震えはますます激しくなって便箋が擦《こす》れ合い、カサカサと音を立て続ける。

というのも、そこに書かれていた内容が、繁雄にとってはまさに驚愕《きようがく》の連続だったからだ。

あの時、貴美子が妊娠していたこと。獄中で男児を出産したこと。自分の名から一文字取って勝彦《かつひこ》と名付けたこと。子供は貴美子が刑期を終えるまで、乳児院に預けられ、出所後は貧困生活を送ることを余儀なくされたこと。そして、水商売で生計を立てながら、勝彦を立派に育て上げたこと……。

そこまで読んだだけでも、自分を捨てた男が、消費者金融業界で大成功を収めていたと知れば凄《すさ》まじい怒り、恨みに駆られたことは容易に想像がつく。そして、さらに読み進めたところで、繁雄は椅子の上で固まり、途方もない絶望感と恐怖に駆られ頭の中が真っ白になってしまった。

そこに書かれていたのは復讐《ふくしゆう》予告であったからだ。

手紙に書いてあるように。事件は三十年前に決着がついているし、真相を明かされても、とうに時効を迎えているから逮捕されることもなければ、罪に問われることもない。

だが、この事実が明るみに出れば、間違いなく人生は一変、暗転する。

日本一の消費者金融の社長が、過去に人を殺した。それも二名もだ。

殺人に至った経緯を説明すれば、非は絶対的に米兵にあり、偶発的に起きてしまったことと分かろうが、貴美子を身代わりにした挙句、捨ててしまった。しかも、その後一切の音信を断ち、素知らぬふりをしてきたのだ。そんな行為を世間が許すはずがない。

ましてて、消費者金融は業として認められたものではあるものの、世間では金に窮した人の弱みに付け込んで高利を貪る、文字通り「高利貸し」のイメージが未《いま》だ根強く残っている。法に触れようと、触れていまいとそれが現実なのに、ヨドを日本一の消費者金融会社に育て上げ、莫大《ばくだい》な資産を手にした人間が、こんな過去を持っていると知れば、マスコミが黙っているわけがない。

新聞、週刊誌、テレビと、あらゆるメディアの取材合戦が始まり、自分の過去を暴き、虚実綯《な》い交《ま》ぜにした報道が連日繰り広げられることになるに決まっている。

その結果がどうなるかは、火を見るより明らかだ。

なにしろ、経営トップの大スキャンダルだ。社業が甚大な影響を被る事になるのは間違いないし、自分が社長の座を退いたところで事態が収束するとも思えない。業績が低下の一途を辿《たど》るばかりとなれば、そこから先は負の連鎖だ。事業規模が縮小すれば、従業員の削減は避けられない。ヨドは業界トップの座から転がり落ちるどころか、消滅してしまうこともあり得るのだ。

もちろん、そうなったとしても繁雄には莫大な資産がある。これまで通りの暮らしは送れるにせよ、問題は家族、特に櫻子《さくらこ》だ。

こんな過去を持つ父親の娘となれば、まともな縁談はまず見込めない。生涯「あの森《もり》沢《さわ》繁雄、こと井出清彦《いできよひこ》の娘」と後ろ指を指されながら生きなければならなくなるだろう。

いったい、その時はいつくるのだろうか……。

明日なのか明後日《あさって》なのか。ひと月後なのか、一年後なのか……。

そこに思いが至った瞬間、繁雄は暗澹《あんたん》たる気持ちになった。いや絶望感を覚えたと言ってもいい。

「これじゃまるで死刑囚じゃないか」と思えたからだ。

判決は既に確定し、後は執行を待つばかり。その日はいつやってくるのか。ひと月後なのか、一年後なのか、いや、もっと先なのか……。

死刑囚は事前に刑の執行を知らされない。ある朝、獄舎の廊下を歩く看守の足音が自分の房の前で止まり、突然扉が開かれて、その時がきたのを知るのだ。

だから死刑囚は、毎朝廊下を歩く看守の足音が近づいてくる度に、今日は自分の房の前で足音が止まるのかと恐怖に駆られ、房の前を通り過ぎると、「また一日生き延びた……」と安堵《あんど》のため息を漏らすと聞く。

今、自分が置かれた状況は、まさにそれである。

判決は既に貴美子によって下された。そして刑の執行日を決めるのも貴美子なのだ。

その日は突然やってきて、事前に知ることもできなければ、防ぐ術《すべ》もない……。

せめて住所が分かれば、貴美子の前に跪《ひざまず》き、土下座をして詫《わ》びることもできるだろう。金を出せと言うのなら、望み通りの金額を差し出してもいい。

しかし、封筒の裏には「貴美子」とあるだけで、住所は一切記されていない。

それがまた、貴美子の恨みの深さ、復讐への覚悟の程を物語っているように繁雄には思えた。

ふと思いついて、繁雄は封筒をひっくり返し、消印を確認した。

住所は分からないまでも、住まいに見当がつけられるのではないかと考えたのだ。

切手と封筒に跨《また》がる消印を見て、繁雄は改めて恐怖を感じた。

日付は一昨日《おととい》、『東京　新宿局』とある。

貴美子は側《そば》にいる……。俺をずっと見ているのだ……。

繁雄は、便箋を机の上に置くと、背もたれに上体を預け、天井を仰いだ。

2

「先生……。本日は、急なお願いにもかかわらず、時間をお割きいただき、感謝申し上げます」

部屋に入ってきた繁雄は直立不動の姿勢を取り、深々と頭を下げる。

ここを訪ねてきた理由は分かっている。

繁雄から、「先生にご相談申し上げたいことがありまして……」と電話が入ったのは、一昨日のことだった。

手紙を投函したのは四日前。

内容が内容である。一読すれば、心穏やかでいられるはずがないし、一人胸に秘めておくには重すぎる。かといって相談しようにも、相手を選ばなければならない。なにしろ絶対に知られてはならない過去なのだ。そして、相手が誰であろうと、打ち明けたその瞬間から、致命的な弱みを握られることになるのだ。まして金絡みの仕事をしているのだから、弱みを握られれば、いつ首を取りに来られるか分かったものではないのだ。脅しの材料に使われるか分かったものではないし、そもそも誰に相談しようと打開策などあるわけがないのである。

となれば、誰に目が向くかは明らかだ。

既に過去の一端を打ち明けてしまった人物。

そう、私だ……。

「いったい、どうなさったのです？　電話口での様子からすると、余程のことのようですが？」

貴美子は、案ずる素振りを装って、繁雄に問うた。

「どこから説明すればいいのか……」

繁雄は困惑した様子で言葉を濁すと、意を決したように、背広の内ポケットに手を差し入れて、

「私の口から申し上げるのも、憚《はばか》られまして……。これをご一読いただければ、ご理解いただけるかと……。一昨日、会社に届いた手紙です」

貴美子に封筒を差し出してきた。

「手紙？」

封筒を受け取りながら、貴美子が訊ねると、

「以前お話しいたしました、かつて内縁関係にあった女性からのものです……。どこで私の今を知ったのかは分かりませんが、突然こんなものを送りつけてきまして……」

繁雄は心底困り果てた様子で、小さくため息を漏らす。

馬鹿ねえ。書いた本人が目の前にいるのに……。

内心で嘲笑《あざわら》いながら、

「拝見しますわね……」

貴美子は封筒の中から、手紙を引き出し文面に目を走らせた。

貴美子が手紙を読み終えるまで、繁雄は一言も発しなかった。

ただ、身の置き所に困った様子で項垂《うなだ》れ、時々反応を窺《うかが》うかのように、上目遣いで貴美子をチラ見するばかりだ。

「なるほどねえ……。これはかなり深刻ですね……」

沈黙を破ったのは貴美子だった。

そして便箋を封筒の中に戻し、机の上に置くと、

「それで、私にどうしろと？」

突き放すような口調で訊ねた。

「どうしろと言うより、どうしたらいいのか、ご相談申し上げたくて……」

繁雄は縋《すが》るような目を向けてきた。

「相談と言われましてもねえ……」

貴美子は困惑する素振りを装った。

さあ、ここからはじわじわ行くか……。

そんな内心をおくびにも出さず、貴美子は続けた。

「とにかく、凄《すご》い憎悪というか、恨みを抱いている様子が伝わってきますわね。社長もそうお感じになりましたでしょう?」

「ええ……それは、まあ……」

「そりゃあ、そうですよ。殺人の罪をこの女性に被せた挙句、約束を反故にして捨ててしまったんですもの、社長の今を知れば、怒りもするでしょうし、恨み骨髄に徹すってことにもなるでしょう。それにしても、酷いことをなさったものですわね」

貴美子は詰《なじ》るように言い、ジロリと繁雄を睨《にら》みつけた。

「いや、全くお恥ずかしい限りで……」

貴美子は、呆《あき》れたとばかりに息を吐くと、

「まあ、そうは言っても、いまさら取り返しがつくわけじゃなし、仕方ありませんよね」

そう前置きすると、話を戻した。「厄介なのはこの方が、いつ、どんなタイミングで、どんな手段で、このことを公にするのかが一切分からないことです」

「おっしゃる通りです……」

「でもね社長。彼女はすぐには行動を起こさないと思いますよ」

「それはなぜですか？」

「そりゃそうですよ。手紙にも書いてありますけど、彼女が真相を明かさないうちは、その日がいつやってくるのかと、社長は不安に苛《さいな》まれる日々を送らなければならないんですもの。この方が強いられた苦難の日々、その間味わった苦痛と同等、いや社長の業界でいうなら利子をつけた分の苦痛を味わわせてやっと同等。最後の最後で、過去を明かして止《とど》めを刺す。そうでもしなければ復讐になりませんよ。すぐに明かしてしまったら、そこで終わっちゃうじゃないですか」

　繁雄は、ハッとしたように顔を上げる。

　顔面は既に蒼白《そうはく》だ。

　貴美子の読みが的を射ていると察したのだ。

「確かに、おっしゃる通りかも……」

「でもね、それは社長にとって悪いことではないと思いますよ。だって、公表するのが後になればなるほど、策を講じる時間があるということになりますでしょ？」

「しかし、策を講じようにも、彼女がどこにいるのか、皆目見当がつかないのですからどうすることもできませんよ」

「現時点ではね？」

「それは、どういうことでしょう？」

「この手紙はどこから出したのかしら？」

貴美子は机の上の封筒に手を伸ばしかけたが、それより早く繁雄は言う。

「消印は新宿で、私が受け取る二日前に投函されたと思われます」

「新宿と言うと、ヨドの本社があるところですね」

「それがまた不気味で……」

繁雄は、顔を強張《こわば》らせる。「彼女はすぐ側にいて、ずっと監視されているようで……。せめて名乗り出てくれれば、どうしたら許してくれるのか聞きようもあるのですが……」

「三十年も経つと、容貌もすっかり変わっているでしょうからね。女性ならなおさらですもの、社長がお気づきにならないだけで、既にお会いしているのかもしれませんよ」

繁雄はギョッとして、上体を仰《の》け反らせる。

「可能性はあるんじゃありません？」

今、お前の目の前にいるんだよ。

私が貴美子、貴美子なんだよ。分からないの？

貴美子は笑い出しそうになるのを必死に堪《こら》え、続けて言った。

「手紙にも書いてありますよね？　この方、お酒を出すお店をやってらっしゃるみたいですもの、馴染《なじ》みの店のママが実は……なんてこともあるんじゃありません？」

「いや、それはないと思います……。と言うか、絶対にありません」

繁雄は断言する。

「どうして、そう言い切れるんですか？」

繁雄は、急に困った顔になって口を噤《つぐ》んでしまう。

「言いにくそうですけど、正直に話していただかないことには、私も相談に乗りようがありませんわ」

「実はですね……、彼女の左手の薬指には墨が入っておりまして……」

「すみ？」

「刺青《いれずみ》です……。彼女が刑期を終えて出所した後は、誰も私たちを知るものがいない土地で、再出発を図ろうと誓った証《あかし》として、左手の薬指に刺青を入れたんです」

「そんなことをなさったの？」

貴美子は声を張り上げ、大袈裟《おおげさ》に驚いて見せた。「そこまでなさった女性を捨てたんですもの、そりゃあ激怒するどころの話じゃないわ。恨むのも当たり前じゃないですか。だって、一生消えない誓いの証を、彼女の体に残したんですよ。刺青を見る度に、社長のことを思い出すことになるんだもの、そりゃあ死ぬまで恨みは消えやしませんよ」

「今にして思えば、若気の至りと言うか……。なんとも軽率なことをさせてしまったと、悔いるばかりです……」

若気の至り？　悔いるばかりだって？

そんなありきたりな言葉しか浮かばないとは、なんと情けない男なのだろう。

しかも、今の言葉からすれば、悔いているのは誓いを果たさなかったことではなく、誓いの証として刺青を入れさせたこととしか思えない。

貴美子は胸中で燃え上がる怒りの炎に、ガソリンをぶち撒《ま》けられたような気になった。

「周りには、薬指に刺青を入れている女性はいないとおっしゃるわけ？」

そのせいもあってか、口調が詰問するかのようになってしまった。

「ええ……。それに文面からは、私が井出清彦だと知ったのは最近のように読み取れますし、顔に深手を負ってからは、外で飲むといえば会食ぐらいのものでして、女性が席に着くクラブのような場所に出入りすることもとんとなくなってしまったのです。ですから、彼女はまだ私と直接接触を持ったことはないのではないかと……」

「心当たりがないのでは、話し合いで解決するわけにはいきませんわね」

「それに、文面からは、彼女の目的は金にあらず。私を社会的に葬り去ることにあるとしか思えませんし――」

「お金じゃないってどうして言い切れるの？」

貴美子は繁雄の言葉を遮って訊ねた。

「えっ？　そうとしか読み取れないではないですか」

「そうかしら」

自然と目が細まるのを感じながら、貴美子は繁雄の顔を睨みつけた。「貴美子さんは、この手紙を読んだ社長がどんな気持ちになるかを見通しているように思いますよ。だって、いつ過去を明かすかは、自分次第だってお書きになっていますもの。こんなこと書かれたら、いつ爆発するか分からない爆弾の上に座らされているような気持ちになるじゃないですか」

「時限爆弾と言うか……正直なところ、執行の日に怯《おび》える死刑囚のようです……」

なるほど、死刑囚ね。うまい譬《たと》えだわ。

吹き出しそうになるのを堪えて、貴美子は続けた。

「まず、彼女の狙いは、そこにあると思うのです。社長を精神的にとことん追い詰める。不安に苛まれた挙句、精神を病んでしまうのもよし。とにかく、最大限の苦しみを与え続ける……。そう、死を迎えるその時まで、無間地獄を味わわせてやると……」

「無間地獄……」

貴美子が発した言葉がグサリと胸に突き刺さったのだろう。繁雄は慄《おのの》くように絶句する。

「でもね、そこまでするほど、この方は馬鹿じゃないとも思うの」

「と言いますと?」

「だって、社長との間には子供がいるんですよ?　母親にとって、子供は我が身にも代えがたい大切な存在なんですもの、最終的には自分の恨みと、子供の将来を天秤《てんびん》にかけるんじゃないかしら」

「天秤にかけるとは、どういう？」

ここまで言っても、まだ気がつかないのか。

貴美子は失笑しそうになるのを堪えて、努めて冷酷に言い放った。

「認知を求めてきたら、どうなさいます？」

「に……認知ぃ！」

繁雄の驚くまいことか。

跳び上がらんばかりの勢いで、声を裏返らせる。

「あり得るんじゃありません？　だって認知させれば、婚外子でも社長の法定相続人の一人になるんですよ。どれほどの資産をお持ちかは存じませんけど、ヨドをここまでの会社に成長させたんですもの。とことん社長に苦痛を与えた挙句、子供に相続させようって考えても不思議じゃないでしょ？」

繁雄の顔から、瞬時にして血の気が引いていくのがはっきりと見て取れた。

果たして繁雄は、震える声で言う。

「そ、それは困ります……。婚外子がいたなんて、今更家族に打ち明けるわけにはいきませんし、第一話すにしても事の経緯を説明しなければならないわけで……」

何て、勝手なやつ。

金で決着がつくのならと言っておきながら、家族に過去を知られるのは嫌だと言う。

虫がいいにも程があるってもんだわ。

「今の社長の反応も、彼女はお見通しかもしれませんわよ。だって、それもまた、社長に苦痛を味わわせることになるんですもの、立派な復讐になりますでしょ？」

「しかし、手紙には息子は、大企業に就職して、今は駐在員として異国の地で暮らしていると書いてあるじゃないですか」

「それが？」

「それがって……」

口籠った繁雄に、貴美子は追い討ちをかけた。

「お金はいくらあっても困るものではないでしょ？　一流会社で働いていようが、所詮サラリーマンじゃありませんか。遺産相続ともなれば家族愛なんて何処《どこ》へやら。一円でも多くもらおうと、文字通り骨肉相食《あいは》むような修羅場と化すのが世の常じゃありませんか。口を噤む代わりに、相続人として認めろはありだと思いますね」

もはや、ぐうの音も出ないらしい。

引《ひ》き攣《つ》った顔面の皮膚に脂汗が浮かんでくるのを見て、貴美子は愉快でならない。

貴美子はさらに追い討ちをかけに出た。

「それに、認知は社長にとっても悪い事ばかりじゃないかもしれませんわよ」

「なぜ、そんなことが言えるんです？」

「だって、息子さんはかなり優秀なようではないですか。立派な大学をお出になって、一流会社で働いているんですもの、社長の跡を継いで、ヨドの経営者に据えることだってできるじゃありませんか」

こんな話が出るとは想像していなかったのだろうが、指摘されてみるとあり得ることのように思えたのだろう。

繁雄は沈黙するばかりだ。

「復讐の手段としても悪くありませんしね」

ギョッとした様子で、顔を上げる繁雄に、貴美子は続けた。

「もし、彼女が息子さんを認知してもらって、後継者に据えようと目論《もくろ》んでいるのなら、どこかの時点で必ず接触してきますよ。でもね、それは当面の間、社長が最悪の事態から逃れられるチャンスの到来になるかもしれませんよ」

「最悪の事態とは？」

「社長にとって最悪の事態とは、この方に殺人の罪をなすりつけたことが明るみに出てしまうことですよね」

「ええ……。その通りです……」

「さっきも言いましたけど、過去を明かしてしまえば、社長をどん底に落としただけで、復讐は終わってしまう。それも、息子さんを認知してもらうこともできなければ、ヨドの社長にすることもできないで終わる。逆に言えば、過去を明かさない限り、最強の切り札を持ち続けることになる。そんなカードを簡単に切ると思います？」

「確かに……」

「いずれ、彼女は動きを見せると思いますけどね」

貴美子は声に力を込めて、繁雄の視線をしっかと捉えた。「カードはいつだって切れるんだもの、きっとタイミングを見計らっているのよ」

無間地獄が延々と続くことになるのに変わりはないのだが、貴美子は敢《あ》えてそこには触れないことにした。

「もし、言ってこなかったら？」

少しは、自分で考えろ！

怒鳴りつけたくなるのを堪え、

「それはなんとも……」

貴美子は言葉を濁して口を噤んだ。

さあ、私にそう言われたら、お前、どうする？

貴美子には繁雄が次に発する言葉が見えていた。

暫《しば》しの沈黙が流れた。

思った通り、口を開いたのは繁雄だった。

「先生……。今後、この件はどう展開していくのでしょう。先生のおっしゃるようになるのでしょうか？　それとも、全く別の局面を迎えることになるのでしょうか？　卦《け》を立てれば、分かりますかね」

それこそが、待っていた言葉だった。

それでも貴美子は、暫し考え込む素振りを装うと、

「なんとも言えませんけど、お望みならば卦を立ててみましょうか？」

繁雄に向かって訊ねた。

「是非、お願いいたします」

「分かりました」

貴美子は短く答えると、引き出しを開け、中にあった占い道具を取り出した。

3

筮竹《ぜいちく》を操り、算木《さんぎ》を並べ終えた貴美子は、それに暫し見入った後、ようやく口を開いた。

「やっぱり当面の間、社長の過去が明かされることはなさそうですね。まずは、苦痛を与えるだけ与えて、その時を待つ。つまり、社長が最も困るタイミングを見極めた上で、行動に打って出るつもりだと読み取れます」

もちろん出まかせである。

繁雄が算木の並び方を読めるわけがない。ここから先の筋書きは、既に貴美子の頭の中にある。

「困るタイミングといえば……」

考え込む繁雄に向かって、ふと思いついたふりを装って貴美子は問うた。

「真っ先に思い浮かぶのは、櫻子さんの縁談？　そういえば小早川《こばやかわ》先生のご子息との縁談は、その後どうなりました？」

「小早川先生には、私の過去の秘密の一端を知られてしまいましたのでねえ……。先生がお立てになった卦の結果もよくありませんでしたし、事実、そうなってしまいましたので……。それに誠一《せいいち》さんのアメリカ留学も延長されることになって、縁談話は止まったまま……というか、自然消滅と言った方が当たっているかもしれません」

「確かに、こんな爆弾を抱えてしまったのでは、誠一さんとの縁組は、止《や》めた方がいいでしょうね」

貴美子は肯定すると、「でも、小早川先生には、今でも政治資金を用立ててあげておられるのでしょう？」

「例の件で鴨上《かもうえ》先生の存在が明るみに出てしまってからは、政界での小早川先生の勢いは目を見張るものがあります。そう遠くないうちに、総理総裁の座を射止めるのではないかとも目されておりますので、大臣に就任して以来、乞われるがままに用立てております」

「それで、こんな卦が出たのか……」

貴美子は改めて算木に目をやると、静かに頷いた。

「と、おっしゃますと？」

「社長を護《まも》る人を側に置け。その人物を育て、力を振るわせれば、最悪の事態からは逃れられると読み取れる卦が出ているの」

「護る人を育て、力を振るわせろと言うのなら、小早川先生しかいませんね」

「鴨上先生が、あれほどの力を隠然と発揮できたのは、一にも二にも、鬼頭先生の莫大な資金を引き継ぐことができたから。総理大臣は絶大な力を握ってはいるけど、それも資金の裏付けがあればこそ。お金がなければ、権力を維持することはできませんからね。いいじゃない。資金の提供を受けている限りは、小早川先生も社長の意向は無視できないんだもの」

「おっしゃるように、金主の意向は無視できませんからね。そっぽを向かれれば、それこそ金の切れ目が縁の切れ目。せっかく手にした地位を失うことになりかねません」

「そう考えると、小早川先生にとって、社長は鴨上先生と同じような存在になっていると言えますわね」

「鴨上先生と同じ？」

「だって、そうじゃありませんか。社長は小早川先生の最大の資金源。とっくの昔に返済期限を過ぎてしまった貸付金ですら、催促してないんでしょ？」

「もちろん、担保は取ってありますけどね。大半は手形ですけど、全て私が先生に代わって処理しているだけで、小早川先生の債務であることに変わりはありません」

さすがは金貸し。繁雄の瞳に怪しい光が宿る。

「つまり、債権を持ち続ける限り、その額が膨らめば膨らむほど、小早川先生は社長のために、働く義務を負っているということになりますよね」

「間違いなく……。借金の返済を迫られれば、日の出の勢いの小早川先生だって、そう簡単に払える額ではありませんので……」

「だったら、小早川先生が政界の頂点、総理総裁の座に就くまで、徹底的に支援なさったら？」

「先生の見立てに異を唱えるつもりはありませんが、小早川先生を総理にすることと、貴美子の件がどう関係するのですか？」

「社長は、今や日の出の勢いの小早川先生の最大の金主だからよ。社長からの資金提供が受けられなくなったら、困るのは小早川先生じゃないですか」

繁雄も貴美子が言わんとしていることに気がついたようで、「あっ」と小さく声を上げる。

貴美子は続けた。

「通産大臣に就任早々、小早川先生は社長に資金の提供を打診してきたっておっしゃったわね」

「ええ……。縁談話が止まって以来、資金提供の依頼はなかったのですが、大臣就任が決まった途端に……」

「地位が上がれば上がるほど、お金は入り用になるものなのよ。それが政治の世界なの。だから、総理を目指そうと思えば、お金はもっと必要になる。それは、小早川先生にとって、社長はますます重要な存在になるってことなの。ここまでは分かりますね？」

「はい……」

「じゃあ、鬼頭《きとう》、鴨上、両先生の前にあっては、政財界のご重鎮方も、頭が上がらなかったのはなぜだと思います？」

「なぜって……莫大な財力の力を以《もっ》て、政財界の広い範囲に及ぶ人脈を鬼頭先生が構築し、それを鴨上先生が引き継ぐことに成功したからでしょう」

貴美子はその通りとばかりに、顔の前に人差し指を突き立てた。

「そして、鬼頭先生は豊富な資金と広範囲に渡る人脈を駆使して、政財界のご重鎮方の相談事、願い事を叶《かな》えてやるべく動き、動かし、叶えてあげた。その積み重ねが鬼頭先生に絶大な権力をもたらすことになったの」

「権力は一朝一夕にして得られるものではない。鬼頭先生にして、権力を手にするまでには、それなりの時間を要したのだというわけですね」

貴美子が言わんとしていることはそうでない。

しかし、そんなことはどうでもいい。

「鬼頭先生の力が大きくなると、相談事も多岐に亘《わた》るようになって、やがて鬼頭先生の影響力は企業の役員人事にまで及ぶようになったというんです。メディアも例外ではなかったそうでしてね」

「メディア？　メディアの人事にどうやったら関与できるんですか？」

「メディアの役員だって野心を抱いている人はたくさんいますからね。それに所轄官庁は担当大臣の意向には逆らうことができませんし、大臣は総理の意向を無視できません。社主がいる会社もあれば、社長が居座って絶大な力を振るっている会社もありますのでね。そうしたメディアのご重鎮方もご相談に見えていたそうですから、鬼頭先生の意向は無視できなかったんですよ」

「鬼頭先生、鴨上先生の存在にこれまでメディアが一切触れなかったのは、そうした経緯があったんですね」

「ジャーナリストだって、組織の一員ですからね。報道内容は事前に上司がチェックするんですね。上位職責者からダメ出しされれば、報じられないんですから、トップを押さえてしまえば記事はおろか、取材だってタブーにできたんでしょうね。だって、上に逆らえば、出世もできなくなるし、地方に飛ばされてしまうことだってあり得るんですもの」

そこで貴美子は微笑《ほほえ》んで見せると、いよいよ本題を切り出すことにした。

「さっき私、社長からの資金提供が受けられなくなったら、困るのは小早川先生だと申し上げましたよね」

「ええ……」

「つまり、社長は既に小早川先生の生命線となっているわけです。そんな重要人物を失いかねない事態が発生したら、小早川先生にとっても一大事。それこそ政治家生命の危機と映るんじゃありません？」

「そうか、そういうことか。何がなんでも、金主は守らなければならないと必死になるでしょうね」

ようやく繁雄も貴美子の言わんとしていることを理解したらしく、声に力が籠り始める。

「さっき言いましたけど、メディアは所轄官庁の管理下にあるんです。小早川先生が総理になれば、メディアのトップだって、先生の意向には耳を傾けますよ」

貴美子はニヤリと笑って見せると、話をまとめにかかった。

「まして、貴美子さんが公にすると言っているのは、社長のスキャンダルですよ。上から止めろと言われれば、記事にはならないんだし、報じたとしてもイエロージャーナリズムが精々ってことになるんじゃありません？　まともな人間はそう読むものじゃないし。大手メディアが追随しなければ、大した騒ぎにはならないんじゃないかしら。ただ……」

続く言葉が気になった様子で、

「ただ……何です？」

繁雄は先を促してきた。

「こんな手紙を送りつけてきたからには、言い逃れができないような証拠を握っているのかも……」

「証拠?」

「当時の調書や捜査資料を入手しているとは思えないけど、動かぬ証拠を持っている可能性はなきにしもあらず……」

繁雄は深い息を吐きながら、腕組みをして瞑目《めいもく》すると、

「そんなものがあるかなあ……」

首を傾《かし》げながら、不安げに漏らす。

「まあ、今ここで、あれこれ考えても仕方がないのだけど、とにかくあらゆる事態を想定して、守りを固めておくべきです。私もできる限り協力しますので」

「分かりました。先生がおっしゃるように、まずは小早川先生が総理になれるよう、全力を挙げてお支えします」

さて、いよいよ仕上げにかかるか。

「ただし仮に満願成就、小早川先生が総理の座に就いたとしても、支援の手は緩めてはダメですよ」

貴美子は満を持して切り出した。

「実は大分前に小早川先生が訪ねてこられましてね。その時こうおっしゃられたんです。自分は早いうちに政界を退き、息子に跡を継がせるつもりだ。今、自分の派閥作りに全力を挙げているのは、息子を総理にするための地ならしなのだと……」

「私も小早川先生から直接聞かされました。やはり、大分前のことですけどね……」

「あの頃と今とでは、状況が一変しましたから、もうそんな気はないのかもしれませんけど、その時こうもおっしゃったの。ご子息が総理になった暁には、院政を敷くんだと……」

「ああ、思い出しました。確かにそんなことも言っていましたね」

「ご子息の誠一さんは、東大法学部から、コロンビア大学の大学院に進まれて政治学修士を修められたそうですからね。優秀な上に、英語だって堪能でいらっしゃるでしょうから、跡をお継ぎになったら、たちまち若き政界のリーダーとして注目を浴びることは間違いないと思うのです」

それが我が子なのだから、誇らしくてならないのだが、今目の前にいる男の血が混じっているのだと思うと、喜びが半減してしまうのは否めない。

「ですから、社長……」

貴美子は続けた。

「小早川内閣が実現して、仮に短命に終わったとしても、失望することはありませんよ。一度総理になれば、今度は重鎮として党内で大きな力を持つことになるんです。もちろん、それも資金力があればこそ。派閥も維持することもできれば、党内で権勢を振るうこともできるんです。それでも、社長が資金を提供している限り、小早川先生に勝る力を持つことに変わりはないのです。そして、小早川先生が手にした力は、いずれ誠一さんにそのまま引き継がれることになるんですから」

繁雄の顔はすっかり血の気を取り戻している。サングラス越しに見える瞳が、炯々《けいけい》と輝き出すのが見てとれた。

考えていることが透けて見えるようだった。

櫻子との縁談を復活させようと目論んでいるのだ。

「社長……。それは駄目ですよ」

貴美子は微笑みながら言った。

「駄目って何がですか？」

「誠一さんとの縁談を復活させようと思っていらっしゃるんでしょう？」

繁雄はぎくりとした様子で、一瞬顔を強張らせたが、

「怖いなあ……。お見通しでしたか……」

すぐに照れたような笑いを口元に浮かべる。

「状況が変わっても、一度立てた卦の結果は、変わりませんのでね。とにかく、櫻子さんと誠一さんの縁談は、不幸を生むことになりますよ。ほら、よく言いますでしょう？二兎《にと》を追う者は一兎をも得ずって。まさにそれですよ。ここは、小早川先生、誠一さんを支える黒子になって、鴨上先生のような日本のフィクサーになればいいではありませんか」

もはや繁雄は私に将来を見通す不思議な能力があると信じて疑っていないはずだ。

何をやるにしても私に相談を持ちかけるだろうし、卦を立ててやれば、その結果を鵜《う》

呑《の》みにするだろう。つまり、日本のフィクサーになったつもりの男を、私が自由に操ることになるのだ。そう、その時日本のフィクサーとして君臨するのは誰でもない、この私なのだ。

我が子勝彦が、日本の政界の頂点に立ち、絶対的君臨者として表舞台で輝きを放つ。それを可能にするのが、目の前にいる男の金。その金の力を権力に変え、母子で手を取り合って、この国を自在に操る……。

それこそが、貴美子が考えた復讐だった。

「分かりました。先生がおっしゃるように、小早川先生、誠一さんを全力でお支えします」

決意の籠った声で言い、深々と頭を下げる繁雄を見ながら、貴美子は口が裂けそうな笑いを浮かべた。

4

「先生、そろそろ誠一を日本に戻して政策秘書に迎えようと思うのですが」

小早川が電話口でそう切り出したのは、新型旅客機導入をめぐる贈収賄事件から二年半ほど経ったある日のことだった。

新内閣の誕生と同時に通産大臣を一年半務めた小早川は、清彦から提供される資金を使い党内基盤を盤石なものとし、与党幹事長のポストについていた。

金は権力者の下に集まる。勢いがあればなおさらのことで、通産大臣に就任するや、献金の提供を申し出る支援者、企業が激増し、小早川の資金力はたちまち党内トップクラスにのし上がった。さらに幹事長に就任すると、それに拍車がかかり、文字通り党内トップとなっていた。

幹事長は金と人事を握る。選挙となれば総指揮を執り、資金の配分も胸先三寸。いかようにでもできるのだから、正面切って逆らう者はまずいない。かくして雪原を転がる雪達磨《ゆきだるま》のごとく、小早川の金と力は膨れ上がる一方となっていった。

党内を牛耳るポストに就けば、総理総裁の座も目前だ。後継者と決めた誠一を帰国させ、秘書に据えて政治の世界を学ばせるには絶好のタイミングである。

いよいよ我が子が政治家の道、それも総理総裁への道を歩み始める時がきたのだ。しかも、いきなり政策秘書に据えようというのだ。

「よろしいんじゃありません」

貴美子は即座に同意した。「学者になるわけじゃなし、いつまでも研究員をさせておくのはもったいないですよ。いきなり政策秘書というのは聞いたことがありませんけど、誠一さんは渡米してから、一貫して政治の勉強をなさってきたんですもの。それに、日米間には貿易摩擦等々問題山積ですから、先生のためにも是非そうすべきです」

誠一は新型旅客機の導入を巡る騒動が収まったところで、ヘンドリクス上院議員のオフィスを離れ、ワシントンＤＣにある政府関係のシンクタンク、『ポトマック研究所』

の研究員に転じた。

可能性は低いとはいえ、後にスキャンダル発覚当時、摘発者であるヘンドリクスのオフィスにインターンとして在籍していたことが発覚すれば、誠一が情報源と疑われることを小早川が懸念したからである。

そこでヘンドリクスの仲介で、ポトマック研究所に籍を置きながら、母校であるコロンビア大学のフェロー（特別研究員）となったのだ。

日本とは違いアメリカでは、政界や実業界とアカデミズムの場を行き来しながら、キャリアを積むのは珍しいことではない。政権や政府機関の要職に大学教授が任命される。逆に政権、政府機関の要職経験者が、大学教授として招かれるのも日常的に行われているのだ。

つまり、今回のスキャンダルに誰も関心を示さなくなるまで、キャピトルヒルから距離を置き、研究者としてアメリカに残ったと見せかけることにしたのである。

「それにしても先生。当初の思惑からは随分外れてしまいましたわね。総理総裁の座もいよいよ視野に入ってきましたし、満願成就、政界トップの座を射止めたら、新たな欲が生じてくるんじゃありませんの？」

貴美子が問いかけると、

「新たな欲とおっしゃいますと？」

小早川は、問い返してきた。

「政界トップの座に就けば、できるだけ長く留《とど》まりたいと思うようになるんじゃありません？　権力には魔力がありますからね。先生だって、一旦手にしてしまえば、手放すのが惜しくなるんじゃなくて？」

「先生……その点はご心配なく……」

小早川が忍び笑いをする気配が伝わってくる。「おっしゃるように、当初の思惑とは違う展開になりましたが、誠一を若くして後継者に据え、院政を敷くという考えはいささかも揺らいではおりませんよ。総理総裁は衆議院議員になると、いずれはと誰しもが夢見るポストですが、長く留まれば留まるほど、他の議員の夢が遠のいていくんです。程よいところで後継者を指名して恩を売ってやれば、誠一のためにもなるでしょうからね」

「とおっしゃるからには、総理の座を退いた後は、政界から引退して誠一さんに跡を継がせるご意向に変わりはないのですね」

「同じ院政を敷くにしても、議員を辞してもなお、あれやこれやと御意見番、あるいは権力者然として表に出続けるなんてみっともないじゃありませんか。表の権力者を裏で操ってこその院政です。いつまでも権力者然としてことあるごとにしゃしゃり出てくるのは、未練、老醜ってもんですよ」

その言葉を聞いて、貴美子は苦笑を浮かべてしまった。

「鴨上先生のようにはなりたくないと？」

「おっしゃる通りです」

小早川は即座に返してきた。「幹事長就任以来、以前にも増して森沢社長は資金提供に積極的でしてね。最近では私の派閥の中堅、若手議員が必要とあればできる限り融通するとおっしゃってくださるようになりまして」

「相変わらずヨドの業績が右肩上がりなのは存じておりますけど、随分太っ腹でいらっしゃるのね」

「焦っているんだと思います」

「焦っている？」

「やはり幹事長になると、黙っていても人が寄ってくるようになりましてね。パーティーを開けば、格段に多くの支援者が集まるようになりましたし、献金の申し出も引きも切らず。正直なところ、森沢社長に頼らずとも資金確保には苦労しなくなったのです」

政治家が主催するパーティーの目的は、一にも二にも資金集めにある。一人数万円の参加費用を徴収しながら、用意する飲み物や料理は最小限に留め、経費を支払った残りを懐に入れるのだ。一昔前まで、大学生が男女の出会い目的で合同コンパを開催し、パー券と称されるチケットを売り捌《さば》いて、経費を支払った残額を主催者が懐に入れていたという話を聞いたことがあるが、まさにそれと同じである。

しかしだ。

「いくらあっても邪魔にはならないのがお金でしょ？」

貴美子が重ねて訊ねると、小早川は即座に返してきた。

「おっしゃる通りですが、政治の金は使ってこその金。使わなければ宝の持ち腐れになってしまいますのでね。どうせ使うなら、自派閥をより強固なものにし、ひいては代替わりした後の誠一の基盤作りに役立てようと思いまして……」

「どういうことかしら。おっしゃっていることが今ひとつ理解できないのですが？」

訊ねた貴美子に小早川は念を押すように言う。

「今、中堅、若手にも森沢社長が資金を提供したいと私に申し出てきたと言いましたでしょう」

「ええ……」

「私が仲介役となって、資金の提供先として森沢社長を紹介するんです」

そう聞けば、小早川の狙いが読めてくる。

「資金を融通して欲しければ、先生を通さなければならないようにするわけね」

貴美子が言うと、

「これも鴨上先生のやり方に学んだのです」

小早川は、またしても俄《にわか》には理解できない言葉を口にする。

「鴨上先生のやり方？」

「今でこそ、先生とは直《じか》にご相談できるようになりましたけど、最初の頃は鴨上先生を通さずしてお目にかかるどころか、直接電話をすることさえ許されなかったのです。私の場合、それが鴨上先生を無視することができない最大の理由だったのです。ですから、それに倣って、森沢社長に資金提供をお願いする際には、必ず私を通さなければならないことにしようかと……」

地位は人を作るとはよく言われるが、なるほど権謀術数渦巻く政界で幹事長を務めるまでになると、悪知恵に長《た》けてきたようだ。しかし、鴨上のやり方に学んだと言いながら、実のところ貴美子がかつての鴨上に取って代わった存在になっていることには気がつかないでいるらしい。

自然と口の端に、歪《ゆが》んだ笑いが浮かぶのを覚えた貴美子に小早川は続ける。

「それに、森沢社長から直に融通していただいた方が、私も気が楽ですので……」

と小早川は言う。

「気が楽って、どういうことかしら？」

「担保ですよ」

小早川は即座に答え、その訳を話し始める。「ご存じの通り、資金提供を受ける際には、担保として私が裏書きした手形を森沢社長に預けることになっています。もちろん手形の期限がきても催促なんかしてきませんが、形の上とはいえ、森沢社長に借金を作り続けていることに変わりはありません。ですが、ここまで額が膨らんでしまうと、さすがに……」

「トータルして、どれほどの額になるの？」

「聞いたら驚かれますよ」

小早川が腹を揺する気配が伝わってくる。「政治の世界は、本当に一寸先は闇ですからね。もう一段高みを目指すからには、借金も常識的な範囲に留めておこうと思いまして、それで資金の調達先が拡大したところで、手元の資金に支障をきたさない程度の額を返済し始めたんです。森沢社長が焦っているように感ずるのは、多分そのせいもあるんでしょうね」

「金の切れ目が縁の切れ目になるんじゃないかと、不安になったってわけね」

「まさにそれです」

小早川は声を弾ませる。「私が借金を返済し続ければ、縁を切ろうとしているのか、あるいは影響力が失われてしまうのではないかそりゃあ心配で仕方なくなりますよ。しかも、いよいよ総理総裁の座を手にするのが現実味を帯びてきたとあってはなおさらです」

「影響力って、森沢社長は先生に何かお願いごとをしたことがあるの？」

「今のところは何も言ってきませんが、消費者金融といえば聞こえはいいですが、所詮街金ですからね。しかも事業は相変わらず成長し続けているんですから、返済に窮している利用者も数多《あまた》いるはずです。法に反していなくとも、叩《たた》けば埃《ほこり》はいくらでも出てくるでしょうし、金持ちが窮地に陥る様は、庶民にとっては拍手喝采もの。マスコミが騒ぎ始めて社会問題に発展すれば、司法だって黙って見ているわけにはいきませんからね」

小早川の読みはあながち外れてはいないだろう。

消費者金融を利用する理由は様々だが、返済の当てがあって急場凌《きゅうばしの》ぎに融資を受ける者ばかりとは限らない。たとえば家族の病が長引いて、収入以上に費用がかかったとかの止むなき理由で返済が遅れてしまうこともまま起こるだろうし、それ以前に金の管理にルーズな人間はいつの時代にもいるものだ。

与信審査を入念に行う銀行は、そうした人間には絶対に融資をしないし、そもそも使用目的を問われる上に、担保を差し出さなければ貸してくれないのだ。

その点、消費者金融は違う。

与信審査はあって無きがごとしのものだし、ギャンブルだろうが遊興費だろうが、使用目的も一切問われることはない。ブラックリストに載っていない限り、いや業者によっては多重債務者であろうと現金が借りられるのだ。

それでも消費者金融が成り立っているのは、元本に利子を加えた額を確実に回収しているからであり、その手段をいくつも持っているからだ。

「多分、森沢社長は私のことを金で雇った用心棒とでも考えているんでしょうけど、金に色はないとはいいますが、総理総裁の資金源がサラ金ではさすがに……」

「でも、先生は森沢社長個人から融資をお受けになっているのでしょう?」

「もちろんです。裏書きした手形は社長個人が落としておりますので……」

「だったら、サラ金から借りていることにはならないのでは？」

「それにしても、額が額ですのでねえ」

小早川が苦笑を浮かべる気配が伝わってくる。「事実上はある時払いの催促なしとはいえ、借金をしていることに変わりはありませんから、私も喉に小骨が引っかかっているようで、どうも落ち着きませんでね。全額一括は無理ですが、少しでも返済しておかないと、後々誠一に迷惑がかかることにもなりかねませんので」

誠一に迷惑がかかると言われると、貴美子も他人事《ひとごと》ではいられない。

「確かに誠一さんの将来を考えれば、できるだけ返しておくに越したことはありませんわね」

小早川の考えを肯定した貴美子は、すかさず問うた。「でも、誠一さんが代を継いだら、政治資金の調達はどうなさるの？　誠一さんが森沢社長を頼ることになるんじゃありませんか？」

「だから、私の仲介なくして派閥の議員が森沢社長から金を引っ張れないようにするんです」

小早川は自信満々に答える。「従来は派閥の長が調達した金を、配下の議員に配っていたわけですが、それだけでは到底足りはしませんのでね。だから、議員は政治資金集めに血眼になるのです。もちろん森沢社長も乞われるがままにとはいかんでしょうが、仮に年に二、三百万円程度でも、中堅若手には大口の献金先になりますのでね」

「つまり、先生に集中していたお金を、派閥の議員に振り分ける。広く浅くっていうわけね」

「政治の世界の力とは数ですからね」

小早川は言う。「森沢社長にしたって、今のままでは万が一にでも、私が失脚するようなことがあれば、その時点で影響力を行使することができなくなってしまいますのでね。保険という意味でも、資金の提供先を広げた方が、社長にとってもメリットになると思いますよ」

小早川の狙いが完全に見えた。

「そのスキームを確立してしまえば、代替わりした後は、先生に代わって誠一さんが仲介役を務める。かくして誠一さんは、若くして派閥を牛耳ることができるってわけですね」

小早川は答えを返してこなかった。

肯定したのだ。

果たして、小早川は言う。

「先生のおかげで諦めていた総理総裁の座が見えてきたんです。日本の憲政史上、親子二代で総理総裁を務めた例はありません。それが私の次の夢であり目標なんです」

に立たせなければなりません。かくなる上は、是が非でも誠一を政界の頂点
今、小早川の脳裏には薔薇色《ばらいろ》の未来が浮かんでいることだろう。

しかし、それは間違いだ。

小早川が総理総裁の座をものにし権勢を振るうようになっても、貴美子に不思議な能力があると信じ込んでいる限り、事あるごとに相談を持ちかけてくるのは間違いないのだ。

「先生の夢は絶対に実現しますわ。いや、誠一さんには是が非でも、総理総裁になっていただかないとね。私も全力でお支えしますわよ」

貴美子は、本心から言った。

我が子が、この日本の頂点に立ち、国を率いていく存在になる……。

その時の姿を想像しただけでも、胸が熱くなってくる。

同時に、いつ己の過去を公表されてしまうのかと、手紙を読んだあの日から、そして死を迎えるその日まで、清彦が不安に苛まれる日々が延々と続くのだと思うと、貴美子の胸中は達成感と、たとえようもない幸福感で満たされた。

これまでの苦労が報われた……。

今の貴美子には、輝かしい未来に向かって誠一が歩んでいく姿しか見えなかった。

5

「おはようございます、長官……」

ＣＩＡ（中央情報局）は、首都ワシントンＤＣに隣接するバージニア州ラングレーにある。

その日、朝一番に長官室を訪れたジャック・ジョンソンは、入室と同時に執務席に座るエドウィン・ハワードに向かって言った。

「おはようJJ……」

ハワードは、小さな老眼鏡の縁の上から上目遣いでジョンソンを見ると、手にしていたファイルをデスクの上に置き、「そこに掛けたまえ」と部屋の中央に置かれたソファーを目で指した。

ジョンソンが腰を下ろす間に立ち上がったハワードは、「君はデカフェだったね」と言い、二つのマグカップにカフェインレス・コーヒーを注ぎ入れる。そしてその一つをジョンソンに手渡すと、早々に切り出してきた。

「日本に『サクラ』というコードネームで呼ばれる我々の資産がいるのは知っているね」

「もちろんです。日本にいる資産の中でも最重要機密に指定されている人物ですね」

ジョンソンは極東局で日本を担当するセクションを統括している。

ＣＩＡは自身でも世界中で情報収集活動を行っているが、国家安全保障局（ＮＳＡ）、国家偵察局（ＮＲＯ）、国防情報局（ＤＩＡ）等の連邦政府情報機関が収集する情報を分析、大統領と国家情報長官に報告し、脅威を未然に防いだり、アメリカの影響力を高めたりするための工作活動を日常的に行っている。

ハワードが言う「サクラ」はCIAの意向を汲《く》んで、日本国内で活動するエージェントで、CIA内ではそうした人物を「資産」と呼ぶ。だが、彼らの正体は機密扱い。特にサクラは最重要人物とされており、極東局の中で正体を知る者は局長と東京のアメリカ大使館に駐在してサクラに指示を伝える担当者の二人しかいない。

「サクラは鴨上という男でね」

そんな最重要人物の名前をあっさり明かすのだから、ジョンソンは驚愕し、慌てて訊ねた。

「ちょ……ちょっと待ってください。最重要機密に指定されている資産の名前を明かしてよろしいのですか？　私は資格を持っておりませんが？」

「構わんのだ。彼の役目は終わってしまったのでね」

ハワードは平然と返してくる。

「役目が終わったとはどういうことです？　亡くなったんですか？」

「まだ存命だが、使いものにならなくなったんだ」

「正体がバレたとか？」

ハワードは首を小さく振りながらデカフェを一口飲むと、唐突に訊ねてきた。

「少し前に、日本で新型旅客機の導入を巡るスキャンダルが発覚しただろう？」

「ええ……。総理大臣を筆頭に、政界の大物や総合商社の役員が贈収賄容疑で逮捕され、裏で日本の政財界を操ってきた黒幕の存在が――」

そこで、その黒幕の名前が鴨上だったことを思い出し、「鴨上とは、あの鴨上のことですか?」

ジョンソンは驚きのあまり声を張り上げた。

「そう、その鴨上が我々のエージェント『サクラ』だったのさ」

ハワードは静かに頷く。

話は始まったばかり、ここからが本題に違いない。

黙って次の言葉を待つことにしたジョンソンに、

「鴨上のことを話す前に、まず鬼頭という男がいたことを説明しておこう……」

ハワードはまたしても初めて聞く名前を出すと話を続ける。

「鬼頭は、第二次世界大戦中に満州に進出した旧日本軍への軍需物資の調達役だった男でね。戦後の混乱期に大戦中に溜《た》め込んだ莫大な財産を利用して、日本の政財界に強い影響力を持つようになったんだ。ただ、彼の存在を把握するまでには、少しばかり時間がかかってしまってね……」

「なぜですか? 莫大な財産を手にしたほどの軍需物資の調達役なら、戦争協力者じゃありませんか。真っ先に調査対象になるべき人物であったはずでは?」

「日本に進駐したGHQが体制を整えるまでには時間が必要だったし、戦犯の指定、財閥をはじめとする戦争協力企業の処遇を決めるのに忙殺されて、民間人の戦争協力者を洗い出すのが後回しになってしまったからなんだ」

「なるほど。当時の日本は、終戦と同時に国中が大混乱に陥ったそうですからね。すみやかに秩序を回復しなければならなかったでしょうし、空襲で壊滅的打撃を受けた都市の再興等々、GHQには優先すべき仕事が山ほどあったというわけですか」

「鬼頭が賢かったのは、裏で力を振るうことに徹して、決して表舞台に出ようとはしなかったことにある。つまり、社会的地位や名声を得ることに全く興味がなかったんだな」

「理解していたかどうかは分かりませんが、彼は民主主義国家における権力の本質を理解していたわけですね」

ジョンソンが思いついたままを口にすると、

「それはどういうことかね？」

ハワードは興味深げに問うてきた。

「最高権力者が国、国民の生命さえも思うがままにできるのは、独裁国家に限られるからです。その点、民主主義国家ではそうはいきません。我が国にしても、選挙で勝利を収めなければ大統領にはなれませんからね。選挙には莫大な資金が必要ですから、スポンサーは必要不可欠。金を出すのも見返りが期待できればこそ。つまり、大統領の座を射止めた後も、大口スポンサーの意向は無視できない。たとえ大統領になれたとしても、思うがままに国を支配できはしないってことです」

「なるほど、確かに君の言う通りだな。最高権力者といえども民主主義国家では何をするにも議会の承認を得なければならないし、法の縛りもある。まして、命令一つで国民の命を奪うことはできんからね。しかも表の最高権力者になろうとすればまずは資金の確保。権力は金のある者が握ることになるってわけか」

「その点を見抜いて黒子に徹したのなら、彼は相当な人物ですよ」

「確かに、我々にとっては、日本を操る上で最重要のエージェントだったからね」

「だった？　では、鬼頭はどうなったのですか？」

「とっくに死んだよ。そして彼が残した莫大な財産、権力を引き継いだのが、戦中から唯一の腹心として仕えてきた鴨上だったのさ」

「財産を？　どうやって？」

「鬼頭は家族と死別していてね、しかも財産の大半を、無記名債権に換えていたんだ」

「なるほど……」

鴨上は唯一の腹心であったというところからして、おそらく執事、金庫番としての役割を担っていたのだろう。だとすれば、債権の保管場所は先刻承知。金庫の解錠番号も知っていたのだろう。そう考えれば、なぜ鴨上が鬼頭に代わる裏の権力者となり得たのかが理解できる。

「つまり、鴨上は鬼頭の財産を奪ったのですね」

「財産だけじゃない。権力もだ……。なにしろ、鴨上は鬼頭の日常の一部始終を側で見てきたんだからね」

「財産を掠《かす》め取った事実を突きつけ、鬼頭に代わるエージェントに仕立て上げたわけですね」

「その通り……」

ハワードは眉を吊《つ》り上げ、静かに頷く。「鬼頭の存在を摑《つか》んだのは一九四八年、その前年に設立されたＣＩＡの調査で戦争協力者であると同時に、数々の不正行為を働いて莫大な財産を手にしたことが分かった。ＣＩＡはＧＨＱを通じて摘発することも検討したらしいんだが、その間に鬼頭は、裏の権力者として政財界に大きな影響力を持つまでになっていたんだな。そこで、摘発して罪に問うよりも、エージェントに仕立て上げれば、彼を通じて日本を操ることができる。その方がアメリカの国益になると判断したんだ」

エージェントをリクルートする手段としては、古典的なものだが、創設されたばかりのＣＩＡにしては上出来だ。しかし、そう聞くと新たな疑問が湧いてくる。

「鬼頭に代わるエージェントに仕立て上げた鴨上を、あのスキャンダルが発覚しそうになった時点でなぜ隠し通さなかったのですか？　確か、あのスキャンダルはホプキンス上院議員が――」

そこまで言いかけたジョンソンをハワードが遮った。

「ネタの大元は、ホプキンスじゃない。ヘンドリクス上院議員だ」

「ヘンドリクス？」

初めて知る事実に、ジョンソンは思わず問い返した。

「さらに遡ると、あの情報をヘンドリクスにもたらしたのは、当時彼のオフィスでインターンをしていた日本人、小早川誠一だったんだ」

小早川と言われれば、思い当たる人物は一人だけいる。

「まさか、あの？」

「そのまさかさ」

ハワードはニヤリと笑い、顔の前に人差し指を突き立てる。「あの事件以来、与党内で急速に頭角を現して通産大臣を務め、今は政権与党の幹事長になっている小早川宗晴《むねはる》の一人息子だ。どうやって彼があの情報を手に入れたのかははっきりとは分かっていないのだが、誠一がヘンドリクスにリークしたのは確かだ」

「そのことは、局内でどのレベルの人間が知っているんですか？」

「私と極東局長、それと日本で鴨上を担当していた駐在員の三人だけだ」

ハワードは続ける。

「鬼頭、鴨上の両名に価値があったのは、世間に知られることなく、裏で日本の政財界に影響力を行使できたからだ。彼らの存在が世間に知れ渡ってしまった以上、もはやエージェントとしての価値はゼロ。鴨上も我々の意向を汲んで動いてきたとは口が裂けても漏らさんだろうし、仮に漏らしたとしても、日本政府があらゆる手段を講じて封じにかかるさ。当たり前だろ？　鬼頭、鴨上の下に自ら足を運んで、お伺いを立てていたのは政財界の重鎮ばかりなんだ。そんなことが公になってみろ。政財界どころか日本は大混乱、収拾がつかないことになってしまう」

「確かに……」

そうとしか言いようがない。

頷いたジョンソンに向かって、ハワードは言う。

「もちろん、鴨上を失ったのは大きな痛手だ。だがね、幸運にも代わりが見つかったんだ。それも、すぐに役立ちそうな人間がね」

「すぐにとおっしゃいますと」

「小早川誠一だよ。彼をエージェントに仕立て上げようと考えているんだ」

インターンとしてヘンドリクスのオフィスで働いていたのは、将来父親の跡を継いで国会議員になるためのキャリア作りが目的なのだろうが、父親は現職だ。彼が議員になるのは、まだ先のことで、とても鴨上に匹敵する即戦力になるとは思えない。

怪訝《けげん》な思いを抱きながらジョンソンは訊ねた。

「彼は今、なにをしているんですか？　ヘンドリクスのオフィスで、インターンですか？」

「彼は、あの事件がひと段落した時点でオフィスを去って、今はポトマック研究所で研究員をしている」

「ポトマック研究所といえば、主に政治を研究する政府関係のシンクタンクですね」

「彼はなかなか優秀でね。東京大学で法学の学士号を修めた後、コロンビア大学で政治学の修士号を修得しているんだ。経歴からしても、いずれ父親の跡を継いで政界に進出することは間違いないね」

確かに一国のリーダーを務めるには十分な経歴だ。

東京大学は日本の最高学府。コロンビアもアメリカの最難関校の一つで、簡単に学位を与えはしない。それに日本では有力政治家が子弟に跡を継がせるのが常態化しているのは事実である。

誠一が父親に代わって出馬するとなれば、地盤、看板、資金力をそのまま引き継ぐことになるのだから当選確実。しかも、日の出の勢いで頭角を現し、いずれ総理になるだろうと目されている小早川の息子である。

果たしてハワードは言う。

「君も既に目にしていると思うが、日本からのレポートには、遠からずして小早川は総理総裁になるとある」

「ええ、ひと月前のレポートには、そう書いてありましたね」

「おそらく小早川は、誠一を単に代議士にするだけではなく、いずれ自分同様総理総裁に就かせることを夢見ているはずだ。実際それを裏付ける情報も摑んでいるしね……」

「と言いますと？」

「誠一は、近々ポトマック研究所を辞めて、日本に戻るそうだ」

日本では、後継者と決めた身内を自分の秘書とし、政治の現場で経験を積ませるのが方程式のようなものだ。

「ということは、小早川の秘書になる可能性が高いですね」

「このタイミングで帰国するんだ。それ以外には考えられんよ」

ハワードは断言すると、「それも、これだけの学歴を持っているからには、ただの秘書ではなく、最初から政策秘書、つまり自分の右腕として政策に深く関わらせるつもりだろう」

「コロンビアで政治学の修士号を修めているんですからね。語学力も確かでしょうから、小早川が総理になれば首脳会談にも同行するでしょうし、日米間の交渉事には父親のみならず、様々な場面でアドバイス、見解を求める議員も出てくるでしょうね」

「小早川にしたって、誠一にスポットライトが当たるのは悪い話じゃない。いや、むしろそうなることを望んでいるはずだ。注目されればされるほど、誠一の将来は明るくなる。親子二代で、総理総裁になれば、日本の憲政史上初めてのことだからね。それくらいの野心を抱いているに違いないんだ」

「そんな誠一が、あのスキャンダルが発覚するきっかけになった資料をヘンドリクスにリークしたと知れたら……」

「君はさっき、生命を自由にできるのは、独裁者に限られると言ったね？」

ハワードは唐突に問うてきた。

「ええ……」

「生命という言葉の使われ方には様々あってね。人間の生命そのものを指すだけではなく、選手生命とか歌手生命とか、所謂《いわゆる》職業を継続する意味にも使われる。政治生命もまたその一つだ」

ハワードは、突然口が裂けそうな笑いを浮かべると、「世間がどう取るかは分からんが、スキャンダルのネタ元が誠一だと分かれば、与党議員は絶対に彼を許さんよ。なにしろ現職総理を獄に追いやった裏切り者だ。国会議員になれたとしても、党の総裁は事実上、所属議員の投票で決まる。政権トップどころか、ただの国会議員で終わることになるだろうさ」

鼻を鳴らし、腹を揺すった。

「エージェントになることを断るも地獄、了承することも地獄ってわけですね……」

もはや、誠一はCIAの手から逃れることはできない。

確信したジョンソンは、目を細めてハワードを見つめた。

「誠一がアメリカを離れる前に、エージェントに仕立て上げるんだ」

指令を告げたハワードは執務席に歩み寄り、部屋を訪ねてきた際に目を通していたファイルを手に再び戻ってくる。

「これが、誠一に関する資料だ。小早川のものも入っている」

差し出してきたそれを、ジョンソンは立ち上がって受け取った。

ハワードは言う。

「この件についてはたとえ父親であろうと他言してはならないと、誠一にはくれぐれも念を押すように。帰国後の彼の管理は、鴨上を担当していた駐在員にやってもらうことにする。以上だ」

「分かりました。では早々に……」

ファイルを受け取ったジョンソンは、部屋の出口に向かいかけたが、ふと思いついて足を止め、ハワードに向き直った。

「誠一のコードネームは？」

「ふむ、コードネームね」

ハワードは不意をつかれたのか、暫し考え込むと、「そうだな。どんなネームにしようか」

何か案はあるかとばかりに訊ねてきた。

「ＨＥＮはどうでしょう」

「ヘン？　雌鶏《めんどり》のことかね？　しかし彼は——」

「同じ鶏でも、雄は潰して肉にするしかありませんが、これから延々と我々のために卵を産み続けることになるのです。彼のコードネームに相応《ふさわ》しいのではないかと……」

思いついたままを言ったのだったが、

「なるほどね。よし決まった、それにしよう」

ハワードは呵々《かか》と笑い声を上げながら快諾した。

「ではこれで……」

笑みを浮かべながら軽く頭を下げ、ドアノブに手をかけたジョンソンを、

「JJ……」

ハワードが呼び止めた。

振り向いたジョンソンに向かって、ハワードは言う。

「小早川の夢を叶えてやろうじゃないか。我が国の国益のために……」

それが何を意味するかは、あらためて訊《き》くまでもない。

ジョンソンは大きく頷くと、ドアを引き開けた。

参考文献　『バブルの王様』、森功、小学館、二〇二二年

本書は、「集英社文庫公式ｎｏｔｅ」二〇二三年十一月〜二〇二四年十月に配信されたものを加筆・修正したオリジナル文庫です。

本作品はフィクションであり、人物・事象・団体等を事実として描写・表現したものではありません。

楡　周平の本

砂の王宮

戦後、闇市で薬屋を営んでいた塙太吉。持ち前の商才で流通業界最大の企業を造り上げるが、ある事件に巻き込まれ……。高度経済成長を支えた流通王の栄枯盛衰を描く傑作経済小説！

楡　周平の本

終《つい》の盟約

父・久が認知症を発症。息子の輝彦は、久による延命治療拒否の事前指示書に従い、父の旧友が経営する病院に入院させる。だが、久が不審な死を遂げ……。著者衝撃の問題作！

楡　周平の本

黄金の刻《とき》

小説　服部金太郎

明治七年。東京の洋品問屋の丁稚として働いていた服部金太郎は、鉄道網の発達により、今後時計の需要が増えると見抜き――。世界的時計メーカー「セイコー」創業者の一代記。

集英社文庫　目録（日本文学）

西村京太郎　十津川警部 飯田線・愛と死の旋律《メロディ》
西村京太郎　明日香・幻想の殺人
西村京太郎　十津川警部 秩父SL・三月二十七日の証言《アリバイ》
西村京太郎　九州新幹線「つばめ」誘拐事件
西村京太郎　十津川警部 小浜線に椿咲く頃、貴女は死んだ
西村京太郎　門司・下関 逃亡海峡
西村京太郎　十津川警部 三陸鉄道 北の愛傷歌
西村京太郎　鎌倉江ノ電殺人事件
西村京太郎　十津川警部 特急「しまかぜ」で行く十五歳の伊勢神宮
西村京太郎　外房線 60秒の罠
西村京太郎　十津川警部 北陸新幹線「かがやき」の客たち
西村京太郎　伊勢路《ルート》殺人事件
西村京太郎　十津川警部 雪とタンチョウと釧網本線
西村京太郎　けものたちの祝宴
西村京太郎　十津川警部 九州観光列車の罠
西村京太郎　東京上空500メートルの罠

西村京太郎　十津川警部 坂本龍馬と十津川郷士中井庄五郎
西村京太郎　会津 友の墓標
西村京太郎　十津川警部 鳴門の愛と死
西村京太郎　私を愛して下さい
西村京太郎　伊豆急「リゾート21」の証人
西村京太郎　母の国から来た殺人者
西村京太郎　十津川警部 あの日、東海道で
西村健　仁俠スタッフサービス
西村健　マネー・ロワイヤル
西村健　ギャップGAP
西山ガラシャ　おから猫
日経ヴェリタス編集部　定年ですよ 退職前に読んでおきたいマネー教本
日本推理作家協会編　夢《ゆめ》現《うつつ》 日本推理作家協会70周年アンソロジー
日本文藝家協会編　時代小説 ザ・ベスト2016
日本文藝家協会編　時代小説 ザ・ベスト2017
日本文藝家協会編　時代小説 ザ・ベスト2018

日本文藝家協会編　時代小説 ザ・ベスト2019
日本文藝家協会編　時代小説 ザ・ベスト2020
日本文藝家協会編　時代小説 ザ・ベスト2021
日本文藝家協会編　時代小説 ザ・ベスト2022
日本文藝家協会編　時代小説 ザ・ベスト2023
日本文藝家協会編　時代小説 ザ・ベスト2024
楡周平　砂の王宮
楡周平　終《つい》の盟約
楡周平　黄金の刻《とき》 小説 服部金太郎
楡周平　雌鶏
額賀澪　できない男
ねじめ正一　商人《あきんど》
野口健　落ちこぼれてエベレスト
野口健　100万回のコンチクショー
野口健　確かに生きる 落ちこぼれたら這い上がればいい
野口卓　なんてやつだ よろず相談屋繁盛記

集英社文庫　目録（日本文学）

集英社文庫　目録（日本文学）

集英社文庫

雌《めん》鶏《どり》

2025年4月25日　第1刷　定価はカバーに表示してあります。

著者　楡《にれ》　周平《しゅうへい》
発行者　樋口尚也
発行所　株式会社　集英社
東京都千代田区一ツ橋2-5-10　〒101-8050
電話　【編集部】03-3230-6095
【読者係】03-3230-6080
【販売部】03-3230-6393（書店専用）
印刷　TOPPANクロレ株式会社
製本　TOPPANクロレ株式会社

フォーマットデザイン　アリヤマデザインストア　マークデザイン　居山浩二

ISBN978-4-08-744757-6 C0193